शुद्धि

(उपन्यास)

शुद्धि

वन्दना यादव

भारतीय ज्ञानपीठ

वाणी प्रकाशन : भारतीय ज्ञानपीठ की पुस्तकों
के एकमात्र प्रकाशक एवं वितरक

पहला संस्करण : 2022
दूसरा संस्करण : 2022
तीसरा संस्करण : 2023

लोकोदय ग्रन्थमाला : ग्रन्थांक 1542

प्रकाशक

वाणी प्रकाशन ग्रुप

4695, 21-ए, दरियागंज, नयी दिल्ली-110 002
फ़ोन : 011-23273167, 23275710
ईमेल : sales@vaniprakashan.in

ISBN : 978-93-5518-280-7

शुद्धि
(उपन्यास)
वन्दना यादव

SHUDDHI
(Novel)
by Vandana Yadav

मुद्रक : आर. टेक ऑफ़सेट प्रिंटर्स, दिल्ली-110 032

Price : INR. 425

हमारी संस्कृति के नाम

(जो हमारी पहचान है)

प्राक्कथन

प्रकृति के किसी अंश ने चाहा होगा कि रेगिस्तानी इलाकों में रहने वाले लोगों से जुड़ी एक ख़ास परंपरा को कलमबद्ध किया जाए। जब मैंने इस विषय पर लिखने का निर्णय लिया और रिसर्च शुरू की उसके बाद समूचे देश में और ख़ासतौर पर उत्तर भारत में इसको मनाए जाने के सबूत मिलने लगे। मुझे इस प्रोजेक्ट को लेकर अपनी शोध पर विश्वास और गहरा होने लगा कि प्राचीनकाल से चली आ रही परंपराओं को केन्द्र में रखकर कुछ पहचाने, कुछ गढ़े हुए किरदारों के साथ इस विषय ने उपन्यास लिखने के लिए मेरा चुनाव किया है।

इतिहास की सीढ़ियाँ चढ़कर हम वर्तमान की ज़मीन पर खड़े हैं यहाँ भी बीता समय परंपराओं के रूप में हमारे साथ चल रहा है। समय के बदलाव के बीच जो संस्कार इक्कीसवीं सदी तक किसी-न-किसी रूप में देश के अलग-अलग हिस्सों में अपना अस्तित्व बनाए हुए हैं, उनकी नींव समाज में कितनी गहरी हैं, यह समझना आसान बेशक ना हो, पर मुश्किल तो बिल्कुल नहीं है।

जो पीढ़ी गर्मी-सर्दी की छुट्टियों में नानी-दादी से किस्से-कहानियाँ सुनकर बड़ी हुई है, उनके साथ सुनी हुई लोककथाएँ भी जीवित रहने वाली हैं। इस पीढ़ी के साथ जितनी लोककथाएँ जीवित रहेंगी उतने ही वे रिश्ते और रिश्तों को पहचान देने वाले इंसान जीवित रहेंगे, जिन्होंने उन किस्सों को माला के रूप में पिरोकर नन्हें शिशुओं को वे मालाएँ पहनाई। मेरी स्मृति में अंकित वाचिक परंपराओं में रचे-बसे अनगिनत किस्से हैं। ऐसे किस्सों की आँच ने गर्मी की तारों भरी ठंडी रातों में, आँगन में चारपाई पर लेटकर आसमानी तिलिस्म में, किरदारों को कल्पनाओं में जीते हुए महसूस किया था। ऐसी ही कल्पनाएँ सर्द मौसम में नाना-नानी की रजाई में कुनमुनाते हुए लोककथाओं की नायिका होने के भ्रम को सीजने तक पकाया करती थी। ना जाने कब इन किस्सागो रिश्तों ने बाल-मन में तलवार उठाने, राइफल चलाने, घोड़े दौड़ाने की उत्कंठा भी जगाई जो आगे चलकर कलम थामने तक

भटकाव झेलती रही। मानना होगा कि मेरे भीतर के भटकाव ने उपन्यास को अंत तक पहुँचाने में बड़ा किरदार निभाया।

'शुद्धि' ऐसे ही जाड़े की गर्माहट वाले रिश्तों की देन है जो अपने किस्सों के साथ मेरे भीतर आज भी जीवित है। सीमावर्ती राजस्थानी गाँव में जहाँ दोनों मौसम अपने चरम पर होते हैं, उपन्यास लिखते हुए उसी बालू माटी के धोरों की ठंडक जो नाना-नानी की यादों में बसी थी, और बीता बचपन दोबारा जीने की उत्कंठा में जिस्म झुलसा देने वाली तपन हर पल महसूस होती रही। गाँव का लंबा-चौड़ा घर, कल्पनाओं की उड़ान जैसे अगले-पिछले दो-दो आँगन, बाड़े में बंधी गायें और एक लंबी-चौड़ी जोइंट फेमली जिसे जी-कर कलमबद्ध कर सकी इतिहास के उस वर्तमान को जो बदलाव की मार झेलते हुए भी अपने आपको बचाए रखने में अब तक सफल रहा है। यह सब उपन्यास की ज़मीन बना मगर यह तो सिर्फ शुरुआत थी अभी तो पूरी-की-पूरी इमारत खड़ी होनी थी।

उपन्यास की कथा राजस्थान की एक ऐसी परंपरा पर केंद्रित है जो प्राचीन काल से आज तक अपने मूलरूप में निभाई जा रही है। लिखना शुरू करने से पहले और उपन्यास पूरा होने तक मैं जितनी रिसर्च करती गई, उतनी ही हैरान भी हो रही थी। एक परंपरा से जुड़े अन्य अनेक रिवाज़ जिनमें समय ने उनके नाम और स्वरूप में बदलाव करवा दिए थे मगर वे अपना वजूद आज भी बनाए हुए हैं।

उच्चारण और वर्तनी में क्लिष्ट समझकर जिसे छोड़ दिया गया था, उसकी जगह गढ़ी गई नए नामकरण वाली अपभ्रंश भाषा के बीच से ऐसे इतिहास को खंगालना जिसका कोई लिखित प्रमाण उपलब्ध नहीं है, बहुत मेहनत का काम था। अलिखित दस्तावेज़ जो स्थानीय समाज के अलग-अलग उम्र के लोग जिनमें युवाओं और बुजुर्गों से लेकर उम्रदराज़ स्त्री-पुरुष तक, सब शामिल थे। अलग-अलग लोगों से कई-कई बार पता करने के बाद उन्हें लिखा। हर एक कृति को तसल्ली होने तक बार-बार लिखने की अपनी आदत ने इसमें अनेक बदलाव करवाए। जिसमें महत्वपूर्ण थी वह परंपराएँ जो पाखंड साबित कर बदलाव झेलते समय में नकार दिए जाने से बची हुई हैं। इसे लिखते हुए हर बार एक ही बात मेरे दिमाग में घूमती रही- 'आख़िर में सच ही बचता है।'

हम सामाजिक प्राणी हैं इसीलिए हमारी हर कामयाबी में अपनी मेहनत के साथ अपनों का सहयोग भी जुड़ा रहता है। इस सहयोग में प्रोफेसर सत्यकेतु सांकृत और प्रोफेसर अजय नावरिया जी का नाम सबसे पहले आएगा जिन्हें प्रकाशन से पहले मैंने पांडुलिपि भेज दी थी। आप दोनों की महत्वपूर्ण सलाह और सुझाव से उपन्यास का वह स्वरूप बना जो पाठकों के हाथ में है। इसी क्रम में युवा साहित्यकार और समीक्षक डॉ. रेनू यादव का नाम भी आएगा जिन्होंने इसे पढ़कर लंबी प्रतिक्रिया

दी थी। उपन्यास के किरदारों से जुड़े कानूनी पेचोखम की सटीक जानकारी के लिए युवा अधिवक्ता शांतला सांकृत कीर्ति का योगदान बहुत अहम रहा। 'शुद्धि' उपन्यास की प्रूफ रीडिंग, एडिटिंग और व्याकरण की शुद्धता जाँचने की जिम्मेदारी निभाई गीतकार मनोज कुमार मनोज जी ने। उपन्यास के फाइनल स्वरूप तक पहुँचने में आप सबके सहयोग के लिए आभार प्रकट करती हूँ। रचना अपने पाठकों के हाथों में पहुँचकर ही सफल होती है। इस क्रम में क्यान फाउंडेशन और अशोक गुप्ता जी विशेष धन्यवाद के पात्र हैं जो निरंतरता से साहित्य और समाज सेवा में लगे हुए हैं।

समय के बदलाव के साथ परंपराओं के मूल स्वरूप और उनके नामकरण में बहुत सारे बदलाव आए हैं। आज के समाज और नई पीढ़ी के युवा पिछले अढ़ाई दशकों में हुए द्रुत बदलाव के बीच परंपराओं को किस तरह देख रहे हैं या मान रहे हैं, इन मुद्दों के रिसर्च में बीकानेर से आदरणीय दीनदयाल सिंह यादव और श्रीमती चंद्रकला यादव (माम-मामीजी) ने ग्राउंड जीरो से जो मदद की, उसके लिए उनका विशेष धन्यवाद। उस धरती से जुड़ाव मेरे जन्म से जुड़ा है, मेरी माँ से जुड़ा है। शिशु जीवन, लड़कपन और युवावस्था की साक्षी भी वही रेतीली धरती है जो उपन्यास की ज़मीन है। इस सच्चाई से परिचित होते हुए कि हम अपनी जन्मदात्री के ऋण से कभी उऋण नहीं हो सकते, माँ को और राजस्थान की धरा को नमन करने का यह मेरा अदना सा प्रयास है।

मेरी बेटियाँ शिखा और शिवानी का योगदान मेरे लेखन में हमेशा अलग रहेगा। जहाँ शिखा विदेशी धरती से हर दिन 'क्या चल रहा है आपके नॉवेल में?' पूछ कर अपनी रुचि बताती है वहीं शिवानी बिटिया उपन्यास के हर आखर की पहली पाठक है। बहुत धैर्य और संयम वाली बच्ची का योगदान तब और बढ जाता है जब उपन्यास के किरदारों को लेकर मेरा मन उलझन में होता है। वही उस अलग तरह की शून्यता से मुझे बाहर निकालती है। पति कर्नल पुष्पेन्द्र कुमार यादव का मूक समर्थन मेरे लेखन के साथ हमेशा रहता है। अंत में भारतीय ज्ञानपीठ के समस्त पदाधिकारियों का हृदय से आभार जिन्होंने उपन्यास के विषय और मेरे लेखन पर भरोसा करते हुए इसे प्रकाशित करने की ज़िम्मेदारी उठाई।

अब 'शुद्धि' पाठकों का हुआ। आपकी प्रतिक्रियाओं का इंतज़ार रहेगा...

3 फरवरी, 2022
दिल्ली

एक

'उनके तो नाम में ही दो-दो शेर हैं...माँ-बाप ने जैसा नाम रखा उन्होंने वैसा ही जीवन जीया।' बहन की आवाज़ कान में पड़ते ही वह ठिठक गया।

'मंझली बाई ऐसा क्यूँ कह रही है?' दिमाग पर ज़ोर डालकर उसने स्थिति को समझने की कोशिश की।

'शेर सिंह तो उन्हें कोई कहता ही नहीं था, सारी दुनिया 'सिंह जी' के नाम से ही जानती है।' यह सुनकर इस बार उसने अपने आपको देखा।

'सब कुछ तो ठीक है, फिर ये सारा परिवार इकट्ठा क्यों हुआ है?' उसने खुद से पूछा।

खिड़की से बाहर झाँककर देखा, 'अरेऽऽऽ लगता है कि समाज के सारे लोग आए हैं। आसपास रहणे वाले रिश्तेदार भी पहुँच गए। आँगन और बरामदे में औरतें इकट्ठी हो रही हैं...इनके कपड़े भी बेरंग उदास से हैं। हमारे घर मनहूसियत फैलाने क्यों आए हैं सब?' उसने बड़बड़ाते हुए कमरे से बाहर बरामदे में क़दम रखा। महिलाओं की रेलमपेल ने एक पुरुष की उपस्थिति को सिरे से ख़ारिज़ कर दिया।

'क्या हो गया? इतने सारे लोग क्यों आए हैं आज हमारे घर?' अपनी उपस्थिति को नकार दिए जाने पर उसने ऊँची आवाज़ में कहा।

महिलाओं के अंतरिक्ष तक जाने या सत्ता तक थोड़ी-बहुत पहुँच से शहरी महिलाओं के जीवन में बदलाव आए मगर गाँवों में आज भी पुरुषों की उपस्थिति को सहजता से स्वीकारना, पर्दा रखने वाली औरतों के समाज में असामान्य घटना है। जहाँ एक पुरुष की उपस्थिति, महिलाओं के बड़े समूह को घूँघट निकालने पर मज़बूर कर देती है वहाँ इलाके के सबसे उम्रदराज़ पुरुष के पहुँचने पर महिलाओं के समूह का चुप ना होना और ना ही घूँघट लंबा खींचना, असामान्य घटना होती है।

'ऐ सुणो मैं कब से यहाँ खड़ा हूँ, तुम्हें दिखाई नहीं दे रहा? तुम्हारी सबकी आँखें फूट गई हैं या दिमाग चल गया है? समाज के सबसे बड़े आदमी को यूँ अनदेखा करना सरासर ग़लत बात है।' स्वभाविक तौर पर उसने स्थिति का आंकलन

अपने हक़ में कर लिया।

'तुम्हारा दिमाग़ ख़राब हो गया है क्या?' ऊँची आवाज़ में उसने कहा। पुरुषों से पर्दा रखना जहाँ महिलाओं के संस्कारों से जोड़ दिया गया हो उस समाज में बूढ़ी-बड़ेरियों की भीड़ में उसने खुद को बेइज्जत-सा महसूस किया।

'शरम-वरम नहीं रही आजकल। वैसे...ऐसा हो क्या गया कि इन सारी औरतों की बुद्धि को ही लकवा मार गया?...हुँह।' बड़बड़ाते हुए उसने बाहर उपस्थित मुख्य समाज की ओर रुख़ किया।

'जिस समाज में लोग मुझे देखते ही 'सिंह जी पधारो, सिंह जी यहाँ विराजो' का आग्रह करते नहीं थकते, उसी समाज के आदमी आज मेरी अनदेखी करके इधर-उधर कैसे खड़े हैं?' बाहर के माहौल ने उसे और ज्यादा हैरानी में डाल दिया।

'नालायक कहीं के। इनकी आँखों की शरम भी मर गई है। बड़े-बुजुर्गों की इज़्ज़त ही नहीं रही आजकल।'

गाँव का सबसे उम्रदराज़ व्यक्ति वही था इसीलिए उसे सबके साथ मनमर्जी का व्यवहार करने की आदत थी उस पर भी ख़ास तौर पर गाँव के पुरुषों को मनमाने तरीके से बोलना उसने अपना हक़ समझ रखा था। सबको बुरा-भला कहते हुए वह अपने बैठने के लिए माकूल जगह तलाशने लगा।

'कित्ती देर है भाई?' एक बुजुर्ग की थकी आवाज़ ने पूछा।

'कागज़ तैयार नहीं हुए थे। जब तक कागज़ पूरे ना हों, अस्पताल वाले बॉडी देते नहीं है ना। अभी थोड़ी देर पहले डैथ सर्टिफिकेट मिला। चल पड़े, घर पहुँचने वाले हैं।' एक युवा ने मोबाईल पर बात करने के बाद ताज़ा जानकारी दी।

'डैथ...किसकी डैथ हो गई भाई?' उसके ऊँची आवाज़ में पूछने के बावजूद युवा ने उसकी बात पर कान नहीं धरे।

'ओ सुण, जवाब दे मुझे। किसके, क्या हो गया?' वह युवा की ओर बढ़ ही रहा था कि बीच में ही एक पुरुष स्वर ने उसके पाँवों में जंजीरें डाल दीं।

'सिंह जी दस दिन से आइसीयू में थे। दो दिन वेंटीलेटर पर रहे, प्राण आज छूटे हैं।' उसके बढ़ते कदम रुक गए।

'तो क्या मैं ही...ये सारा कुणबा...सारा समाज मेरे लिए...' उसे झुरझुरी-सी आ गई। उसके वाक्यों में छूट गए रिक्त स्थानों को भरने वाला वहाँ कोई नहीं था। स्थिति को खुद ही समझना था। वह हतप्रभ-सा कुछ देर तक उपस्थित भीड़ को देखता रहा। पहले जो लोग अपने लग रहे थे, स्थिति बदलते ही शेर सिंह के लिए एकत्रित लोगों की उपस्थिति के अर्थ बदल गए।

'मातम मनाणे आए हैं ये सारे...ना...मन में तो खुश हो रहे होंगे कि चलो बढ़िया है बुड्ढ़ा मर गया...पीछा छूटा...। जाणंता हूँ मैं इन नामुरादों के मन की बात।'

उसने सबको भेद भरी नज़रों से देखा।

एक कदम में आँगन और दूसरे क़दम में दालान की दूरी नापते वह आने वालों की उपस्थिति का जायज़ा लेने लगा। कौन-कौन आया है, कौन नहीं आया? किसके घर मौत पर हम सबसे पहले पहुँचे थे? उसे सब याद था। अपनी याददाश्त के पैमाने पर वह सबका व्यवहार नाप-तौल रहा था। कौन से परिवार की औरतें सिर्फ औपचारिकता निभाने आई हैं, कौन-कौन दिखावे के लिए घूँघट निकाले बैठी हैं, हर गतिविधि पर उसकी नज़र थी।

'नामाकूल...भजन भी नहीं गा रहीं मेरी मुक्ति के लिए...हुँह! रामप्यारी को ध्यान देना चाहिए अपनी देवरानी सुलोचना की हरकतों पर।' महिलाओं की भीड़ में घिरी अपनी पत्नी को देखकर आज भी उसके माथे पर बल पड़ गए।

'ये लाल सिंह की पत्नी सुलोचना तो वैसे भी हमारे खानदान का नाम ख़राब करने ही आई थी...आज भी वही कर रही है। इसे पता होणा चाहिए कि आज तो मैं इन सबको देख ही रहा होऊँगा...आज भी यहाँ बैठ के पंचायत कर रही है। इसको अपने जेठ जी के जाणे का कोई दुःख नहीं है।' वह जनानखाने में ध्यान लगा ही रहा था कि बाहर कुछ हलचल-सी महसूस हुई।

'आ गए...ले आए।' इस आवाज़ ने वहाँ हो रही सभी तरह की खुसर-पुसर पर रोक लगा दी। जनानखाना भी एक बार के लिए चुप हो गया। आँगन में मौजूद औरतों ने भजन गाने की शुरुआत की मगर परिवार की महिलाओं की सिसकियों ने भजन रुकवा दिए। कुछ ही पलों में सिसकियाँ, रुदन में बदल गईं।

आँगन का एक हिस्सा ख़ाली करने को कहा गया। सीमाओं में बंधा महिलाओं का जत्था एक-दूसरे से ओर ज्यादा सट गया। एंबुलेंस घर के बड़े से दालान में पहुँचकर रुक गई। कुछ हाथों ने एंबुलेंस से उतारते हुए उसे हाथों-हाथ लिया और भीतर आँगन तक पहुँचा दिया।

'मैं दिखता तो अच्छा हूँ...शेर जैसा ओज है मेरे चहरे पर!' तमाम हलचलों और उहापोह से दूर आँगन में रखे अपने शांत पार्थिव शरीर को देखकर उसके चेहरे पर एक लंबी-सी मुस्कान खिंच गई। इससे पहले कभी इतमिनान से उसे आईने में अपना चेहरा देखने की फुर्सत ही नहीं मिली थी। शायद आज पहली बार उसने इतने इतमिनान से अपने आपको देखा था। कुछ देर आँगन में रखे अपने शरीर को निहारने के बाद उसकी नज़र महिलाओं की ओर गई।

घुटनों में मुँह दिए बैठी महिलाओं में से इक्का-दुक्का महिला ने चेहरा ढ़का था जबकि अधिकतर ने पल्लु को आगे लंबा खींचकर आधी छाती तक घूँघट ओढ़ रखा था।

'छाती से रुलाई फूट रही है और ये आँसुओं को रोकना चाह रही हैं...ना...ऐसा

नहीं है। इन्हें आदमियों की नीयत पर शक़ होता है इसीलिए...' उसके मस्तिष्क में विचारों की दुंदुभी बज उठी।

'वो ऐसे घटिया लोग कौन हैं जिनसे परिवार की लुगाइयों को अपनी इज़्ज़त बचाणीं पड़ती है? बिचारी लुगाइयें इन्होंने इस तरह खुद को वहशियों से बचाने की कोशिश कर रखी है।' उसको महसूस हुआ कि इस बार उसे महान ज्ञान की प्राप्ति हो गई है।

'वो समाज के दरिंदे कौन हैं...हमारे घर में???...पर यहाँ तो सभी अपने हैं...तो फिर इनको घूँघट में मुं क्यों छुपाना पड़ रहा है...तो क्या घटिया मानसिकता के लोग इनमें से ही हैं?' कुछ पलों के लिए उसने अपने परिवार के पुरुषों को शक़ की नज़रों से देखा। उसे यह क्रम ज्यादा देर तक बनाए नहीं रखना पड़ा।

'ये औरतें तो मेरे से भी घूँघट रखती हैं। हाँऽऽऽ...पर मेरे से ड़रती थोड़ी हैं, मेरी तो इज्ज़त करती हैं!' विचार बदलते ही उसे खुद पर गर्व-सा महसूस हुआ। इंसान खुद को श्रेष्ठ साबित करने के लिए किसी को भी बुरा बना देता है और ऐसा करते हुए उसे कोई मलाल भी नहीं होता।

'यह समय इन बातों को समझने का नहीं है। आज तो मेरी अंतिम यात्रा की तैयारी का वक़्त है। मैं क्यों इन बेवजह की बातों में उलझ रहा हूँ।' एक बार फिर उसने अपने दिमाग को सही दिशा में चलने का निर्देश दिया।

पंडित जी का इंतज़ाम हो चुका था। उपस्थित पुरुष बारी-बारी से उसकी मृतकाया के पैर छू कर आशीर्वाद लेने लगे। इस बार फिर उसे अपना धैर्य जवाब देता-सा लगा।

'मेरे मरणें पर ये लाल सिंगिये का बेटा पुष्कर भी पहुँच गया...नालायक कहीं का! दुःख काहे का, मेरे मरणे पर इसे तो खुशी ही हो रही होगी...हुँह! आज यहाँ समाज में सबके सामने दिखावा कर रहा है। वैसे तो कभी मेरा आशीर्वाद लेने आया नहीं...जोगिंदर भी, सुंदर भी...लाल सिंह अपने तीनों बेटों को सिखा के लाया है...।' इस समय मौक़े पर मौजूद हर व्यक्ति के हाव-भाव पर उसकी नज़र थी। छोटे भाई लाल सिंह के परिवार पर उसने ख़ास नज़र जमा रखी थी।

'आ जाओ, आशीर्वाद ले लो।' महिलाओं की भीड़ इसी आवाज़ का इंतज़ार कर रही थी। नारियल और सफेद चादर हाथ में पकड़े, औरतों का रेला-सा आ गया। पल भर में घूँघट वाली भीड़ ने आंचल में सम्भाल रखे सामान और जाने वाले से अपने पारिवारिक रिश्तों के अनुसार सौ, दो-सौ या पाँच सौ रुपए मुट्ठी में लिए मृत देह से अंतिम आशीर्वाद की तैयारी कर ली। सबके हाथ में एक समान सामग्री होने के बावजूद इक्का-दुक्का महिलाओं के हाथ में पकड़ी राशि बाक़ी लोगों से कुछ अलग थी। दिखावे की मजबूरी झेलते समाज की जिन महिलाओं ने बड़े नोट

हथेली में दबा रखे थे उन हाथों ने अनजाने में पाँच सौ रुपए को इस तरह पकड़ा था कि साथ खड़ी बिरादरी के जिन लोगों के सामने प्रदर्शन किया जाना था, उन्हें हथेली में दबा वह बड़ा नोट दिख रहा था।

महिलाएँ बेहतरीन संचालक होती हैं। अनगिनत पीढ़ियों के सदियों से पारिवारिक और सामाजिक रिश्तों को महिलाओं ने ही सम्भाल रखा है। कब, कहाँ, क्या करना है और क्या नहीं करना इसकी पूरी समझ उन्हें घुट्टी में पिलाई जाती है। कितना दिखावा करना है और कितना छुपाना है, इस बात को महिलाओं से बेहतर कौन समझ सकता है?

'हाँ, इसीलिए कहते हैं कि ज़िम्मेदारी का ढिंढ़ोरा पीटे बिना औरतें सबकुछ चुपचाप कर देती हैं। धरती पर शायद यही एकमात्र जाति है जो अपनी मेहनत का श्रेय लेने की चाह भी नहीं रखती।' जीवन भर उसने महिलाओं का बेनाम रहकर कर्तव्य निभाना देखा था। आज अपनी मौत के बाद उस सबको याद करते हुए उसके मन में महिलाओं के प्रति आदर-सा पैदा हो रहा था।

'अरेऽऽऽ मार डालोगी क्या? इतनी गर्मी में कितनी चादरों से ढ़कोगी मुझे?' अपने प्राणहीन शरीर पर एक के बाद एक चादर पड़ती देख वह तिलमिला गया। कुछ पल पहले की सुंदर भावनाएँ अचानक भाग खड़ी हुई। तुनकमिजाज़ वह शुरू से रहा है और इस समय का नायक तो वही है इसीलिए उसकी हर प्रतिक्रिया का स्तर सातवें आसमान से मुकाबला कर रहा था। वहाँ उसकी फड़फड़ाहट सुनने की फुर्सत किसी को नहीं थी।

'मर तो गया ही हूँ...' पंडित जी के क्रिया-कलापों से उसे एक बार फिर से अद्‌भुत ज्ञान की प्राप्ति हुई।

'कौन-कौन चादर लाई है और कौन बेवकूफ औरत खाली हाथ ही पहुँच गई?...कितने नारियल चढ़े मुझ पर? किसने कितने रुपए चढ़ाए मेरे ऊपर?' उसने इस सब पर ध्यान लगाया ही था कि एक बार फिर उसे हैरानी हुई।

'घटिया पंडित है साला। किरया करम तो होणें दे हरामखोर। ले जाणां सारे पैसे तूँ ही। हमारे खानदान में मरेड़े आदमी पर चढ़ाए पैसे घरवाले नहीं रखते। तूं थोड़ी सबर तो कर।' वह भुनभुनाया।

'जल्दी करो। ज्यादा देर नहीं रखते घर में। जाने वाले को विदा करो जल्दी। और हाँ, तेरहवीं तक रोजाना गरुड़ पुराण का पाठ करवाना है घर में। इससे सिंग जी की आत्मा को शांति मिलेगी।' पंडित जी का फरमान सुनकर उसे गुस्सा आ गया परन्तु जल्दी ही उसने अपनी भावनाओं को ज़प्त कर लिया।

'ओ मूरख, तुलसां जी कौन लाएगा? तूं सिरफ अपनी जेब भर रहा है, मुझे मुक्ति दिलवाणें का इरादा है कि नहीं। जा, छत पर सूखी तुलसां जी पड़ी है, ले

आ।' उसकी बात पंडित जी तक नहीं पहुँची।

'सुण पंडित मुझे आग में झोंकोगे तब बूढ़ी तुलसी भी चिता पर रखी जाएगी तेरे को मालूम है कि नहीं? जा लेकर आ पर तूं इतणी मोटी तोंद लेकर कहाँ सीढ़िएँ चढ़ेगा! जा, मंगवा ले किसी से।' उसकी सलाह अनुत्तरित रह गई।

'सुंण पंडित, ये सब याद रखना तेरा काम है जबकि याद मैं दिलवा रहा हूँ। अब भूलणें का नाटक मत कर। चल, तुलसां जी को मंगवाने का प्रबंध कर।' एक बार फिर उसने पंडित जी को हुक्म दिया।

'रामप्यारी तेरी बुद्धि को क्या लकवा मार गया है? दुनिया भर में लोग मरते हैं तब तो सारे संस्कार तुझे याद रहते थे आज क्या हुआ? मेरी मुक्ति तो याद रख। तुलसां जी भिजवा और जो तांबे के सिक्के सम्भाल रखे हैं उनको क्या विष्णु भगवान के चढ़ाएगी? वो आज के दिन के लिए ही तो रखे थे। वार के फेंक दे मेरे ऊपर से। जितने लोग उठाएँगे, उतने ही पाप कटेंगे मेरे।' उसके याद दिलवाने के बावजूद रामप्यारी की ओर से कोई हरक़त नहीं हुई।

'इस घर से तो जाणां ही भला। अब यहाँ मेरी कोई कदर नहीं है...सुण प्यारी, नया-नया रंड़ापा है यूँ होश खोएगी तो काम नहीं चलेगा। बाद में पछताणें से कुछ नहीं होगा। उठ, ये ज़िम्मेदारी निभाने का टेम है। सारी उमर पड़ी है, बाद में रो लेना।' उसके कहन को किसी ने सिर-माथे नहीं धरा।

'पहली बार इस दुनियाँ से जा रहा हूँ। यहाँ इतना नाम कमाया, वहाँ फिर शुरू से शुरूआत करणीं पड़ेगी। उस दुनियाँ से नया परिचय होने वाला है वहाँ के बारे में कुछ अता-पता ही नहीं है। कहाँ से शुरू करूँ, किधर जाऊँ...अगले जनम में जहाँ जन्मना है, वहाँ की पहचान भी तो करूँगा। इस घर से इतना ही नाता था।' व्यस्तताओं के बीच उसे चिंतन का समय मिल गया।

'भेजने की इत्ती जल्दी है नालायकों को कि क्या बताऊँ। एकदम से ही चलाचली की तैयारी कर ली!' बड़ी बहू पार्वती को सोने और चाँदी के टुकड़े अपने पति ईश्वर सिंह को सौंपते देख वह बड़बड़ाया।

'मैं भी चलता हूँ...नया पता देखूँ...पता नहीं कहाँ तक जाना होगा...कैसे लोग होंगे वो...क्या बनूँगा मैं अगले जनम में...अब यहाँ मेरा क्या काम!' चिंताओं के समंदर से बाहर निकलकर उसने एक बार फिर परिवार के सदस्यों को देखा।

कुछ पल पहले ही भीड़ में किसी ने कहा था 'वह ज़िम्मेदारियों से मुक्त हो गया...' अचानक उसने अपने आपको काम के भारी बोझ तले दबा हुआ महसूस किया।

'एक गाड़ी तो ले ही लो इस उमर में धूप सहते ये इतनी दूर कैसे जाएँगे?' पंडित जी ने अंतिम यात्रा में पहुँचे बुजुर्गों की ओर देखते हुए कहा।

'मैं जाणंता हूँ कि तूँ ऐसा क्यों कह रहा है। तुझे पैदल चलणे में जोर पड़ता है। तेरे को आदत है माल खाणें और लोगों की गाड़ियों में घूमणे की। अपणां काम करने तो तूँ सारे गाँव में पैदल भटकता फिरता है पर और किसी का काम हो तो तेरे को गाड़ी चाहिए। औरों के बहाने गाड़ी करवा रहा है तूँ (उसने अपनी अंतिम यात्रा में शामिल बुजुर्गों को देखा) मसाणें नज़दीक ही हैं, पैदल चले जाएँगे सारे। इतनी-सी दूर तो चलणां भी चाहिए आदमी को...पैट्रोल पेड़ पर उगता है क्या!' उसके ना सुनाई देने वाले उपदेश एक बार फिर शुरू हो गए। नई-नई मौत हुई थी इसीलिए उसका लोभ-लालच अभी छूटा नहीं था। ज़िंदा रहते हुए उसकी आदत थी कि किसी निर्णय पर उसकी रजामंदी पहले से ना ली जाए तब पूरे के पूरे विचार को वह सिरे से ख़ारिज़ कर दिया करता था।

'चलूँ, मैं भी अपने काम लगूँ।' आगामी यात्रा पर रवानगी से पहले उसने एक आख़िरी बार मुड़कर घर की ओर देखा।

'रामप्यारी कहाँ चली? सारी औरतें किधर जा रही हैं? बहन-बेटियें तो हैं ही नहीं इनके साथ। ये तो सिरफ गाँव-समाज की बहुएँ ही हैं...' वह लगभग हर महिला की कद-काठी को ध्यान से देखकर उन्हें पहचानने की कोशिश कर रहा था।

'आओ, जल्दी चलो। सिंह जी उड़ीक रहे होंगे वहाँ। अंतिम किरिया के बाद वो देवस्थान जाएँगे पर वापस आकर रहेंगे यहाँ अपने निवास पर ही। तेरहवीं के बाद नया चोला पहनेंगे। इतने दिन उनकी सेवा-पानी का ध्यान रखना।' पंडित जी घर की महिलाओं को धर्म-संस्कार समझा रहे थे। 'सिंह जी शमशान में इंतज़ार कर रहे हैं।' सुनकर वह वर्तमान में लौटा।

'मैं...अभी मेरे को मसाणों में मौजूद रहना है, पर क्यों? मैं मर तो गया ही हूँ, अब तो मेरा पीछा छोड़ दो। नालायकों, मुझे आग के हवाले करोगे...कमीणों पता है ना कि मुझे आग में जलने पर दर्द होता है। फिर मैं क्यों देखूँ कि कौन-कौन मुझे आग लगाएगा? दुर्जन कहीं के।' बड़बड़ाहट के बावजूद पैर पटकते हुए वह शमशान की ओर चल पड़ा। जब समय विपरीत हो तब हालात के अनुसार चलना समझदारी की निशानी होती है।

'अभी तो मुझे देखना है कि अगली पैदाईश कहाँ होगी। पता करूँ कि पंडित मेरी तेरहवीं का दिन कौन-सा निकालेगा, वहाँ भी तो जन्म का दिन पता करना है।' एकसाथ काम की इतनी लंबी फेहरिस्त के बारे में सोचकर वह थकने लगा।

'राम नाम सत्य है, राम नाम सत्य है।' कांधियों की ऊँची-ऊँची आवाज़ सुन वह ड़ग भरकर आगे पहुँचा इस बार फिर उसका माथा ठनका।

'ये लाल सिंगिये का छोरा पुष्कर...मेरे बेटे, पोतों की अक्कल पर तो पत्थर पड़े हुए हैं। घर में सात आदमी हैं मुझे तो चार कंधे ही चाहिए थे फिर इसे कांधिया

बनाणे की क्या जरूत है?' उसके माथे पर बल पड़ गए। गुस्सा आने पर उसके शब्दों के उच्चारण बदल जाते थे। न शब्द कब ण में परिवर्तित हो जाता था, उसे भी ख़बर नहीं होती थी।

'ओ नामुराद सुण, मेरी आखिरी यात्रा में तो कम-से-कम मेरी मर्जी का ध्यान रख लेता।' वह बड़े बेटे ईश्वर के कान में फुसफुसाया। बेटे के कान पर जूं तक नहीं रेंगी।

'तूने आज तक अपने ऊपर कोई ज़िम्मेदारी तो ली नहीं। बुड्ढ़ा हो गया कामचोर कहीं का...अब तो तेरे कान भी काम करणे बंद हो गए हैं! आएगा तो तूं भी जल्दी ही मेरे पीछे-पीछे।' वह बहुत कुछ कहना चाहता था। मगर अपनी अंतिम यात्रा में बिल्कुल पीछे आपस में बतियाते लोगों पर उसकी नज़र पड़ गई। इस वक्त उसे जीवन भर के ताने-उलाहणों का कार्यक्रम रोकना पड़ा, वह तुरंत पीछे पहुँचा।

'शेरू ने सारी उम्र खूब नाम कमाया...जवानी तो पूरी निकाल दी पैसा कमाने में। जब तक हाथ-पैर चले, घर से बाहर ही रहा।' इस बात के जवाब में किसी की ओर से कोई भाव व्यक्त नहीं हुए।

'हम साथ पढ़े थे...वो पढ़ाई में शुरू से होशियार था। गणित के फार्मूले उससे अच्छे कोई नहीं जानता...मैं भी नहीं।' इस बार भी उसके लिए अन्य किसी ने कुछ नहीं कहा।

'आप सिंह जी की बात कर रहे हो?' एक किशोर ने पूछा।

'हाँ तुम्हारे लिए जो सिंह जी है, वो मेरा शेरू है।' वह ख़ामोश हो गया। शायद बचपन की गलियों में चला गया था।

'वो कहते हैं ना कि दूसरे की बड़ाई करने को कलेजा चाहिए...जलते हैं नालायक सारे के सारे। इनके मन से मेरे लिए एक भी अच्छा शब्द नहीं निकलेगा...हुँह। गुप्ते पर तो मुझे शुरू से ही भरोसा है। स्कूल के दिनों की यारी है हमारी।' उसने मित्रता के कसीदे पढ़े परन्तु इस बार बालसखा तक भी उसकी आवाज़ नहीं पहुँची।

'दसवीं पास की थी। आगे पढ़ाई करनी चाहता था पर वो कहते हैं ना कि इच्छाएँ कब-किसकी पूरी हुई हैं! इलाक़े के सबसे बड़े जमींदार का बेटा होते हुए भी उसे नौकरी के लिए जाना पड़ा! बस...तब जो गया, सो गया ही गया।' गुप्ता ने लंबी सांस छोड़ी।

'पहुँच गए गुप्ता जी।' भीड़ से आई आवाज़ ने एक मित्र को दूसरे मित्र की विदास्थली पर पहुँचने की जानकारी दी। शरीर का सारा बोझ छड़ी पर छोड़ उसने अंतिम बार मित्र को देखा। गहन शांति के बावजूद भीतर घमासान मचा था। वह जानता है कि वक़्त बस आने को है...मित्र से लंबी जुदाई नहीं झेलनी होगी। छड़ी के मजबूत सहारे के बावजूद गुप्ता जी के क़दम लड़खड़ा गए।

निर्जीव से वफादारी निभाने में सबसे ऊपर छड़ी का नाम आता है। बांस से बनी छड़ी अपने किरदार में आदमी जितनी गाँठों के बावजूद अपनी कमियों पर काबू रखती है। इसी ख़ूबी के चलते आदमी इसे अपने साथ रखता है अन्यथा आदम जात, परोपकार के लिए किसी को अपने साथ नहीं रखती। छली-कपटी स्वभाव के बदले में इंसान सिर्फ वफादारी चाहता है इसीलिए उसी को अपने साथ रखते हैं जो उसके लिए ख़ुद को मिटा दे।

मित्र को सदां-सदां के लिए विदा करते हुए अपनी अंतरात्मा की आवाज़ सुनकर गुप्ता जी लड़खड़ाने लगे। दो हाथ सहारा देकर उसे दूर ले गए।

'क्या सोच रहा है गुप्ते?' शेरू ने गुमसुम खड़े अपने यार से पूछा। जाने क्या भाव रहे होंगे उसके मन में। वह अपने बाल सखा को विदाई दे रहा था या जल्द मिलने का वादा कर रहा था...इस समय शेर सिंह के लिए यह समझना मुश्किल था।

ज़रूरत की लगभग सभी तैयारी पहले ही पूरी कर ली गई थीं जो बच गया, वह अब पूरा हो जाना था। शेर सिंह की पसंद की छड़ी को जैसे ही उसकी देह के साथ चिता पर रखा, उसकी आँखें नम हो गईं। आदमी की फितरत ही ऐसी है कि जो अपना सर्वस्व लुटा दैता है उसके लिए शुक्रगुज़ार रहने की जगह वह अपनी अंतिम यात्रा भी उसी पर सवार होकर करता है। और तो और उसी विश्वास-पात्र को अपने साथ चिता में जलवाने से भी वह गुरेज नहीं करता।

तैयारी हो चुकी थीं। मित्र की अंतिम विदा का समय आ गया था। गुप्ता ने फिर आँखें मूँद लीं। इधर चिता पर देह को लेटाया दूसरी ओर दोहरे शेर के पसीने छूट गए। उसने घबराकर मुँह फेर लिया। चारदीवारी से दूर भरतिया खड़ा था। चेहरे पर दुःख, करुणा और भरी दुनिया में लावारिस हो जाने वाले भाव लिए। यह सांत्वना देने का समय नहीं था, इसकी तात्कालिक ज़रूरत तो ख़ुद उसी को थी। आस-पास और दूर तक उसने रामप्यारी को ढूँढा। उसे यक़ीन था कि रामप्यारी इस भयंकर तक़लीफ को ज़रूर समझेगी, मगर वह यहाँ तक पहुँची ही नहीं। महिलाओं की जिस भीड़ के साथ वह घर से रवाना हुई थी, आधे रस्ते से पहले ही कमजोर कलेजे वालियों की राह मोड़ दी गई।

'मैं कैसे भूल गया कि दोयम दर्जे की नागरिकों का इस दिशा में आना भी मना है?' वह पीड़ा के भयावह समंदर में डूब रहा था। सारी उम्र बेनाम रहकर जो उसकी खेवट बनी रही इस समय उसे सिर्फ वही याद आई।

'वैसे आजकल तो बेटियाँ भी मुखाग्नि देती हैं।' एक मुख ने क्रियाकर्म से नज़रें हटाकर कहा।

'हाँ जिनके बेटे ना हों, उनके ही देती हैं मुखाग्नि।' दूसरे मुख ने पहले मुख की बात वहीं समाप्त कर दी।

'पर औरतों को यहाँ आने की मनाही नहीं होनी चाहिए। घर से चल पड़ी हैं तो वो भी यहाँ तक आ ही जाएँ।' तीसरे मुख ने कहा।

'क्या करेंगी यहाँ आकर भी? जब कुछ करने देना ही नहीं है तो उनको घर में ही रहने देना चाहिए।' नया मुँह इनकी बातों में आ जुड़ा।

'हम जूते-चप्पल पहनकर आते हैं पर उनको काँटों, कंकड़-पत्थरों में नंगे पैर आना पड़ता है। अच्छा है कि आधी दूर आने से ही उनका काम चल जाता है।' परिवार के अतिरिक्त अंतिम संस्कार में पहुँचे लोगों का संख्या बढ़ाने के सिवा वहाँ कोई उपयोग नहीं था। ख़ाली खड़े लोगों ने समय का सदुपयोग शुरू कर दिया था। सामाजिक मुद्दों पर बातचीत से सबके पास अपनी योग्यता दिखाने के भरपूर मौक़े मिलने की संभावना बची रहती है। विचार-विमर्श शुरू होते ही संस्कार में शामिल होने आए पुरुषों को धूप की जलन कम होती-सी लगी। गर्म लू का ताप भी जला नहीं रहा था। अंतिम यात्रा में शामिल प्रत्येक व्यक्ति अपनी बुद्धिमानी और जानकारी से अन्य सभी को चकित करने के उपक्रम में लग गया।

वहाँ ईश्वर सिंह कंधे पर मटकी लेकर चला ही था कि अ-शरीर उपस्थित शेर सिंह की नज़र घी के डिब्बे पर पड़ गई, 'सारा घी पलटते हैं नालायक, बचा के क्या घर ले जाकर रोटियों पे लगाएगा?' वह झल्लाया।

एक के बाद एक सभी संस्कार निभाए जा रहे थे। वह हर विधि-विधान को ध्यान से देखता रहा। बारी-बारी सभी कर्मकांड पूरे हुए अंत में सोना-चाँदी मृत-शरीर पर रखा गया, अंत में अग्नि की बारी आई।

'उफ़...साले जला के ही दम लेंएँगे मुझे।' उसकी पीड़ा कई गुणा बढ़ गई।

वहाँ उसे हिम्मत बंधवाने वाला कोई नहीं था। कुछ देर अकेले असहाय-सा खड़ा रहने के बाद हिम्मत कर वह पलटा। ख़ुद को ऊँची-ऊँची आग की लपटों में घिरा देख भयंकर तक़लीफ से उसने आँखें बंदकर लीं। धीरे-धीरे पलकें खोलीं। दूर खड़ा अपने शरीर और शरीर से जुड़े रिश्तों को स्वाहा होते देखता रहा।

'शरीर नश्वर है, नष्ट हो गया। आज तक तो सब शरीर में बसी मेरी आत्मा को 'सिंह जी की आत्मा' के नाम से जानते थे...अब मेरी आत्मा का नाम क्या रहेगा? इसकी पहचान कैसे होगी?' वह कभी ना ख़त्म होने वाली चिंताओं के जाल में घिरता जा रहा था।

अग्नि शांत होती देख भरतिया वापसी के लिए मुड़ गया। उसने किसी का इंतज़ार नहीं किया। जिसके लिए वह यहाँ तक आया था, वह इस संसार से बहुत दूर जा चुका था। वह जानता है कि अभी-अभी जिस शरीर का वजूद ख़त्म हुआ है, उसकी मौत कई घंटों पहले हो गई थी। आत्मा का आत्मा से कोई रिश्ता नहीं था, दोनों की एक-दूसरे से जुड़ी शारीरिक पहचान उसे श्मशान घाट तक ले आई थी।

उसके लिए सब कुछ स्वाहा हो चुका था। पहले भी उसकी उपस्थिति पर प्रश्न चिन्ह लगते रहे थे परन्तु घर के मालिक के सामने सबको जबरन चुप रहना पड़ता था। वह जानता है जिस परिवार ने उसे अपने बाबोसा के अंतिम दर्शन की इजाज़त नहीं दी, अर्थी के नज़दीक नहीं जाने दिया, उन परिवारजनों के रहते अब उसका यहाँ कोई काम नहीं है।

जब चिता की अग्नि घटने लगी, उपस्थित जनसमूह की मौजूदगी का उपयोग समाप्त हो गया। सबके अधूरे काम पूरा होने के इंतज़ार में थे जिन्हें वापस लौटकर जीवित बचे लोगों को पूरा करना था। अंतिम संस्कार में शामिल होने आए पुरुष अपने-अपने घरों को लौटने लगे।

'मैं भी तो वापस घर पहुँचने की जल्दी में रहता था। अब कोई जल्दी नहीं...कोई काम अधूरा नहीं रहा। जो जैसा छूट गया, पीछे छूटे लोग उसे पूरा करेंगे और ना पूरा करें तब भी क्या फर्क पड़ता है...मेरी ज़िम्मेदारी यहीं तक थी। भागदौड़ से आराम हो गया।' शेर सिंह तटस्थ भाव से स्थिति देख रहा था।

'आप सब जाओ, मैं अग्नि शांत होने के बाद आऊँगा।' बड़े बेटे की बात सुनकर उसे कुछ सुकून मिला।

'चलो, कोई तो है जो मेरे साथ है।' उसने अपने आपको दिलासा दी।

'वैसे मैं यहाँ रुका क्यों हूँ? मुझे भी तो देवस्थान जाना है! पर...जाऊँ कैसे? रास्ता तो मालूम ही नहीं है और अब तक मुझे लेने भी कोई नहीं आया। अरे...कहाँ रह गए भैंसें वाले भाई...(उसने आसमान की ओर मुँह उठाकर आवाज़ लगाई) भैंसा नहीं है तो बग्घी ही ले आओ! अच्छी आत्मा को तो बग्घी पर ही ले जाया करते हैं!' अपने बारे में अच्छा सोचने का हक़ उसे भी तो है। वैसे यमदूत उसे बग्घी पर ही लेने आएगा, इस बात का यक़ीन उसे हमेशा से था।

'अब ये पंडित कहाँ मर गया? मरने के बाद भी ये नालायक ही रास्ता दिखाएँगे।' यमराज के पहुँचने में देरी होने के कारण उसकी खीज बड़बड़ाहट में बदल गई। उसने खुद ही पंडित को ढूँढने की ठानी।

बड़े बेटे का साथ देने के लिए तीन-चार लोग उसके साथ रुक गए। सबने तालाब के पानी से हाथ-पाँव धोएँ, मुँह पर पानी के छींटे मारे और फिर विशालकाय बरगद के पेड़ के नीचे बैठ गए। इंतज़ार के सिवाय वहाँ करने को कुछ नहीं था, स्थिति को सहज बनाए रखने के उद्देश्य से ईश्वर सिंह के साथियों ने सामान्य बातचीत शुरू कर दी। बेटा थोड़ी-थोड़ी देर में पिता की ख़ाक़ हो चुकी देह को जहाँ अंतिम बार देखा था, उस ओर निहार लेता था। चिंगारियाँ शांत हो गई थीं। फ्लैग मार्च के दौरान इलाक़े में महसूस होती शांति की तरह चिता की राख, शांत दिख रही थी मगर वह जानता है कि सब शांत होने में समय लगेगा।

'शताब्दी पूरी कर ली थी शरीर ने, चला-चली का टेम आ ही गया था। पोतों के भी बच्चे हो गए हैं...अब मेरे मरणे का दुःख थोड़ी होना था फिर भी ईश्वररिया उदास है...बाप तो आख़िर बाप ही होता है।' ईश्वर के हाव-भाव देखकर शेर सिंह यही अंदाज़ लगा सका।

'हुँह...एक उमर के बाद स्थिति अच्छी-बुरी कम ही लगती है। जीवन के अनुभव, भावनाओं को दबा देते हैं।' उसने खुद को दिलासा दी।

'ईश्वरिये की उमर सत्तर पार तो हो ही गई है...आँसू तो क्या आणे हैं। अब तो ये अपनी गति के बारे में सोच रहा होगा। इसका भी टेम आया ही समझो।' उसने अपनी सोच को रोककर खुद को धिक्कारा।

'कोई लेणें तो आया नहीं अब तक।' उसने ऊपरवाले को एक बार फिर याद दिलवाया। बे-तार के तार इस बार भी नहीं जुड़े।

'ठीक है फिर, मैं अगली जगह ही जा आता हूँ।' उसने अगली योजना पर काम करना शुरू कर दिया।

'मुझे कैसे पता लगेगा कि जाणां कहाँ है...नालायक पंडित कहाँ मर गया?' वह जिसे जीवनभर पाखंडी कहता रहा, इस समय उसको उसी पंडित की ज़रूरत महसूस हुई।

'हमारे घर ही गया होगा, परिवार से पैसे मूँडने।' वह घर की ओर सरपट हो लिया। रास्ते में कूँए और पंप पर आदमियों को नहाता देख भी रुका नहीं। घर के विशाल प्रवेश द्वार पर पहुँचकर ठिठक गया।

'तूं यहाँ क्यूँ बैठी है? किसका इंतज़ार कर रही है? अब कौन आएगा?' उसने एक के बाद एक लगातार कई सवाल पूछ लिए। उसे किसी सवाल का जवाब नहीं मिला।

'जा, घर में जा। अब मेरा इंतज़ार मत करणां, मैं वापस नहीं आऊँगा। बाहर बैठी रहेगी तो बूढ़े शरीर में गर्मी लग जाएगी। सोग ही तो मनाणां है, जा अंदर बैठ के मना ले।' जर्जर शरीर दुःख और बुढ़ापे के बोझ से दबा कांप रहा था।

'माँ आ जाओ, पानी गर्म हो गया।' ईश्वर सिंह की पोती नैना, नहाने के लिए गर्म पानी करने के बाद दादी को बुलाने आई है यह जानकर उसे चिंता हुई।

'गरम पाणीं...अप्रैल महीने का आखिरी दिन है। गर्मी तो खूब है फिर भी नहाने के लिए पाणीं गरम क्यों लेवे है?' रामप्यारी ने हमेशा की तरह आज भी उसकी बात का जवाब नहीं दिया।

'माँ, डॉक्टर बुलवा दूँ?' पोती को चिंता हो रही थी।

'ना। लौंग, तुलसी, अदरक, दालचीनी, इलायची और कालीमिर्च का काढ़ा बणा दे, थोड़ी देर में ही ठीक हो जाऊँगी।' रामप्यारी की आवाज़ सुनकर उसे याद

आया, 'मेरी उमर तेरह थी जब हमारा गौणा हुआ। आज नब्बे पार के आसपास तो तेरी उमर भी हो ही गई होगी। इत्ता लंबा साथ था, मुझे भूलणां आसान थोड़ी है। बुखार तो चढ़णां ही था...इत्ती कुणबड़ी जोड़ी पर बंधन तेरे साथ ही निभा, बाक़ी सब तो खर-पतवार ही साबित हुए।' उसे रामप्यारी से सहानुभूति-सी होने लगी।

'तेरा सूना माथा देखा नहीं जा रहा प्यारी। जिस उमर से याददाश्त बणी, हमेशा तेरे माथे पे कुमकुम की बिंदी और माँग में सिंदूर देखा था। हाथों को सूना मत रखणा, तुझे कमी नहीं है किसी बात की। सुण, महीना पूरा होने पर सुनार के जाणा और अपणे लिए सोने की चूड़ियाँ बणवा लेणा।' कहते-कहते वह उदास हो गया। आँखों ने वर्षों पहले ही बहना बंदकर दिया था पर आज उसे वहाँ कुछ नमी-सी लगी। उसने मुँह घुमा लिया। सामने से थका-हारा भरतिया आता हुआ दिख गया। रामप्यारी की नज़र उस पर पड़ गई थी। इस बार उसे कुछ सुकून-सा मिला।

दो

'मलकीत पुत्तर, कहाँ है तूं?' दूसरी ओर फोन के उठते ही माँ ने पूछा।

'खेत में हूँ बीजी।' जवाब सुनकर वह समझ गई थी कि बेटे को घर पहुँचने में आधे-पौने घंटे का समय लग ही जाएगा। माँ ने उसे स्थिति की गंभीरता समझाते हुए एक ही सवाल किया, 'प्रीत को अस्पताल ले जाना है। घर पहुँचने में तुझे कितनी देर लगेगी?' आपातकाल की ख़बर शब्दों की सवारी करते हुए बेटे तक पहुँच गई।

'मैं चल पड़ा, बस पहुँचने का ही टेम लगेगा बीजी।' हाथ का काम बीच में छोड़ वह ट्रैक्टर पर जा चढ़ा। मलकीत समझ गया था कि अगर यही वह समय है तब हर काम बाद के लिए छोड़ देना चाहिए। कुछ दूरी पर खेत में पसीना बहाते भाई को आवाज़ दे वह ट्रैक्टर स्टार्ट करने लगा ही था कि बड़े भाई ने जल्दी पहुँचने की हड़बड़ी समझते हुए उसे मोटरसाइकिल ले जाने की सलाह दी। जब तक मलकीत अगला क़दम उठाता, बड़े भाई ने बिना बताए शायद स्थिति समझ ली थी। 'तूं रुक, मैं साथ चलता हूँ।' कहते हुए उसने मोटरसाइकिल स्टार्ट कर मलकीत को पीछे बैठाकर घर के लिए दौड़ लगा दी। वह जानता था कि अगर समय आ गया है तब उसका साथ होना ज़रूरी है। जब तक दोनों घर पहुँचे, तैयारी हो चुकी थी।

'क्या हुआ?' घबराहट दबाने की कोशिश के बावजूद मलकीत की आवाज़ से परेशानी छलक रही थी।

'नौंवां महीना लगे पन्द्रह दिन से ऊपर हो गए। जनम की कोई भी घड़ी हो सकती है। डॉकदर की सलाह लेनी ज़रूरी है...तूं गाड़ी निकाल पुत्तर।' बीजी का चेहरा देखकर कुछ भी कह पाना मुश्किल था, मगर कठिन समय में महिलाओं के कई हाथों वाली शेरांवाली के अवतार के बारे में उसने सुन रखा था। आज बीजी उसी तरह एक साथ कई काम कर रही थीं। अपने कमरे को ताला लगातीं, कंधे पर बैग लटकाए, हाथ में ज़रूरी सामान का थैला पकड़े, दूसरे हाथ से बहू को गाड़ी की ओर चलने का संकेत करते हुए बेटे को ज़रूरी निर्देश देती हुई लंबे रास्ते को सुरक्षित पार कर अस्पताल पहुँचने के बाद का सारा नज़ारा फिल्म वह अपने सामने देख रही थीं।

इस सबके बीच उन्होंने घर की देखभाल में मदद करने वाले किरपाल को पालतू पशुओं के लिए समय पर चारा-पानी देने के निर्देश भी दे दिए।

मोटरसाइकिल को स्पीड लिमिट की अंतिम सूई पर पहुँचाकर हवाओं से मुकाबला कर पहुँचे दोनों भाइयों को अब तक आपातकालीन स्थिति के बारे में कुछ समझ नहीं आ रहा था। सारी हड़बड़ाहट के बीच मलकीत ने पत्नी का चेहरा ध्यान से देखा। वहाँ उसे वैसी बेचैनी नहीं दिखी जिसकी उम्मीद थी। मन में उठती उलझन को दबाकर उसने पूछा, 'कोई तकलीफ तो नहीं?' ना कहने के साथ गर्दन हिलाकर प्रीत ने अपनी बात पर मोहर भी लगा दी। पत्नी का जवाब जानकर वह आश्वस्त हो गया।

'प्रीत को कोई तकलीफ़ नहीं है तो इतनी दूर जाने की क्या जरूत है? डॉक्टर को फोन कर लेते हैं।' आश्वस्ति से वह आश्वस्त हो गया था।

'एक बार मिल लेते हैं डॉक्टर से फिर वो जो कहे।' गाड़ी रवाना होते ही हर बार की तरह इस बार भी बीजी ने रटी-रटाई बातें करनी ही थीं। हमारा ज़माना अच्छा था घर में ही दाई बुला लिया करते थे। उनको सब पता होता था, वो जनम का सही-सही टेम तक बता दिया करती थीं। घर की औरतें मिलकर भी बच्चा जनवा लेती थीं, पर अब तो...! इतना कहने के बावजूद वह बहुत कुछ अनकहा छोड़ दिया करती थीं।

'सत्तावन किलोमीटर की दूरी उस दिन परेशान करेगी।' मलकीत गड्ड़ों वाली सड़क के साथ दूरी के गणित का तालमेल बैठा रहा था। बीजी की उम्र के अनुभव ने प्रीत को एक-दो दिन पहले एडमिट करवाने की बात कहकर अपने बच्चों को परेशानी से उबार लिया।

'पुत्तर गड्डी धीरे चला, प्रीत को तकलीफ़ नहीं होनी चाहिए। वो खानदान को नई पीढ़ी देने जा रही है।' अच्छाई का स्वाद ना चखा हो तब तक बुराई, उतनी बुरी नहीं लगती। बीजी की सारी उम्र इन्हीं सड़कों पर आते-जाते गुज़री थी इसीलिए टूटी-फूटी सड़क से उन्हें शिकायत नहीं थी। सावधानी गाड़ी चलाने वाले की ओर से होनी चाहिए वह ऐसा समझती थीं। सड़क बनवाने या ना बनवाने में सरकार का दोष कितना है, यह भी उनकी समझ के दायरे से बाहर की बात थी। मासूम लोग सिस्टम के किए हर काम पर शुक्रगुज़ार रहते हैं। अपने हक़ की सुविधा मिलना उन्हें इलाक़े के राजनेता का मददगार होने जैसा लगता है। मौलिक सुविधाएँ ना होने पर सरकार से सवाल करने की बजाय आम लोग अपनी किस्मत को दोष देते हैं। आसपास इतनी तरक्की होने के बावजूद बीजी मासूमों की गिनती में ही आती हैं। उन्होंने बहू की पीठ को हाथ का सहारा देकर उसके लिए सुविधा बढ़ा दी। वह यही कर सकती थीं।

अस्पताल पहुँचकर चेकअप के बाद डॉक्टर के सब कुछ नॉर्मल बताते ही बीजी ने बच्चे के जन्म का समय पूछ लिया। 'नौंवा महीना शुरू हो चुका है। आप इसके खाने-पीने और आराम का ध्यान रखो। टाइम होने वाला हो या जब भी परेशानी लगे, इसे तुरंत ले आना।' डॉक्टर की बात वह समझ रही थीं मगर घर से शहरी अस्पताल की दूरी पार कर समय पर पहुँचने का जोखिम उनकी बेचैनी बढ़ा रहा था। बीजी ने एक बार फिर जन्म का समय पूछ लिया।

'जो पेट में है उसने बाहर तो आना ही है। डिलीवरी की डेट का ध्यान रखना। जन्म का समय जब आएगा, आप ही मुझे फोन करेंगी या कोई परेशानी हो तो तारीख़ का इंतज़ार मत करना, उसी समय ले आना। वैसे आप समझदार हैं, इसकी हालत देखकर आप ही समझ जाएँगी कि हॉस्पिटल कब आना है।' मुस्कुराहट के साथ डॉक्टर ने बीजी को सब कुछ समझा दिया।

अस्पताल से फारिग होकर परिवार ने घर की राह ली ही थी कि रास्ते में पड़ने वाले शहर के बजार से खरीदारी के लालच ने बीजी को रोक लिया। बड़े बेटे के साथ वह ज़रूरी सामान खरीदने चली गईं। यह समय मलकीत और प्रीत के लिए बहुत ख़ास था। दोनों को मुश्किल से घर से बाहर कुछ समय अकेले, एक-दूसरे के साथ बिताने का मौक़ा मिला।

'तेरी चिंता रहती है, ध्यान रखा कर अपना।' मलक़ीत ने प्रीत के चेहरे पर प्यार से हथेली घुमाते हुए कहा। बदले में वह मुस्कुराती रही।

'इस वक़्त काम इतना है कि तेरे लिए टाइम ही नहीं मिलता।' मलकीत ने प्रीत को अपने नज़दीक लाते हुए अपनी मजबूरी बताई।

'फ़सल का भी यही टेम है। कोई नहीं, जल्दी ही आप फारिग हो जाओगे।' प्रीत ने मलकीत के कंधों पर अपना सिर रखते हुए उसकी मजबूरी में साझेदारी निभाई।

'क्या खाएगी, चाट बनवाऊँ?' कुछ देर चुपचाप पत्नी का चेहरा देखने के बाद सामने खड़े चाट वाले ठेले की ओर देखते हुए मलकीत ने पूछा।

'नहीं-नहीं, चाट नहीं खानी।'

'क्या हुआ? तुझे तो बड़ी पसंद होती थी चाट!' उसने हैरानी से कहा।

'सारे शौक धरे रह गए मेरे तो। ये आपका लाड़ला मुझे कुछ खाने ही नहीं देता। ऊपर से बीजी हर वक़्त ध्यान रखती है कि मैं क्या खाऊँ, क्या नहीं खाऊँ!' प्रीत ने शिकायत और परेशानी दोनों बातें एक साथ ही बता दीं।

'ले जूस पी, तेरे लिए ख़ास बनवाया है।' उसी समय बीजी ने गाड़ी में बैठते हुए ताज़ा फलों के रस का गिलास प्रीत की ओर बढ़ाया। मलकीत और प्रीत एक-दूसरे को देखकर बिना कुछ कहे मुस्कुरा दिए। अपनी शरारतों को काबू करने के

साथ मलकीत ने अगली सीट पर पहुँचकर गाड़ी स्टार्ट कर दी।

'आप बड़ा ध्यान रखते हो अपनी बहू का।' बेटे ने माँ को छेड़ा। बेटे की बात सुनकर बीजी मुस्कुरा रही थीं।

'आज तो जी भर के शॉपिंग कर ली ना बीजी।' मलकीत ने घर लौटते हुए कहा।

'हाँ थोड़ी-बहुत तो हो गई पर जल्दीबाज़ी में ज़रूरी सामान छूट भी गया।' बीजी ने समझा दिया कि ख़रीदारी कभी जी भरकर नहीं हो सकती।

वह अक्सर यह कहते हुए ऊपरवाले का शुक्राना अदा किया करती हैं कि उसकी बड़ी मेहर है। जीवन में उन्हें किसी बात की कमी नहीं है बस शहर ही उनकी पहुँच से दूर पड़ जाता है। बाज़ार घूमने और खरीदारी को उनका मन तो बहुत करता है पर घर की ज़िम्मेदारियों को भुलाकर वह अकेली, इतनी दूर जा नहीं सकती और बच्चों को इस सबके लिए समय ही कब होता है।

'अगली बारी जब आएँगे, टेम निकालकर बच्चे का सामान ज़रूर ले लेंगे।' बीजी की घोषणा सुनकर मलकीत हैरान था।

'फिर आज क्या लिया आपने? ये बैग भर के जो शॉपिंग की है, ये किसके लिए है?' मलकीत की बात पर दोनों भाई ठट्ठा कर हंसे। बीजी मुस्कुरा रही थीं मगर दोनों बेटों के साथ मिलकर बहू का इस तरह अपनी सास का मज़ाक बनाना उन्हें अच्छा नहीं लगा।

❑❑❑

'अच्छा...तो मैं इस परिवार में जनम लेऊँगा।' घंटों की दौड़-भाग के बाद फुर्सत मिलने पर शेर सिंह ने निष्कर्ष निकाला।

'वो नालायक पंडित तो कह रहा था कि दोबारा इंसान का जनम लेणे के लिए कई लाख जूणियों से गुज़रना पड़ता है! उसने कहा था इंसानी देह में दोबारा जन्म लेने के लिए भौत सारे अलग-अलग जनम लेने पड़ते हैं।' स्थिति समझने की कोशिश में वह उलझता जा रहा था।

'अरे सुणोंऽऽऽऽ तुम्हारे यहाँ ओर कोई जन्मने वाला है क्या?' वह जानता था कि उसे सवाल का जवाब नहीं मिलेगा मगर इस क्रांतिकारी विचार ने उससे घर में मौजूद सभी पालतू जीव-जंतुओं और आसपास के आज़ाद पंछियों तक की जाँच करवा दी।

'कुत्ते-बिल्ली और मछलियाँ भी...पिंजरे में तोते और छोटी रंगीन चिड़ियें भी बंदकर रखी हैं! भाई इतनी चीजें पालते क्यों हो घर में? अब इन सबके गर्भ से होने

की पड़ताल कैसे करूँ...?' घर में मौजूद अलग-अलग प्रजातियों के पशु-पक्षियों की संख्या के साथ शेर सिंह की परेशानियाँ बढ़ रही थीं।

'तुम्हारे इलाक़े में तो भैंसें पालते हैं। गाय कौन पालता है यहाँ? और वो भी एक-दो नहीं दर्जन भर!' एक दर्जन से ज्यादा गायों को देखकर वह बौखला गया।

'भैंसें भी हैं।' दूर नज़र पड़ने पर दस-बारह की संख्या में एकसाथ बंधी भैंसों को देखकर उसने अपना सिर पकड़ लिया। कुछ अलग तरह की आवाज़ें सुनकर उसने दूसरी ओर नज़र घुमाई। खेतों के बीच बने तालाब में अठखेलियाँ करती बतखों को देख उसके माथे पर बल पड़ गए।

'अरेऽऽऽ भई, तुम चिड़ियाघर क्यों नहीं खोल लेते? मुर्गियों का बाड़ा भी बणा रखा है। बत्तखें पाल रखी हैं...इतना सब करणा ही था तो दो-चार बच्चे भी ओर कर लेते। कामवाले तो बाहर से नहीं बुलाणे पड़ते। अपनी सल्तनत, अपने कामगार।' काम करते लड़कों को देखकर उसने कहा। उसके इस विचित्र तर्क पर प्रतिक्रिया देने के लिए वहाँ कोई नहीं था।

'इनके पेट का आकार तो ठीक ही दीख रहा है इसका मतलब ये पेट से नहीं हैं। हम्म्म....इसका मतलब मेरा तो अगला जनम भी इंसान का ही होगा!' पशु-पक्षियों को निहारने के बाद वह निष्कर्ष पर पहुँच गया।

'सारा दिन अगला जनम पहचानने में लग गया...सारी उमर इन पंडितों ने बेवकूफ बणांए रखा। कहते थे लाखों जनमों के बाद दोबारा इंसान का चोगा मिलता है। अगर वो सही कहते हैं तो यहाँ मैं दोबारा आदमी का जनम कैसे लेणें वाला हूँ?' अनजान लोगों से ऊँची आवाज़ में पूछा प्रश्न भी अनुत्तरित रह गया।

'पंडित के पास तो ज़मीन-खेत है नहीं। मान लिया कि उसकी कमाई का जरिया हम ही हैं। वो हमें बेवकूफ बना के अपना उल्लू सीधा करते हैं पर हमारी बुद्धि क्या घास चरती रहती है जो हम उसकी बात पर आँखें बंद करके भरोसा करते रहते हैं?' दोबारा इंसान का जन्म मिलने की जानकारी ने उसके ज्ञानचक्षु खोल दिए थे। अब उसके लिए कोई बंधन या सीमा नहीं थी जो उसे कहीं पहुँचने से रोकती। वह जहाँ चाहे आ-जा सकता था, जो मर्जी बोल सकता था। फिलहाल हर चीज़ को लेकर उसे अलग-सा महसूस हो रहा था। इस नए अनुभव को वह आज़ादी तो नहीं कह सकता मगर यह उससे किसी तरह कम भी नहीं था।

'मेरा जनम किस रूप में होगा, स्त्री या पुरुष, यह भी जाँच ही लेता हूँ।' जानकारियाँ जुटाने में सीमाओं के बंधन से मुक्ति का अहसास उसके लिए जादुई करिश्मे जैसा था।

'लड़की के जीवन को सारी दुनिया तलवार की धार पर चलने जैसा जोखिम वाला बताती हैं पर सच्चाई तो ये है कि कठिन तो आदमियों का जीवन होता है।'

अपने जिए हुए जीवन की बारीकियों को समझते हुए उसने अपना मत पूरे आत्मविश्वास के साथ रखा।

'नौकरी-रोजगार नहीं मिले तो आदमियों का घर में बैठकर गुज़ारा भी नहीं होता। औरतों का क्या है, वो तो घरबारी में भी दिन गुज़ार ही लेती हैं।' जहाँ दूसरा पक्ष अपना मत रखने में असमर्थ हो वहाँ अपने पक्ष को स्थापित करने से पीछे नहीं हटना चाहिए। बल्कि अपने विचारों को मनवाने में एड़ी-चोटी का जोर लगा देना चाहिए, वह ऐसा ही कर रहा था। परेशानी से उबरने के बाद इंसान दार्शनिक बन जाता है। शेर सिंह इस समय मर्दानी सोच का मसीहा बनने की ओर चल पड़ा था।

'दाल-रोटी तो घर के आदमी को ही जुटानी पड़ती है...वैसे ये तो हमारे ज़माने की बातें थीं आजकल तो लड़कियाँ भी बराबर कमाती हैं! दोनों बराबर काम करते हैं, पैसे कमाते हैं तभी घर खर्च चलता है...इसका मतलब यह हुआ कि जनम कोई भी हो, रोजगार का जुगाड़ दोनों को बराबर ही करना पड़ेगा।' ज़िम्मेदारी का बोझ ढोने के क्रम में वह पुरुष से कमतर आंकने वाले महिला-समूह को समानता देने के मुद्दे पर सहमत हो गया। स्वार्थ इंसान से कुछ भी करवा लेता है। अभी उसकी नई-नई देह छूटी थी, इंसानी कमजोरियों से ऊपर उठने में समय लगना था।

'मेरे विचार और व्यवहार तो मेरी पीढ़ी जैसे हैं। नए ज़माने के बच्चों में मेरा गुज़ारा कैसा होगा?' उसे अगले जन्म की चिंता हुई।

'तो इसका मतलब यह हुआ कि अब मुझे कुछ दिन पोते के बच्चों का व्यवहार ध्यान से देखणां पड़ेगा। वैसे...उनकी हरकतें मुझे कभी पसंद नहीं आई पर वो कहते हैं ना कि ज़रूरत में तो गधे को भी बाप बनाना पड़ता है...!'

तीन

सुबह से घर के अलग-अलग हिस्सों में युद्ध-स्तर पर तैयारियाँ चल रही थीं। दालान और बैठक की ज़िम्मेदारी घर के पुरुषों के कंधों पर थी जबकि महिलाएँ अपने अधिकार-क्षेत्र के काम निपटाने में लगी हुई थीं। घर की देखभाल, मेहमाननवाजी और खाना-पीना हमेशा से महिलाओं का नैतिक कर्तव्य रहा है और किसी महत्वपूर्ण दिन पर उनके कर्तव्यों की सूची कुछ ज्यादा ही लंबी हो जाया करती है। उस दिन भी घर की लगभग सभी महिलाएँ पियर प्रैशर के तहत परिवार और समाज की अपेक्षाओं पर खरी उतरने में जी-जान से जुटी हुई थीं। घर-परिवार की महिलाओं के साथ रिश्तेदारी से आई महिलाएँ भी इस दबाव को झेलने को मजबूर थीं। जो ऐसा नहीं कर रही थीं वह भी कम से कम व्यस्त होने का दिखावा तो कर ही रही थी। दौड़-भाग के बीच घर की बड़ी बहू पार्वती ने आँगन में पहुँचकर दस, पचास और सौ रुपए के नोट पोटली में रखते हुए रसोई का मोर्चा सम्भाल रही ननद से गऊ ग्रास की तैयारी के बारे में सवाल पूछा था। इससे पहले कि छोटी ननद रजनी कोई जवाब देती, 'माँ मेरे पैसे तो आप ही रखो। जब लेना-देना होगा, तब आपसे ले लूँगी।' कहती हुई पार्वती की बड़ी बहू ने अपने हाथ में पकड़े रुपए सास को थमा दिए। बीस-बाईस वर्षों की अनुभवी बहू जानती है कि सास को महत्वपूर्ण महसूस करवाने के लिए मौके तलाशने की ज़रूरत नहीं होती। ऐसी स्थितियाँ जब-तब अपने आप पैदा होती रहती हैं। बड़ी बहू का अनुसरण करते हुए नई बहू ने भी हाथ में पकड़ा बटुआ सास की ओर बढ़ा दिया।

'अपने पैसे अपने पास रखो भई। आने-जाने वालियों का मान-तान करना होगा तब भीड़ में मुझे कहाँ ढूँढती फिरोगी?' रुपए हाथ में लेने के बाद पार्वती ने आँगन में मौजूद महिला रिश्तेदारों के सामने अपना रौब दिखाया। बहुओं के हाथ में पकड़ी नोटों की गड्डियों से संयुक्त परिवार में उनकी स्थिति स्पष्ट हो रही थी। इसके बावजूद दिखावा इतना ज़रूरी था कि पार्वती इस झूठ को खुशी-खुशी ओढ़ने के लिए तैयार थी। दिखावा, झूठ का लबादा होता है। इसे ओढ़ने वाला व्यक्ति सच बनाए जा रहे झूठ से परिचित होते हुए भी ऐसा करता है जबकि ओढ़ाने वाला, अपना

निजी स्वार्थ साधता है। दोनों पक्षों के हित सध जाते हैं इसीलिए सदियों से यह परंपरा फल-फूल रही है।

'मैं तो रसोई में हूँ लेना-देना कैसे करूँगी? मेरी तरफ से सबका मान-तान आप ही कर देना।' नई बहू घर की अकेली ऐसी सदस्य है जो एकल परिवार से सीधी संयुक्त परिवार वाले इस गहरे समंदर में पहुँच गई है। उसे यह समुद्र सिर्फ गहरा ही नहीं लगता है बल्कि कई तरह की प्रजातियों वाले जीवों से भरा-पूरा भी लगता है।

अलग-अलग स्वभाव वाले लोगों की राजनीति हर बार उसकी समझ के दायरे से बाहर रह जाती है।

'भाईसा गऊ ग्रास और कागोळ देने गए हैं।' सास-बहुओं की बातचीत के बीच रजनी ने पार्वती के सवाल का जवाब दिया। परंपरा के अनुसार मृत व्यक्ति की आत्मा की मुक्ति के लिए घर के बड़े बेटे को सारे रीति-रिवाज निभाने हैं। शेर सिंह की मौत पर उसके बड़े बेटे ईश्वर को यह अधिकार मिला है।

रिवाज़ के अनुसार दिन की शुरुआत गरुड़ पुराण के बाद गाय और कौओं को रोटी खिलाने से शुरू होकर शाम के समय शेर सिंह की तस्वीर के सामने धूप-दीप जलाने तक चलती रहती है। तेरहवीं तक दिन में तीन बार ईश्वर अपने पिता की पसंद का भोजन और उसकी आत्मा की शांति के लिए पूजा-पाठ करने वाला है। मृतक की पसंद का जीवन जीने वाले पुरुष सदस्य को बीकानेर से सटे उदयरामसर गाँव का अहीर समाज 'ईकोळिया' कहता है।

रजनी की बात से 'भोजन तैयार है' का संदेश सब तक पहुँच गया। आगे की कार्यवाई कब और कैसे करनी है, इसकी जानकारी घर में मौजूद सभी लोगों को थी। जो रिवाज़ यहाँ निभाए जाने हैं, वह किसी के लिए नए नहीं हैं। वैसे लगभग पूरे उत्तर भारत में एक ही जैसी परंपराएँ निभाई जाती हैं।

'भोजन तैयार है तो पहले घर के आदमियों और बच्चों को खाना खिलाओ।' घर की बड़ी बहू पार्वती ने रसोईघर में कदम रखते हुए कहा। खाना बनाने का काम लगभग पूरा होने को था। भोजन थालियों में परोसने तक का सारा काम रजनी का होगा। इसके बाद सब के हाथों में थाली पहुँचाने की ज़िम्मेदारी पार्वती उठाने वाली थी। यह समय सारी मेहनत का श्रेय लेने के लिए एकदम सही रहता है। वह सही मौक़े पर सही जगह पहुँच जाया करती है।

'बैठक में खाना भिजवा दिया। आप सबके लिए थालियाँ लगा रही हूँ।' शेर सिंह देख रहा था कि उसकी छोटी बेटी रजनी ने नई बहू और दो सहायिकाओं के साथ मिलकर रसोई का मोर्चा सम्भाल रखा है।

'पहले अपने भाईसा को भोजन करवाओ, वो ससुर जी के लिए भोजन

करेंगे। उनसे पहले हम खाना नहीं खा सकते।' पार्वती ने आदेश दिया। घर-परिवार की परंपराएँ निभाते-निभाते बड़ी बहू को सब कुछ इस तरह याद हो गया है कि उससे कहीं-कोई ग़लती हो जाए, इस बात की गुंजाइश ना के बराबर होती है। पार्वती के रहते रामप्यारी को घर-गृहस्थी और आने-जाने वालों के मान-सम्मान की चिंता करने की ज़रूरत कम ही पड़ती है।

'सबको भाईसा के बाद ही खाना चाहिए तो घर के आदमी पहले भोजन क्यों कर रहे हैं?' रजनी का स्वभाव कुछ-कुछ अपने पिता जैसा है। जो बात उसे नापसंद हो, ऐसी बातों को अनदेखा करना उसके लिए मुश्किल होता है। पिता की मृत्यु का शोक भी उसे पलटकर सवाल करने से रोक नहीं सका।

'छोटी बाई जी की उम्र पचपन के आसपास तो है पर उनके विचार एकदम नए ज़माने के हैं।' पार्वती की बात सुनकर शेर सिंह को अपनी बेटी पर गर्व जैसा कुछ हुआ।

'आ जाओ, हम सब भी जल्दी-जल्दी भोजन निपटा लें। आज तीये की बैठक है, ज्यादातर लोग आज ही आएँगे।' पार्वती ने घर में मौजूद महिलाओं को भोजन के लिए बुला लिया। विरोध की पहली आवाज़ बदलाव की नींव का पत्थर बनती है। सभी महिलाएँ बदलाव चाहती थीं मगर परंपरा तोड़ने का अपराध और विद्रोहिणी कहलवाने का आरोप अपने सिर लेने को कोई तैयार नहीं थी। रजनी के सवाल ने पीढ़ियों से चली आ रही परंपरा की चूलें हिला दीं। घर की बेटी की बात सिर-माथे पर रख ली गई। ईकोळिए से पहले महिलाओं के लिए भोजन की राह खुल गई।

'तीये की बैठक' मृत्यु के तीसरे दिन की रस्म है। सुबह से घर में इसी के लिए तैयारियाँ चल रही थीं। घर में समाज और रिश्तेदारों का जमावड़ा होने वाला है। शेर सिंह की मृत्यु के अगले दिन आए बुधवार ने बहुत सारी संवेदनाओं की अभिव्यक्ति को रोक लिया था। ऐसी रुकी-थमी अभिव्यक्तियों के साथ आज वह सब भी पहुँचने वाले हैं जिनके लिए लेने-देने का गणित समझना ज़रूरी है। यानी परिवार की बेटियों के ससुराल से कोई ना कोई आवश्यक रूप से इस बैठक में उपस्थित रहने वाला है। भविष्य में अपने घर में होने वाली मौत पर इस घर से मिलने वाले खर्च का हिसाब ऐसे रिश्तेदार अभी से लगा लेंगे।

आज के जमावड़े में रिश्तेदारों के साथ शुभचिंतक और परिचित भी मौजूद रहेंगे। सबके लिए मृतक के सामाजिक रुतबे की ताज़ा जानकारी रखनी ज़रूरी है। सामाजिक जीवन की अपनी मजबूरियाँ हैं जिन्हें निभाने के लिए सब लोग पहुँचने वाले हैं। आँगन में चल रही हड़बड़ी का कारण यही सब था।

'माँ-सा के लिए भोजन परोसा कि नही?' जल्दबाजी में पहला कौर मुँह में

रखने के बाद पार्वती को सास की याद आई।

'सासूजी को ही भूल जाओ, इत्ती जल्दीबाजी ठीक नहीं बीनणीं।' शेर सिंह इस तरह की गलतियों की कभी अनदेखा नहीं कर पाया। उसने आज भी घर की बड़ी बहू को टोक दिया। टोका-टाकी में उसने कभी कमी नहीं रखी इसके बावजूद अपनी ओर से रिश्तों की अहमियत भी कम नहीं होने दी। बहुओं को सिर्फ नाम से बुलाना उसे अच्छा नहीं लगा इसीलिए नाम के साथ उनको बीनणी ही कहता रहा। वैसे रामप्यारी के होते हुए उसे बहुओं से कुछ कहने-सुनने की ज़रूरत कम ही हुई।

'हाँ वो खाना खा रही हैं। आप ले लो फिर और सबको भी बुलाती हूँ।' रजनी को रसोईघर की ज़िम्मेदारी सौंपकर परिवार की वरिष्ठ महिलाएँ, ख़ास तौर पर पार्वती इस ओर से निश्चिंत हो गई थी।

'भरतिये को सबसे पहले खाना दे दो। माँ-सा को ख़बर हो गई कि उसे बाद में खाना दिया है तो बखेड़ा हो जाएगा।' ज़िम्मेदारियों के बोझ से दबी पार्वती ने ननद को याद दिलाया।

घर के सभी कामवालों को हमेशा से आख़िर में खाना दिया जाता था। रामप्यारी ने वर्षों पहले घर की कमान अपने हाथों में लेते ही सबसे पहले इस परंपरा को बदल दिया था। उसका मानना है कि भूख से परेशान होकर जो व्यक्ति पैसे कमाने आया है, उसे भोजन समय पर मिलना चाहिए। सही समय पर पेट भरने का यक़ीन होने पर कामगार मन लगाकर काम करते हैं। अन्य बदलावों की तरह उसका यह विश्वास भी सही साबित हुआ। रजनी ने सभी कामगारों को खाना भिजवा दिया था।

'आने-जाने वालों में सबकी चाय-पानी और बाकी सम्भाल यही लोग करेंगे। अभी खाना नहीं खाया तो इन सबको दोपहर बाद ही फुरसत मिलेगी। बाईसा जल्दी से इन सबको भोजन भिजवाओ।' पार्वती ने एक बार फिर ऊँची आवाज़ में घर-आँगन को अपनी ज़िम्मेदारियों से परिचित करवाया।

घर के सारे काम की ज़िम्मेदारी पार्वती ने सिर्फ ओढ़ रखी थी। वह हो-हल्ला मचाकर सबका ध्यान अपनी ओर खींचने में माहिर है। वह जानती है कि कब काम करना है और कब काम का दिखावा करना है। बिना हंगामा किए असली ज़िम्मेदारी रजनी और नई बहू के कंधों पर थी।

'भाभी-सा क्यूँ शोर मचा रही हो? काम करो चाहे मत करो पर लोगों का ध्यान अपनी तरफ खींचना आता है आपको। रजनी अपने आप कर लेगी सब कुछ। और नहीं तो हम हैं ना उसकी मदद के लिए।' मंझली ननद ने पार्वती को टोक दिया।

'रसोई में चारों महिलाओं ने सुबह चार बजे काम शुरू किया था। रोजाना मेरी

पसंद का भोजन बनता है। रात सोने से पहले ही तय कर लिया था कि आलू और बड़ी की तरी वाली सब्जी के साथ हाथ की चक्की से पिसी हुई मिली-जुली दाल बनेगी। रायता, चटनी, भरवां बेसन वाली मिर्चें और सलाद। हर चीज़ समय से तैयार हो गई थी बस पंचधारी के लड्डू बनाने में ही थोड़ा टेम लगा। पर आज रोटी सादे आटे की रखी! शाम को अचारी भरवां प्याज़ और बेढ़णी रोटी के साथ मीठे में खीरानंद बने तो अच्छा। सारी रिश्तेदारी से लोग आ रहे हैं, भोजन सुस्वाद तो होना ही चाहिए।' अपने नाम और प्रसिद्धि का ध्यान शेर सिंह को हमेशा रहा।

'गर्मियों में तपती रसोई में घुसे रहना सबसे मुश्किल काम है। चारों पसीने से तर हो रही हैं।' भट्टी-सी जलती रसोई में पसीने में भीगी, खाना पकाती महिलाओं को देख उसने दोबारा इस ओर ना जाने का फैसला कर लिया।

'सुबह से एक बार भी किसी को याद नहीं आई मेरी। घर में भागी फिर रही हैं सारी लुगाइयें। एक मिंट की फुर्सत नहीं है इनको। कोई दरियें बिछाने में व्यस्त है, कोई कूलरों में पाणीं भरवा रहा है। भोजन के प्रबंध की तो पूछो ही मत, घर में शादी-ब्याह का-सा उत्सव कर रखा है।' बड़बड़ाते हुए वह अपने लिए माकूल जगह की तलाश में घर का हर हिस्सा खंगाल आया।

'भाईसा को भोजन के लिए बुलाओ।' रजनी ने ईश्वर को बुलाने के लिए अपने से दो पीढ़ी बाद के किशोर को ज़िम्मेदारी दी।

'कहाँ रह गए थे? इतनी देर लगाया करते हैं क्या?' ईश्वर के आँगन में क़दम रखते ही पत्नी के सवालों ने उसे घेर लिया।

'पंडित जी ने उलझा रखा था। कल तक गाय और कव्वों को रोटी देने से काम चाल रहा था पर आज उन्होंने कहा कि गऊग्रास तो काली गाय को ही देना पड़ेगा।' ईश्वर ने पंडित जी का नया फरमान सुनाया।

'अपनी 'रामा' को दे देते और वो पिताजी को प्यारी भी बहुत थी।' पत्नी ने पालतू काले रंग की गाय के बारे में याद दिलवाया।

'घर वालों को नहीं देते। 'रामा' बाहर की थोड़ी है, वो तो परिवार है। गाय और कव्वे दोनों तालाब के पास मिले। आने-जाने में इत्ता सारा टेम लग गया।' हाथ धोकर ईश्वर ने ज़मीन पर ख़ास तौर से उसके लिए बिछाए आसान पर स्थान ग्रहण कर लिया।

'गऊ ग्रास और कागोळ देने रोज़ाना वहीं जाया करोगे?' भोजन परोसते हुए पत्नी ने पूछा।

'हूँ।' थाली में पिता की पसंद का भोजन देखते हुए ईश्वर ने जवाब दिया।

'इतनी दूर पैदल कैसे जाओगे? सुबह-सुबह तो भाग-दौड़ भी रहती है। ज़िम्मेदारी लगा दो किसी बच्चे की। ये सारे दिन खाली ही तो रहते हैं, ले जाएँगे

आपको रोजाना गाड़ी से।' पति की दौड़-भाग समझकर पत्नी ने सुझाव दिया।

'हाँ, कह दिया। कल से गाड़ी से ही जाऊँगा वैसे भी सुबह-सुबह थाली हाथ में लिए कहाँ तक भटकता फिरूँ।' ईश्वर ने अपनी परेशानी बताई।

'घर में भी धूप-दीप कर दो।' पार्वती ने याद दिलाया।

'सुबह पंडित जी गरुड़ पुराण का पाठ करने आए थे तब किया तो था।' ईश्वर ने थाली से नज़र हटाकर पत्नी की ओर देखा। दोनों जानते हैं कि दूर-दराज़ से आए लोगों के बीच परिवार में अपना ओहदा दिखाने का यह सही मौक़ा है। खाना ख़त्म होने तक दोनों की बातचीत चलती रही। पर्दा रखने वाले समाज में बड़ी बहू के लिए बिना घूँघट ओढ़े सबके सामने पति से बात करते हुए अपने रिश्ते की गहराई और परिवार में अपना रुतबा दिखाना ज़रूरी था।

'अगरबत्ती ख़तम हो गई। बाद में टेम नहीं मिलेगा अब्बी नई अगरबत्ती लगा दो कमरे में। लोग आएँगे तो ख़ुशबू आती रहेगी।' शेर सिंह ध्यान से बेटे-बहू की बातें सुन रहा था। इस बार पार्वती की बात सुनकर उसके सब्र का बाँध टूट गया।

'सुणों, मैं भगवान नहीं हूँ जिसकी पूजा कर रहे हो सारे मिलकर। नालायकों तुम्हें चैन नहीं है क्या? मेरी आँखों में धुंआँ भर दिया धूप-बत्ती कर-करके। अब छींकें आणीं बाक़ी रही हैं बस।' उसने ऊँची आवाज़ में दोनों को डांट लगाई।

'देख तो कौन आए हैं? लाल सिंह काका जी ही हैं या ओर कोई है?' पार्वती ने गाड़ी रुकने की आवाज़ सुनकर भरतिये को सड़क की ओर खुलने वाले दरवाज़े की ओट दौड़ाया।

'हाँऽऽऽ बाहर की आवाज़ तुम्हारे कानों में पड़ गई पर मैं जो कह रहा हूँ वो नहीं सुणां।' कहते-कहते वह भी आगंतुक की ख़बर लेने बाहर चल दिया।

'माँ को लाओ...यहाँ बिठाओ। आओ...आ जाओ, जल्दी से माँ के पास ही बैठें सारी।' गाड़ी में आए लोगों की सूचना पहुँचने से पहले ही पार्वती ने व्यस्तताओं से जूझ रही महिलाओं को अपने-अपने ओहदे के अनुसार स्थान लेने की याद दिलाई। उसका मानना है कि सुख-दुख का साथी होने के साथ समाज में अच्छे आचरण का दिखावा बहुत ज़रूरी है। अगले तेरह दिनों के लिए नई तरह की दिनचर्या की शुरुआत का समय हो गया था। चौथी पीढ़ी की नैना के हाथ का सहारा लिए रामप्यारी ने आँगन से लगे बरामदे में क़दम रखा ही था कि नई बहू की आवाज़ आई, 'रुको, माँ-सा ज़मीन पर नहीं बैठ सकती। पीढ़ा लाती हूँ इनके लिए।' नई बहू को रामप्यारी के घुटनों का दर्द याद था। पीढ़ा पहुँच गया। इस बार भी रामप्यारी ने अपने सामने दरी पर बैठी भीड़ पर पीढ़े की ऊंचाई से नेतृत्व हासिल कर लिया। पीढ़े पर बैठकर चश्मा ठीक करते ही सामने की दीवार पर लगी शेर सिंह की माला चढ़ी तस्वीर उसे अपनी ओर देखती हुई मिली। शीशे के फ्रेम में क़ैद शेर सिंह से अंतिम

विदा के बाद रामप्यारी की यह पहली मुलाक़ात थी। यह दो-चार पल उन दोनों के बिल्कुल निजी हो गए थे। घर में मौजूद महिलाएँ रामप्यारी के आसपास जमा हो गईं। बाहर से आने वालों के लिए तैयारी पूरी हो गई थी।

'लाल सिंह काका जी का परिवार है।' चाचा के सपरिवार पहुँचने का समाचार देने के बहाने ईश्वर घर के भीतर की तैयारी का जायज़ा ले रहा था। महिलाओं की सत्ता वाले इलाक़े में वह बिना मकसद यहाँ-वहाँ नहीं घूमा सकता था इसीलिए लगे हाथ उसने अगरबत्ती जलाने की ज़िम्मेदारी भी पूरी कर दी।

'पिताजी सारी उमर कहते रहे कि परिवार का आपसी व्यवहार अच्छा होना चाहिए! हमारा आपस का व्यवहार, समाज में हमारी प्रतिष्ठा बनाता है।' शेर सिंह की मौत पर रामप्यारी के चुप हो जाने से पार्वती को बोलने का मौक़ा मिल गया था। वही सास जो उसको बेवजह बोलने से रोकती थी, उसी के सामने वह लगातार बोल रही थी।

'यहाँ क्या झाँक रहा है? जा, बाहर की व्यवस्था संभाल।' ईश्वर को अपने पिता की झिड़की नहीं सुनी। हाँ, इस दौरान बाहर से आती आवाज़ें सुनकर वह जिस तेज़ी से आया था, उतनी ही फुर्ती से लौट गया।

अभी-अभी पहुँचे परिवार के पुरुष सदस्य दालान में रुक गए जबकि उनके साथ आई एकमात्र महिला आँगन में पहुँच गई थी। लाल सिंह की पत्नी अपनी जेठानी के करीब आकर बिना कुछ बोले, चुपचाप खड़ी हो गई। किसी ओर को कुछ समझ आता इससे पहले पार्वती ने स्थिति सम्भाली, 'पीढ़ा लाओ काकी-सा के लिए।'

'सब कुछ जल्दी-जल्दी करने के बावजूद सात बज ही गए।' लाल सिंह की पत्नी सुलोचना ने पीढ़े पर बैठकर जेठानी के बराबर ओहदा हासिल करने के बाद दीवार के सहारे पीठ टिकाने के बाद कहा।

'एक निवाला भी नहीं रखा मुँह में। निर्णाबासी हूँ अभी तक।' अगली ही पंक्ति में उसने सुबह से बिना कुछ खाए-पिए आने पर अपने इस महत्वपूर्ण त्याग की ख़बर ख़ासतौर से रामप्यारी को दी।

'रोटी नहीं खाई है तो यहाँ खा ले।' रामप्यारी ने हाथ के इशारे से अपनी ज़िम्मेदार बहू को बुलाया।

'आपकी छोटी देवराणीं अब्बी तक नहीं आई।' उसकी अगली बात आदतन शिकायत से शुरू हुई। उसके लिए भूख और रोटी जितना ही महत्वपूर्ण इस सच्चाई को समस्त कुटुम्ब को याद दिलाना था। इस समय वह शेर सिंह के तीसरे भाई की पत्नी के अब तक नहीं पहुँचने की बात कर रही थी।

'मौक़ा देखकर बोला कर सुलोचना।' रामप्यारी ने देवरानी को टोका।

'वो तो ठीक है पर आना तो चाहिए उन्हें।' उसने चुप रहने के लिए बात शुरू नहीं की थी।

'तूँ खाना खा। पार्वती बीनणीं, काकी-सा को भोजन करवाओ।' बहू थाली परोसकर ले आई।

'नहीं-नहीं मैं बाद में खा लूँगी।' सुलोचना ने हाँ कहने से पहले, ना कहने की परम्परा निभाई।

'आज आने-जाने वाले भी ज्यादा रहेंगे और फिर तीये की बैठक भी है। ये ना-ना बाद में कर लेणां, खाना खा ले अभी नहीं तो भूखी रहेगी दोपहर तक।' उसकी भूख पर जेठानी का आग्रह, सुलोचना को इसी बात का इंतज़ार था।

पसीना पौंछती रजनी अपने लिए खाना लेकर बैठी ही थी कि बाहर पहली गाड़ी रुकने की आवाज़ आई। इसके बाद अफसोस करने वालों की जो आवक शुरू हुई वह दोपहर तक चलती रही।

'इस बार गर्मी कड़ाके की है।' संवेदना के पलों में भी अपनी तक़लीफ का ज़िक्र सब की जुबान पर था।

'हाँ, सही फरमाया गर्मी कड़ाके की है। अपनी-अपनी चिंता करो सब। तुमने एक बार भी नहीं सोचा कि इत्ते गरम दिनों में मेरा क्या होगा।' शेर सिंह चिड़चिड़ा गया।

'सूरज आग उगल रहा है।' इसी बात के बार-बार दोहराव से शेर सिंह का सब्र जवाब दे गया। 'हर बार गर्मी में सूरज पिछले साल के मुकाबले और ज्यादा गर्मी देता ही है। इसमें नया क्या है?' तुम्हारे लिए तो पंखे-कूलर और एयरकंडीशन चल ही रहे हैं। मुसीबत तो मेरी है।' उसने ईश्वर को घूर कर देखा। उसके घूरने और गुस्से का कोई असर नहीं हुआ।

'नालायकों अपनी सुविधा का तो इत्ता ध्यान है मेरे बैठने की जगह भी गर्म जल रही है वहाँ भी कोई पंखा-कूलर चला दो। बस अगरबत्तियें जलाणे की होड़ लगा रखी है....मेरी बात तो इनको सुनेगी भी नहीं, नामुराद कहीं के। अब तो तुम्हारे बैठने की जगह में ही अपने लिए जगह तलाशनी पड़ेगी।' दोपहर के समय हमेशा से उसे अलग कमरे में रहना पसंद था। अपनी इच्छा पूरी नहीं होने से शेर सिंह बड़बड़ाता हुआ बैठक की ओर चल दिया।

'बारह बजे नहीं हैं, पर सूरज तप रहा है...आज जितने लोग आने थे, आ गए। अब और कोई नहीं आएगा।' तीये की बैठक से फारिग होकर परिवार के अधिकतर पुरुष इस समय बैठक में मौजूद थे। सुबह से भाग-दौड़ करता परिवार थकान से बोझिल था। आग उगलती गर्म दोपहर में सब लोग आराम करना चाहते थे मगर पहले उठकर जाने की हिमाकत कोई नहीं कर रहा था। लाल सिंह ने इस उलझन से

सबको एकसाथ उबार लिया।

'सब खाना-पीना करके थोड़ी देर आराम कर लो। शाम को गाँव-समाज के लोग जुटेंगे तब फिर बैठना है।' इसी आदेश का इंतज़ार था। दिन-रात घर की महिलाओं पर हुकूमत करने वाले पुरुष भी ख़ास मौक़ों पर परिवार के उस बुज़ुर्ग का आदेश मान लेते हैं, जिसकी बातें अन्य दिनों में अनसुनी कर दी जाती हैं।

❑❑❑

'रामी-श्यामी बड़िया जी।' आँगन के दरवाज़े पर हाथ जोड़े भरतिया खड़ा था। कानों तक उसकी आवाज़ नहीं पहुँचने के बावजूद रामप्यारी समझ गई थी कि उसने ज़रूर यही कहा होगा।

'जीता रह।' आशीर्वाद देने के बाद उसने पूरी ताक़त लगाकर अपने बूढ़े शरीर को पीढ़े से उठाया। एक हाथ से धरती पर लटकता पल्लु सम्भालती दूसरे हाथ में पकड़ी छड़ी पर जीवन के बोझ का संतुलन बनाए वह दरवाज़े तक पहुँच गई। बाबोसा की मौत के बाद बड़िया जी हिम्मत करते देख भरतिये की बुझी आँखों में थोड़ी-सी चमक आ गई। उसकी मर चुकी आशा फिर ज़िंदा हो गई। घड़ी के चलने की आवाज़ और बुज़ुर्गों की छड़ी की टिक-टिक, आश्वस्त करती है कि दौर चाहे जैसा हो, जीवन अभी बाक़ी है।

'रामी-श्यामी बड़िया जी।' कहते हुए भरतिये ने रामप्यारी के पाँव छू लिए

'तूं ठीक है, घर मै सब ठीक है?' रामप्यारी ने उसका हाल-चाल पूछा।

'बड़िया जी, वो सुगनी आना चाहती है आपसे मिलने।' उसने थोड़ी झिझक के साथ अपनी पत्नी का संदेश पहुँचाया।

'अब्बि रहने दे। सारे महमान चले जाएँगे तब लाणा उसे।' रामप्यारी की बात सुनकर उसने जाने से पहले एक बार फिर आशीर्वाद लिया।

'ये देखो, भरतिया जेठाणी जी के पाँव छू रहा है।' कमजोर किरदार के लोग पीठ के पीछे तोहमत लगाने में माहिर होते हैं। जेठानी की पीठ घूमते ही सुलोचना ने उसके उसूलों पर सवाल उठा दिया।

'हम तो इसको घर के अंदर भी नहीं आने देते पर हमारी जेठाणी जी तो...' उसने जानबूझकर वाक्य अधूरा छोड़ा था।

'इसमें नई बात क्या है? माँ-सा ने हमेशा से उसको अच्छे से ही रखा है।' सुलोचना को इसी बात का इंतज़ार था।

'इन लोगों से हाथ थोड़ी ही लगवाया जाता है। वैसे तो जेठाणी जी सारी दुनिया को ज्ञान देती हैं पर इनके अपने घर में तो गंगा उल्टी ही बहती है। पार्वती

बीनणी तूं देख लेना कि आगे यही हिसाब रखना चाहिए या नहीं। गाँव के सारे लोग बात बनाते हैं...आगे तूं समझदार है।' पटाखों के गोदाम में जलती तीली फेंक कर सुलोचना ने आँखें बंदकर कुछ समय आराम करने का फैसला लिया।

'जेठाणी जी उसे बाहर से ही क्यूँ भेज दिया, अंदर बुला लेतीं।' रामप्यारी के लौटते ही सुलोचना ने कहा।

'सूरज ढ़लने से पहले-पहले ही उसे बाड़े में जाना होता है। गायों को दूसरे ठाण पर बाँधना, चारा देना, मालिश करना ये सब काम करने होते हैं रोजाना। उसे टेम कहाँ है!' रामप्यारी ने भरतिये के अनगिनत कामों में से थोड़े से काम की जानकारी दी।

'भरतिये जैसा सेवाभाव और मेहनती स्वभाव आसानी से नहीं मिल सकता।' उसने मन ही मन कहा।

'नहीं तो आप उसे घर में बुला लेतीं...है ना!' पार्वती कहना चाहती थी मगर उसकी हिम्मत नहीं हुई।

❑❑❑

'बड़्डी बाईजी का हालचाल कैसा है?' शाम की शोकसभा से पहले ही सुलोचना ने पूछ लिया।

'वो तो वैसी ही हैं।' नई बहू ने बताया।

'उन्होंने खाट में ही गुज़ार दी ज़िन्दगी। ऐसे जीणें का क्या फायदा? राम जी उठा ही लेवें अब उन्हें।' बरामदे में मौजूद महिलाओं ने कनखियों से एक-दूसरे को देखा।

'हाँ तो, अब बार-बार कौन आएगा अफसोस करने? वैसे भी उनका परिवार तो आने से रहा। जेठजी के बहाने सब उनका अफसोस भी कर लेंगे।' सुलोचना के चेहरे पर दया या घृणा नहीं थी। इस बार भी उसकी बात सुनकर सब चुप रहीं। सुलोचना के जितना हौंसला, वहाँ किसी में नहीं था।

'सुलोचना बीनणीं, सारे दिन कड़वा बोलती हो फिर भी आपके मुँह में छाले नहीं पड़ते।' शेर सिंह ने छोटे भाई की पत्नी को हिक़ारत से देखा।

'शाम हो गई, धूप-दीप करवा देती हूँ।' पार्वती के उठते ही घर में मौजूद अन्य महिलाएँ भी अपने-अपने हिस्से के काम निपटाने में व्यस्त हो गईं।

चार

'आज भी नहीं आई आपकी देवरानी।' सुलोचना ने नए दिन की शुरूआत की।

'क्या खाती हो बीनणीं कि दिन उगते ही घमासान शुरू करणे की तरकीब निकाल लेती हो।' शेर सिंह को सुलोचना के व्यवहार से खीज़ होने लगी थी।

'आपकी बहू पहुँच गई भाभी?' मंझली ननद के जवाब से सुलोचना को चोट लगी।

'वो तो अगली पीढ़ी है, वैसे आज-कल में आ ही जाएगी।' ससुराल वालों के साथ सुलोचना का व्यवहार जैसा भी रहा हो मगर अपने परिवार के लिए उसने हमेशा एक सुरक्षाघेरा बनाए रखा। कम से कम घर से बाहर वालों के सामने उसकी यही छवि है।

'अगली पीढ़ी ही है, परिवार से बाहर तो नहीं है...वो जोधपुर ही रहती है ना। बीकानेर के तो पास ही है और जब पुष्कर आ गया है तो उसे भी आ जाना चाहिए था।' मझली चुप होने के लिए तैयार नहीं थी।

'काम-काज़ से फारिग़ होकर आएगी। यहाँ आते ही वापस तो जा नहीं सकते...अब तो कई दिनों का काम है यहाँ। आने के बाद तेरहवीं तक तो रुकना ही पड़ेगा। घर और बच्चों का इंतज़ाम करके आएगी वो। नौकरी वालियों की परेशानियाँ दूसरी होती हैं।' सुलोचना ने अपनी बहू की सारी परेशानियाँ समझी ली थीं।

'ये सारी दिक्कतें आपकी देवरानी के साथ भी हैं। वो भी फ़ारिग होकर ही आएँगी।' जेठानी की जगह ननद से मिले जवाब ने उसे आहत कर दिया।

'जेठाणीं जी, ये जितने भी उल्टे जवाब मुझे मिल रहे हैं, मैं सब जानती हूँ कि किसके सिखाने पर दिए जा रहे हैं। मैं कुछ भी कहूँ आपको मेरी बात पसंद नहीं आती। मेरा यहाँ आना आपको पसंद नहीं है तो भी तेरह दिन तो आपको सबर करना ही पड़ेगा। अभी तेरह दिन तो मैं रोजाना आऊँगी। तेरहवीं के बाद मैं आपकी देहली नहीं चढ़ूँगी याद रखना मेरी ज़बान।' झुलसती गर्मी ने उसकी ज़ुबान को भी अपनी चपेट में ले लिया था।

'हाँ...अब सुलोचना जी पहुँच गई है तो पंचायती तो शुरू होणीं ही थी! इत्ती

बोला-बाली करती है पर इसका सिर भी नहीं दुखता। दो माथे की लुगाई ऐसी ही होती हैं। तेरह दिन तो सबर कर लेती बीनणीं, सारी उमर सिर ही दुखाया। तेरहवीं तक का इंतज़ार तो कर ही सकती हो।' शेर सिंह चाहे जितने ऊँचे सुर में बोल ले, सुलोचना को किसी की बात सुनाई नहीं दी।

'भाभीसा, गर्मी ज्यादा है तो कूलर के सामने बैठ जाओ। आपका मिजाज़ भी ठंडा रहेगा।' रजनी अपनी बात कहकर उठ गई इसके बाद की कड़वाहट, शोक-सभा के हिस्से आई।

'सुलोचना, कभी तो मुँह पर ताला लगाया कर। सारी उमर शिकायतों में ही गुज़ार दी। अभी तो जेठ जी का सोग मना, बाद में कर लेना कहा-सुणी।' जेठानी के एक जवाब से उसकी जुबान बंद हो गई मगर सबके बीच हुई बेइज्जती से उसका मन सुलग उठा। अपमान करने वाले से ज्यादा, सहने वाले को तकलीफ़ देता है। चुप बैठी सुलोचना का मन अशांत था। वह अपनी दी हुई सारी चोट भूल गई। परिवार को आहत करना उसे याद नहीं था। इस समय उसे सिर्फ अपना अपमान याद रहा। शांत दिखती राख के नीचे सुलगते अंगारों से विशाल जंगल ख़ाक हो जाया करते हैं। उसकी चुप्पी किसी ख़तरे का संकेत हो सकती थी।

'सुबह से टर्र टर्र टर्रा रही थी, अब हुई है चुप। सबकी जुबान बंदकरणी आती है तुझे। मेरे बिना अकेले तूने बच्चे बड़े किये, इनकी पढ़ाई-लिखाई कराई और सबकी शादियों तक की तैयारी की। प्यारी, तूं तो हर बार और ज्यादा मज़बूत कलेजे वाली औरत साबित होती जा रही है?।' उसे अपनी पत्नी पर गर्व जैसा कुछ हुआ।

'रोने तो आप देती नहीं हो जेठाणी जी। कोई दुःख मनाए तो आप भजन गाने का कहती हो पर मुझे सोग मनाने का कह रही हो।' सुलोचना को यक़ीन था कि इस बार जेठानी ज़रूर कुछ कहेगी, मगर ऐसा हुआ नहीं। रामप्यारी ने युवावस्था में ही अपनी एक चुप से विरोधियों को मात देने की तकनीक सीख ली थी।

'ईकोळिया कौन है?' लंबी चुप्पी के बाद सुलोचना के सवाल पर परिवार ने कोई प्रतिक्रिया नहीं दी।

'गऊ ग्रास और कागौल कौण दे रहा है?' सुलोचना ने कुछ देर रुककर अपनी अनदेखी से उबरने का एक और प्रयास किया। इस बार भी उसका इंतज़ार ख़त्म नहीं हुआ। रामप्यारी के रुख़ को देखते हुए सुलोचना के साथ सबका व्यवहार संयमित हो गया।

'जेठ जी को जो भोजन पसंद हो, वो सब जिमाओ ईश्वर को। इसका खाया-पीया सब जेठ जी को लगेगा।' जिस-जिस ने उसकी बात सुनी, सबने उसे अनसुना कर दिया।

'थोड़ी देर पहले काकी-सा पूछ रही थीं कि ईकोळिया कौन है! उन्हें पता है

कि ईश्वर दादा जी ने ही मुंड़न करवाया है, वही गऊ ग्रास दे रहे हैं और वहीं कोओं को खाना खिला रहे हैं इसके बावजूद पूछ रही हैं।' तीसरी पीढ़ी की नई बहू ने आवाज़ को इतना संतुलित रखा कि जिसे वह अपनी बात सुनाना चाहती थी, वहाँ तक उसकी आवाज़ पहुँच गई।

'आज तो कम लोग ही आए।' लंबे अंतराल के बाद कही बात का जवाब भी सुलोचना को नहीं मिला।

'बड़ी बाईसा की तबियत कैसी है?' सूरज सिर पर चढ़ आया था। आने-जाने वाले लोगों को गर्म-लू के थपेड़ों ने अपने-अपने घरों में रहने को विवश कर दिया। इस वक़्त सिर्फ कुटुंब के लोग घर में थे। सुलोचना को गाँव और पहचान के लोगों की उपस्थिति से फर्क़ नहीं पड़ता परन्तु आने-जाने वाले लोगों ने उसे कुछ कहने का मौका नहीं दिया था इसीलिए पहली फुरसत मिलते ही उसका बोलना शुरू हो गया।

'आपको पता तो है ही, कई बरसों से बिस्तर में ही हैं वो।' इस बार सुलोचना की बात का जवाब पार्वती ने दिया।

'उनका जीना भी कोई जीने में जीना थोड़ी है। अब तो भगवान उनको मुक्ति दे दे तो ही ठीक।' सुलोचना अपनी ननद को कष्टों से मुक्ति दिलवाने के लिए देवताओं का अहसान उठाने को भी तैयार थी।

'सारी उमर कष्ट में ही कट गई बाईसा की। शादी की तो वो भाई की भेंट चढ़ गई।' बुढ़ापे के दबाव से कंप-कंपाती गर्दन के साथ रामप्यारी ने जिन नज़रों से सुलोचना को देखा, इस बार उसे चुप होना पड़ा।

'ओ स्याणी सुण, ढ़ाई दशक बीत गए इस घटना को। सभी को सबकुछ पता है इसके बावजूद हर मौक़े पर हमारी बीनणीं जी जब तक यह सब दोहरा ना ले इसे चैन नहीं पड़ता।' शेर सिंह को अपनी बहन के बारे में सुलोचना का इस तरह बात करना पसंद नहीं आया। वह हर संभव कटाक्ष से भाई की पत्नी की जुबान बंदकर देना चाहता था, मगर उसकी बात वहाँ किसी को सुनाई नहीं दी।

'बीनणी-सा, कोई ढंग की बातचीत भी कर लिया करो। सारे दिन बुराई में ही दिमाग लगाओ...जीते जी तो मुझे ख़ब्बर ही नहीं हुई कि आप कैसी खामखां-सी औरत हो। न लाल सिंगिये ने ही बताया और न ही प्यारी ने ख़बर होने दी...वैसे मैं प्यारी के मन की बात कब सुनता था!' इस बार शेर सिंह को रामप्यारी के साथ किए अपने व्यवहार पर शायद कुछ अफसोस हुआ।

'आदमी तो भूल ही गया इनकी औलाद ने भी कभी माँ का चेहरा देखने की इच्छा नहीं की। उस समय तो बाईसा के ससुराल वाले इनकी तारीफ करते नहीं थकते थे। इनकी कोई अच्छाई भी काम नहीं आई। सारे गुण भुला दिए।' नाइंसाफी के विरोध में दबी-सी आवाज़ अक्सर यहाँ उठती रही है और...इसी आँगन में खो

जाया करती है।

'औरत की ज़िंदगी में ससुराल ज़रूरी भी है और वो ही दुखों का कारण भी है।' शोक-सभा में शामिल होने आई स्थानीय रिश्तेदार ने सुलोचना की बातों में भाग लिया।

'हमारा परिवार अच्छा है इसीलिए मायके में निभाव हो गया बाईसा का। अब तो उमर भी बहुत हो गई, सब रंग तो देख लिए उन्होंने जीवन के। अब तो उठा ही लेवें भगवान इनको।' सुलोचना की याददाश्त पर रामप्यारी की नज़रों का असर ख़त्म हो गया था। उसने एक बार फिर ननद के लिए मौत की दुआ माँगी।

'अपणीं ज़ुबान पर लगाम लगाओ बीनणीं।' शेर सिंह दहाड़ा।

'सारा कुणंबा जुटा हुआ है। अभी तो सबकी हाज़िरी भी लग जाएगी बाद में सिरफ उनके लिए कौन आएगा? अभी तो दोनों भाई-बहन को एकसाथ विदा भी कर देंगे।' सुलोचना के इस विचार पर सबकी मौन सहमती थी।

'सुलोचना बोलना नहीं आता है तो मुँह पे ताला लगा ले। ऐसी दुआ भी कोई माँगता है क्या?' रामप्यारी को एक बार फिर टोकना पड़ा।

'तुम्हारे दिमाग के हिसाब से यमराज नहीं चलते, नहीं तो तुम आधी दुनिया को मरवा देतीं।' वह महसूस कर रहा था कि इन दिनों परिवार की अधिकतर बातों पर वह नाराज़ रहता है।

'सुणों तुम हमेशा से ऐसे ही चुप-हराम थे या तुम्हारे पतन की ये अभी-अभी नई तरक्की हुई है?' इस बार वह पूरे परिवार को संबोधित कर रहा था। उसने महसूस किया कि इन दिनों परिवार की अधिकतर सहमतियों पर उसकी असहमति रहती है। वह चींखना-चिल्लाना छोड़कर अचानक सोच-विचार में पड़ गया। किसी मुद्दे पर चुप रह जाना शेर सिंह का स्वभाव नहीं रहा था बल्कि हर विषय पर उसने अपने विचार रखे और परिवार को मजबूरन उसकी राय का पालन करना पड़ता था।

'क्या तुम सब शुरू से ऐसे ही हो? सारे के सारे अचानक, एकदम से तो नहीं बदले होंगे, शायद मुझे ही जीते-जी तुम्हारी सच्चाई का पता नहीं लगा होगा।' परिवार पर इल्ज़ाम लगाने से पहले इंसान ख़ुद पर शक़ करता है। उसके लिए परिवार सर्वोपरि था। उसने ख़ुद पर शक़ करने का विकल्प चुना।

'जनानखाना मुझे रास नहीं आएगा...बैठक में चलता हूँ, मुझे तो वहीं आराम मिलेगा।' वह परिवार का सबसे बड़ा बेटा था। बचपन के दिनों में उसके घर में दो आँगन हुआ करते थे। आमतौर पर बाहरी आँगन तक ही पुरुषों की पहुँच रहती थी। लाल सिंह की शादी के बाद सुलोचना के आँगन में कदम पड़ते ही उसके लिए अंदर वाला आँगन ऐसा पराया हुआ कि बार-त्योंहार भी वह कभी दूसरे आँगन तक नहीं आया। युवावस्था से ही बच्चे उसे 'बाबोसा' कहने लगे थे। जो घर-आँगन हमेशा

उसकी पहुँच से दूर रहा, वहीं का जीवन देखने के लालच में वह इन दिनों यहाँ समय बिता रहा था। आज सुकून की तलाश में वह वापस पुरुषों की आरामगाह पहुँच गया।

'यहाँ तो सब सफेदपोश बने बैठे हैं। कोई कुछ नहीं बोल रहा। इससे तो घर का आँगन और बरामदा ही अच्छा है। सारी लुगाईएँ मिलकर माहौल गुलज़ार तो रखती हैं।' बैठक में पसरी लंबी चुप्पी उससे बर्दाश्त नहीं हुई।

'इनके मन में कुछ है और दिखा कुछ ओर ही रहे हैं। काले पेट के हैं ये सब के सब।' माहौल में फैले सन्नाटे के बीच से उसने शांत बैठे लोगों के चरित्र का चित्र बनाया।

'कहाँ बैठूँ, किधर जाऊँ? मेरे कमरे में अगरबत्ती और धूप जला-जलाकर धुंआँ कर दिया...कमबख्तों को मेरी तो कोई परवाह ही नहीं है। मरा ही हूँ, गया तो नहीं हूँ। तीन-चार दिनों में ही इतना धुंआँ भर गया फेंफड़ों में कि पिछले सारे जन्मों के कीड़े मर गए मेरे अंदर के।' एक बार फिर उसने घर के हर कमरे में शांतिपूर्ण जगह की तलाश की मगर कोई सही जगह नहीं मिली।

'इस बार तो सूरज के भी आग लगी हुई है नहीं तो बाहर पेड़ की छाय में ही बैठ जाता!' वह दालान में नीम के पेड़ के नीचे था।

'ये सारी हरी-भरी पत्तियाँ भी गर्मी रोकने में उतनी ही असमर्थ हैं जितणी सरकारें महंगाई रोकने में हो जाया करती है।' वह झुंझलाता हुआ फिर से बैठक की ओर चल दिया।

'हर तरफ़ आग लगी हुई है...एक मेरी औलाद अपणी राजनीति से घर में आग लगाणें की तैयारी में है तो दूसरा आसमान में सूरज भी उसके समर्थन में खड़ा हो गया लगता है। इसकी हरकतें घर के सारे रिश्ते जलाएँगी और ऊपर वाले ने तो पहले ही धूप से सब कुछ ही भस्म करणे की तैयारी कर रखी है। अभी इसकी बातें ना सुणी होती तो...अभी से ये दोनों बाप-बेटा यह सब शुरू कर देंगे। इसका बड़ा बेटा भी इसकी तरह ही चोर है। दो दिन हुए हैं बाप को मरे और ये दोनों मिलकर मेरी ही कब्र खोदने में लगे हैं। शुक्र है कि पहले दिन से ही मैं इनके बारे में जाणता था।' ईश्वर और उसके बेटे पर झुंझलाता हुआ शेर सिंह बैठक के बाहर ही रुक गया।

'ना रे...इतनी गर्मी है कि यहाँ तो मेरी आत्मा भी सूख जाएगी। मैं नहीं बैठ सकूँ यहाँ।' एक बार फिर वह घर के अंदर था।

'चलकर देखूँ कि अंदर वाले कमरे में कौन है।' उसने बरामदे के अंतिम छोर पर बने कमरे का रुख़ किया।

'ओह! ये तो मौत वाले रिश्तेदार हैं।' उसके चेहरे पर अलग से भाव आ गए।

'ये सिर्फ मौत पर ही रिश्तेदारी निभाणे आते हैं। इनका परिवार कभी सुख-दुख में शामिल नहीं हुआ। ख़ैर...सुख में तो ये भी कभी नहीं आए पर शोक मनाणें ज़रूर पहुँचते हैं। लगता है कि ये लोग सबके मरणें का ही इंतज़ार करते हैं।' नए पहुँचे लोगों को देख एकबार के लिए वह गर्मी की चुभन भूल गया।

'यानी इनके जीते-जी अगर इनके परिवार में कोई मरा तो हमारे कुटुंब से कोई एक पुरुष जाएगा दुःख जताणे। पर संयोग से यदि सबसे पहले यही परलोक सिधार गए तो इनके परिवार को हमारी संवेदनाओं की ज़रूरत भी नहीं होएगी।' शेर सिंह को आपनी सोच कुछ अटपटी-सी लगी।

'ऐसा कैसे हो सकता है? सारी उम्र रिश्तेदारी तो निभाई इन्होंने। इनके परिवार की मौत पर तो हम जाएँगे दुःख मनाने पर ये मरेंगे तो हम नहीं जाएँगे...।' रिश्तों में इस तरह की पेचीदगियाँ उसे हमेशा से उलझाती रही हैं।

पाँच

रामप्यारी जानती है कि 'सिंह जी' का दुनिया से जाना साधारण बात नहीं है। मेल-जोल रखने वाले और ज़रूरतमंदों की मदद के लिए आगे रहने वाले इंसान को कम से कम उसकी मौत के कुछ समय बाद तक लोग याद रखते ही हैं। कोई किसी के लिए दुआ माँगे या ना माँगे पर जीते-जी उसके पति सबकी दुवाओं में शामिल रहते थे। किसी को मदद मिली या जो कभी मदद लेने नहीं आए, सब उनको याद करते हैं। वह जानती है कि दूर-पास के सब रिश्तेदार आएँगे और ख़ास तौर पर परिवार की बेटियाँ तो ज़रूर ही पहुँचेंगी। उसे इस बात का भी भरोसा है कि रिश्तेदारों की पूरी बिरादरी जमा होगी। आमतौर पर इस तरह की बातों से दूर रहने वाली रामप्यारी को हर ऐसे मुद्दे पर सोचना पड़ रहा है, जिन पर इससे पहले समय खर्च करना उसे कभी पसंद नहीं आया। अब हर बात पर सोचना ज़रूरी था क्योंकि शेर सिंह के लिए हर एक की उपस्थिति महत्वपूर्ण होगी। वह जीवन-भर इन बातों से ऊपर नहीं उठ सका था।

पीढ़े पर बैठे-बैठे उसने चश्मा ठीक करते हुए तस्वीर से झांकते शेर सिंह को देखा। शीशे में क़ैद शेर सिंह का चेहरा उसे कुछ अनमना-सा लगा। मन ही मन वह समझ गई थी कि सिंह जी ज़रूर आने-जाने वालों का हिसाब लगा रहे होंगे।

'बड़ी बहू के मायके से दो गाड़ी भर के रिश्तेदार आए। नई बहू के घर से भी ठीक-ठाक लोग पहुँचे, बस दूसरे नंबर की बहू के मायके से ही गिनती के लोग आए। तीये की खिचड़ी देनी थी इसीलिए आ गए नहीं तो क्या मालूम आते भी या नहीं। वैसे वो किसी काम में देरी तो नहीं किया करते हैं पर...देरी की तो वो भी मेरे मरने पर ही करनी थी! क्या हुआ जो देह छूट गई, सारी उमर तो इनके साथ ही बिताई थी मैंने। इनके सुख-दुख सबसे पहले रखे। नालायक कहीं के, एकदम बेकार साबित हुए ये...हुँह!' लेन-देन और रिश्तेदारी निभाने में ज़िंदा रहते हुए शेर सिंह का हिसाब-किताब सही होता था, आज भी वह उसी देह से जुड़े जोड़-घटाव में लगा है। रामप्यारी जानती है कि उसके लिए हर बात जानना महत्वपूर्ण है। कौन-कौन आया, किसने क्या दिया, कितना ख़र्च हुआ और कितने लोगों ने उसे याद किया,

हर बात आज भी उसके लिए उतना ही महत्व रखती है, जितना ज़िंदा रहते हुए होती थी।

'ये किसकी गाड़ी आई है? चलकर देखूँ, अब आने-जाने वाले मुझसे मिलने तो आएँगे नहीं। पहले भी जब आते थे तो मेरे सामने तो मुँह बंद करके बैठे रहते थे और कमरे से निकलते ही दांत फाड़ के हंसने की आवाज़ें आया करती थीं। वैसे मैं कौन-सा इन बातों का बुरा मानता हूँ!' अपने सोच-विचार में डूबा वह बाहर पहुँच गया। आलस उस पर कभी हावी नहीं हुआ। ज़िंदा रहते भी नहीं और अब तो बिल्कुल भी नहीं।

'परिवार की नून-तेल-लकड़ी मुझसे चलती थी। इनको काबिल बणा दिया, अब ये मुझे क्यों याद करेंगे? पहले झूठ-मूठ को ही सही पर आने-जाने वाले मेरे कमरे में हाजरी लगाने आया तो करते थे। ख़ैर...अब तो मैं ही जाता हूँ बाहर के हाल-चाल जानने।' अपने विचारों से दो-चार होते हुए उसने गाड़ी से उतर रहे पुरुषों पर नज़र डाली।

'कुंवर-सा हैं...।' दो जवाइयों को एक साथ आया देखकर बेटियों को ढूँढते हुए उसने घर के भीतर तक नज़रें दौड़ाई, दोनों बेटियाँ आँगन में पहुँच चुकी थीं। पलक झपकते ही वह भी आँगन में था।

'माँ-सा, लक्ष्मी बाई और सरोज बाई आई हैं।' बड़ी बहू ने सास को ख़बर दी।

'बड़िया जी...बाबोसा चले गए...' घर में कदम रखते ही शेर सिंह का कमरा ख़ाली देख, दोनों सिसक पड़ीं। भतीजियों को रोता देख आँगन में उपस्थित कुछ ओर आँखें भी नम हो गईं। दूसरे के दर्द पर छलके आँसू, अपनी तक़लीफ पर बहने वाली पीड़ा होती है। मौक़े पर मौजूद आँखें अपने-अपने दुखों पर नम थीं।

काठमांडू वाले परिवार की बेटी भी उसी वक़्त पहुँची। कुछ देर के लिए माहौल ग़मज़दा हो गया। यहाँ तक कि उसे खुद भी अपनी मौत पर रोने को जी चाहा।

'ना बाई रोना नहीं। सब सुख देखकर गए हैं तुम्हारे बाबोसा। भरा-पुरा परिवार छोड़ा है पीछे, सबके लिए सुख के साधन जुटाकर गए हैं। भजन गाओ बाई, रोना नहीं।' उसके माथे पर बल पड़ गए। यह समझने में उसे दिक्कत हो रही थी कि

वह खुश हो या नाराज़। उसकी तारीफ़ में कसीदे पढ़े जा रहे थे मगर रामप्यारी ने घर की बेटियों को उसकी मौत पर रोने और सोग मनाने से रोक दिया था।

'ये रामप्यारी ना...' बड़बड़ाता हुआ वह मुट्ठियाँ भींचता-खोलता अपने कमरे में चला गया। अब उसे दरवाज़ा खोलने-बंद करने का झंझट नहीं करना पड़ता। वह जहाँ चाहे, हवा की तरह उड़ कर पहुँच जाता है।

'हेंऽऽऽ' वह अचकचा गया। उसके देह त्यागने के बाद से इस कमरे पर अब तक किसी ने अपना हक़ नहीं जताया था। यहाँ सुबह-शाम धूप बत्ती की जाती है पर कोई इसमें आकर बैठता नहीं। वह इसी यक़ीन के साथ आया था कि कुछ पल यहाँ चैन से बिताएगा मगर यहाँ का दृश्य देखकर हैरान रह गया।

'रोज-रोज खर्चा बढ़ रहा है।' पार्वती अपने पति से कह रही थी।

'आने वाले तो आएँगे ही, लेना-देना भी पड़ेगा। खर्चा तो बढ़ेगा ही।' ईश्वर ने जवाब दिया।

'सबकी बेटियाँ-जवांई आ रहे हैं...हर दिन आए ही जा रहे हैं। अब कितना मान-तान करें इनका?' शेर सिंह को बड़ी बहू से ऊँचे ओहदे के साथ बड़ी ज़िम्मेदारियाँ निभाने की उम्मीद थी मगर जो कुछ उसने अभी-अभी सुना, यह उसके लिए अविश्वसनीय था।

'रोज-रोज कोई आता नहीं है, अब इस समय पर तो करना भी पड़ेगा ही।' ईश्वर ने कुछ सोचते हुए कहा।

'अपनी बहन-बेटियों का लेना-देना तो समझ आता है पर काका-बाबा की बेटियाँ वैसे तो कभी आई नहीं हमारे। अब तो सभी धमक रही हैं यहाँ।' जिस घर में पार्वती हमेशा अपने अस्तित्व की लड़ाई लड़ती रही, आज अचानक उसी घर के लोगों के विरुद्ध उसने अपना किरदार बदल लिया था।

'आई तो अभी भी नहीं हैं। बिना आए ही तूँ खर्चे की चिंता कर रही है।' ईश्वर ने उसे टोका।

'एक तिकड़ी तो आ गई! बाक़ी भी एक-दो दिन में आती होंगी।' पार्वती ने निकट भविष्य की तस्वीर खींच दी।

'तूँ क्यूँ अपना खून जला रही है, पैसे तेरे थोड़ी खर्च हो रहे हैं। सबका सांझा खर्चा है, सारे भाई मिलकर करेंगे। तूं चिंता मत कर।' ईश्वर ने धीमी आवाज़ में ऊँची बात कही।

'एक दिन बजार जाणां पड़ेगा। बहन-बेटियों को देने के लिए कपड़े भी लाने हैं।' पार्वती ने याद दिलाया।

'सारे काम होंगें। खर्चे की चिंता मत कर बस हाथ सम्भाल के खर्चना। तूं अकेली क्यूँ चिंता में घुल रही है? मैं हूँ ना, सब सम्भाल लूँगा। लेना-देना और

मान-तान सब होगा।' दोनों कुछ देर एक-दूसरे को देखते रहे। दो लोगों का आपसी रिश्ता सहज हो तब बिना बोले भी कहना-सुनना हो जाता है।

'आज ही दोनों भाइयों से बात करूँगा। छोटा भाई नहीं रहा इस बात का दुःख तो है पर उसके परिवार को खर्चा तो देना ही पड़ेगा। जब उसकी पत्नी और बच्चे आएँगे तो उनसे भी बात कर लेंगे।' ईश्वर ने पत्नी को हिसाब समझाया।

'हमारे पास सोलह राठी गाएँ हैं। इनके दूध का, खेती का और बजार की दुकानों के किराए उन्होंने कभी नहीं लिए। ऐसे में क्या वो इन खर्चों के लिए पैसे देंगे? पत्नी को चिंता हुई।

'अस्पताल के खर्च से बात शुरू करूँगा। दस दिन के वेंटिलेटर का खर्चा मैं अकेला क्यों उठाऊँ! बाप मेरा अकेले का नहीं था...सबका था। पहले वो पैसे देने में हाँ-ना कर भी लेते, पर अब नहीं करेंगे। मरे हुए बाप के खर्चे पर क्या रोना? वो भी तब, जब सब समर्थ हैं।' कमरे के साथ लगते बरामदे में मौजूद बहनों के समूह का ध्यान रखते हुए ईश्वर ने धीमी आवाज़ में पत्नी को समझाया।

'पिताजी के पास पैसों की कमी नहीं थी। मूँग-मोठ, मूँगफली और जीरे की खेती का सब उनके पास रहता था। अपनी कमाई का हिसाब भी कभी उनसे किसी ने नहीं माँगा। माँ से पता करो, कुछ पैसे तो हमारे लिए छोड़कर ही मरे होंगे।' पार्वती का कहा हर शब्द शेर सिंह को ज़हर बुझे तीर की तरह लगा।

'मेरे से हिसाब कौण माँगेगा? किसकी हिम्मत है इतनी? मैंने सारी उमर कमाया, तुमको इस महल जैसी हवेली में रहणे को मिल रहा है ना, ये जो बिना काम किए बैठे-बैठे खा रहे हो, ये सब मेरे कारण है। मुझसे हिसाब माँगोगे...' शेर सिंह फूस में लगी आग-सा दहक उठा।

'नालायक कहीं का। अपणीं लुगाई को बताया क्यों नहीं कि तुमको कमाने-खाने लायक मैंने ही बणांया है। कह रहा है 'मैं सब सम्भाल लूँगा!' आया बड़ाऽऽऽ सम्भालणें वाला। ओ नामाकूल मेरी बात सुण, अपणें और रामप्यारी के अंतिम संस्कार से ले के नारायणबली तक के पैसे नगद छोड़ के मरा हूँ। जा, जा के अपनी माँ से पैसे माँग ले।' शेर सिंह दहाड़ रहा था।

'तेरा असली चेहरा सिरफ मैं जाणंता हूँ। बताऊँ क्या सबको? साला चोर कहीं का। हरामखोर तूने तो चोरों को भी पीछे छोड़ दिया। अपणें घर की लिहाज़ भी नहीं रखी।' जिन बेटा-बहू की बातें सुनकर वह आगबबुला हो रहा था, वे दोनों जा चुके थे। अपनी जागीर में वह फिर से अकेला रह गया। इन दिनों उसे अजब-अजब से अनुभव हो रहे हैं।

'कितने चेहरे हैं इनके चेहरों पर...बिन पेंदी के लोटे हैं साले जिधर थोड़ा-सा फायदा दिक्खे, उधर ही झुक जाते हैं। इनको लायक बनाणे में अपणीं सारी उमर

बिता दी पर इनको कुछ नहीं बणना था सो नहीं बणे! इनके लिए कितने त्याग किए मैंने सारी उमर पण मजाल कि ये इस बात का जिकर भी कर दें। ढंग के दो बोल नहीं फूटते इनके मुँह से मेरे लिए।' शेर सिंह अपने कमरे में ठगा-सा खड़ा था।

'स्वार्थसिद्धि के बावजूद मेरे सामणे सब ईमानदार बणने की कोशिश करते थे। अब क्या हो गया इनकी पितृभक्ति को!' वह बड़बड़ाए जा रहा था। गुस्से से उसके हाथ-पैर फड़फड़ा रहे थे।

'छोटा बेटा तो पहले दिन से ही अपणीं लुगाई का गुलाम है। वो तो अपणी ससुराल वालों की गोदी में बैठा रहता है। आज भी चिड़िया को दाना-पाणी डालने के बहाने जाणें क्या बात कर रहे हैं दोनों।' पानी के टंकी के चबूतरे पर बेटे-बहू को बातियाते देख उसने आगे जाने का कार्यक्रम रद्द कर दिया।

'इनकी तो बात भी नहीं सुनणा चाहता। प्यारी शुरू दिन से बताया करती थी कि छोटी बहू को मायका ही प्यारा है बस सारे दिन वहीं की बातें करती है। ये मेरे मरणें पर दुखी नहीं हैं। इनको खर्चे का दुःख है। नामुराद...नालायक कहीं के।' एक बार फिर वह घर के अंदर था।

'ओ हरामखोर सुण, जो धरती पर आया है उसे मरणां ही होता है। मुझे भी आज नहीं तो कल मरणां ही था। कितने दिन ज़िंदा रख लेते मुझे? जितने दिन ज़िंदा रहता उतना ही खर्चा बढ़ता। बाद में बढ़े हुए अस्पताल के खर्चे को रोते तुम। कंजूसों सुणों, तुम्हारे को अच्छे से पहचानता हूँ मैं। तुम्हारी रग-रग से वाक़िफ हूँ इसीलिए अपणीं मौत के सारे खर्चों का इंतज़ाम करके मरा हूँ। खर्चे के सारे पैसे तुम्हारी माँ के पास रख रखे हैं। जा, जा के ले लो उससे।' उसने आँगन से बाहर जाते ईश्वर को हिक़ारत से देखा।

रामप्यारी ने घर की दीवारों-दरवाज़ों को निहारा। शोकाकुल माहौल में उसने परिवार के कई चेहरों को देखा। अंत में शेर सिंह की तस्वीर पर आकर उसकी नज़र ठहर गई। बिना शरीर के भी वह शेर सिंह की उपस्थिति महसूस कर रही थी।

'क्या देख रही है प्यारी? ये दीवारें तेरी ही रहेंगी...इस नामाकूल की इतनी औकात नहीं है कि तुझे बेघर कर दे।' रामप्यारी ने कमजोरी से कांपती गर्दन को दीवार के सहारे टिका दिया।

रोना-धोना हो चुका था। बेटिएँ नहा-धोकर व्यवस्थित हो गईं। अधिकतर बेटियाँ-भतीजियाँ, पोतियाँ और नातिन रुक गईं। साथ आए सभी जवांई निश्चित दिन पर लौटने का कहकर चले गए।

'बेटियों के बच्चे भी हाज़िरी लगाने आ रहे हैं। नाना जी और बाबोसा के घर की यादें सभी को खींच रही हैं।' इस जानकारी ने उसके डूबते मन को तिनके-सा सहारा दिया।

'पिताजी ने सबका संसार बसा दिया। बेटे-बेटियों से कभी कोई आशा नहीं रखी। सबको दिया, लिया किसी से नहीं।' छोटी बेटी रजनी ने उदास मुस्कुराहट के साथ पिता को याद किया।

'हॉस्पीटल गए तब तक अपना सारा काम खुद करते थे। उन्होंने किसी से सेवा नहीं करवाई।' नई बहू की बात सुनकर उसे अच्छा लगा। कुछ रिश्ते अब भी ऐसे थे जो उसके संघर्षों को याद कर रहे थे। उसे याद था कि पूरा परिवार बेटियों को शहर भेज कर पढ़ाने के हक़ में नहीं था। रामप्यारी की अगुवाई में सबके विरोध को दरकिनार करते हुए उसने अपनी बेटियों के साथ भतीजियों और परिवार की बाक़ी लड़कियों को पढ़ाया। देखा-देखी गाँव की ओर लड़कियाँ भी पढ़ने के लिए शहर जाने लग गई थीं। पढ़ाई के बीच से गाँव की एक लड़की ने घर से भाग कर किसी दूसरी जाति के लड़के से शादी कर ली थी। इस घटना के कारण लड़कियों को पढ़ाने के फैसले पर सारा खानदान उसके विरुद्ध हो गया था। लड़कियों की पढ़ाई रुकवा दी गई। उसे याद आ रहा था कि घर वालों से छिपते छिपाते लड़कियों ने उससे पढ़ाई के लिए कैसे गुहार लगाई थी। उसके समझाने पर परिवार वाले नाराज़ हो गए थे। सबकी नाराज़गी उठाकर भी उसने लड़कियों को पढ़ाने के लिए सबको तैयार कर लिया था।

'बड़ा तो होता ही ज़हर पीने और ज़िम्मेदारी उठाने के लिए है।' बड़े-बुजुर्गों की कही बात से उसने सब्र कर लिया था। आज उसे हर बात याद आ रही थी कि किस तरह स्कूल पास करते ही उसने नौकरी के लिए घर छोड़ा और सारे बहन-भाइयों की ज़िम्मेदारी उठाई। मंझली को सारी बातें याद करते देख उसे संतोष-सा मिला।

'बाबोसा ने हमारे लिए बहुत किया। जब लड़कियों को घर से बाहर निकलने की इजाज़त नहीं थी उस समय भी हम सारी बहनों को कॉलेज तक पढ़ाया।' छोटे भाई लाल सिंह की बेटी की बात सुनकर वह भावुक हो गया।

'बेटिएँ ही हैं जो मन से याद करती हैं। बेटे याद करणां तो दूर, खर्चे के हिसाब पर भी राजनीति कर रहे हैं।' सामने से ईश्वर को आता देखकर उसके माथे पर बल पड़ गए।

'हर दिन परिवार के सदस्य बढ़ रहे हैं। भरा-भरा-सा घर अच्छा लगता है पर इनमें से कुछ लोग भविष्य में शायद दोबारा कभी नहीं आएँगे...सबको मैंने ही जोड़ रखा था। रिश्तों को बनाए रखणे में बहुत मेहनत करनी पड़ती है।' उसने खुद को शाबाशी दी।

'मेरे रहते अलग ही बात थी...अब मेरे बाद किसे फुर्सत है रिश्ते निभाने की। हाँ, प्यारी जिएगी तब तक शायद इन लोगों का कभी-कभार आना-जाना हो भी

जाए। वैसे चला कर मिलने तो आजकल कौन आता है। इधर कोई काम हुआ तो ही आएँगे शायद...' इस विचार से वह अनमना हो गया। रिश्तों की सच्चाई के बारे में सोचते हुए वह अक्सर उदास हो जाता है।

'लगभग सभी बेटे-बेटियाँ जुट गए। अधिकतर बेटे तो अपने परिवारों के साथ आए हैं। पुष्कर का परिवार नहीं आया...काठमांडू वालों की भी कोई खोज-खबर नहीं आई अब तक।' उसने फिर से हिसाब-किताब शुरू कर दिया।

'सबकी मजबूरियाँ होती हैं। कितनी भी कोशिश की पर हर बार कोई ना कोई छूट ही जाता था। शादी-ब्याह में आज तक सारे एकसाथ कभी इकट्ठे नहीं हुए। आगे तो मुश्किल ही है इनका जुटना।' ज़िंदा रहते जो लोग उसकी समझ में नहीं आए थे, हाड़-मांस की दुनिया से बाहर हो जाने के बावजूद वह उन्हीं चरित्रों को समझने की कोशिश कर रहा था।

'हैरानी की बात है कि रामबचन का कोई समाचार नहीं आया! वोट माँगणें तो सबसे पहले पहुँचता था। गाँव का भानजा लगता है पर आता हमारे घर ही था। कई बार तो यहीं रुका था। इस बार मंत्री बन गया तो सब कुछ भूल गया! सही कहते हैं कि ये नेता किसी के नहीं होते।' उसके हिसाब का बही-खाता अब तक चल रहा था।

छः

'कुणाल, नानाजी तुझे बहुत प्यार करते थे।' मोबाइल कान पर लगाए रजनी कह रही थी।

'मुझे भी उनसे बहुत प्यार है।' उस ओर से जवाब आया।

'तुझे आना चाहिए।'

'माँ, मेरे आने या ना आने से क्या फर्क़ पड़ जाएगा?'

'फर्क़ पड़ेगा। तूं आ जा।'

'मेरे वहाँ पहुँचने से क्या होगा? वो वापस थोड़े ही आ जाएँगे!' उसने सपाट लहज़े में जवाब दिया।

'ऐसा नहीं बोलते। उन्हें बुरा लगेगा।'

'माँ, अब ये बातें उन्हें कैसे पता लगेगी?'

'उनको हर बात की ख़बर है।'

'तब तो और भी अच्छा है। वो समझ जाएँगे कि मैं पढ़ाई कर रहा हूँ। मेरे पास टाइम नहीं है।'

'याद है, तुझे पहला लैपटॉप उन्होंने ही दिलवाया था।'

'अब आप मुझे ब्लैकमेल कर रही हो।'

'याद दिला रही हूँ। तूँ तो भूल गया।'

'मैं इसीलिए नहीं आ रहा। वो चाहते थे कि मैं पढ़ाई करूँ। वहाँ आकर क्या करूँगा, बताओ।'

'हर बात में बहस नहीं करते। यहाँ इतने लोग आए हुए हैं, सबको पता है कि पिताजी बच्चों में सबसे ज्यादा तुझे चाहते थे। तुझे आना चाहिए।' कहते हुए रजनी की आवाज़ 'कोई सुन ना ले' के संकोच से थोड़ी दब-सी गई।

'माँ, मैं नहीं आ रहा।'

'मैं पूछ नहीं रही, बता रही हूँ कि तुझे आना है। अब बता कि तूँ कब पहुँच रहा है?' इस बार उसकी आवाज़ में आदेश था।

'माँ...बड़े नानाजी के बिना मुझे वहाँ अच्छा नहीं लगेगा। आप जिद्द मत

करो।'

'मेरे कहने से नहीं मानेगा तूँ, है ना! ठीक है मैं तेरे पापा से बात करती हूँ, वो ही तुझे लाएगा।'

'मुझे आपकी ये बात पसंद नहीं है। हर बात में पापा कहाँ से आ जाते हैं? मुझे आपसे बात नहीं करनी।'

'हेलो...हेलो...।' वह बार-बार मोबाइल फोन की स्क्रीन देख रही थी।

'फोन कट गया शायद...' धीमी आवाज़ में उसने अपने आपसे कहा।

'क्या हुआ बाई, किसका फोन कट गया?' सुलोचना की आवाज़ से वह चौंक गई। चुपचाप कोई उसकी बातें सुन रहा होगा, जानकार वह हैरान थी। लोगों से भरे घर में कौन, किससे, क्या बात करता है, सुलोचना हर बात की ख़बर रखती है, मगर फोन पर कौन, किससे बात कर रहा है, यह जानने के लिए वह इस तरह पहुँच जाएगी, रजनी को ऐसी उम्मीद नहीं थी। उम्मीद का टूटना कभी-कभी भूचाल भी ले आता है। कुणाल की बातों से नाराज़ रजनी को काकी-सा के सवाल ने गुस्सा दिला दिया।

'किसका फोन था बाई?' दोबारा वही सवाल।

'किसी का नहीं है काकी सा।' उसने गुस्सा दबाने की कोशिश की।

'बात तो बच्चों से ही कर रही थी, वो नहीं आ रहे तो कोई बात नहीं। आजकल के बच्चे सुनते ही किसकी हैं? तूं क्यूँ अपना खून जला रही है?' अपनापन जताकर पहले बातें उगलवाना और बाद में तोड़-मरोड़कर उनका इस्तेमाल करना सुलोचना के मन बहलाव के कुछ तरीक़ों में से एक है। लंबे समय से जो लोग उसे जानते हैं, उन्होंने उसकी आदतों को पहचान लिया है। आठ-दस हजार की आबादी वाले गाँव में लगभग सभी एक-दूसरे को जानते हैं। सुलोचना से परिचित लोग उसके स्वभाव को समझने लगे हैं। समय एक-एक कर सारे नक़ाब उतार देता है। रामप्यारी के परिवार ने सुलोचना पर विश्वास करने का खामियाजा भुगतते हुए लोगों को देखा है। इसके बावजूद कुछ लोग अब भी उसकी बातों में आ जाते हैं। एक समय में रामप्यारी का परिवार भी भुक्तभोगी रहा था इसीलिए इस परिवार के सदस्य उसकी बातों पर भरोसा नहीं करते।

'काकी-सा उमर हो गई आपकी, थोड़ी तो शरम करो। यूँ दीवारों के पीछे छुप के दूसरों की बातें सुनना अच्छी बात नहीं होती। कान लगाकर दूसरों की बातें सुनना बंद करो अब। वैसे तो जब आप चलती हो तब आपकी छड़ी आवाज़ ही भौत करती है, पर जब किसी की बात सुननी हो तो बिल्ली की तरह चोर पाँवों से कहीं भी पहुँच जाती हो।' अपनी तीसरी पीढ़ी के व्यवहार से आहत रजनी को सम्भलने का मौक़ा भी नहीं मिला था कि सुलोचना के सवालों ने उसे घेर लिया। अशांत मन

इंसान का सबसे बड़ा शत्रु है जो अच्छे-बुरे का फ़र्क भुला देता है। किशोरवय प्रेम का जुनून और परेशानी के दौर में कही बात, भविष्य में दुख देती है।

'मैं बिल्ली हूँ...अब मैं बिल्ली हो गई!' सुलोचना गुस्से से फुंफकार रही थी।

'मैं अच्छे से जानती हूँ कि आप सबको मेरा यहाँ बैठाना पसंद नहीं है। जेठानी जी तो बड़ी हैं उनका उल्टा-सीधा कहा हुआ तो मैं भूल भी जाऊँ पर बाक़ी सबका क्या करूँ? मजबूरी नहीं होती तो मैं अभी अपने घर चली जाती। जेठजी के कारण अपणी बेइज्जती करवाने बैठी हूँ यहाँ। जेठजी की विदाई और मेरी बेइज्जती होना पहले से ही तय कर रखा था सबने, और तो और काकी-सा से अब मैं बिल्ली हो गई। कल कुछ और नाम रखोगे मेरा...' सुलोचना को जिस मौक़े की तलाश थी, वह मिल गया था।

'ओ नामुराद सुंण, मेरी तेरहवीं के बाद जाती, आज ही जा। लालसिंगिया सुंण, इस दिमाग़ ख़राब औरत को लाता ही क्यों है अपने साथ? ये बद्-दिमाग औरत तो चार लोगों मै बैठने लायक ही नहीं है।' शेर सिंह का पारा सातवें आसमान पर था। रजनी शुरू से उसकी लाड़ली रही है। बेटी के साथ सुलोचना का व्यवहार उसकी बर्दाश्त से बाहर हो गया था। कमरे में हुई कहासुनी से घर की हवाओं में बेचैनी-सी घुल गई। शेर सिंह से जुड़ी मन की तरंगों ने रामप्यारी को इस नाराजगी की ख़बर पहुँचा दी।

'लाल सिंह को बुलाओ।' रामप्यारी का हुक्म होते ही देवर हाज़िर हो गया।

'देवर जी मैं आपकी भावना समझती हूँ पर आपके भाईसा के जाने के बाद से शोक के दिनों में भी आपकी पत्नी नाटक कर रही है। आप इसे अभी घर भिजवा दो।' घटना से अनजान लाल सिंह इस नई उपलब्धि पर हैरान था। कुछ कहने-सुनने की बजाय उसने चुपचाप हाथ जोड़ लिए।

'आप भी थके से दिख रहे हो। जाओ, आप भी आराम करो।' अपराधी के समान खड़ा लाल सिंह बैठने का उपक्रम कर ही रहा था कि उसी समय रामप्यारी ने देवर को भी अपने घर लौट जाने के लिए कह दिया। लाल सिंह ने अपने प्रयास समेट लिए।

'पर भाभीसा...' लाल सिंह कुछ कहने के लिए सही शब्द तलाश ही रहा था कि रामप्यारी की बातों ने सारी स्थिति स्पष्ट कर दी, 'आज शनिवार है, बाहर से तो कोई आएगा नहीं। जाओ, आप भी आराम करो।' रामप्यारी ने निर्णय सुना दिया था। बड़े भाई के घर में बेटे-बहुओं, पोतों, उनकी पत्नियों, बहनों-बेटियों, नातिनों और दूर-दराज़ से पहुँचे रिश्तेदारों के बीच से उठकर घर लौटने के सिवा लाल सिंह के पास कोई चारा नहीं बचा। पत्नी के साथ वह वापसी के लिए चल पड़ा।

समाज की बुनियाद दिखावे पर टिकी रहती है। इस मजबूरी को हटा दिया जाए तब बहुत तरह की परेशानियों से बचा जा सकता है। सामाजिक स्तर बनाए रखने के लिए लेने-देने के खर्चे, बे-मन का आना-जाना, रीति-रिवाज और भी बहुत कुछ। दिखावा ना होता तो सुलोचना को अपने जेठ की मौत पर दुःख मनाने हर दिन नहीं आना पड़ता। आज जो यहाँ हुआ, वह भी नहीं होता। रजनी हमेशा से शेर सिंह की लाड़ली थी इसीलिए छोटे भाई के साथ रामप्यारी के अपमानजनक व्यवहार पर भी आज उसे गुस्सा नहीं आया? उसका बड़बड़ाना या गुस्सा करना किसी को सुनाई दे या ना दे, वह चुप रहने वालों में से नहीं है। धूप ढलने के बावजूद घर में मौजूद लोगों की भावनाओं का ताप कम होने को तैयार नहीं था। बैठक और दालान की ख़ामोशी में भी यही मुद्दा ज्वालामुखी का लावा बनकर बह रहा था।

'रजनी ने आज भी एक बार ही खाना खाया। रोज़ाना एक टेम भोजन करना ठीक नहीं।' हर दिन दोपहर बीतने पर छोटी बहन को भोजन के लिए समय मिलना मंझली को बुरा लग रहा था, जिसके लिए उसने आज आवाज़ उठाई।

'मेरी बहन अकेली रसोई सम्भालती है। आप सब भी बारी-बारी से रसोईघर की ज़िम्मेदारी उठाया करो।' ईश्वर ने पत्नी को ज़िम्मेदारी याद दिलाई। सुलोचना ने जाने से पहले रजनी की फोन पर हुई बात को घर में मौजूद हर व्यक्ति तक पहुँचा दिया था। काकी-सा के व्यवहार से आहत घर की छोटी बेटी का आत्मसम्मान बनाए रखने के लिए इस समय सारे भाई-बहन एकजुट हो गए थे।

'जब से रजनी बाई आई हैं, जेठानी जी आपको तो रसोई में झांकते भी नहीं देखा। ये दुख का टेम तो है पर लगता है कि थे तो आनंद मना रही हो। थारे तो ससुर जी गए हैं पर रजनी बाईसा के तो पिताजी की मौत हुई है। थे भी अपनी ज़िम्मेदारी सम्भाला करो!' दुःख में शामिल होने आई आधी सदी पार कर चुकी महिला की बातों से बचने के लिए एक कारगर उपाय की ज़रूरत थी। अपनी परेशानी का इलाज़ अपने हाथ में होता है। पार्वती ने बातचीत को अनसुना कर मर्ज़ का इलाज़ अपने हक़ में कर लिया।

रामप्यारी अपने सामने की दीवार पर लगी शेर सिंह की तस्वीर देख रही थी। कूलर की हवा से तस्वीर पर लगी माला के ज़ोर-ज़ोर से हिलते फूल उसे शेर सिंह के भीतर मची उथल-पुथल की ख़बर दे रहे थे।

'अच्छा हुआ कि वो चली गई। महाभारत की पूरी कथा वो अकेली ही है। उसको किसी का लिहाज़ नहीं है।' शेर सिंह बड़बड़ा रहा था। वह जानती है कि इस समय शेर सिंह के लिए रजनी का आत्मसम्मान बनाए रखना ज़रूरी होगा।

'मेरे ज़िंदा रहते तो तूने मुँह पर ताला लगा रखा था पर आज एकदम सही

निर्णय लिया।' इस बार रामप्यारी को यक़ीन था कि बेटी के हक़ में फैसला लेने पर शेर सिंह ज़रूर ख़ुश हुआ होगा।

'लाल सिंगिये की दो बेटियें और भी तो हैं, वो नहीं आई?' आज की घटना के बाद उसे याद आया। वैसे याद तो बारी-बारी से उसे सभी रिश्तेदार आ ही रहे थे।

'अब तक तो उसकी दोनों बेटियों को आ ही जाना चाहिए था। उनके तो कन्यादान भी मैंने ही किए थे... पुष्कर का परिवार भी तो नहीं आया अब तक।' उसके हिसाब-क़िताब का बही-खाता एक बार फिर खुल गया।

'पुष्कर कौन-सा परिवार लाए अपने साथ, ज़रूर वो इसी परेशानी में होगा...उसको पता होना चाहिए कि बाहर की बलाएँ बाहर रहेंगी और घर की रौनक घर में! सीमा बीनणी को लाता अपणे साथ।' अपने सवाल का ख़ुद ही जवाब देकर उसने फ़ैसला सुना दिया।

'प्यारी के भतीजे और उनकी पत्निएँ ही आईं। लंबे-चौड़े परिवार में से और कोई नहीं आया! हम तो हमेशा सबके दुख-सुख में शामिल हुए, मजाल है कि किसी को भूल जाते। रिश्तेदारी आस-पड़ौस की हो, राजस्थान-हरियाणा, उत्तर प्रदेश या दिल्ली वालों के दुख-सुख हों हम तो हर जगह पहुँचे। काठमांडू तक भी हम दुख-सुख निभा के आए और जिस किसी ने जब-जब बुलाया, हाज़िर रहे। हमारे जैसे रिश्तेदार तो किस्मत से मिलते हैं।' वह अपने व्यवहार को याद कर आत्ममुग्ध हो रहा था। सभी रिश्तेदार और दूर-पास के लोग उसे याद थे और सबके लिए किए काम भी उसके दिमाग के बही-खाते में दर्ज़ थे।

'आज से शाम की रसोई सरोज और नीलम बहू सम्भालेंगी। पार्वती सबके लिए भोजन परोसेगी। रजनी सारे दिन रसोई में नहीं लगेगी। सब बारी-बारी से काम सम्भालो!' रामप्यारी की घोषणा से कुछ चेहरों पर संतोष था। शेर सिंह को भी कुछ सुकून मिला मगर इस ऐलान से पार्वती के मन में पल रहा असंतोष बाहर आ गया।

'मैं रसोई में लगी रहूँगी तो घर के काम कौन संभालेगा?' समय गंवाए बिना उसने कहा?

'सब हो जाएगा तेरे बिना। बल्कि बहुएँ रसोई से बाहर रहेंगी तो आने-जाने वालों से मेल-मिलाप भी समझेंगी।' रामप्यारी कोई दलील सुनने को तैयार नहीं थी।

'अच्छा तो मेरे आगे ही तेरे मुँह पर ताला लगा रहता था। मेरे पीछे से सारे घर की सत्ता तूने सम्भाल रखी थी। वैसे इतने सारे अलग-अलग तरह के दिमाग वालों को तूं ही काबू कर सकती है।' आँगन की राजनीति शेर सिंह को हैरान कर रही थी।

'प्यारी...मैं तो सारी उमर में तुझे जान ही नहीं पाया! मैंने कभी भी तेरे बारे में

नहीं सोचा। तूं जो करती रही 'वो सब तुझे करना ही चाहिए' यही सोच बनी रही मेरी। कुणबे की राजनीति के बीच में तुझे तो मेरा समर्थन भी नहीं मिला फिर भी तूं अपना अस्तित्व बनाने में कामयाब रही!' शेर सिंह के मन में चल रही बातें रामप्यारी तक ज्यों की त्यों पहुँच रही थीं।

'...चलो ठीक है, मेरे बिना भी तूँ अपना निभाव कर ही लेगी। मुझे तो यही चिंता थी कि हमारे बेटे कल को तुझे इज्ज़त से रोटी देएँगे भी या नहीं। अब मुझे भरोसा हो गया है कि तूं सब सम्भाल लेगी। मेरे सिर से चिंता का पहाड़ उतर गया।' इस बार उसने पत्नी का चेहरा ध्यान से देखा।

'सिरफ चिंता की लकीरें हैं तेरे मुँह पर। आराम या संघर्ष से मुक्ति के भाव ना पहले थे और न ही आज हैं। पर अच्छा ही है कि तूं इस घर-गृहस्थी में डूबी रहती है नहीं तो बावली हो जाती। मैं तो रहता नहीं था यहाँ, फिर मेरे बिना करती भी क्या!' एक बार फिर उसने ऐसी दुनिया गढ़ ली, जिसका नायक हर बार की तरह वह खुद था।

'आराम की कोई जगह नहीं छोड़ी मेरे लिए। बैठक में आदमियों ने कब्जा कर रखा है। मेरे कमरे में धूप-अगरबत्ती जला के धुआँ भर दिया। नालायक मारणां चाहते हैं मुझे। ओ सुणों, थोड़े से दिनों की बात है चैन ले लेणें दो मुझे फिर जला लेना ये अगरबत्तियाँ।' शाम के समय का धूप-दीप होता देख, रामप्यारी के साथ बात अधूरी छोड़ वह अपने कमरे की ओर दौड़ा।

'सारी भीड़ यूँ ही इकट्ठी हो रही है। इनमें से एक भी मुझे याद नहीं करता। दिखावे के लिए आए हैं सारे। सुबह बाहर बड़े वाले नीम के पेड़ के नीचे बैठने से लेकर सारे दिन बैठक में जमी रहने वाली भीड़ भी मेरे बारे में मुश्किल से ही एक-आध बात करती है। चाय-ठंडा पीते रहते हैं नालायक कहीं के, मुफ्त का होटल समझ रखा है घर को?। हरामखोरों जाणे वाले को याद क्यों नहीं करते? यहाँ मौजूद हर एक की मैंने कभी ना कभी मदद भी करी थी और तुम लोगों को पैसा-टका भी देता रहा हूँ।' उसे अपने किए सारे उपकार याद थे।

'आज छः दिन हो गए। इस नई व्यवस्था के साथ सब सहज से ही हो गए लग रहे हैं। रोजाना सुबह लोगों का दुःख जताने आना...गरम-ठंड़ा पीना...दूर से आए रिश्तेदारों को चाय-नाश्ता, दिन-रात का भोजन...किसी-किसी की वापसी की रेलगाड़ी रात की होती है, मजबूरी में वो घर में ही रुकते हैं। ऐसे सारे लोग घर में पराए-पराए से रहते हैं बिचारे...परायापन होणां लाज़मी है।' आँगन और कमरों से लेकर बाहर दालान तक हर जगह उसकी नज़र थी।

'अब मेरी नज़र से कुछ भी नहीं बच सकता और फिर अब तो मैं कहीं भी, कुछ भी देखने-सुनने को स्वतंत्र हूँ। मेरी जानकारी के बिना यहाँ कुछ भी घटित नहीं

हो सकता है।' एक मुस्कान आकर उसके चेहरे पर ठहर गई।

'माँ-सा एक बात बताओ, काकी-सा कल नहीं आएँगी तब तो चलेगा पर काका-सा नहीं आए तो?' नई बहू नई परिस्थितियों के अनुसार स्थिति की तस्वीर बना रही थी।

'दोनूँ आएँगे तूं तो बस चुपचाप देखती रह। वैसे अपणें कहावत है-देखणा, समझणा, सीखणा। तूं गाँठ बाँध ले इसकी। बोलणा कम देखणा-समझणा ज्यादा।' रामप्यारी ने उसे धीरे से समझाया।

'आपने काकी-सा को इससे पहले इस तरह जाने के लिए नहीं कहा था। मैं सोच रही थी कि कहीं काका सा...' नई बहू की बात बीच में काट दी गई।

'चिंता मत कर बीनणी। बोलणें से ज्यादा समझणें पर ध्यान दे। तूं भाभीसा की लाड़ली है इसीलिए पूछ रही है नहीं तो देख, यहाँ कितनी बेटिएँ-बहुएँ हैं पर मजाल कि कोई ऐसे ऊट-पटांग सवाल कर ले!' रामप्यारी और नई बहू की बातचीत के बीच में मझली अचानक प्रकट हो गई।

'दोनों भाइयों के प्रेम के बीच में कोई नहीं आ सकता। वैसे भी लाल सिंह काका-सा सुलोचना काकी का स्वभाव हम सबसे ज्यादा समझते हैं। तूं देखना, सुबह-सुबह काका-सा यहीं मिलेंगे।' बीस-बाईस वर्षों की अनुभवी बहू ने नई बहू को समझाया।

'हमारे तो तेरहवीं का दिन तय भी हो गया। छठे दिन ही तेरहवीं है। जाकर पता करूँ, मेरे अगले जनम की तारीख़ तय हो गई होगी।' शेर सिंह को अपने अगले जन्म की चिंता शुरू हो गई।

सात

रात भर नींद आती-जाती रही। कमरे में किसने, कितनी बार करवट बदली और आँगन की बत्ती कितनी बार जलाई-बुझाई गई, वह सब देख रही थी। नींद का इस तरह उखड़ना महज़ उम्र का तकाजा नहीं था। आँखें अब पहले जैसी नहीं रहीं जब नींद गायब होने पर उसने आसमान के तारे गिनते हुए कई-कई रातें अकेले जाग कर बिताई थीं। ऐसा नहीं है कि परेशानियों से घिरने पर वह कभी रोई नहीं बल्कि रोई, और खूब रोई पर वह रुदन मन के भीतर रहा। आँसू बहाना और कमजोर पड़ना रामप्यारी को कभी पसंद नहीं आया। अपनी सारी कमज़ोरियों को जोड़कर उसने तलवार बना लिया था और इसी हथियार से वह अपने आसपास की बेड़ियों को काटती रही। बीती बातें किसी फिल्म की तरह उसके दिमाग में घूम रही थीं और शेर सिंह चुपचाप उसका मन पढ़ने की कोशिश कर रहा था।

दहेज़ में वह अपने साथ गीता साथ लाई थी। बहुत जल्दी ही उसने समझ लिया था कि धरती पर वह अकेली आई है और उसे अकेले ही वापस जाना है। जो कर्म करने हैं, सब यहीं करने हैं और वापसी में ख़ाली हाथ लौट जाना है। मोह-माया उसे बाँधती नहीं थी मगर शेर सिंह की मौत के बाद लाल सिंह को घर से जाने के लिए कहना, आज उसे अखर रहा था।

बिस्तर पर पड़े-पड़े उसे बीते दिनों के सुख-दुख याद आते रहे। चौकोर कमरे की खिड़की से सटे पलंग पर लेटी रामप्यारी, बीते समय की चादर में जड़े सितारों और खूबसूरती से लगे पैबंदों को छू-छू कर महसूसती रही।

दूर-पास से आई रिश्तेदार, बीती रात तक दालान और छत पर टहल रही थीं। 'शहरों में रहने वालों को खुला आसमान और बेरोकटोक चलती हवाएँ, कब मिलती हैं।' 'दिन में अंगारे-सा तपता रेगिस्तान, आधी रात बीतने तक ठंडा पड़ जाता है। जो भी कहो, रेतीले प्रदेश की सुबह ठंडी होती हैं।' दालान से लौटी चचेरी बहनों की फुसफुसाहट उस तक पहुँच रही थी।

'जिसने मारूथल की रातों को जिया है, इस सुख को वही बता सकता है।' सोचते हुए उसके झुर्रियों वाले चेहरे पर शायद मुस्कुराहट आ गई थी। कुछ देर और

उसने यूँ ही सोचते-सोचते बिता दी। सुख-दुख का समय याद करते हुए वह कभी आँखें खोलती, कभी बंदकर लेती। रात बहुत लंबी हो गई थी। शेर सिंह बार-बार आकर उसके सामने खड़ा हो जाता। वह अपनी सारी ताक़त लगाकर जानना चाहती थी कि यह सब उसके दिमाग की उपज है या सच में शेर सिंह उससे संवाद कर रहा है। इसी समय साथ वाले बिस्तर पर सोई रजनी के मोबाइल फोन के अलार्म ने पहाड़-सी रात के बीत जाने का संकेत दिया। 'तीन बज गए होंगे।' उसने अनुमान लगाया। रजनी कसमसाई-सी उठी और जैसे ही उसने आँगन की बत्ती जलाई, शेर सिंह वापस जाकर अपनी तस्वीर में टंग गया।

नहा-धोकर जब रजनी ने रसोई की बत्ती जलाई उस वक़्त चार बजने वाले थे। ऊपरी मंजिल से नई बहू और पीछे वाले कमरे से दोनों सहायिकाएँ भी पहुँच गई थीं। रसोई में बर्तनों की आवाज़ से नई सुबह की ख़बर पुख्ता हो गई। 'इस सुबह का इंतज़ार बहुत लंबा रहा।' बिस्तर छोड़ने से पहले वह अपने आप से कह रही थी। रात के मुकाबले भोर होने से कुछ समय पहले, अंधेरा घना हो गया था। डरावने सायों ने अब भी हार नहीं मानी थी मगर नए दिन के आने का भरोसा होने पर माहौल बदलने लगा था।

जवान शरीर की ज़रूरतें और ज़िम्मेदारियों का बोझ कम होने पर कुछ लोग जीवन के नए अर्थ खोजना शुरू कर देते हैं। धीरे-धीरे कमरों की बत्तियाँ जलनी शुरू हुई। आने वाले दिन की शोक-सभाओं से पहले कुछ लोग योग और अधिकतर पूजा-ध्यान में जुट गए। नए दिन की तैयारियाँ जोरों पर थीं। आज रामप्यारी को सात बजने का इंतज़ार था।

❑❑❑

'भाभीसा उमर भी हो गई और अब कोई ख़ास ज़िम्मेदारी भी नहीं है कंधों पर। आप के आशीर्वाद से बच्चे सब संभाल लेते हैं पर ऐसा लगता है कि भाईसा के जाने के बाद अनाथ हो गया हूँ।' लाल सिंह और रामप्यारी का रिश्ता देवर-भाभी का था, मगर इससे इतर दोनों के मन में एक-दूसरे के लिए बहुत सम्मान था। जब-जब उसे परेशानियों ने घेरा, उसने रामप्यारी से हर सुख-दुख कह दिया।

'हिम्मत राखो लाल सिंह। चाहने से कुछ नहीं होता। उमर की बात है तो आप से बड़ी तो मैं हूँ।' रामप्यारी ने उसे समझाया मगर वह जानती है कि लाल सिंह अपने विचारों से घिरा हुआ है। आज उसकी बातें लाल सिंह तक नहीं पहुँची। अक्सर वह पुरानी यादों में खो जाया करता था, आज भी पुरानी फिल्म जैसे यादों की वीडियो रील उसके मन में चलने लगी। रामप्यारी उसके मन को इतनी बारीकी

से समझती है कि लाल सिंह जो कहना चाहता था, वह बिना कहे भी समझ जाती है। दुःख के समय में भी यह जानकर रामप्यारी को कुछ संतोष-सा मिला कि किसी के दर्द की दवा, आज भी वही है।

'भाभीसा मैं छोटा-सा था जब आप शादी हो के लाल साड़ी के ऊपर सफेद चादरा लपेटे घर में आई थीं।' वह जानती थी कि अगला वाक्य यही होने वाला है। 'हाथों की मेंहदी भी नहीं सूखी थी और आपने पूरे घर की ज़िम्मेदारी उठा ली थी। छोटी बहन का जनम आपके गौने के चार महीने बाद हुआ था। नई-नई शादी होकर आई थीं आप और आते ही ससुराल ने गोद में खिलाने के लिए ननद दे दी थी। ऐसी बहुएँ तो होती हैं जो सास-ससुर की सेवा करती हैं पर हमारी माँ का तो जापा भी आपने ही कटवाया। आपके कारण हम सब भाई-बहनों के घर बसे।' कहते-कहते उसने सप्रयास हाथ आगे बढ़ा कर भाभी के चरण छू लिए।

'लाल सिंह उठो, सामने बैठो। हिम्मत रखने से ही जीवन चलता है, यूँ हाथ-पैर छोड़ोगे तो कैसे चलेगा?' रामप्यारी ने देवर के टूटते मन को सहारा दिया।

'भाभीसा, मुझे लग रहा है कि वहाँ उस दुनिया में भाईसा अकेले कैसे रहेंगे? उनको तो भरे-पूरे परिवार में रहने की आदत है। वहाँ उनका ध्यान कौन रखेगा?' लाल सिंह ने सारे हथियार डाल दिए।

'देवर जी, ये सब मेले इस धरती के ही हैं। अंतिम-यात्रा पर सबको अकेले ही जाना पड़ता है। आप और मैं भी ऐसे ही जाएँगे किसी दिन अचानक, एकदम अकेले आपके भाईसा की तरह।'

'भाभीसा, यदि पहले मेरे कुछ हो जाए तो आप सुलोचना का ध्यान रखना। ये जबान की कड़वी है और आपके साथ भी इसने सारी उमर सींग फंसाए रखे पर आप ही संभाल सकते हो इसे। भाई की जुदाई के ग़म में लाल सिंह कमजोर पड़ गया था। उसकी बूढ़ी आँखों में आँसुओं की बूंदें उमड़ आईं।

'आज आप कैसी बातें कर रहे हो लाल सिंह? उठो, आपके भाईसा को बुरा लग रहा होगा।' रामप्यारी ने उसे हौंसला दिलाया

'आप माँ समान हो भाभीसा। मेरी एक इच्छा पूरी कर देना, अगर मुझे कुछ हो जाए तो मुझे इसी देहली से विदा करना।' इस बार वह रामप्यारी के कदमों में सर रखकर रो पड़ा। रामप्यारी के पास कहने को कुछ नहीं था। उसने लाल सिंह के सिर को सहलाकर उसे सांत्वना दी। यह अजब स्थिति थी। जीवन भर वह सबको सम्भालती रही, सबके दुःख कम करने में लगी रही और आज जब उसे कोई साथ चाहिए था, तब भी सब अपने मन की टूटन लिए उसी से दवा की उम्मीद कर रहे थे।

'लाल सिंह उठो, सामने बैठो। अब तो आपका होना ही मेरी ताक़त है, सब कुछ छोड़कर कहाँ जाओगे? कैसी बातें कर रहे हो? उठो, मन पक्का करो। अभी तो

बहुत कुछ देखना बाकी है।' रामप्यारी ने उसे हौंसला दिया।

'उठ जा लाल सिंगिया। मैं जाणूं तेरे मन की बात। तूं बुरा नहीं है। तूं तो सदां से मेरा लाड़ला रहा है।' शेर सिंह छोटे भाई को समझाने के लिए आगे बढ़ा। वह भूल ही गया था कि अब वह किसी को दिखाई-सुनाई नहीं देता। रामप्यारी ने शायद उसके मन की बात समझ ली।

'मन छोटो मत करो देवर जी। बच्चे आपको देखकर हिम्मत लेते हैं। अब आपको करना तो कुछ भी नहीं है, बेटे बड़े-बड़े हो गए। ये तो जीवन का आनंद लेने का टेम है।' लाल सिंह पर इन बातों का कोई असर नहीं हुआ।

'भाभीसा मन एक बार उठ जाए तो फिर और कहीं नहीं लगता। अब मेरा मन उठ गया है।' लाल सिंह की बात सुनकर लगा कि उसने ख़ुद को सम्भालने की कोशिश करनी भी बंदकर दी थी।

'दिनों के बाद आप और सुलोचना तीर्थ पर चले जाओ। अपने भाईसा के लिए भी प्रार्थना करना। आप प्रार्थना करोगे तो आपके भाईसा को शांति मिलेगी...आपको भी सुख मिलेगा।' रामप्यारी ने तेरहवीं के बाद देवर को सपत्नीक तीर्थ यात्रा पर जाने की सलाह दी। जीवन से हार मान चुके लाल सिंह का ध्यान पहली बार अपने दुःख से अलग हुआ।

'प्यारी, तूने तो सारा परिवार सम्भाल रखा है। मैंने दुनिया छोड़ दी, तेरा साथ भी छूट गया फिर भी मेरी कितनी चिंता है तुझे।' शेर सिंह पत्नी के व्यवहार से गदगद था।

'सही बात है, मैं तो बाहर ही रहा सारी उमर। घर-परिवार तो तूने अकेले ही सम्भाला...चलो ठीक है अब मैं निश्चिंत होकर विदा ले सकूँगा।' रामप्यारी सामने की दीवार पर लगी शेर सिंह की तस्वीर देख रही थी। कुछ पलों तक लगा कि दोनों के बीच संवाद चल रहा है। शेर सिंह ने नई स्थिति के अनुसार ढल जाने का फैसला किया। रामप्यारी अपने परिवेश में लौट आई।

'माँ, आज सुबह काकी-सा नहीं आईं तो मुझे लगा था कि वो नाराज़ हैं और अब कभी नहीं आएँगी पर दालान में देखो, वो तो आ गईं।' नई बहू ने सुलोचना को आते देखकर कहा।

'भाभी-सा, मैंने समझाया आपकी देवरानी को। आप माफ़ कर दो इसे। अब आगे से ये गलती नहीं करेगी।' सुलोचना के आँगन में पहुँचने पर लाल सिंह ने पत्नी की ओर से माफ़ी माँगी।

'जहाँ दो बर्तन होते हैं, वो आवाज़ भी करते हैं। आप बैठक में जाओ लाल सिंह। आदमियों की दुनिया सम्भालो। आँगन के खेल, आँगन में ही शोभा देते हैं। आदमियों को इस सबके बीच में नहीं पड़ना चाहिए।' रामप्यारी ने एक बार फिर

बात ख़त्म करने का विकल्प चुना। लाल सिंह ने पहले बैठक की तरह बैठक की बागडोर सम्भाल ली।

'राम-राम जेठाणी जी।' रामप्यारी की बात ख़त्म होने के बाद सुलोचना ने पीढ़े पर बैठकर दीवार से पीठ टिकाते हुए कहा।

'बाहर धूप तेज है। आप तो ठंडे में बैठी हो, आपको तो गरमी का अंदाज़ा भी नहीं है। मैं आई हूँ अब्बी बाहर से, धूप इतनी तेज है कि भले ही बाहर चने रखवा दो, उनके भी भुनकर भूंगड़े बन जाएँगे। फिर आपके और मेरे दिमाग का क्या भरोसा, गर्मी से घूम भी सकता है।' सुलोचना का मनोविज्ञान समझने की फुर्सत वहाँ किसी को नहीं थी। अपने व्यवहार पर शर्मिंदगी या माफीनामे की जगह दोष किसी और के सिर मंढ़ना उसे सही लगता है। इस बार यह ज़िम्मेदारी बढ़ते तापमान के हिस्से आई।

'ये कच्चे मन के हैं, बात-बात पर मन छोट करते हैं। मरे हुए के पीछे मरा थोड़ी जाता है, पर इन्हें कौन समझाए!' अपने पति और स्वर्गवासी जेठ की बात करते हुए सुलोचना की भाषा को रामप्यारी ने अनसुना कर दिया।

'एक तो ये बात भी है ना कि आप लोगों ने उन्हें कभी बड़ा बनने का मौका ही नहीं दिया। बड़े भाई ने उनको हमेशा छोटे की तरह ही रखा, तभी आपके आगे आज भी दरी पर बैठे हैं। होना तो ये चहिए कि अब तो परिवार में सबसे बड़े ये ही हैं, इनको हमारे बराबर बैठना चाहिए।' उसका बोलना ज़ारी रहा। सुबह के समय बहुत सारे काम निपटाए जाने का इंतज़ार कर रहे थे। सुलोचना की बातें सुनने के अतिरिक्त भी सबके पास बहुत सारे काम थे, सब अपने-अपने काम में लग गए।

❑❑❑

दिखावे का बोझ ढ़ोता समाज खुशी के समान विशेष दिनों में दुःख का भी सार्वजनिक उत्सव मना लेता है। शेर सिंह की मौत के बाद से घर में ऐसा ही उत्सव चल रहा था। मृत्यु के शोक का गिनती के तेरह दिनों से ताल्लुक नहीं होता। किसी व्यक्ति के भीतर यह वर्षों तक जीवित रह सकता है। वहीं कुछ लोग बर्फ़ जमीं नदी जैसे होते हैं एकदम सख़्त और सम्भले हुए दिखते हैं मगर गहराई में अपने दुःख के साथ वे तरल रहते हैं जहाँ उनकी भावनाएँ, वनस्पति और जीव-जंतुओं की तरह शेष दुनिया से कटकर सांसें लेतीं रहती हैं। रामप्यारी को देखकर समझना मुश्किल था कि वह किस हाल में है। बातचीत में वह सामान्य लगती। परिवार का एकमात्र हौंसला अब भी वही थी मगर इस सबके बीच उसकी गोल चश्मे के पीछे से झांकती आँखें, शेर सिंह की तस्वीर पर टिकी रहती थीं। हवा के साथ तस्वीर पर

लगाई माला के हिलने के रिदम पर उम्र के दबाव में रामप्यारी की हिलती गर्दन देखकर अक्सर लगता था कि दोनों के बीच वार्तालाप चल रहा है।

दोपहर का तापमान रामप्यारी और उसके परिवार के लिए राहत जैसा था। आने-जाने वालों को मजबूरन अपने-अपने घरों में रहना पडता था। घर वालों का सार्वजनिक हो चुका जीवन, इसी समय सामूहिक रूप से व्यक्तिगत हो जाया करता था। दोपहर के इस समय को सब लोग आराम करने और आपसी बातों के लिए बचाकर रखते थे। बेटियाँ, भतीजियाँ, भानजियाँ सब एक साथ जुटी हुई थीं कि उसी समय ईश्वर अपनी पत्नी के साथ आँगन से लगते बरामदे में रामप्यारी के सामने था।

बुज़ुर्ग की मौत पर आने वाली बहन-बेटियों को वापसी के समय साड़ियाँ देने की परंपरा रही है। ईश्वर इसी मुद्दे पर बात करने आया था।

'माँ परसों बुधवार है ज्यादा लोग तो आएँगे नहीं। मैं और पार्वती बजार से लेने-देने के कपड़े ले आते हैं।' ईश्वर ने रामप्यारी को अपना कार्यक्रम बताया।

'साड़ियाँ कितनी लानी हैं और बाक़ी सामान क्या-क्या लाना है, इसका हिसाब लगा लिया?' माँ ने पूछा।

'हाँ, लगा लिया।' ईश्वर ने पार्वती की ओर देखते हुए कहा।

'हूँऽऽऽ पर सुण, दस-पंद्रह साड़ियाँ ज्यादा ही लाना, काम आ जाएँगी। पंडित जी के वस्त्र लाने हैं। बाक़ी जो सामान लाना है, वो भी देख लेना।'

'ओर क्या लाना है?' बेटे ने पूछा।

'पिता जी के नाम के रजाई-गद्दे, तकिया-चादर, चप्पल, पहनने के कपड़े, छतरी, नहाने की बाल्टी-मग, साबुन, चारपाई, एक वर्ष का भोजन...सब कुछ देना है।'

'रुको...रुको...थोड़ी साँस तो लेओ बीच में।' बेटे ने टोका।

'एक घर भी दे देवें पिताजी को रहने के लिए।' बेटे के जवाब से माँ को बेइज्जती महसूस हुई।

'तूँ क्या कह रहा है?'

'ये सब नाटक करने का क्या मतलब है? पंडित का घर भरणें से किसी को मोक्ष नहीं मिलता। ऐसा होता तो लोग यहाँ जैसा भी जीवन जीते पर मरने से पहले ही दान-धरम करके स्वर्ग में अपने लिए महल बनवा लेते।' ईश्वर की आवाज़ हर शब्द के साथ ऊँची होती जा रही थी।

'किसे देना है और किसे नहीं ये तेरे सोचने की चीज नहीं है। जो देना है, मैं देऊँगी फिर चाहे पंडित जी को देऊँ या और किसी को। हाँ तेरे पास पैसे नहीं हैं तो बता दे। तेरे पिताजी के सारे काम मैं करूँगी चाहे कहीं से करूँ। सारे रिवाज़ निभाए जाएँगे।' जर्जर शरीर आवेश से काँपने लगा।

'पैसे तो हिसाब के ही हैं। यूँ बाँटने के लिए कहाँ से आएँगे? पिताजी मर गए, चले गए इस दुनिया से। उन्होंने जनम भी ले लिया होगा दूसरी जगह। इन खाट-पीढ़ों का क्या करेंगे वो?' ईश्वर ने हिक़ारत से चारपाई और मूढ़ों-पीढ़ों को देखा। उसकी आवाज़ की आवृत्ति बढ़ती जा रही थी।

'लोग सुनेंगे तो क्या कहेंगे!' का भय दिखाकर बच्चों को बड़ा करने वाली माँ पर बेटे ने उसी का हथियार इस्तेमाल किया। ईश्वर की आवाज़ में इतना कम्पन था कि वह घर के हर हिस्से तक पहुँच रही थी। आराम करने वाले या बातों में मशगूल रिश्तेदारों तक उनकी बात पहुँच गई। अधिकतर जानते थे कि यहाँ से जाने के बाद इस घर की राजनीति का उनके जीवन से कोई लेना-देना नहीं रहेगा इसके बावजूद सुस्ताने वाले उठकर बैठ गए, जो बतिया रहे थे, ख़ामोश होकर ध्यान से माँ-बेटे की बहस सुनने लगे।

'आज तो मैं ज़िंदा हूँ। तेरे पिता जी की हर रीत निभाऊँगी। अपने लिए भी पैसे छोड़कर मरूँगी पर मेरे संस्कार तुम करोगे या पैसे अपने पास रख लोगे, तुम जानो।' बिना दाँतों वाले पोपले मुँह में गुस्से और भावनाओं के ज्वार से शब्द गुत्थमगुत्था हो गए। अस्पष्ट शब्दों में कही बात के साथ आवाज़ ज्यादा निकल रही थी इसके बावजूद घर में मौजूद लोगों ने बातों का मजमूँ समझ लिया।

'सारी उमर हो गई आपको गीता बांचते क्या ज्ञान लिया उससे? आत्मा अमर है तो दुनियादारी के सामान में उसे क्यूँ उलझा रही हो?...पिताजी चले गए। जो लेना-देना करना है वो ये ही सोचकर करना कि कोई तुम्हारा सामान लेने नहीं आया यहाँ। अपना बजट बिगाड़ने का क्या मतलब है?'

'तूं ही नया महात्मा पैदा हुआ है ज्ञान बाँटने के लिए, तेरे से पहले तो सब अज्ञानी ही थे। इतने बरसों से जो परंपरा चल रही है, तेरे कहने से तो बंद नहीं होएगी। आज तक तो तूँ चुप था, अब क्या हो गया तुझे? माँ-बाप की मुक्ति बेटों के हाथ से होती है पर तूँ ये करने लायक भी नहीं है...शुकर मना कि मैं सिरफ तेरे पर आश्रित नहीं हूँ।' परंपराओं को जीवन के समान जीने वाले शेर सिंह की अंतिम इच्छा पूरी करना रामप्यारी ने अपना लक्ष्य बना रखा था। इस समय ईश्वर उस लक्ष्य की राह में रोड़ा बनकर खड़ा था।

'कल तक पिताजी ने जो चाहा, वही किया पर अब...' ईश्वर बोलते-बोलते अचानक चुप हो गया।

'क्या हुआ? याद आ गया दस दिन पुरान टेम जब पिताजी के आगे बोलने की हिम्मत नहीं होती थी तेरी। आज वो नहीं रहे तो मेरे से ऊँची आवाज़ में बोलने की हिम्मत हो गई।' रामप्यारी ने मन ही मन कहा पर असल में उसके लिए कुछ और करना ज़रूरी हो गया था।

'हमारे बाद तूँ अपनी मनमानी करना। तेरे पिताजी के लिए जो करना है, वो सब मैं करूँगी।' छड़ी के सहारे पूरी ताक़त लगाकर उसने अपने शरीर को उठाया।

बढ़ती उम्र चतुर शिकारी की तरह शरीर के सभी अंगों का बारी-बारी से शिकार करती है। शरीर जब शिकारी की गिरफ्त में आ चुका हो उस समय भावनाओं पर नियंत्रण ज़रूरी होता है। रामप्यारी इस समय दोनों मोर्चों पर जूझ रही थी। शेर सिंह के कमरे के साथ लगते अपने कमरे में पहुँचकर वह अलमारी का ताला खोलने में जुट गई। ताले में बार-बार चाबी लगाने, हाथ से छूट कर चाबी की ज़मीन पर गिरने, फिर प्रयास करने की आवाज़ बाहर तक पहुँच रही थी। कुछ समय लगा उसे ताला खोलकर सामान निकालने और दोबारा ताला जड़ने में, मगर इस बार जवाब वह अपने साथ लाई थी।

'ये दस हजार रुपए हैं। सारा सामान आ जाएगा इतने में। तू सामान ला सके तो ठीक नहीं तो मैं और किसी से मंगवा लूँगी।' अलग-अलग गाँव-शहरों से जुटे लोगों की मौजूदगी में उसने बेटे के सामने पैसे रख दिए। इस बार पूरी हिम्मत जुटाकर अपनी जर्जर काया को घसीटते हुए उसने वापस पीढ़े पर टिका दिया। पति की मृत्यु के बाद बेटे से हुई बहस ने उसकी उम्र अचानक कई वर्ष बढ़ा दी। वह अपने आपको ज्यादा बुढ़ाई और थकी-सी लगी।

'इतनी ही नोटों की गड्डियाँ जोड़ रखी हैं तो अपनी सेवा करने वाले को क्यों नहीं दे देती? तेरे सारे बेटे शहर चले गए, खूब कमा-खा रहे हैं। मैं अकेला तुम्हारी सेवा कर रहा हूँ, सब मुझे क्यों नहीं दे देती?' रुपयों की गड्डी देखकर ईश्वर ने अपना संतुलन खो दिया।

'बाहरी लोगों की कोई हरक़त पसंद नहीं आए तो उन्हें घर से निकाल दो पर अपनी औलाद की बत्तमीज़ी बर्दाश्त करना मजबूरी क्यों हो जाती है?' हाँफते हुए वह अपनी ऊपर-नीचे होती साँसों को ज़ब्त करते हुए बड़बड़ा रही थी।

'सुलोचना को कई दिन झेलणें के बाद कल ही तो...अभी-अभी तो उन दोनों ने माफी माँगी थी और अब उनके सामने ही बड़गर ने...।' (गुस्से में वह अक्सर बड़े बेटे को बड़गर कहती है।)

'पैसे माँगने थे तो तरीके से माँग लेता, सबके बीच में नाटक करने की क्या ज़रूरत थी?' बिना दाँतों वाले मुँह पर होंठ फड़फड़ा रहे थे। उसका बोलना लगातार ज़ारी रहा।

'निकाल तो इसे अभी दू घर से पर फिर बुढ़ापै में मैं किसके साथ रहूँगी? वैसे...ये कसूर इतना बड़ा भी नहीं है पर...सबके बीच में मेरी बात क्यों काटी और फिर जिद्द-बहस भी करता रहा!' रामप्यारी के ज़ेहन में विचारों की उथल-पुथल ने उसके शरीर को पैंडूलम बना दिया।

'सुण अभी तो शुरुआत है, आगे-आगे ओर पता लगेगा। आज्ञाकारी बेटे ने रंग तो मेरे बाद ही दिखाना था।' शेर सिंह ने पत्नी को आहिस्ता से कहा। उसने महसूस किया कि अब उसकी बातें अनसुनी रह जाती हैं। रामप्यारी भी अपनी ही धुन में बोले जा रही थी।

'मुझे बुढ़ापे से ज्यादा चिंता समाज की है। इसे घर से निकाल तो दूँ पर लोग बातें बनाएँगे।' वह कह रही थी।

'अब समझ आया कि मैं इत्ते रुपया क्यों जोड़ रहा था?' चिंता मत कर, बैंक में तेरा भी खाता खुलवा रखा है। मुझे इस स्थिति का आभास पहले से ही था।' बेटे का व्यवहार देखकर शेर सिंह को पीछे छूट गई पत्नी की चिंता हो रही थी।

'पहले दिन से ये ईश्वरिया तेरा बहुत लाड़ला था, अब आगे-आगे लाड़ले के रंग देखना।' शेर सिंह वापस अपने रंग में लौटने लगा।

'माँ, कैरी का पन्ना बनाया है आपके लिए। थोड़ा-सा ले लो।' झुलसते माहौल के थपेड़ों से माँ को बचाने के लिए रजनी कच्चे आम की ठंडक गिलास में लिए खड़ी थी।

'पना तो लू से बचने के लिए पूरी गर्मी में जेठजी पिया करते थे।' गर्मा-गर्मी के बीच स्वाद की बात ने सुलोचना को जेठ ज़ी की याद दिलवा दी।

'हाँ काकी-सा, पिता जी की पसंद का है तभी बनाया। भाईसा ईकोलिए हैं ना, उनको दिया था थोड़ी देर पहले। उनका खाया-पिया सब पिताजी के लिए है।' माँ से बहस के बावजूद बहन का संतुलित व्यवहार ईश्वर को अच्छा लगा। अपना ख़राब व्यवहार इंसान को दिखाई नहीं देता परन्तु अपने साथ किया ख़राब व्यवहार उसे याद रहता है। कभी-कभी अच्छे व्यवहार के साथ भी ऐसा हो जाता है। ईश्वर ने अभी-अभी शायद यही महसूस किया।

'आप के लिए भी लाऊँ काकी-सा? पिछले दिन की कड़वाहट भुलाकर रजनी के आग्रह से माहौल की गर्मी कुछ कम होती हुई लगी।

आठ

धरती का तापमान बढ़ाने में इंसानी कारगुज़ारियों को चुपचाप देखने के बाद सूरज की सहिष्णुता ने जवाब दे दिया। आसमान की नाराजगी विकराल रूप धारण कर चुकी थी। हर दिन के साथ सूरज का क्रोध इस हद तक बढ़ गया था कि सब घरों में रहने को मजबूर थे। इसी बीच शेर सिंह के बालसखा ने शाम की शोक-सभा में पुरुषों के बैठने की व्यवस्था बाहर करने की सलाह दी, जिसे मान लिया गया। दोपहर ढलते ही बारी-बारी से दालान में पानी के छिड़कवा ने कुछ हद तक माहौल बदल दिया। हरी घास पर बिछाई जाजम पर बैठे गुप्ता जी को हमउम्र की कमी ख़ल रही थी। कुछ देर इंतज़ार के बाद आख़िर उन्होंने पूछ ही लिया, 'लाल सिंह कहाँ है? आज दिखाई नहीं दे रहा।'

'काका-सा सो रहे हैं।' ईश्वर ने बताया।

'अभी तक?' सांझ ढले तक सोए रहने की बात ने उसे हैरान कर दिया था।

'हाँ, अभी ही सोए हैं। सबने एक साथ चाय पी थी पर चाय का गिलास रखकर कहने लगे कि थोड़ी देर और सोऊँगा।' पुष्कर ने अपने पिता के इस समय आराम करने का कारण बताया?

'उठा ले उसे। कहो गुप्ता भाईसा आए हैं। उसने मेरा और शेरू का हमेशा बहुत ध्यान रखा। हमें डाँट पड़ती तो भी कसूर अपने ऊपर लेने की कोशिश करता। शेरू का तो शुरू दिन से भक्त था वो। जा तूं उठा ला उसे।' लाल सिंह को जगाने के लिए उसने पुष्कर को भेज दिया।

'भाईसाऽऽऽ' पुष्कर की आवाज़ जिसके कानों तक पहुँची, चौंक गया।

'भाईसा, बड़िया जी...'

'काई हो ग्यो पुष्कर?' घर में मौजूद लगभग हर व्यक्ति आवाज़ की दिशा में दौड़ा।

'पिताजी...' बस उसने इतना ही कहा।

'क्या हुआ?'

'काई हुयो?'

'बता काई हो ग्यो?'

अचानक चौंकने या भयभीत होने पर इंसान अपनी मूल भाषा में भावनाएँ व्यक्त करता है। इस बार भी वही हुआ। जो, जहाँ था उसने वहीं से अपनी भाषा में पूछा।

'लाल सिंह उठ भाई, उठ। यों सोए रहणें से काम नहीं चलेगा, उठ ज्या।' लगभग आख़िर में पहुँचे गुप्ता ने उसे उठाने के लिए हाथ बढ़ाया।

'काई हुयो इयाँ नै?' सुलोचना बैठक के दरवाज़े पर थी।

'साँस नहीं चल रही...जल्दी डॉक्टर के पास ले जाओ।' गुप्ता जी लड़खड़ा गए।

'लाल सिंह उठो। काई बचपनो लगा राख्यो है? उठो, घर-परिवार सम्भालो।' रामप्यारी पलंग के नज़दीक पहुँच गई थी।

'अस्पलाल ले जाओ जल्दी।' अनहोनी की आशंका ने उसे डरा दिया।

'अस्पताल चलते हैं शायद डॉक्टर कुछ कर सके।' ईश्वर के छोटे बेटे ने सुझाया। उम्मीद की रौशनी पकड़ने के लिए सारे हाथ, एकसाथ जुट गए।

'गाड़ी निकाल ली। आओ, काकोसा को ले चलें।' घर का छोटे से लेकर बड़ा सदस्य तक काम को तुरंत अंजाम दे रहा था।

'काकी-सा आओ।' ईश्वर ने सुलोचना को हाथ पकड़कर गाड़ी में अपने साथ बैठा लिया।

'बाई-सा, थे साथ जाओ।' रामप्यारी ने मंझली ननद को सुलोचना के साथ भेजा।

'शरीर तो गरम है। काकोसा ठीक हैं।' गाड़ी रवाना होने से पहले ईश्वर के छोटे बेटे के कथन से डरे हुए परिवार का मनोबल कुछ सम्भला। घर में सन्नाटा फैल गया। परिवार की महिलाएँ हाथ जोड़े देवी-देवताओं को मनाने में जुट गईं। किसी ने पित्तरों के पानी का बर्तन सम्भाला तो कोई शेर सिंह की तस्वीर के सामने विनती कर रही थी।

'बड़िया जी, इतने दिनों से घर में पंडित जी पाठ कर रहे हैं। अनहोनी तो नहीं होनी चाहिए पर...आप कहो तो मैं महामृत्युंजय मंत्र का जाप शुरू करवाऊँ?' लाल सिंह के मंझले बेटे सुंदर की पत्नी ने रामप्यारी से पूछा।

'घर मै शोक है। तेरहवीं से पहले ओर कोई पूजा तो स्वीकार ही नहीं होएगी।' बड़ी ब़ाईसा बीच में बोल पड़ीं।

हर उम्र के लोगों की उपस्थिति के बावजूद घर ख़ामोश था। अड़ोस-पड़ोस के जितने लोग जुटे, सब चुप। दुपहिया और चारपहिया गाड़ियाँ घर से अस्पताल की ओर दौड़ रही थीं। उपस्थिति के अनुपात पर यदि मरीज़ का जीना-मरना तय होता,

तब निश्चित ही लाल सिंह को तुरंत भले-चंगे होकर घर लौट आना चाहिए था।

'होनी बलवान है।' इस बार रामप्यारी का मन बैठा जा रहा था।

'सब ठीक हो जाएगा। काकोसा ठीक होकर घर आ जाएँगे।' सुबह और शाम, दोनों वक़्त के मिलन की घड़ी में नई बहू ऊँची आवाज़ में बोल-बोलकर प्रकृति से चमत्कार की उम्मीद कर रही थी।

'नब्ज नहीं थी...।' गुप्ता ने लंबी ख़ामोशी के बाद धीरे से कहा। सच्चाई अपेक्षा के अनुरूप नहीं होती परन्तु जब वह अधिक कठोर हो तब अविश्वसनीय हो जाती है। गुप्ता का कहा जिसने सुना, स्तब्ध रह गया। पहले-पहल हर एक को अपने कानों पर शक़ हुआ। परिवार को यह सच यक़ीन करने जैसा नहीं लगा, मगर जिसने यह कहा था उसके ग़लत बात कहने की गुंजाइश बिल्कुल नहीं थी।

नौ

चुपचाप खड़ी सुलोचना पति की अंतिम विदा की गवाह थी। दर्द से बेज़ार बूढ़ी आँखें मारूथल-सी सूखी थीं। बरसने की चाह भी थी और तपती रेत समान झुलसा डालने को आतुर समाज के समक्ष दिखावे की मजबूरी भी, मगर निगोड़ी पलकों ने एक बूंद तक बरसने से मनाकर दिया। बुढ़ापा अपनी जगह मगर ऐसा बुढ़ाना भी क्या जो ज़रूरत के आँसू तक ना गिराए...अब समाज जाने क्या-क्या कहेगा!

'पुष्कर ने मुखाग्नि दी है सारे संस्कार भी वो ही निभाएगा।' लंबी घास जिसे स्थानीय भाषा में डाभ और बरसात के पानी के साथ बह कर आई रेत जिसे रेणका कहते हैं, हाथों में लिए मृतक को जलांध्री देने के लिए अपनी बारी के इंतज़ार में खड़ी महिलाओं के जत्थे में खुसर-फुसर चल रही थी।

'दोनूँ भाई साथ-साथ चले गए...' एक बुजुर्ग कंठ ने गहरी श्वास छोड़ी।

'बड़ी बात तो ये है कि आज के ज़माने में अलग-अलग घर होते हुए भी दोनों भाई एक आँगन से विदा हुए।' अधेड़ उम्र की महिला के कथन पर कोई प्रतिक्रिया नहीं आई।

महिलाओं के जलांध्री देने तक मूक-दर्शक बनकर एक-दूसरे का इंतज़ार करना था। बदलते समय के साथ वह सब दर्शक तो हैं मगर 'मूक' रहने या ना रहने का निर्णय, मरने वाले की उम्र के साथ घटता-बढ़ता रहता है।

'अबकी बार सरपंची का वोट उस को दूँगी जो यहाँ तक पक्की सड़क बणवा कर देगा। लोगों के मरणें पर रोज-रोज इतनी दूर नंगे पैर नहीं आया जाता। सर्दियों में बर्फ़-सी ठंडी रेत और गर्मियों में आग उगलती धरती पर नंगे पैरों चलना, नरक की भट्टी में जलने जैसा है, ऊपर से पाँव में कंकर-पत्थर, काँटे चुभते हैं सो अलग।' आधी सदी पारकर चुकी महिला जीवन और मौत की सीमारेखा से कुछ दूर खड़ी, अपने मताधिकार की बात कर रही थी।

'सड़क पक्की करवाकर क्या करणां है? जब हमें मसाणों तक जाने का हक़ ही नहीं है तो क्यों आएँ हम यहाँ तक? शवयात्रा के पीछे पैर पीटते आओ। हमारा जुलूस निकालवाने का क्या मतलब है?' पैंतालीस से अधिक बसंत देख चुकी देह

इस परंपरा से नाखुश थी।

'आसानी से तो हमें कभी-कुछ मिला ही नहीं। इसके लिए भी हमारी बुजुर्गों ने बहुत पापड़ बेले होंगे तब शुरू हुआ होगा ये रिवाज़। इसे छोड़कर अपना हक़ क्यों गवाएँ? हम आएँगे, पर सड़क पर चल के आएँगे और जूते-चप्पल पहनकर आएँगे!' पचास से अधिक वर्ष जी चुकी महिला अपनी बात पर अटल थी।

'पचासों सर्दी-गर्मी देख चुकी हो अब नए बदलाव के सपने देख रही हो।' कहकर पैंतालिस पार वाली, घूँघट ठीक करती हुई हंस दी।

'क्यूँ गाल बजाओ बीनणीं? वोट तो वहीं देना पड़ता है जहाँ घर के आदमी कहते हैं। अपने आदमी से खिलाफत करके सड़क बनाने वाले को वोट देओगी? दिन में सपने देखती हो, वो भी जलांध्री के समय...फिर तो हो लिए पूरे!' अनुभव की लाठी टिकाती अपनी बात कह, पेड़ की छाया में वृद्धा ने अपने शरीर को आराम दिया।

'कौन कहता है कि दास-प्रथा समाप्त हो गई? जब तक औरत-जात है, ये ज़िंदा रहेगी! हम में से कोई एक इसको तोड़ने के लिए आगे बढ़े तो बाक़ी सब मिलकर पहल करने वाली की टांग खींचकर उसको ही पटक देती है। आदमियों के बराबर पहुँचने की नौबत ही नहीं आती, हम खुद ही खुद के नाबरदार हैं।' पाँच दशक पार वाली महिला आज चुपचाप ज़हर का घूँट पीने को तैयार नहीं थी।

'घर में कहा-सुणी हो गई क्या? क्यूँ कड़वा बोल रही हो बीनणीं? जो रीति-रिवाज हैं उनका कोई तो महत्तव होगा ही।' जांटी के पेड़ की छांया में बैठी वृद्धा ने भविष्य की नीति-निर्धारण कर्त्ताओं को एक बार फिर टोक दिया।

'आदमी-औरत दोनों एक ही यात्रा पर निकले। वो जूते-चप्पलों में आएँगे पर हमें नंगे पैर आना है। वो लोग किरियाकरम करेंगे पर हमको मसाणों तक जाने की इजाज़त भी नहीं है। अपने माँ-बाप, पति या बच्चों का दाह-संस्कार देखने तक की मनाही है। हम दोयम दर्जे का जीवन जीने को क्यूँ मजबूर हैं?' उसके भीतर की आग शांत होने को तैयार नहीं थी।

'बीनणीं काईं दुख है तुम्हें? तुम तो घर में राज करती हो। आदमियों से संसार चलता है, उनको बुरा-भला कहने का क्या मतलब? अंतिम संस्कार देखने से दोष लगता है, समझी।' बुजुर्ग महिलाओं की सहनशक्ति जवाब देने लगी थी।

'अगर सब आदमियों का है तो कष्ट भी वही उठाएँ। परंपराओं में सज़ा भुगतने की बारी आती है तो हम भुगतें पर नाम और यश होना है तो उनका होगा।' वह हार मानने को तैयार नहीं थी।

'बावली, औरतज़ात का कलेजा नाजुक होता है। हमसे अंतिम संस्कार वाली क्रियाएँ ना देखी जाएँगी। वहाँ खड़े होकर आँसू गिराए तो जाने वाले को मोक्ष भी नसीब नहीं होगा...इस जनम में अच्छे कर्म कर लो। आदमी का जनम मिल गया तो

अगले जनम में देख लेना सब।' बुजुर्गों की टोली से आवाज़ आई।

'बेसिर-पैर की कोई भी कहानी गढ़ दो और चिपका दो सुख-समृद्धि या आदमियों के सौभाग्य से बस फिर देखो हमको। हम पलटकर सवाल भी नहीं करेंगी।' इस बार पैंतालिस के आसपास उम्र वाली ने भी बुजुर्गों के खेमे से बगावत कर दी।

'आप कैसे समझोगी काकी सा? आपने चेहरे से घूँघट हटाने के बारे में तो कभी सोचा नहीं। भगवान की बनाई धूप-छाँव और हवा तक ने आपके चेहरे को नहीं छुआ। ये इत्ती-सी बात आपके समझ नहीं आई तो आदमी-औरत के बीच बराबरी की बात कैसे समझ आएगी! आपने जीवित होकर भी ज़िंदा रहने का सुख नहीं भोगा।' आधी सदी पार वाली चिढ़ गई थी।

'इनसे बहस करके क्या करोगी जीजी, फसाद की जड़ तो आदमी हैं। वो चाहेंगे तभी ना कुछ होगा।' पैंतालीस के नज़दीक वाली ने कहा।

'पगली, आदमी ज़ात बहुत शातिर है। वो हमारे ही कंधों पर रखकर पिस्तौल चलाते हैं, जिसे ये बुढ़ियें नहीं समझतीं। अपनी माँ और काकियों से पूछे बिना वो कुछ ना होने देंगे। हमें पहल अपने घर से करनी पड़ेगी, हमारी ये बुढ़ऊ ज़मात ही पैरों में बेड़ियाँ डाले बैठी है। इनको लाँघकर जाना मुश्किल है।' आधी शताब्दी पार वाली महिला ने अपना अनुभव समझाया।

'बुजुर्गों से बात करने की लिहाज़ नहीं है तो कोइ बात नही बीनणीं पर घर के आदमी की इज्जत करनी तो सीखो। बराबरी क्या होती है? ज्यादा कमी निकालोगी तो दुखी रहोगी। हासिल कुछ होना नहीं है।' बुजुर्ग जत्थे से आवाज़ आई।

'औरतों का जनम इंसान की जूणीं से अलग गिनना चाहिए। कुछ भी देखने-सोचने का अधिकार नहीं होता हमें और तो और शादी से पहले माँ-बाप की हुकूमत चलती है बाद में हम पति और ससुराल वालों की मिल्कियत हो जाती हैं। शहरों का मालूम नहीं पर गाँवों में तो आज भी डांगर-ढोर-सा जीवन है हमारा।' उसका बोलना जारी था।

'आप भी औरत हो, ये गाली आपको को भी तो लगेगी।' नज़दीक खड़ी युवा महिला ने याद दिलाया।

'पहली गाली तो मैंने खुद को ही दी है तब आप सबको शामिल किया। मेरी बद्दुआ से भी अगर औरतों के सोए दिमाग जाग जाएँ तो शायद मैं भी बदला समय देखकर मरूँ।' जलांध्री अर्पित करने के बाद अपने शरीर पर ठंडे पानी के छिड़काव से शुद्ध होकर उसने कहा।

'काकी-सा, आओ घर चलते हैं। मसाणों से आदमियों के लौटने का टेम हो गया होगा।' पार्वती ने सुलोचना को कपड़े बदलवा कर उसे बेरंग धोती पहना दी। हल्के गुलाबी रंग की लहरिया साड़ी को सुलोचना ने वैसे ही विदाई दी जैसे कुछ देर

पहले पति लाल सिंह को विदा किया था।

'ईश्वर तो पहले से ही सिंह जी के संस्कार कर रहा है कल से पुष्कर भी तेरहवीं तक आपने पिता की पसंद का जीवन जिएगा।' बातों का रुख अचानक बदल गया।

दस

इंसान सामाजिक प्राणी है। उसे सुख-दुख बाँटने और दिखावा करने के लिए उसी समाज की ज़रूरत होती है जिसमें वह रहता है। ऐसे में खुद को श्रेष्ठ साबित करने के लिए दूसरे को कमतर बताना इंसान की मजबूरी हो जाती है। फिर वह अपने हक़ में खुशी और दु:ख दोनों स्थितियों का इस्तेमाल करने लगता है। शेर सिंह के घर में दोनों भाइयों की मौत पर सांत्वना देने वालों में सभी तरह के लोग शामिल थे। 'घर के दोनूँ बुजुर्ग एकसाथ ही विदा हो गए।' शोक जताने पहुँचे परिचित ने अपने तरीक़े से दिलासा दी।

'ऊपरवाले के बनाए हुए खेल हैं सब। वो जो चाहता है, वही होता है। अब देखो किसने सोचा था कि सात दिन के अंदर थारे आँगन से दो-दो अर्थियाँ उठेंगी।' ग्रामीण आज भी बिना किसी लाग-लपेट के अपनी बात कह लेते हैं। कभी-कभी सादगी की पराकाष्ठा इस हद तक पहुँच जाती है कि शहरी लोग इसे अपमान भी समझ सकते हैं।

'ठीक है कि बेटे-पोते सब सम्भाल लेते हैं पर सिंह जी और लाल सिंह जी के बिना ये बैठक ख़ाली-सी हो गई।' कुछ अंतराल के बाद एक और संवेदना उभरी।

'बुजुर्गों के बिना घर, बिन माँ-बाप के बच्चे-सा लग रहा है। लावारिस तो नहीं कहूँगा पर लग तो वैसा ही रहा है।' इस बार दु:ख जताने में सभी तरह की सीमाएँ लांघ दी गईं।

'समझाने आए हो कि रुलाने आए हो, कुछ तो सोचकर बोलो।' शेर सिंह के बाल-सखा ने दु:ख में शामिल होने आए लोगों को टोक दिया।

'पूरा गाँव इनके प्रेम की मिसाल दिया करता था। अब तो दोनों सच्ची में ही मिसाल बन गए।' दु:ख की घड़ी में सब अपनी-अपनी समझ से सांत्वना दे रहे थे।

'धरती पर रहते दोनों भाइयों में जितना प्रेम था, लाल सिंह ने अनंत की यात्रा पर भाई के साथ जाकर साबित भी कर दिया।' बैठक से गुप्ता जी की आवाज़ आँगन तक पहुँच रही थी।

'सांत्वना देने आया हर आदमी दोनों भाइयों के प्रेम की मिसाल दे रहा है। लगता है जैसे वो दोनों और किसी के तो कुछ लगते ही नहीं थे, सिर्फ एक-दूसरे के ही भाई थे।' आने-जाने वालों से एक जैसा आलाप सुन-सुनकर मंझली थक गई।

'काकी-सा एकदम शांत हो गईं। इनको देखकर तो अंदाज लगाना भी मुश्किल है कि ये वही पुरानी वाली काकी-सा हैं।' नई बहू को सुलोचना की चिंता हो रही थी।

सुलोचना ख़ामोश हो गई थी। बिना आँसू बहाए भी इंसान रोता है, यह उसे देखकर ही समझा जा सकता था। दिन-रात सिर्फ अपनी चिंता करने वाली और बात-बात में आसमान सिर पर उठाने वाली सुलोचना की यह हालत घर की महिलाओं को परेशान कर रही थी। उसके स्वभाव को जानने वालों ने उसके इस तरह चुप हो जाने की कल्पना नहीं की थी। लाल सिंह की मृत्यु का यह दूसरा दिन था और अब तक सुलोचना ने कुछ नहीं खाया था। परिवार के सदस्यों ने उसे खाना खिलाने की कोशिश की, मगर असफल रहे। सुलोचना के भीतर ज़मीं बर्फ़ का पहाड़ लगातार ऊँचा उठ रहा था। इस पहाड़ के दूसरी ओर खड़े परिवार के लिए जब उस तक पहुँचना असंभव हो गया, इस बात की ख़बर रामप्यारी तक पहुँचाई गई। संयुक्त परिवार की जीवन शैली अकेलेपन का मौका नहीं देती। सुलोचना के दुःख की जानकारी रामप्यारी को थी, मगर उसे इंतज़ार था कि शायद किसी के समझाने से स्थिति बदल जाएगी। इस समय रामप्यारी अपने जीवन के तकलीफदेह समय से गुज़र रही थी। ऐसे में किसी ओर को हौंसला देने से पहले उसे अपने लिए हिम्मत की ज़रूरत थी। व्यक्तिगत जीवन भुलाकर सार्वजनिक सुख-दुख अपना लेना, नेतृत्व की पहली और अंतिम शर्त है। 'थाली परोसकर ला बाई।' रामप्यारी के खाना मंगवाते ही इंतज़ार ख़त्म हो गया।

'सुलोचना तेरे लिए फोफलिए का साग और खाखरे की रोटी बणवाई है। तूं जींम ले...थोड़ा ही सही, कुछ तो खा।' रामप्यारी ने थाली में कचरी की सब्जी और मूँग के आटे की रोटी दिखाते हुए कहा। मनपसंद थाली में नज़र घुमाने के बावजूद वह बुत बनी बैठी रही।

'सुलोचना जिन्दगी लंबी है। सोग सारी उमर साथ चलना है, भूखी कब तक रहेगी? ले, पहले कुछ खा ले।' थाली हाथ में लिए, पीढ़े पर बैठी जेठानी ने देवरानी को समझाया।

कुछ देर ऐसे ही बैठे रहने के बाद रामप्यारी की गोद में सिर रखकर सुलोचना फफक पड़ी। रिश्तों में वर्षों से लगे जंग की अकड़न में आँसुओं की नमी ने चिकनाहट का काम किया। उसके भीतर का अहंकार और बड़े बनने की चाह गायब हो गई थी, जो बच गया था वह ज़िंदा रहने का दर्द था।

'ओ म्हारा राम जी ऐ काईं दिन दिखाया म्हानै।' विलाप हृदय से फूट रहा था।

'जेठाणीं जी...वो तो थारे लाड़ले थे...थारे से ही बिदा लेकर गए। सारी उमर मेरे साथ गुज़ारी पर एक शब्द भी मुझे नहीं कहा...आखिरी बार मन की घुटन भी आपको ही बताई...उन्होंने माँ की जगह दे रखी थी आपको...मेरे से तो विदा भी नहीं ली...' दुःख के दबाव में बूढ़ी देह का अस्तित्व कांपने लगा था।

'कुछ तो कह जाते मुझे। एक बार ही सही बताते तो कि मैं अकेली जीवन कैसे बिताऊँगी...' रुँधे हुए बुजुर्ग कंठ का विलाप सिहरन पैदा कर रहा था।

'धीरज धर सुलोचना।' रामप्यारी ने उसके सिर पर हाथ फेरा।

'झूठा ढांढ़स मत बंधवाओ जेठाणी जी। थारे देवर को वापस ला दो बस।' पत्थर की छाती फाड़कर पत्नी का विलाप बह रहा था।

'सारी दुनिया उन्हें अच्छा भाई बता रही है। पण मैं बताऊँ, उनके जितना अच्छा पति हो ही नहीं सकता...गुड़िया खेलणें की उमर में शादी करके लाए थे। आज की तारीख़ तक कभी ऊँचा नहीं बोले मुझे। ये पहली बार है जब उन्होंने मुझे दुःखी किया...और अब इत्ता दुःख दे दिया कि किससे कहूँ।' बीते समय से आज तक का जीवन वह स्मृतियों में जी रही थी। वह जानती थी कि जीवन-सफर में उसकी नाव तूफान में घिर गई है।

'मन पत्थर का कर ले सुलोचना अब तो हिम्मत करणे से ही गुज़ारा होगा। जो दुनिया छोड़कर गया, वो कब वापस आया है?' पति को खो देने की वेदना इस समय रामप्यारी से ज्यादा कौन समझ सकता था। उसकी सारी संवेदनाएँ देवरानी के साथ थीं।

'मैं नहीं जी सकूँगी जेठाणी जी...मैं तो एक पग भी नहीं चली आपके देवर के बिना। अब ये उमर कैसे पार लगेगी...' बिना आँसुओं की आँखों से कलेजे का ख़ून धुंआ बनकर उड़ रहा था।

'बस कर सुलोचना ये साथ इतना ही था। मुझे देखकर ही सबर कर ले...देख तेरे जेठजी को गए, दिन भी पूरे नहीं हुए...मैंने भी तो सबर कर रखा है...हिम्मत कर भई।' आख़िरकार इतने दिनों में पहली बार रामप्यारी ने अपने मन का दर्द कह ही दिया।

'पति का प्रेम आप काईं जाणो जेठाणी जी? जेठजी ने तो आपको कभी चाहा ही नहीं। उन्होंने तो ठाठ किए सारी उमर और आप बरसात में भीगी सीली लकड़ी-सी चूल्हे में जलती रहीं ज़िंदगी भर...आप नहीं समझ सकोगी...आपको तो कोई अंदाज़ ही नहीं है पति के प्रेम का।' देवरानी का माथा सहलाते, ढांढ़स बंधवाते उसके हाथ अचानक रुक गए। ठहरकर विचार करना सुलोचना का स्वभाव नहीं रहा। अपने स्वभाव के अनुकूल वह बोलती जा रही थी। अपने दुःख में इतनी मगन थी कि

अन्य किसी बात का उसे ध्यान नहीं था।

तपस्वी ने नदी में स्नान करते समय जिस बिच्छू को पानी की धारा में बहते देख उसकी जान बचाने के लिए पानी से निकालकर हथेली पर बैठाया था, बिच्छू के लगातार डंक मारने से तपस्वी की जान चली गई। रामप्यारी को तपस्वी की हथेली और बिच्छू याद आ रहे थे।

'पुष्कर कहाँ है? पंडित जी आए हैं उसे बुलाओ।' उसी समय आँगन में कदम रखते हुए ईश्वर ने कहा।

'सुलोचना सम्भाल खुद को। तूं पहले कुछ खा ले, जीने के लिए शरीर को ताकत भी तो चाहिए। भूखी रहेगी तो शरीर में गर्मी बढ़ जाएगी...भूखे रहने से लाल सिंह वापस भी नहीं आएगा। ले मुँह खोल...।' भूख का दबाव भी रहा होगा और कुछ असर दुःख के बीच मिले स्नेह का। सुलोचना ने दो दिन बाद जेठानी के हाथ से पहला कौर लिया। निवाला हलक से नीचे नहीं उतरा। वे एक-दूसरी को देख, बिन आँसुओं के रोती रहीं। बदली हुई स्थिति में हालात बदल गए थे, वही दोनों एक-दूसरे की हमदर्द भी थीं।

'माँ, पंडित जी इंतज़ार कर रहे हैं, बुला लूँ यहाँ?' दो दिन पहले हुई बहस के बाद ईश्वर ने पहली बार माँ को संबोधित किया। भावनाओं को ज़ब्त कर सुलोचना के सिर का आंचल ठीक करते हुए रामप्यारी ने गर्दन हाँ में हिला दी।

'दोनों भाइयों की तेरहवीं एक साथ होगी।' पंडित जी की घोषणा से सब अचकचा गए।

'एक साथ मतलब?' ईश्वर हैरान था।

'मतलब है कि सिंह जी की तेरहवीं लाल सिंह की तेरहवीं के साथ होएगी। यही नियम है।' पंडित जी ने 'नियम' शब्द पर विशेष ज़ोर डाला। नई जानकारी के बाद माहौल बदल गया। दुःख में डूबा घर अचानक सकते में आ गया।

'बाबोसा की तेरहवीं तो चार दिन बाद होनी थी। दोनों उस दिन भी तो हो सकती हैं।' पुष्कर के छोटे भाई सुंदर ने सलाह दी।

'मौत अलग-अलग गाँव-शहर में होती तब भी कोई उपाय कर सकते थे, पर दोनूँ एक आँगन से विदा हुए हैं। दोनों भाइयों की विदाई एक साथ, एक ही दिन होगी। पहली मौत के तो तेरह दिन हो जाएँगे परसों पर लाल सिंह जी को भी तो जीवन-मरण से मुक्ति दिलवानी है कि नहीं?' पंडित जी ने एक-एक शब्द पर ज़ोर देकर समझाया।

'ओ पंडित सुण ये नए आडंबर मत फैला। तुझे कुछ अंदाजा भी है या यूँ ही बकवास कर रहा है? आज से चार दिन बाद मेरा जनम होणा तय हो गया है। बस तूं ये बकवास बंदकर।' शेर सिंह दहाड़ा।

'ठीक है तो मैं चलूँ।' पंडित जी ने कुर्सी पर बैठे-बैठे जाने की बात कही।

'ओ पाखंडी सुण, मेरे ना होणें का फायदा मत उठा। मेरे परिवार को बरगलाने की कोशिश मत कर।' पंडित जी को ज़िंदा लोगों के जवाब का इंतज़ार था। मृत आत्मा की बात सुनकर समय बर्बाद करने में उन्हें रुचि नहीं थी। वैसे भी शेर सिंह की कही बातें अब तक रामप्यारी के अतिरिक्त किसी को सुनाई दी हों, ऐसे संकेत भी नहीं मिले थे। परिवार और पंडित जी अपने-अपने स्तर पर आगे की स्थिति के आंकलन में व्यस्त हो गए। शेर सिंह के अगले जन्म की फ़िक्र करने की फुर्सत किसी के पास नहीं थी।

परिवार सदमे में आ गया। अधिकतर पुरुष अपनी नौकरियों और व्यवसाय से छुट्टी लेकर आए थे। महिलाएँ घर-परिवार, बच्चों की ज़िम्मेदारियों के लिए फौरी किस्म के बंदोबस्त कर आई थीं। पाँच-सात युवा महिलाएँ भी इस घोषणा से घर-नौकरी की दोहरी ज़िम्मेदारी के दबाव में आ गईं। सभी अपने-अपने जीवन के जोड़-घटाव में लग गए। मौक़े पर मौजूद लोग कुछ कहने-सुनने की स्थिति में नहीं थे। इस कठिन समय में पंडित जी ने स्थिति सम्भाली। 'लाल सिंह जी के लिए गरुड़ पुराण का पाठ करवाना होगा। शुरू तो आज से ही होना चाहिए।'

'करवाना है पर कब करवाएँ? सुबह तो सिंह जी के लिए होता है।' रामप्यारी अपने दु:ख से उबर चुकी है या नहीं यह सोचने की फुर्सत किसी को नहीं थी पर जब तक वह मौजूद है, सारी ज़िम्मेदारियाँ उसे ही सम्भालनी थीं।

'एक पाठ सुबह पाँच बजे होता है, दूसरा ग्यारह बजे करवा लो।' पंडित जी ग्राहक के लिए टाइम-टेबल बनाकर लाए थे।

'ठीक है, आज से ही शुरू कर दो।' रामप्यारी ने पंडित जी को विदा किया।

'दोनों भाइयों का जाना दु:ख नहीं, परेशानी खड़ी कर रहा है। मरना ही था तो ढंग से मरते। अब इतने लोग जो घर में जुटे हुए हैं, ये तेरह दिन और यहीं टिके रहेंगे।' ईश्वर बुदबुदाया।

'मैं इतने दिनों के हिसाब से नहीं आया था। मुझे छुट्टी के लिए ऑफिस में बात करनी पड़ेगी।' दरवाज़े के साथ खड़ा पुष्कर फुसफुसाया।

ग्यारह

नए दिन की शुरुआत गऊ ग्रास और कौओं के लिए बनाए प्रसाद की दो थालियाँ चौकी पर रखने से हुई, जब शेर सिंह के कमरे में दोनों स्वर्गवासी भाइयों की तस्वीरों पर माला चढ़ाते हुए ईश्वर ने ऊँची आवाज़ में पूछा था, 'पुष्कर कहाँ है?'

'उसे तो बैठक में होना चाहिए।' जवाब पार्वती ने दिया।

'वहाँ नहीं है। मुझे लगा कि वो यहाँ आया होगा।' दोनों तस्वीरों पर फूल मालाएँ लगाने के बाद उसने पत्नी से कहा। सुबह के शांत माहौल में पति-पत्नी की आवाज़ घर के हर हिस्से तक पहुँच रही थी।

'उसके पत्नी-बच्चे यहाँ नहीं हैं फिर वो आँगन में आकर क्या करेगा!' तीर निशाने पर लगा। मृत आत्माओं की शांति के लिए गाय और कौओं को भोजन करवाने से पहले ही घर की शांति को ग्रहण लग गया।

'कौन-सी पत्नी? सारा कुणबा जुट गया पर लाल सिंह काका-सा के कागोळ का परिवार नहीं आया अब तक। सीमा ऐसी कौन-सी नौकरी करती है जो घर के दोनों बुजुर्गों की मौत पर भी उसे छुट्टी नहीं मिली।' मंझली के सवाल से ईश्वर के चेहरे पर सुकून की लकीरें चमकीं। बेपरवाह लोग आसान शिकार होते हैं। ईश्वर और पार्वती का काम बन गया था।

'आती होगी आजकल में।' आँगन में कदम रखते हुए पुष्कर ने बेपरवाह-सा जवाब दिया।

'कल तीये की बैठक है। समाज ध्यान रखता है हर बात का। पता कर सीमा कब पहुँच रही है।' सम्भले हुए लहज़े में सुलोचना ने बेटे को समझाया।

'आप क्यों नहीं पूछ लेतीं कि वो कब आएगी।' कमरे में अगरबत्ती जलाने के लिए जाता हुआ पुष्कर खीज़ गया। शेर सिंह की मौत के बाद से उस पर परिवार को बुलाने का दबाव बनाया जा रहा था, जो लाल सिंह की मृत्यु के बाद और बढ़ गया था।

'तूं पता कर। फोन कर ले। तूने बताया तो है ना उसको।' माँ ने बेटे की आँखों में झांकते हुए सवाल किया।

'मेरी बात नहीं हुई। आप ही बता दो।' सवालों से परेशान होकर वह बिना अगरबत्ती जलाए कमरे से बाहर आ गया था।

'सब तेरा किया-धरा है अब मुझे क्यूँ लपेट रहा है। पता कर कि सीमा और बच्चे आज कितने बजे पहुँच रहे हैं। और सुण उन्हें आज यहाँ पहुँचना है।' इस बार उसकी आवाज़ में आदेश था।

'मैंने कह दिया ना कि मैं फोन नहीं करूँगा।' वह आँगन से बाहर निकल गया।

'पुष्करिया लोक-लाज की ही लिहाज कर ले। सीमा बीनणीं और पोते-पोती को बुलवा ले। हंसी मत उड़वा गाँव में। वैसे ही सारा समाज हमारे बारे में बात कर रहा है।' बेटा बाहर चला गया था, मगर माँ की बातें उसके पीछे चलकर बाहर तक पहुँच गईं।

'मैं फ़ोन नहीं करूँगा। इतना ही ज़रूरी है तो आप कर लो।' उसने पलटकर जवाब दिया।

'तूं समझता क्यों नहीं? यहाँ गाँव में लोग हजार तरह की बातें बनाएँगे और फिर हम यहाँ तेरे बाबोसा के घर रह रहे हैं...समझा कर।' वैधव्य का आसमान फाड़ देने वाला दुःख भुलाकर वह जेठानी के परिवार और समाज के सामने अपने परिवार की तस्वीर ठीक करने में जुट गई।

'जो ज़रूरी है वो मैंने आपके बिना कहे भी किया ना। मुझे अगले हफ्ते मीटिंग के लिए बाहर जाना है उसके बावजूद मैंने पिताजी के लिए अपने केश दिए। दो-दो भाई हैं मेरे, मैं मुंडन नहीं करवाता तो भी मेरी जगह वो करवा लेते। काम आराम से चल जाता। आपकी दिक्कत यही है कि कोई कितना भी आपके लिए कुछ करता रहे, वो आपको याद नहीं रहता पर जो नहीं किया, उसको लेकर रोने बैठ जाती हो।' असहाय परिस्थिति में इंसान आक्रमक हो जाता है। पुष्कर के लहज़े में चिड़चिड़ाहट और गुस्सा दोनों शामिल हो गए थे।

'मैं बस एक बात जाणूं कि सीमा और बच्चों को आना चाहिए।' इस बार माँ की आवाज़ तरल हो गई थी।

'आपको बहू ही चाहिए ना, शाम तक सुगंध पहुँच जाएगी। फिर तो ठीक है।' पुष्कर ने वापस आँगन में लौटते हुए कहा।

'तूं समझता क्यूँ नहीं है? अभी सीमा बीनणी और बच्चे आने चाहिएँ।' माँ ने एक बार फिर समझाया।

'आपकी बातें मेरी समझ में नहीं आतीं। कल तक सुगंध आती थी तब तो कोई परेशानी नहीं थी। अब कोई नई बात हो गई क्या?' बेटे के सवालों को अनसुना करने का विकल्प सुलोचना को सुविधाजनक लगा।

'तूं बस अभी फोन कर दे सीमा को।' वह अपनी बात पर अटकी रही।

'मैं फोन नहीं करूँगा यह आख़िरी बार बता रहा हूँ पर आपको फोन करने से नहीं रोक रहा। आप जो चाहो सो करो। पर एक बात बता रहा हूँ, गंगा प्रसादी पर सुगंध यहाँ रहेगी। बाद में मत कहना कि मैंने बताया नहीं था।' अपना निर्णय सुनाते हुए पुष्कर के चेहरे पर विशेष तरह के कोई भाव नहीं थे। दरवाजों के पीछे से झांकती आँखों को इस बातचीत से मसालों का विशेष ज़ायका नहीं मिल सका।

'मैं कह रही हूँ...'

'मैं पूछ नहीं रहा हूँ, बता रहा हूँ।' पुष्कर ने सुलोचना की बात बीच में काट दी।

'भाईसा...भाईसा तालाब पर चलें?' गऊ ग्रास और कौओं के प्रसाद की थाली हाथ में लिए उसने ईश्वर को आवाज़ लगाई।

'नाक कटवा के रख दी खानदान की। कहीं भी मुं दिखाने लायक नहीं छोड़ा...राम ही जाने कि कहाँ-कहाँ मुं मारता फिरता है ये। मुझे तो कई बार शक होता है कि ये म्हारी औलाद ही है या जन्मते ही कहीं अदला-बदली तो नहीं हो गई थी।' वह बड़बड़ाती रही। जिन्हें पहले से मामले की भनक थी वे ख़ामोश रहे। जिन लोगों को सिर्फ शक़ था और वे इस बारे में पूछने में हिचकिचाते थे, वे सब मूक श्रोता बनकर घटना-स्थल के आसपास मंडरा रहे थे।

'जोगिन्दर, सीमा को फोन तो मिला।' सुलोचना ने छोटे बेटे को आवाज़ दी।

□□□

दूसरी मौत के बाद से रसोईघर का काम सम्भालने वालियों की ज़िम्मेदारी कई गुना बढ़ गई। दोनों भाइयों में जितना प्रेम था उससे ज्यादा उनकी आदतों और खान-पान में अंतर था। एक को तामसिक भोजन पसंद था तो दूसरे को सात्त्विक। झुलसती गर्मी में दोनों की पसंद का भोजन बनाने की ज़िम्मेदारी अब भी रजनी, नई बहू और दो सहायिकाओं के ऊपर थी। इन दिनों चारों महिलाएँ लगभग हर समय रसोई में तैनात रहने लगी थीं। गऊ ग्रास और कौओं के लिए एक जैसा प्रसाद बनाने के बाद दोनों दिवंगत भाइयों की पसंद का भोजन बनाने में गर्मी के मारे सबकी हालत खस्ता हो जाया करती थी, इस पर भी पुष्कर की नाराजगी का हल किसी के पास नहीं था।

आँगन में बिछाए आसन पर ईश्वर के पहुँचते ही रजनी थाली परोसने में जुट गई। 'भाईसा आज पिताजी की पसंद की कैर-सांगरी, गट्टे की सब्जी, पालक की पूड़ी, चटनी और बूंदी का रायता है। काका-सा की पसंद की थाली भी तैयार है।

पुष्कर भाई को बुलवा लेती हूँ, आप दोनों साथ में ही जींम लो।' रजनी के हाथ बिजली की गति से चल रहे थे।

'हाँ बुलाओ भई...पुष्कर को भी बुलाओ। उसके बिना हमें भोजन थोड़े ही मिलेगा।' लगभग एक सप्ताह तक सारे सम्मान अकेले प्राप्त करने वाले ईश्वर को अचानक अपना रुतबा पुष्कर के साथ बाँटने का विचार अपमानजनक लग रहा था।

'मेरे लिए क्या बनाया है बाई सा।' पुष्कर ने ईश्वर की थाली देखने के बाद रजनी से पूछा।

'काका-सा को ग्वार पाठे की भाजी, हरी सींगरी की तरी वाली सब्जी के साथ छुंके हुए मेथीदाणे और कसूरी मेथी की मिस्सी रोटी पसंद थी। इन सबके साथ राबड़ी भी है।' रजनी के चेहरे पर मेहनत का दर्प था। थाली देखकर पुष्कर के माथे पर बल पड़ गए।

'मुझे ये बताओ कि ये सब और कितने दिन खाना पड़ेगा?' उसने थाली से नज़रें हटाते हुए रुखाई से पूछा।

'कागोळ है तूं, तेरह दिन तुझे यही खाना है।' बड़ी बुआ ने गुस्से से कहा।

'खाना कौन बनाता है?' उसकी सहनशक्ति जवाब देने लगी थी।

'माँ और काकी-सा से सलाह करके रजनी बाई-सा तय करती हैं।' इस बार पार्वती ने जवाब दिया।

'इसका मतलब अब तेरह दिन तक तीनों टाइम ये घास-फूस ही खानी पड़ेगी...' साफगोई पुष्कर का स्वभाव है परन्तु इससे दूसरों को कैसा महसूस होता होगा, उसने कभी नहीं सोचा।

'पुष्कर तूं किस पे गया है रे? हमारे परिवार में तो ऐसा कोई भी नहीं है। तूं तो हर बात पे माथा पीटता रहता है।' मझली बुआ के कहे शब्दों को पलटने की हिम्मत आज तक किसी में नहीं थी। पुष्कर ने भी अपना आलाप रोक दिया।

'अपणा रोना बाद में कर लेना। जा, जा के अपनी माँ के पास बैठ। औलाद का फर्ज़ है कि वो दुःख-तक़लीफ में माँ-बाप का साथ देवे।' मझली बुआ का कहना टालने की हिम्मत वह इस बार भी नहीं जुटा सका। खाना खाने के बाद चुपचाप जाकर सुलोचना के साथ बैठ गया।

'कल तीये की बैठक के बाद हरिद्वार के लिए निकलना है। तूं और सीमा ही लेकर चलोगे मुझे।' सुलोचना ने आहिस्ता से बेटे को समझाया।

'घर में इतने सारे लोग हैं, कोई भी जा सकता है आपके साथ, हम दोनों को ही साथ जाना क्यों ज़रूरी है?' इस अप्रत्याशित आदेश से वह बौखला गया। इस बार उसे मंझली बुआ की उपस्थिति से भी फर्क़ नहीं पड़ा।

'पुष्कर थोड़ी तो शर्म कर। कुछ बातें तो देखकर भी सीखी जाती हैं! बड़िया

जी के साथ ईश्वर और पार्वती गए थे। बड़े बेटे-बहू का हक़ होता है ये।' बुआ ने फटकारा।

'माँ, बस उस बारे में बात शुरू मत करना जो मैं करना नहीं चाहता, बाक़ी जो कहोगी, सब मान लूँगा।' पुष्कर ने सुलोचना के मुँह पर डाँट लगा दी।

बारह

दोपहर के समय बाहर से आने-जाने वालों का दबाव लगभग ख़त्म होने पर अलग-अलग कमरों में अपनी पसंद के गिने-चुने लोगों की मंडलियाँ जमने लगती थीं। 'थोड़ी देर आराम करते हैं।' कहकर सुस्ताने की शुरुआत करने वाले सदस्यों के अलग-अलग कई समूह बन गए थे। दोपहर के इस समय का लालच सबके मन में रहता था। आँगन और बरामदे के ठीक सामने रामप्यारी के कमरे में दो अलग-अलग पीढ़ियों की बहनों और बुआओं ने क़ब्जाकर रखा था। उस दिन बारी-बारी से सब बहनें कमरे में इकट्ठा हो ही रही थीं कि घर की सबसे बड़ी बेटी ने पार्वती के बिगड़े मिजाज को भांप कर पूछ लिया, 'क्या किसी को जानकारी है कि पार्वती ऐसा मुँह बनाए क्यों घूम रही है?'

'ऐसा क्यूँ लगा आपको?' मंझली ने सवाल के जवाब में सवाल पूछ लिया।

'दो दिनों से देख रही हूँ उसने मुं बना रखा है।' बड़ी ने कहा।

'मुं तो ईश्वर भाई और पार्वती भाभी, दोनों ने बना रखा है।' मंझली ने आँगन में खड़ी पार्वती की ओर देखते हुए कहा।

'कोई बात हुई क्या?' बड़ी बहन ने छोटी से पूछा।

'पिता जी की मौत के बाद काका-सा भी स्वर्गवासी हो गए। इसके बाद से नया तो कुछ नहीं हुआ।' मंझली ने हक़ीक़त याद दिलवाई।

'इनको क्या जोर पड़ा बल्कि इनकी तो लाटरी खुली! पिताजी के बाद काका-सा की शर्म-लिहाज़ तो करनी ही पड़ती, यहाँ तो वो भी हाथों-हाथ निपट गए। इनके तो सारे रास्ते साफ हैं।' बहनें नई स्थिति के समीकरण समझने की कोशिश कर रही थीं।

'सत्ता तख्त के अगले प्रत्याशी यही दोनूँ हैं।' मंझली ने प्रत्येक शब्द सोच-समझकर कहा।

'यही हैं। सबको पता भी है, फिर क्यों उछल रहे हैं दोनूँ?' बड़ी बहन को दोनों के बदले व्यवहार का कारण अब तक समझ नहीं आया था।

'रौब-दाब बना रहे हैं। वो कहते हैं ना कि 'थोड़ो डर, थोड़ा दबका' आप

समझा करो। ये सारे पैंतरे इनकी रणनीति का हिस्सा हैं। अभी तो शुरुआत है, आप आगे-आगे देखना इनके रंग।' मंझली ने आँगन में मौजूद पार्वती का एक्स-रे करते हुए कहा।

'हैं तो ये दोनों सदा से ऐसे ही पर अकल की कमी है इनमें। खाई खोद रहे हैं अपने लिए। देख लेना दोनों खुद ही गिरेंगे उसमें।' पार्वती के कमरे में क़दम रखते ही बहनों ने उनके चरित्र का पोस्टमार्टम रोक दिया।

'सारे कमरों में अलग-अलग कूलर चल रहे हैं। अब कितनी बिजली फूंकें? तेरहवीं और आगे बढ़ गई। रोजाना खर्चे बढ़ रहे हैं, दिन-रात कितना ठंडा रखें घर। ध्यान तो घर वालों को ही रखना पड़ेगा।' कमरे के दरवाज़े पर पहुँचकर पार्वती ने ऊँची आवाज़ में कहा।

वर्षों बाद मिली बुआ-भतीजियों, बहन-बेटियों ने दो बुजुर्गों की मौत से किसी न किसी रिश्ते को ज़रूर खो दिया था। इसके बावजूद लंबे अंतराल के बाद मिलने का आनंद उनकी बातों से छन-छनकर हंसी-ठिठोली की ताज़गी से दोपहर का तापमान कम कर दिया करता था। पार्वती का ऐलान सुनकर खिलखिलाती ठंडक अचानक धूलभरी आंधी आने पर घरों में दुबके लोगों जैसी हो गई।

'दोपहर की गर्मी पार्वती के दिमाग में चढ़ गई क्या? सूरज की आग से बचकर सब आराम कर रहे थे, सबकी नींद उड़ा दी। अब पूरी दुपहरी भजन करेंगे।' मंझली की बात पर दबी-दबी-सी हंसी उभरी।

'बाईसा, हमने सारी खिड़कियों के छज्जों पर बाहर की तरफ कुन्दे लगवा रखे हैं। कुन्दों में बोरियाँ लटका कर उनपे हर दो घंटे में पानी का छिड़काव करवाने की ज़िम्मेदारी आज से आपकी है। भरतिये को बुला लेना, वो खिड़कियें खुलवाने से लेकर पानी के छिडकाव तक का सारा काम करवा देगा। अभी बुलवा लो उसको। बोरियें लगेंगी तभी कूलर बंद होगे।' पार्वती ने लगभग आदेश दिया।

'सिर्फ बोलकर कहना ही है तो आप सीधा उसको ही क्यों नहीं कह देतीं?' पार्वती की बेटी बीच में बोल पड़ी।

'ये हवेली पिताजी की बनवाई हुई है। छज्जों पर कुंदे भी उन्होंने ही लगवाए थे भाभीसा। आपका योगदान नहीं है इसमें।' मंझली की बात अनसुनी कर पार्वती ने अपनी बेटी को जवाब देकर इस असामान्य स्थिति से खुद को निकालने का तरीक़ा ढूँढ लिया। 'मेरी बात ध्यान से सुन ये काम तुझे नहीं कहा, बड़ी बाईसा को कहा है। हर दो घंटे में पानी छिड़कने के लिए भरतिये को याद ज़रूर दिला देना बाईसा।' पार्वती ननदों को ज़िम्मेदारी देकर कमरे से बाहर निकल गई।

'पर माँ बुआ-सा ही क्यूं? उनकी उम्र देखी है, वो काम करेंगी तभी काम होगा क्या? हम सब भी तो खाली ही बैठी हैं। आपको तो काम हुआ चाहिए ना,

चाहे कोई करवाए। मैं करवा दूँगी, जाओ आप अपना बाक़ी काम सम्भालो ये मेरे पे छोड़ दो।' बेटी की बात को अनसुना करती हुई पार्वती बच्चों के कमरे में पहुँच गई।

'बिजली के बिल की तो देखी जाएगी पर घर का तापमान ठंडा रखने की ज़िम्मेदारी आपकी है भाभीसा।' मझली ने अपनी अधूरी बात पूरी कर दी।

'यहाँ तो बच्चों के बिस्तर थे!' ननद की बात को खारिज़ करते हुए उसने अगला मुद्दा उठा लिया।

'मेहमान बढ़ रहे हैं इसलिए सारी चारपाइयाँ हटवा दीं, गद्दे ज़मीन पर लगवा रही हूँ। ज्यादा लोग एक कमरे में एक साथ रहेंगे, इससे भी बिजली बचेगी।' मंझली बुआ ने पार्वती की कही बात का सिरा पकड़ लिया था।

बुआसा मैं कुछ भी बोलूँ, आप तो मेरी हर बात पकड़ लेती हो। अब बताओ मैंने कुछ गलत तो नहीं कहा।' उसने लगभग रोने की तैयारी कर ली थी।

'कहने का तरीक़ होना चाहिए बीनणी। उमर तो ले ली आपने, हुनर भी तो सीखने थे।' मंझली चुप होने को तैयार नहीं थी।

'बात का बतंगड़ बनाना तो कोई आपसे सीखे बुआसा। यहाँ तो घर में दुख पसरा हुआ है और आप मुझे दोष देती रहती हो।' पार्वती की बात ख़त्म होने से पहले भरी दोपहर में ईश्वर का अचानक जनानखाने में आना हो गया।

'जो भी कहो बाई, इन दिनों पार्वती भाभी का तीर हर बार निशाने पर बैठता है। वो जब भी कुछ कहती हैं ईश्वर भाई-सा अचानक ही घटनास्थल पर पहुँच जाते हैं।' लाल सिंह की बेटी की बात सुनकर सब ओर से दबी-सी हंसी-हंसी की आवाज़ आई। इस बार बिना कुछ कहे ईश्वर वापस लौट गया।

❑❑❑

'रामी-श्यामी बड़िया जी।' दोपहर बाद गायों को सम्भालने जाता अमरिया आँगन के बाहरी दरवाज़े पर हाथ जोड़े खड़ा था।

'श्यामा कैसी है?' बुजुर्ग पालतू गाय की तबियत ठीक होने की ख़बर से रामप्यारी को सुकून मिला। शेर सिंह की मृत्यु के बाद से उसकी प्रिय गाय की सेहत लगातार गिर रही थी।

'सारी गाय ठीक है ना!' रामप्यारी ने पीढ़े पर बैठे-बैठे पूछा। जब से भरतिये ने होश सम्भाला है, गायों की देखभाल का जिम्मा उस पर ही रहता है। वर्षों से अलग-अलग प्रजाति की गायों की सम्भाल और दूध दूहकर शहर भिजवाने की ज़िम्मेदारी उसी के ऊपर है।

'हाँ बड़िया जी सब ठीक है। दूध भी ठीक है।'

'हिसाब का ध्यान कौन रख रहा है? तुझे तो आता नहीं हिसाब रखना।' लंबे समय बाद रामप्यारी ने दूध के हिसाब के बारे में पूछा।

'अब्बि तो मैंने ही मना करा है हिसाब करने के लिए। जब आपको फुरसत होगी तब दूध वाले को बुला दूँगा। वो यहीं आकर हिसाब कर देगा।' जिस कंपनी को गायों का दूध भेजा जाता था भरतिये ने उसे फिलहाल हिसाब के पैसे भिजवाने से रोक दिया था। उसने अपनी ओर से जो व्यवस्था की थी, सब कुछ वैसे का वैसा बता दिया।

'थारै घर मै सब ठीक हैं?' अपने घर का हाल बताने से पहले वह सहम गया।

'बड़िया जी, छपरा गिर गया। अबकी मेंह-बरसात दुखदाई रहेंगे।' उसने झिझकते हुए कहा।

'सिंग जी को बताया था?' रामप्यारी जानना चाहती थी कि इस नई पैदा हुई स्थिति के विषय में शेर सिंह को जानकारी दी गई थी या नहीं।

'ना। सोचा था कि बताऊँगा। मेरे बापू आते बात करने पर उससे पहले ही बाबोसा चले गए।' कहते हुए उसकी मायूसी कई गुना बढ़ गई।

'तूं चिंता मत कर। अबकी मींह-छांट तूं नई छत के नीचे रहेगा।' रामप्यारी की बात के भरोसे ने भरतिये के कदमों में जादू जगा दिया।

तेरह

बैठक में पसरी चुप्पी के बीच से कभी-कभार आती फुसफुसाहट, सूचना के सही होने की पुष्टि कर रही थी। रामप्यारी जानती है कि उसे मिली ख़बर एकदम सही है। ईश्वर अब बच्चा नहीं रहा, जिसे वह रोक लेती। बचपन में जिसे रोकना उसके लिए थोड़ा मुश्किल हुआ करता था, बड़े होने पर पिता के डर ने उसके कदमों को रोके रखा। दस दिन पहले तक उसकी हिम्मत नहीं थी कि वह अपनी मर्जी इस तरहकर लेता, मगर आज सिर्फ दस दिन में ही इतना फ़र्क आ गया कि उसकी मंडली बैठक तक पहुँच गई है। ईश्वर के जिन दोस्तों की संगत उसे कभी पसंद नहीं आई, आज वही चारों उसके घर में थे। 'जिस बात की शुरुआत अच्छी नहीं, उसका अंत भी दुखदाई होता है।' परेशान मन से उसने शेर सिंह से कहा। इन दिनों उसके मन में जो चल रहा होता है, वह शेर सिंह से कह लेती है। जो सबके लिए तस्वीर है, वही उसकी आख़िरी उम्मीद है। जिन बातों को कहने-सुनने की नौबत उन दोनों के बीच कभी नहीं आई थी, आज ऐसी हर बात वह दीवार पर टंगी तस्वीर से करने लगी है। आदमियों की बैठक में चल रही गुफ्तगू के परिणाम सोचकर वह मन ही मन परेशान हो रही थी कि शेर सिंह के स्थिति पर नज़र रखने की ज़िम्मेदारी अपने ऊपर ले ली। शेर सिंह के इस क़दम से रामप्यारी को थोड़ी राहत मिली।

'जिसके एक सास ना हो, उसके सौ सास हो जाती हैं। अपणी बुद्धि नहीं है तो गाँव तो आएगा ही सिखाणे। मान लिया कि तेरे तो अक्कल नहीं है, पर सबके बीच में ख़ानदान की नाक क्यों कटवा रहा है? अपणी माँ से सलाह क्यूँ नहीं कर लेता!' शेर सिंह बड़बड़ा रहा था।

'इन लोगों को हमारे रिवाजों का क्या पता? आज तेरे को ये भीड़ ही गुरु लग रही है! हजार बार बुलाया पर कभी मेरे साथ आ के बैठा नहीं कि कुछ सीख ही लेता। जब भी साथ बैठणे के लिए बुलाया, हिसाब का घालमेल पकड़ने ही बिठाया। चोर कहीं का!' ईश्वर के सलाहकारों की बातें सुनकर शेर सिंह का गुस्सा सातवें आसमान पर था।

'विनाशकाले विपरीत बुद्धि! तेरे अभी समझ नहीं आएगी। तूं घर फूंक के

तमाशा देखणे के बाद समझेगा, पर तब समझ आने या ना-आने का कोई मतलब नहीं रहेगा...इस पुष्करिये से ही कुछ सीख लेता। देख, इसने कैसे खट्ट से मनाकर दिया पर तेरे से तो बुद्धि का छत्तीस का आंकड़ा है। तेरे ये बातें समझ थोड़ी आएँगी। नालायक...नामाकुल कहीं का।' उसने जी भरकर लानतें भेजीं। उसकी सारी बातें अनसुनी रह गईं, बेटे का निर्णय अटल रहा।

'ओ बेवकूफ उमर के साथ मिले अनुभव से बुद्धि का विकास होता है। तेरे बुढ़ापा तो आ गया पर माथा ख़ाली ही रहा। बुद्धि का कोई लेणा-देणा ही नहीं है तेरे से। अनुभव काम करणें से आता है और तूं ठहरा सदा का कामचोर तुझे कैसे समझ आएगी। हाँ, हिसाब में हेर-फेर करणे के लिए तेरी बुद्धि खूब चलती है। छोटी चोरियों से लेकर बड़े घपले भी खूब किए तूने और हर बार पकड़ा भी गया। ओ बे-अक्कल सुण, जब अपणी बुद्धि काम ना करे तो पाखंडी दोस्तों के पास नहीं जाया करते, परिवार से सलाह करते हैं। वो सही राय देंगे पर अपणी माँ और भाई-बहन तो तुझे कड़वे लगते हैं?। उनके पास थोड़ी जाएगा तूं।' वह ईश्वर की हर नब्ज़ से वाक़िफ था। उसकी ताज़ा हरक़त से शेर सिंह के सब्र की सारी हदें टूट गई थीं।

'मेरी मूर्ति लगाएगा। उसपे चिड़िया-कव्वे बींट करेंगे। तुझे लगता है कि बींटों से अटी मूर्ति देखकर खानदान की इज्जत बढ़ेगी और पित्तर तुझे आशीर्वाद देंगे। पैसों के आग लगाणा तो कोई तेरे से सीखे! ढंग का विचार तो तेरी खोपड़ी में कभी आएगा ही नहीं। आज जो तुझे शुभचिंतक लग रहे हैं ना, मेरे रहते ये एक भी तेरे पास फटकने की हिम्मत नहीं करते थे। आज भी रामप्यारी के सामने जाणें का साहस नहीं है इनमें। पर हाँ, तुझे बेवकूफ ज़रूर बणा देंगे। घर से बाहर निकलकर हंसते हैं ये तेरी बुद्धि पे। आया बड़ा मकराणे की मूर्ति बनवाने वाला। एक मूर्ति बैठी है ना घर में। अपनी माँ की देखभाल कर ले, पैसे भी बच जाएँगे और वो आशीर्वाद भी देगी तुझे। पर ना...सही-सही बातें तो तेरी समझ में आती नहीं हैं, है ना।' अपनी कही कोई बात ईश्वर के कानों तक नहीं पहुँच रही थी इस बात की जानकारी होने के बावजूद शेर सिंह की डांट-फटकार बंद होने को तैयार नहीं थी।

□□□

'मकराणे की मूर्ति बणवा रहा हूँ पिताजी की।' शाम के समय परिवार की मौजूदगी में ईश्वर ने कहा। माँ को यह ख़बर देते हुए उसकी आवाज़ में गर्व और खुशी की जुगलबंदी-सी थी।

'ना। पिताजी की मूर्ति नहीं लगेगी!' रामप्यारी ने बिना समय लिए अपना निर्णय सुना दिया।

'मैंने ओडर दे दिया बनवाने का।' पलटकर जवाब देते हुए ईश्वर की आवाज़ में तल्खी आ गई थी।

'मेरे से पूछे बिना क्यूँ दिया ओडर? जा, मना कर दे।' रामप्यारी ने दो टूक कहा।

'अभी बणाणे को कहा...अभी मना करूँ...घर में मेरी इज्जत है कि बिलकुल ही नहीं. है?' ईश्वर चिढ़ गया।

'इत्ती बड्डी बात के लिए सलाह करी जाती है। मेरे से बात किए बिना तूने मूर्ति बणणी दी ही क्यूं?'

'मैं अपणें बाप की मूर्ति लगवांणा चाहता हूँ, इसमें सलाह की क्या जरूत है?'

'क्या करेगा मूर्ति लगवा के? तेरे दादा के नाम की छतरी बणवा रखी है दूसरे बाड़े में, उसमें कभी तूने सफाई की हो तो बता! कभी चिड़िया के लिए दाणा-पाणी रखा हो तो बता! जब इत्ता साधारण-सा काम तेरे से नहीं हुआ तो मुझे इस बात का जवाब दे कि जब चीड़िया-कव्वे पिताजी की मूर्ति पर बींटें करेंगे तो उसकी सफाई कौण करेगा? होली-दीवाली भी तेरे से उसकी सफाई नहीं होणी। जा अभी मना कर, हमें नहीं बणवाणी मूर्ति।' रामप्यारी इस बारे में कुछ भी सुनने को तैयार नहीं थी।

'पर मूर्ति के डेढ़ लाख लगने थे। मैंने उसे पचास हजार दे भी दिए।' उसकी बात को माँ ने बीच में ही काट दिया।

'इत्ता पैसा पहले देते हैं? बुद्धि-लब्धि का तेरे से कोई लेणा-देणा ही नहीं है। यूँ ही उमर गंवाई तूंने।' रामप्यारी ने माथा पकड़ लिया।

मूर्ति नहीं बणवा रहा ये तेरा लाड़ला बल्कि पैसे बणा रहा है। हरामखोर कहीं का, इसमें इंसानियत वाली तो कोई बात है ही नहीं। बाप की मूर्ति में भी दलाली लेएगा। हरामखोर किस के ऊपर गया है, पता ही नहीं। हमारे खानदान के तो कोई लक्षण ही नहीं हैं इसमें।' शेर सिंह अपने बेटे को लानतें भेज रहा था। रामप्यारी ने नज़र उठाकर दीवार पर लगी तस्वीर को ग़ौर से देखा उसे वहाँ बेचैनी महसूस हुई।

'मूर्ति तो बड्डे सेठ-साहूकारों की लगा करती है। हमारे घर का नाम ऊँचा हो जाएगा मूर्ति लगवाने से। पिताजी की मूर्ति के नीचे बड़े-बड़े अक्षरों में 'सिंग जी' लिखने का भी कह दिया मैंने। सिंग जी की उपाधि किसे मिलती है?' ईश्वर ने अपनी ओर से एक और प्रयास किया।

'कहाँ नाम ऊँचा करेगा? हमारा गाँव इत्ता छोटा-सा है। यहाँ हर आदमी एक-दूसरे के खानदान के बारे में सब कुछ जाणता है तो इनमें से किसके सामणे नाम ऊँचा करणे की सोच रहा है तूं?' रामप्यारी अपने बेटे की बुद्धि पर तरस खा रही थी। माँ की दलील सुनकर बेटा निरुत्तर हो गया।

'बाई से पूछकर देख लो। रिश्तेदारों में भी जब खबर जाएगी तो अच्छा

लगेगा।' उसने अपना आख़िरी हथियार चलाया।

'अपणें भाई-बहनों से पूछकर देख ले, इनमें से कोई भी मूर्ति लगाणें की हाँ कर दे तो बताणा। डेढ़ लाख की मूर्ति लगाणें से अच्छा है कि इससे आधे में भरतिये को सीमेंट-बजरी और लोहे की छड़ दिलवा दो। ये सारे बाप-बेटे मिलकर अपणें लिए दो कमरे का घर बणा लेंगे। इससे तेरे पिताजी खुश हो जाएँगे। उनकी आत्मा को शांति मिलेगी इससे।' रामप्यारी की बात सुनकर ईश्वर चुप रह गया।

'माँ-सा को आपकी कोई भी बात पसंद नहीं आती। आप तो सांस लेने से पहले भी पूछ लिया करो क्या मालूम अगली सांस लेनी भी है या नहीं।' पतिव्रता पत्नी पार्वती ने अपना किरदार निभाया।

'बीनणी उतना ही बोलना ठीक है जितना ज़रूरी हो। जब थारी सलाह माँगू तब ही बोलना, नहीं तो अपणें काम से काम रख। यहाँ पंचायती करने आई है, जा रसोई सम्भाल। रसोईघर तो बाहर से आई हुई छोरियों के सिर पर छोड़ रखा है और घर भर में पंचायती करती फिरती है। सुण, ये सलाह तूं ईश्वरिये को अकेले में ही दिया कर। मुझे थारे दिमाग से चालना पड़े वो दिन नहीं आए अभी।' रामप्यारी ने बड़ी बहू पार्वती पर लगाम कस दी।

'क्या हो रहा है? सब एक साथ क्यूँ इकट्ठे हुए?' बाहर से लौटी मंझली बुआ ने परिवार को एकसाथ देखकर चौथी पीढ़ी की नैना से पूछा।

'तेरहवीं पर लेने-देने के खर्च और खाने-पीने पर बात करने के लिए सब इकट्ठे हुए थे। शुरु में ही बड़िया जी ने ईश्वर बाबो-सा को मूर्ति लगाने से मनाकर दिया। बस यही बात बाबोसा और पार्वती माँ को अच्छा नहीं लगी। अब वहाँ कॉल्ड-वॉर जैसा कुछ चल रहा है।' नैना ने पूरे माहौल की तस्वीर खींच दी।

'मूर्ती...किसकी मूर्ति ?' मंझली ने हैरानी से पूछा।

'ये एक नया किस्सा है पर अब इसको समझने की ज़रूरत नहीं है, बड़िया जी ने मनाकर दिया।' दोनों एक-दूसरे को देखकर कुछ पलों के लिए चुप रहीं। थोड़ी देर की ख़ामोशी के बाद दोनों खिलखिला कर हंस पड़ीं।

'बुआ-सा, अब तो लग रहा है कि ये ड्रामा जल्दी ख़त्म हो तो मैं और मम्मी वापस जाएँ। बड़े शहर में दो औरतों के अकेले रहने के संघर्ष यहाँ की पोलिटिक्स से लाख गुना अच्छे हैं। आपका भी जल्दी वापस जाने का मन है ना। यहाँ पहले जैसा कुछ भी नहीं है, है ना!' नैना और मंझली ने परिवार की बातों में हिस्सेदारी निभाने के बजाय दालान में बैठकर बातें करने का विकल्प चुन लिया था।

'मूर्ति नहीं लगवा रहे पर खाना तो कर रहे हैं ना।' मंझली बुआ की शरारत पर नैना मुस्कुरा दी।

'आजा, अंदर चलते हैं। देखें उनकी रसोई में हमारे बिना क्या पक रहा है।'

कुछ देर की गपशप के बाद मंझली बुआ हाथ पकड़कर नैना को अपने साथ आँगन में ले आई।

'तेरहवीं पर गंगा प्रसादी का विचार तो है ना।' ईश्वर ने नए तरीक़े से एक बार फिर बात शुरू की।

'वो तो करनी ही है।' जवाब पुष्कर ने दिया।

'गाँव वाले कह रहे हैं कि दोनूँ भाई अलग-अलग समय पर परलोक जाते तब भी उनके लिए दो बार सारे कार्यक्रम होते, दो बार खर्चा होता। अब एक बार ही कर रहे हो तो अच्छा ही करो।' रामप्यारी के साथ सुलोचना का परिवार भी इस निर्णायक बातचीत का हिस्सेदार था। ईश्वर अपने पिता के लिए बनाई खाने-पीने की सूची को बढ़ाकर इक्यावन तरह की चीज़ों वाली सब्जी-रोटी और मीठे की एकदम नई सूची साथ लाया था।

'तेरा दिमाग तो इतना नहीं चलता। ये तेरे भेजे में तो नहीं आया होगा। बैठक में तेरे सलाहकारों का किया-धरा खेल है ये सारा।' शेर सिंह ने ईश्वर को घूरते हुए कहा।

'इतना सब क्यों बढ़ा रहे हो भाईसा?' पुष्कर ने मुद्दे की बात उठाई।

'हम सारे भाई कमाते-खाते हैं। अपने बड़ों पर इतना खर्चा तो कर ही सकते हैं। सारा खर्चा दोनों परिवारों में आधा-आधा हो जाएगा। एक बार में ही सारे गाँव के मुं पर सदा के लिए ताले लग जाएँगे।' ईश्वर ने गाँव के बीच में परिवार की नाक ऊँची रखने का इलाज सोच लिया था।

'भाईसा किस-किस का मुँह बंदकरोगे? जिन्हें बोलना है वो बोलेंगे ही। हम वो करेंगे जो हमें करना है, लोगों की परवाह मत किया करो। वो सब खाली बैठे हैं, सिवाय बात करने के, उनके पास कोई काम नहीं है।' ईश्वर के बनाए महल को पुष्कर ने एक ही बार में ध्वस्तकर दिया। माहौल में फिर से कुछ सुलगने लगा।

'हम सब कुछ मिलाकर कुल इक्कीस आईटम रखेंगे, बड़ी माँ, ठीक है ना।' अलग-अलग सब्जियों, रोटी-पूरी, मिठाई और पीने के लिए ठंडाई, जलजीरे की कुल इक्कीस तरह की सूची बताकर उसने रामप्यारी से अपनी बात पर मोहर लगवा कर इस विषय पर सारी बातें ख़त्म कर दी।

'खाने का ऑर्डर किसे दे रहे हो भाईसा?' चुप बैठे ईश्वर को उसने एक बार फिर चर्चा में शामिल कर लिया।

'अपने गाँव का एक छोरा है, अच्छा काम करता है। हम उससे ही करवाते हैं सारे काम।' अपनी कोई बात पूरी ना होने पर ईश्वर निराश हो गया। उसकी आवाज़ से उसके मन का साल पता लग रहा था।

'आप उससे सारे रेट ले लो पर मैं आपको शहर के केटरर के पास लेकर चलता हूँ, उनके पैसे भी सही होते हैं और सारे इंतज़ाम भी अच्छे होंगें। क्वालिटी

देखते रह जाओगे आप। कम पैसों में अच्छा काम करवा के दूँगा। और हाँ, खाने के आईटम बढ़ाने की बजाय हम बड़े-बड़े कूलर लगवाने पर पैसे खर्च करेंगे। आने वाले लोगों को गर्मी में भूनना थोड़ी है। ठीक है भाईसा फिर कल सुबह ही शहर चलते हैं।' पुष्कर ने चुटकी बजाते ही मुद्दे का हल निकाल दिया।

'मैं वहाँ जाकर क्या करूँगा, तूं ही दे दे ओडर।' ईश्वर की आवाज़ से सारा जोश ख़त्म हो गया था।

'आप साथ चलो भाईसा, नया कॉन्टेक्ट बन जाएगा। इस तरह ही नए लोगों से मिलना-जुलना होता है। कल सुबह यहाँ के काम निपटाकर चलते हैं।' बुआ-भतीजी ने कनखियों से एक-दूसरे को देखा और आँखों ही आँखों में मुस्कुरा दीं। निर्णायक सभा समाप्त हो चुकी थी।

चौदह

'बड्डी बाईसा कहाँ हैं?' काठमांडू से पहुँची शेर सिंह के छोटे भाई की पत्नी ने बारी-बारी से सभी कमरों में नज़रें घुमाने के बाद पूछा।

'बुआ-सा चौबारे में हैं।' जवाब सीढ़ियाँ उतरकर आँगन में पहुँची सीमा ने दिया।

'उन्हें ऊपर क्यों रखा? नीचे रहतीं तो आने-जाने वाले भी उनसे मिल लेते।' सबसे छोटी भाभी को लाड़ली ननद के लिए चिंता हुई।

'पूरा का पूरा कमरा वो रोक लेती हैं फेर थारै लिए भी तो एक कमरा खाली करना था। वैसे भी वो तो बिस्तर पे ही पड़ी हैं, यहाँ पड़ी रहें या ऊपर क्या फर्क पड़ता है।' पार्वती ने गणित समझाया।

'दोनूँ जेठाणी जी सीढ़ियाँ चढ़ नहीं सकतीं फिर वो उनसे कैसे मिलेंगी?' काठमांडू वाली देवरानी को वर्तमान परिस्थिति असहज लग रही थी।

'काकी-सा तो आजतक अपनी ननद से मिलने कभी आई नहीं। जो कल तक नहीं मिली थी वो आज भी मिलकर क्या करेंगी? रही बात माँ की तो इनके लिए मिलना इतना ही ज़रूरी है तो ये बुआसा के साथ ऊपर ही रह जाएँ! अच्छा है दोनों को एक-दूसरे का साथ भी मिल जाएगा और हमारे लिए कमरों की परेशानी भी मिट जाएगी।' चहेती बहू का कहा जिस-जिसने सुना, उनके लिए पार्वती के इस नए अवतार पर यक़ीन करना मुश्किल था।

'हद से बाहर बहती गंगा भी पूजा के लायक नहीं रहती फिर तूं तो सिरफ नाम की पार्वती है। हद में रहणा सीख बीनणी। ज़बान और व्यवहार औक़ात से बाहर होणें पर सबसे ज्यादा दुःख खुद को ही देते हैं।' रामप्यारी कहना चाहती थी मगर उसने खुद को रोक लिया। चेहरे के हाव-भाव और व्यवहार सामान्य बनाए रखकर उसने नई परिस्थितियों से अनजान होने का निर्णय लिया। बढ़ती उम्र के साथ शरीर का बोझ कम होना शुरू हो जाता है। एक-एक कर इंद्रियाँ साथ छोड़ने लगती हैं। सुनाई ना देना, आँसू सूख जाना इसी बदलाव का हिस्सा हैं। शारीरिक प्रक्रियाओं के लिए दुखी होने की जगह रामप्यारी ने बदलाव स्वीकार कर लिए थे। परिवार पर

हुकूमत करने वाली महिला का इस तरह चुप रह जाना अस्वाभाविक था, मगर विपरीत परिस्थितियों में अपना सम्मान बचा लेना, बेहतरीन कौशल है। रामप्यारी ने अपनी गरिमा बचा ली। मज़बूरी इंसान को बदल देती है।

'प्यारी, दबणें की जरूत नहीं है इनसे। ये घर तेरा है, इसकी मालकिन तूं है। इनके पैंतरे बर्दाश्त करणे की जरूत नहीं है, समझ गई ना।' शेर सिंह अपनी पत्नी को अकेले रहकर संघर्ष करने के तरीक़े समझा रहा था।

'सारी दुनिया के लोग बड़िया जी-बड़िया जी करते तेरे आगे-पीछे घूमते थे। अभी मुझे शरीर छोड़े दस दिन ही हुए हैं कि इनके रंग-ढंग बदल गए। एक बात का ध्यान रखना प्यारी, किसी पर भी भरोसा कर लेना पर ईश्वरिये पर भूलकर भी विश्वास मत करना। मेरी बात ध्यान से सुण, जिस दिन तेरी पीठ में कोई खंजर घोंपे ना तो मुड़ के मत देखना। समझ जाणा कि वो हरामखोर तेरा लाड़ला ईश्वरिया ही है।' रामप्यारी की नज़रें सामने लगी शेर सिंह की तस्वीर पर थीं। शीशे में क़ैद चेहरा पारदर्शी हो गया था। तस्वीर पर टंगी माला के फूल पंखे की हवा की गति से हिल रहे थे। एक ताल में हिलते फूलों के बीच से फ्रेम जड़े शीशे में उसे अपना चेहरा दिखने लगा। कुछ देर देखते रहने पर उसे तस्वीर से शेर सिंह बाहर आता हुआ-सा लगा। वह पीढ़े से उठकर अपने कमरे की ओर चल दी।

'जेठाणी जी रुको, मैं भी चलूँ थारै साथ।' सुलोचना भी उठ खड़ी हुई। दो जोड़ी बेंत की टिक-टिक के सिवा वहाँ ओर कोई आवाज़ नहीं थी। विचार और व्यवहार में अलग दोनों महिलाओं को हालात एक धरातल पर ले आए थे। सुलोचना को जिस जेठानी की उपस्थिति फूटी आँख पसंद नहीं थी, समय बदलते ही उसी नापसंद के साथ उसे सुख-दुःख, भावनाएँ और कमरा साझा करना पड़ रहा था। जिस औरत से खुद को अलग रखने में उसने अपनी सारी उम्र लगा दी, आज उसी औरत के साथ अपने जीवन का सबसे बड़ा दर्द सांझा करना उसकी मजबूरी हो गई थी। दस दिन के अंदर सब कुछ बदल गया। मज़बूरी ने विचारों की शुद्धि करवा दी। ईमारत के अगले दो स्तंभ ढह चुके थे। शेष बचे दोनों स्तंभ पूरी ईमारत को बचाए रखने का युद्ध लड़ रहे थे।

रामप्यारी ने कमरे में पहुँचकर दरवाज़ा बंदकर लिया और चुपचाप आँखें बंदकर पलंग पर लेट गई। देर तक हलचल ना होने पर सुलोचना ने जेठानी को आवाज़ दी। कोई हरक़त ना होती देख उसने नज़दीक आकर उसके माथे को छुआ, 'जेठाणी जी, थारी तबियत तो ठीक है ना?'

'पहला दुख तो भूला ही नहीं था दूसरा माथे आ पड़ा। ऊपरवाला परीक्षा ले रहा है।' आँखें बंद किए-किए रामप्यारी ने कहा।

'हमारी परीक्षा है ये...' सुलोचना ने मायूसी से कहा।

'ना। हमारी नहीं, ये मेरी परीक्षा है। सबको आपना किया यहीं भुगतना पड़ता है। अभी मुझे समझणा पड़ेगा कि मैं अपना किया भुगत रही हूँ या मेरी औलाद आज गलत कर रही है जिसे आने वाले समय में वो भुगतेंगे।' रामप्यारी की आवाज़ गहरे कुएँ से आती हुई लग रही थी।

घर की दोनों ओहदेदार महिलाओं को एकसाथ एक समान दुःख ने आ घेरा था। अपने ही घर का माहौल उनके लिए बदल गया। हर मसले पर कल तक उनकी मर्जी निर्णय हुआ करती थी, आज वे दूसरों के मर्ज़ी मानने को मजबूर थीं। 'औरत का जीवन परीक्षा है पर विधवा होना तो अभिशाप है।' वह बुदबुदाई।

❑❑❑

'पार्वती कल बजार चलना है। लेने-देने का सामान और कपड़े ले आएँगे। माँ और काकी-सा से भी पूछ लेना उनके लिए कोई ज़रूरी सामान लाना हो तो बता देंगी।' शोक में डूबे माहौल के बीच ईश्वर ने माँ के स्थान पर पत्नी को ज़िम्मेदारी सौंपने की नई प्रथा की शुरूआत कर दी।

'मैं भी साथ चलूँगा भाईसा।' पुष्कर बीच में बोल पड़ा।

'क्या करेगा तूं चल के, सारा दिन लग जाएगा वहीं। तुम्हारी तरफ से जितने लोगों के आने की उम्मीद है उनकी लिस्ट बनाकर दे देना मुझे। हम ले आएँगे सामान।' ईश्वर ने बताया।

'आपने बनाई है ना लिस्ट, उसी में देख लूँगा। आप बहुत भोले हो भाईसा। जो जितना रेट बोलता है, आप चुपचाप मान लेते हो। अब खाने और टैंट के ऑर्डर में ही देख लो अलग से टैंट लगवाकर भी मैंने बीस हजार से ज्यादा की बचत करवा दी। यहाँ भी मैं साथ चलूँगा तो हिसाब में फर्क़ देखना।' ईश्वर ने पलटकर चचेरे भाई को देखा।

'कहीं ये और कुछ तो कहना नहीं चाह रहा? हिसाब में फर्क़...ना, मेरा वहम होगा।' उसने खुद को समझा लिया।

'ऐसी नाक कटवाई है इस हरापखोर ने कि क्या बताऊँ नहीं तो पुष्करिये की इतणी हिम्मत कि वो मेरे बेटों की बात टाल दे। एक ये हरामखोर हर जगह मेरी बेइज्जती करवाता फिर रहा है।' अपमान से तिलमिलाता शेर सिंह अपने कमरे में शांति के कुछ पल बिताने पहुँचा था, मगर वहाँ बेटे-बहू को गुफ्तगू करते देख ठिठक गया।

'पुष्करिये का दिमाग सटक गया है जो हर जगह साथ चलने के लिए चिपक जाता है।' खर्च के बीच से पैसे बचाने के सारे रास्ते एक-एक कर बंद होते देखकर

ईश्वर खीज़ गया। अपने मन की भड़ास वह पत्नी के सामने निकाल रहा था।

'इतना गुस्सा ठीक नहीं थारे लिए, प्रेशर बढ़ जाएगा। लो, दवाई ले लो।' पति का ब्लड प्रेशर नियंत्रित रखने के लिए पार्वती अपने हाथ में दवाई और पानी का गिलास लिए खड़ी थी।

'लेने-देने के कपड़ों का बड़ा खर्चा है। सोचा था कि पोती की शादी के लिए तीन-चार साड़ियाँ इसी खर्चे में से रखवा लूँगा पर देख, ये मगरमच्छ मेरी जान के पीछे पड़ गया।' दवाई लेने के बाद ईश्वर ने धीमी आवाज़ में कहा।

'अपनी पत्नी से तो बोलचाल है नहीं फिर सारे दिन करे भी क्या! इसके बच्चे भी इससे बात नहीं करते इसीलिए रोजाना बहाना बनाकर घर से बाहर भाग जाता है। अब हम जा रहे हैं तो हमारे ही चिपक लिया।' पार्वती ने पति के गुस्से को जायज़ ठहराने के लिए सारा कुसूर पुष्कर की सबसे बड़ी कमज़ोरी के माथे मंढ दिया।

'ये रोजाना शहर जाता है। घर की रोटी इसे पसंद नहीं, बाहर खाना खाने जाता होगा।' ईश्वर ने निष्कर्ष निकाला।

'बस रोटी खाने ही जाता हो। गाँव को भनक लग गई तो नाक कट जाएगी।' पार्वती का छोड़ा तीर इस बार भी निशाने पर लगा।

'हरामखोरों अपणे चरित्तर में सुधार की गुंजाइश मत खोजना। अब पुष्करिये के गले पर आरी चलाने की तैयारी कर रहे हो। तुम इंसान का जाम नहीं हो सकते। किस जानवर की औलाद हो तुम दोनों? ना शरम, ना लिहाज। लाल सिंह तो यूँ ही आ गया मेरे पीछे-पीछे, दुनिया तो तुम्हें छोड़नी चाहिए थी।' शेर सिंह वहीं रुका रहा। एक-दूसरे के लिए बने जोड़ीदार पति-पत्नी अपनी ज़रूरी बातें ख़त्म कर कमरे से जा चुके थे।

❑❑❑

'ऐसा कहीं नहीं सुना कि तेरहवीं भी आगे बढ़ जाए! आपके खानदान में ही होता है ऐसा। आपके घर के रिवाज़ हैंऽऽऽ बहुत अटपटे और देखो तो, ये निभाने भी मुझे ही पड़ रहे हैं! इस घर की बेटियों के तो मज़े हैं।' बड़ी ननद को अकेले बैठे देख पार्वती उसकी बोरियत मिटाने पहुँच गई।

'बेटियों ने अपने माँ-बाप के घर के रिवाज़ कब निभाए? वो तो पैदा ही दूसरे घर की परंपरा ज़िंदा रखने के लिए होती हैं। जिस घर में जन्मती हैं, उस घर के रिवाज़ बेटियों को नहीं अपनाते। घर की बहुएँ जिन्हें सब पराया कहते हैं, वो ही ससुराल के रिवाजों का बोझ ढोती हैं। यही होता आया है सदियों से, तुम कुछ नया नहीं कर रहीं। तुम ये अटपटी परंपराएँ यहाँ निभा रही हो, हम किसी और के घर

निभा रहे हैं।' बड़ी ननद ने पार्वती की बोरियत मिटा दी।

'इस घर में आए तुझे पचास से ज्यादा बरस हो गए। आज घर के रिवाज बुरे लग रहे हैं, कोई तो ख़ास बात ही है बीनणी।' बरामदे में बैठी रामप्यारी ने बहू को टोका।

'सारे दिन काम करें हम, पैसा खर्चें हम, पर नाम होगा आप का। ये भी आपके घर का ही रिवाज़ है।' पार्वती बोल ही रही थी कि एक आवाज़ ने उसे रोक दिया।

'मुँह में अंगारे रखकर आई हो क्या भाभीसा? बात करणें की मर्यादा भी भूल गई?' मंझली बीच में प्रगट हो गई थी।

'ज़बान को लगाम दे बीनणी। पैसे तेरे खर्च नहीं हो रहे। यहाँ हमारे रिवाज़ ही निभाए जाएँगे तूं अपणी माँ के घर की सीख यहाँ मत चलाणा।' इस बार रामप्यारी के बूढ़े शरीर की लरजती आवाज़ से कमजोरी गायब हो गई थी।

'ईश्वर को बुलाकर ला।' सोच-विचार के बाद रामप्यारी ने भरतिये के 'रामी-श्यामी बड़िया जी।' का जवाब दिया।

'जिस ठाठ-बाट में रहणे की आदत है ना तेरे परिवार को, उसमें तेरा क्या योगदान है ये जाणता है तूं। अपणी बीनणी को बता देणा कि बोलणे से पहले हजार बार सोच लेवे। जबान कंठ से बंधी रहे तो ही अच्छी। बिना लगाम के घोड़े और बेलगाम जबान, दोनों का हश्र अच्छा नहीं होता।' माँ की बात सुनकर ईश्वर को सांप सूंघ गया। अपनी बात कह लेने के बाद भी रामप्यारी, आँगन से सटे बरामदे में ही बैठी रही। पीढ़ा उसका सिंहासन हो गया। उसके सामने दरी पर दूर-पास से आए वे सभी रिश्तेदार थे जो पिछले कुछ दिनों से बदलती स्थितियों के गवाह बने हुए थे। गाँव-समाज के कुछ गिने-चुने वे लोग भी मौक़े के गवाह बने जो हर दिन संवेदनाओं की चादर पर कुछ नए फूल टाँकने आते थे। ईश्वर, माँ के पैरों में बैठा रहा।

'माँ-सा, गलती हो गई मेरे से। मुझे माफ कर दो।' ईश्वर को देर तक माँ के कदमों में बैठा देख पार्वती समझ गई थी कि इस समय माफी माँगने के सिवा उनके पास कोई चारा नहीं है।

'माँ आगे से कोई ऊँच-नीच नहीं होगी।' ईश्वर इंतज़ार में बैठा रहा पर आज माँ ने आशीर्वाद नहीं दिया। धरती उससे छूट नहीं रही थी। ऐसा लगा कि उसके शरीर से जड़ें निकलकर धरती की गहराई में चली गई हैं और अब वह इस जगह से कभी उठ नहीं सकेगा।

'भरतिया, आँगन पर जो सीमेंट की चादरों वाली छत है उस पर भूसा गिरवा कर ऊपर से तिरपाल बिछवा दे। सुबह से सूरज ढलने तक बार-बार भूसे पर पाणी छिड़कवा देणा, छत ठंडी रहेगी।' रामप्यारी ने ज़िम्मेदारी अपने हाथों में ले ली।

'माँ-सा, कुटी काली मिर्च गाय के घी में भून कर खांड़ मिलाकर लाई हूँ आपके लिए। आप ले लो नहीं तो आपका प्रेशर बढ़ जाएगा, चक्कर आ जाएँगे।' पार्वती हाथ में कटोरी लिए रामप्यारी के सामने खड़ी थी।

'ये नाटक करणे बंदकर दे अब। आज से तूं मेरी चिंता छोड़ दे, मैं तेरी देखभाल के बिना ज्यादा ठीक रहूँगी।' रामप्यारी ने मुँह घुमा लिया।

'तूं कपड़े लाने का बोझ मत उठाना। लेना-देना मैं अपने आप कर लूँगी।' उसने बेटे को भी चिंता-मुक्त कर दिया।

'सीमा बीनणी, कोई परेशानी नहीं होवे तो तूं और बच्चे ऊपर कमरे में रह जाओ। तुम्हारे लिए अभी कमरा खुलवा देते हैं। नीचे के कमरे में बड्ड़ी बाईसा को वापस लाऊँगी।' उसने फ़ैसला सुनाया।

पन्द्रह

जुआरी भयानक तरीक़े से आशावादी होता है। भविष्य से अनजान वह दांव पर दांव लगाता है। मानव–इतिहास का पहला जुआरी किसान था। आज भी उसके जैसा जुआ और कोई नहीं खेलता। कुदरत पर जुआ लगाने वाला वह अकेला प्राणी है जो अपने हौंसले की बाज़ी लड़ाता है। ऐसे जांबाज की दिलेरी पर प्रकृति मेहरबान नहीं होती बल्कि वह किसान के ख़ून का पसीना बन जाने की हद तक परीक्षा लेती है तब कहीं जाकर सुनहरे दाने उसके हिस्से में डालती है। इस बार फ़सल अच्छी हुई थी मगर जुए की बाज़ी जीतना कभी आसान नहीं होता। प्रकृति फल देने से पहले इंसान का हौंसला भी जांचती है। तैयार फ़सल की कटाई और दाने निकालने में तेज़ धूप से हालत ख़राब हो जाया करती थी। मलकीत की पीढ़ी ने इस परेशानी का हल खोज लिया। अन्य किसानों की तरह उसने भी रात के समय मशीनों से दाने निकालना शुरू कर दिया था। आधी रात बीतने तक वह काम में जुटा रहा और काम ख़त्म कर जब सोने आया, सुबह होने में कुछ ही देर बाक़ी थी। नींद का दबाव और थकान का असर था कि सूरज के आधे आसमान में चढ़ने के बाद उसकी आँख खुली। नींद से जागते ही खिड़की से बाहर उसकी नज़र धूप की किरणों से जगमगाती धान की ढ़ेरियों पर गई। सुनहरी दाने आशा का भरोसा दे रहे थे। जगमगाते दानों को देखकर उसकी थकान गायब हो गई। अंगड़ाई लेकर उसने दूसरी ओर नज़र घुमाई सामने चाय का कप हाथ में लिए प्रीत खड़ी थी। इस बार कुदरत ने मेहरबानी रखी, खेतों में सोना उपजा है और इधर प्रीत भी उसे जीवन का सबसे क़ीमती तोहफा देने जा रही है। थोड़ा–सा सरक कर उसने प्रीत के लिए जगह बनाई और उसे अपने पास बैठा लिया। मलकीत का चेहरा बता रहा था कि इस बार जुए की जीत में उसका मुनाफा तय है। उसने प्रीत के बढ़े हुए पेट पर हाथ घुमाते हुए उसे चूम लिया। वह पहली बार पिता बनने जा रहा है। पति–पत्नी की मुस्कुराहट और प्यार की ऊष्मा के बीच 'मलकीत पुत्तर तूं अबी डाकदर को फोन कर।' कहती हुई बीजी कमरे में दाखि़ल हुई।

उसने पत्नी का चेहरा ध्यान से देखा, उसे प्रीत ठीक ही लगी। 'क्या हुआ?

डॉक्टर से क्यूँ बात करनी है? प्रीत तो भली-चंगी है।'

'यही तो चिंता की बात है कि ये अब तक भली-चंगी है। तूं बस अभी फोन कर।' नींद से जागते ही बीजी ने घर में तूफान खड़ा कर दिया। बेटे ने माँ की दलील के आगे हथियार डाल दिए। फोन मिलाकर वह बाथरूम में चला गया और जब लौटा तब तक माहौल फिर से बदला हुआ था। उसके पूछने पर बीजी ने बताया, 'वो कहती है चिंता की कोई बात नहीं है। जब भी बच्चे के जनम का टेम होगा हम अस्पताल पहुँच जाएँ या पहले से प्रीत को एडमिट करवा सकते हैं।'

'यही उसने पहले भी कहा था। आप यूँ ही परेशान हो रहे हो।' मलकीत ने चाय का कप हाथ में लेकर कहा।

'ओ कह रही है अगर हम सिजेरियन करवाना चाहते हैं तो इसे कभी भी अस्पताल ले जा सकते हैं।' बीजी ने डॉक्टर की कही हुई सारी बातें बता दीं।

'लो फेर चिंता की तो कोई बात ही नहीं है। सिजेरियन तो हमें करवाना नहीं है। प्रीत तूं अपने हाल-चाल हमें बताती रहा कर।' कहते हुए वह हंस दिया।

'फेर भी पुत्तर, मैं सोच रही हूँ कि एक बार प्रीत को डाकदर के पास ले जाकर दिखा लेते हैं।' बीजी ने बेटे की बेफिक्री को टोका। वह जानती है कि बच्चा पैदा होना जुआ नहीं है।

'आप कहीं घूमने-फिरने जाना चाहते हो तो बेशक जाओ। डिलीवरी में तो अभी टेम है फेर इस हाल में प्रीत को जबरदस्ती रोड़ पे क्यों घसीटना।' घर की चिंता से बेफिक्र मलकीत ने टेलीविजन चालू कर के दुनिया के हाल-चाल पता करने का निर्णय लिया।

'अब तूं बताएगा कि औरत के बच्चा होने से पहले मुझे क्या करना चाहिए। दो बच्चे अपने और गली-मौहल्ले का टप्पर यों ही नहीं जनवाया मैंने।' बीजी ने अपनी बात अधूरी छोड़ दी। थोड़े सोच-विचार के बाद 'ठीक है पुत्तर फेर तूं ही बता देना कि अस्पताल कब चलना है।' कहते हुए वह कमरे से बाहर निकल गई।

'शुकर है कि यहाँ अभी टेम है, नहीं तो मुश्किल हो जाती। अब्र तेरहवीं तक फिकर करने की जरूत नहीं है।' शेर सिंह चिंता की लंबी-चौड़ी अरावली पर्वत शृंखलाएँ पारकर हिमालय की तलहटी में पहुँचा था। यहाँ का सुखद माहौल देखकर उसने खुद को कुछ हल्का महसूस किया।

'अब चार शतुरमुर्ग और दो कछुए भी पाल लिए...आप लोग क्या करते हो भाई? आए दिन कुछ नया करके बैठ जाते हो, चैन नहीं पड़ता क्या?' वह इस घर के लोगों के नित-नए शौक़ से हैरान था। जब तक यहाँ खड़ा था उतनी देर भी उसका दिमाग स्थिर नहीं रहा। बीच में उसे छोटा भाई याद आ गया। 'लाल सिंह कहाँ पैदा होगा, उसने बताया नहीं। क्या जूणी मिल रही है उसे, वो कौन-से देश जाएगा,

उसने कुछ भी तो नहीं बताया। चुप रहणे लग गया है वो आजकल...आज ही उससे बात करता हूँ। यहाँ फिलहाल तो कोई काम नहीं है मेरा। अब चलता हूँ। वहाँ से विदाई होएगी और यहाँ जन्म का दिन निश्चित होगा तभी नया घटनाक्रम शुरू होगा फिलहाल यूँ ही बे-शरीर, बिना पहचान के यहाँ से वहाँ तक घूमते रहना है मुझे।' उसने वापसी की राह ली।

□□□

'बड्डी बाईसा की तबियत ठीक नहीं है।' नई बहू ने रामप्यारी को ख़बर दी। 'दोनूँ भाइयों के जाने से सदमे में हैं बाईसा। बारी-बारी से उनके पास बैठा करो सारी। मन बहलेगा तो ठीक हो ज़ाएँगी।' रामप्यारी ने मौक़े पर मौजूद हर एक से कहा।

'तबियत ज्यादा ही ख़राब है। लगता नहीं कि वो...।' नई बहू बात पूरी करने का साहस नहीं जुटा पाई।

'यदि ऐसा होना तय ही है तो आज-कल में ही हो जाए। सुहागणों की दसवीं किया करते हैं। बुआसा का दिन भी उनके भाइयों के साथ ही हो जाएगा। अभी तो सब आए हुए हैं बाद में सिरफ उनके लिए कौन आएगा!' इस बार मौत की दुआ पार्वती ने माँगी।

'वो काहे की सुहागण हैं! मरे हुए की विधवा होने पर सब्र हो जाता है पर ज़िंदा आदमी पर सब्र नहीं होता। जो पत्नी के साथ ईमानदार ना हो, ऐसे आदमी के जीने से तो उसका मर जाना अच्छा।' सीमा की बात सुनकर वहाँ एक बार के लिए सन्नाटा पसर गया। ज्यादा देर की चुप्पी का मतलब इस बात को तूल देना होता इसीलिए लगभग तीस या उससे अधिक उपस्थित लोगों ने एकसाथ उसकी बात को अनसुना कर दिया। सीमा यह देखकर हैरान थी कि इतनी बड़ी संख्या में लोग बिना पूर्व तैयारी के एकसाथ, एक जैसा अभिनय कैसे कर सकते हैं।

'मुझे शक नहीं होता कि वो आपके घर की ही औलाद है। इतने सारे नाटकबाज़ जहाँ एक साथ रहते हों वहाँ से एक महारथी निकलकर लोगों की ज़िंदगियों से खेलता रहे। आप सबके चरित्र देखकर अब मुझे कुछ भी अजीब नहीं लगता।' बरामदे और कमरों में मौजूद लोगों की जुबान पर ताले लग गए। वहाँ सिर्फ सीमा की आवाज़ थी। ज्ञान बाँटना आसान होता है, उसे जीवन में उतारना सबसे कठिन। दिन भर एक-दूसरे को समझाने वालों को सांप सूंघ गया था। इस बार ख़ामोशी ज्यादा देर तक ठहरी रही। चुप्पी का मतलब हरबार निर्णय लेना नहीं होता, कभी-कभी यह असहाय होने का पर्याय भी होती है। सीमा के सवालों का

जवाब सुलोचना को देना था, मगर उसने चुप रहने का निर्णय लिया। इस बार भी बात को अनसुनी किए जाने का चुनाव आसान विकल्प था। सीमा उठकर चली गई। उसका जाना सबके हित में रहा।

'पार्वती भाभी, थारे हिसाब से बुआसा की तकलीफ़ से मुक्ति महत्वपूर्ण नहीं है, लोगों का जुटना महत्वपूर्ण है, है ना।' मझली की आँखों में ख़ून उतर आया। पार्वती के बात शुरू करने पर सबके साथ उसे भी सामूहिक अपमान झेलना पड़ा था। उसके लिए अपनी बेइज्जती का बदला लेना ज़रूरी हो गया था।

'मौत पर लोगों का आना हमारे सामाज का नियम है। हम समाज से बाहर तो नहीं जा सकते ना।' पार्वती ने समाज को आँगन में लाकर खड़ा कर दिया।

'समाज में रहकर परिवार के सदस्य की बेकद्री कर सकती हो! कभी संभाला है उन्हें? उनका हालचाल पूछा? आधा महीना तो मुझे हो गया देखते, एक दिन आप उनके नज़दीक नहीं फटकी बल्कि उन्हें मरने के लिए चौबारे में पटक आई थी। अब ये समाज के नियम वाला नाटक कम से कम मेरे सामने मत करना।' सीमा ने जितनी बेइज्जती कर दी थी, मझली ने सारी खीझ पार्वती पर उतार दी।

'बात का बतंगड़ बनाना तो कोई आपसे सीखे!' मैं तो साधारण-सी बात कह रही थी, पर आप तो जब किसी के पीछे पड़ जाती हो तो ओर कुछ देखना-सुनना बंद ही कर देती हो। रामजी बचाए आपके गुस्से से!' पार्वती ने हाथ जोड़कर कहा। नोंकझोंक सुनकर सीमा आँगन में लौट आई?। सच सुनकर चुप रह जाने वालों के स्वाभिमान पर चोट के निशानों को वह ध्यान से देख रही थी।

'हे म्हारा राम जी...' सुलोचना ने कई दिनों बाद एक वाक्य बोला। सबकी नज़रें उस पर आकर टिक गईं।

'सीमा, सबर तो कैसे भी नहीं होता। तूं ज़िंदा को रो रही है, मैं मरे को।' भावनाओं से तर बूढ़ी आँखों ने चालीस-पैंतालिस के आसपास की सीमा को देखा। नज़रें उम्मीद भरे टोकरे लेकर गई थीं, खाली टोकरी लिए लौट आईं।

'बड़िया जी, खाने में मेरी पसंद का भी कुछ बनवा दो। हर रोज़, सारे दिन घास-फूस नहीं खाया जाता।' अचानक पुष्कर अपनी फरमाइश लिए रामप्यारी के सामने था। उसके आने से आँगन में छिड़ी बहस पर रोक लग गई।

'तेरे को भी मेरी सिपारिस की जरूत है क्या? सीधा रजनी बाई से कह दे, बन जाएगा।' रामप्यारी ने रास्ता दिखाया।

'वो मेरा कहा नहीं मान रहीं। आपसे सिफारिश लगवाने को कह रही हैं।' उसने बच्चों की तरह मचलते हुए कहा।

'अच्छा बता तुझे क्या खाना है, क्या बनवाऊँ तेरे लिए?' रामप्यारी ने उसी अंदाज़ में पूछ लिया।

'लाल मांस बनवा दो ना, बहुत दिनों से कुछ ढंग का नहीं खाया।' सुनने वालों ने इस बात के बहुत से अर्थ ढूँढे। पिता की मौत पर तेरह दिनों तक सादा खाना खाने में हो रही परेशानी या सीमा के हाथ का बना लाल मांस जो एक समय तक उसे बहुत पसंद था। वह क्या कहना चाहता था उससे अलग किस ने क्या समझा, दोनों बातों में फ़र्क़ था।

'अभी हमारे हिस्से में अच्छे दिन नहीं हैं पुष्कर। मांसाहार नहीं बनवा सकते घर में। वैसे इन दिनों तुझे देवर-सा की पसंद का भोजन करना चाहिए।' रामप्यारी अचानक संजीदा हो गई।

'अगर मरने वाले को मांसाहार ही पसंद हो तब क्या करोगे?' पुष्कर बहस पर उतर आया।

'घर में पाठ भी चल रहे है...' सुलोचना बीच में बोल पड़ी।

'पाठ चल रहे हैं तो क्या हो जाएगा? हम देवी के उपासक हैं। आप लोग बलि देते रहे हो नवरात्रि पर तब शुभ-अशुभ नहीं हुआ...ख़ैर। आपके सारे जवाब मुझे मालूम हैं। आप वो करिए जो आपको आसान लगता है, मैं वो कर लूँगा जो मुझे ठीक लगेगा।' अपनी बात कहकर वह उठ खड़ा हुआ।

'आपकी उमर लंबी है, अभी आपकी बात ही चल रही थी।' पार्वती ने हस्तक्षेप किया। कुछ देर पहले सीमा ने जिस व्यक्ति के विरोध में आवाज़ उठाई थी, इस समय वह सबके सामने था। पुष्कर ने पार्वती की बात पर कोई प्रतिक्रिया नहीं दी।

'अगर मैं मर जाऊँ तो मेरी खुशी के लिए तीनों टाइम नोनवेज बनवाना।' कहते हुए वह आँगन से बाहर निकल गया।

'शुभ-शुभ बोल पुष्कर।' मंझली ने टोका।

'मैं शहर जा रहा हूँ, वहाँ का कोई काम हो तो बता दो।' कुछ ही देर में ही पुष्कर नए लिबास में सामने था।

'शहर...अब...दोपहर ढ़लने वाली है। शाम की धूप-बत्ती करनी है तुझे। टेम से वापस तो आ जाएगा ना।' सुलोचना का सवाल अनुत्तरित रह गया। बेटा तेज़ क़दमों से पार्किंग की ओर बढ़ गया।

'पुष्कर, पिताजी के धूप-अगरबत्ती करनी है। तूं आ जाना टेम पर।' थकी आवाज़ में सुलोचना ने एक बार फिर पुकारा।

'फोटो के आगे अगरबत्ती कोई भी जला दे, फोटो को क्या फर्क पड़ेगा। ये सब मन के वहम हैं। मैं टाइम पर आ गया तो ठीक नहीं तो सूरज जला देगा।' पुष्कर ने बीच में रुककर जवाब दिया। धूप-दीप की ज़िम्मेदारी उसने अपने बेटे सूरज को सौंप दी।

'तूं टेम से आ जाना, संध्या भोजन से पहले पहुँच जाना।' माँ ने फिर पुकारा।

'बाहर से कुछ लोग आए हुए हैं उनके साथ मीटिंग है। वापस आने में देर हो सकती है।' कहकर वह रवाना हो गया।

'मुझसे पूछा तो होता कि मैं उनका अधूरा काम पूरा करूँगा भी या नहीं! इतने दिनों से मैं यहाँ हूँ, आज तक अपने मुँह से उन्होंने मेरा नाम नहीं लिया। आज लिया भी तो अपने काम मुझ पर डालने के लिए और वो भी मुझे नहीं कहा। मुझे हर ख़बर आप लोगों से क्यों मिलती है।' बेटे का जवाब ऐसा ही कुछ होगा सीमा जानती थी। सूरज के जवान ख़ून में बगावत खौल रही थी।

'बाहर कोई पसंद आ गई तो पत्नी नापसंद हो गई और इसके साथ ही औलाद भी पराई कर दी। मेरे से कोई बातचीत नहीं रखनी है तो अपने काम भी मुझे मत बताओ, ख़ुद करो सब। बड़िया जी, उनकी ज़िम्मेदारी वो निभाएँ, इस बारे में आप मुझसे कोई उम्मीद मत रखना।' खिड़कियों पर लटकती पानी से सराबोर बोरियों की शीतलता ठुकराकर वह एयरकंडीशन वाली ठंडी बैठक में जा बैठा।

'आदमियों की दुनिया में चाहे जितनी पोलिटिक्स हो मैं औरतों के पचड़ों से दूर ही अच्छा...वैसे भी अगर इस समाज में मुझे अपनी पहचान ख़ुद बनानी है तो शुरुआत आज से ही होगी!' गुस्से में सूरज की आवाज़ ऊँची होती जा रही थी।

'सूरज क्या हो गया, किस ने क्या कह दिया?' सुंदर काका ने नज़रों से एक्स-रे करने के बाद पूछा।

'बिन बाप के बच्चे भी तो अपनी पहचान ख़ुद बनाते हैं। स्कूल की पेरेंट्स-टीचर मीटिंग्स से लेकर आज तक वो मेरे लिए कभी थे ही नहीं। पहले उन्हें पैसा और नाम कमाना था और अब तो उनको उस औरत से ही फुर्सत नहीं है।' दांत भींचते हुए उसने कहा।

'सूरज, सबर कर बेटा। इन दिनों गाँव-समाज के लोगों का आना-जाना बहौत है घर में। लोग सुनेंगे तो क्या कहेंगे।' पुष्कर के छोटे भाई सुंदर ने भतीजे को समझाया।

'कहने दो ना। कितने दिन छुपाओगे? और क्यों छुपाना है? आज सबको बताकर गए हैं ना वो और आपमें से किसी की हिम्मत नहीं हुई उनको रोकने की पर मुझे चुप करवाने आ गए।' युवा विद्रोह घर की दीवारें हिला देना चाहता था। सूरज किसी तरह चुप होने को राज़ी नहीं था।

'वो किसी काम से गया है।' सुंदर ने कहा।

'क्यों अपने आपको धोखा दे रहे हो काका सा? मैंने बताया ना कि वो कहाँ गए हैं। अगर मैं ग़लत हूँ तो आप प्रूव कर दो। एक आदमी अपने बाप के संस्कार निभाने की बजाय घर में झूठ बोलकर किसी औरत के साथ रात बिताना ज़रूरी समझता है। उसे आप क्या कहेंगे? जवान होते बच्चों की फ़िक्र नहीं है उसे। अपनी पत्नी के बारे में जिसने कभी नहीं सोचा और तो और वो अपने सगे बाप का भी नहीं

हुआ...' रेगिस्तान में सांझ ढलने लगी थी मगर बैठक में मौजूद सूरज अपनी लपटों से सब कुछ जला देने पर अड़ा हुआ था। बालू मिट्टी के धोरे, सूरज डूबते ही ठंड पकड़ने लगते हैं। बाहर पसरी ठंडक घर में मौजूद रिश्तों में आकर पैठ गई थी। ठंडे पड़ चुके रिश्तों का शोर बैठक से आँगन तक तरंगित हो रहा था।

'सूरज...' वह अपनी माँ की आवाज़ पहचानता है। जिसकी परेशानियाँ उसे परेशान कर देती हैं, आज उस आवाज़ को अनसुना कर वह बैठक में बैठा रहा।

'आजा सूरज, खाना खाते हैं।' नैना उसे बुलाने पहुँची।

'आता हूँ।' उसने वहीं बैठे-बैठे जवाब दिया।

'सीमा काकी-सा बुला रही हैं तुझे, चल आजा। वैसे...पुष्कर काका-सा आ चुके हैं।' कुछ देर दोनों एक-दूसरे को देखते रहे। नैना ने उसकी पीठ पर हौले से धौल जमाई, उसके बालों में हाथ घुमा कर उसके मन को सहलाया और हाथ पकड़कर आँगन में ले आई।

सोलह

शेर सिंह की मौत पर पहुँचे रिश्तेदारों में से अधिकतर महिलाएँ तेरहवीं के लिए रुक गई। बुजुर्ग की विदाई के बहाने सबको एक-दूसरे से मिलना अच्छा लग रहा था कि अचानक साथ रहना मजबूरी बन गया। संयुक्त परिवारों में सुख-दुख की व्यापकता रहती है। लाल सिंह की मृत्यु ने सबको एक और सप्ताह के लिए रोक लिया। लंबी दोपहर में हर दिन बातों के नए कीर्तिमान बन रहे थे। अच्छाई पर बात करने की एक सीमा होती है जबकि निंदा पुराण अनवरत चलती है। यह कभी ख़त्म ना होने वाला धरती का पहला और अंतिम अलिखित दस्तावेज़ है, जिसके समाप्त होने की कोई संभावना नहीं है। दोपहर की बातचीत में सबके अलग-अलग चेहरे सामने आ रहे थे। बातों का सिरा एक ओर से शुरू होकर जल्दी ही दूसरे ध्रुव पर पहुँच जाता। बीस दिन तक बालू रेत के टीलों वाले गाँव में रहना विवशता लगने लगा था। रिश्तों में लंबी अवधि की दूरी से ज्यादा ख़तरनाक दिन-रात का साथ होता है। समय आ गया था कि जल्दी ही सब अपने-अपने घरों को लौट जाएँ कि लंबी बीमारी से जूझ रही रामप्यारी की ननद को अचानक अस्पताल ले जाना पड़ा। 'घर में होने वाली तीसरी मौत से एक बार फिर तेरहवीं आगे बढ़ सकती है।' इस जानकारी से सबकी सांसें अटक गई। रोग-ग्रस्त महिला से जिसका कोई भावनात्मक सरोकार नहीं था, वह भी उसके ठीक रहने की दुआ करने लगे।

'बस उनकी सेवा ही कर सकते हैं अब।' मरीज़ को अस्पताल से वापस लेकर लौटी नई बहू ने ताज़ा जानकारी दी।

'हैंऽऽऽ अभी तो उन्होंने देखा ही क्या है। जीवन का कोई सुख नहीं मिला उन्हें। इनकी आधी से ज्यादा उमर तो बिस्तर में पड़े-पड़े ही बीत गई। हे राम जी, कुछ तो इंसाफ करो।' पार्वती की मार्मिक पुकार के साथ जितने कदम चल सकते थे, चलकर उस कमरे में पहुँच गए जहाँ कमजोर शरीर बिस्तर पर नीम बेहोशी में पड़ा था।

'हुआ क्या है इनको? डॉक्टर ने क्या बताया?' रजनी भी रसोईघर का काम बीच में छोड़कर पहुँच गई।

'इस बार भी सारी रिपोर्ट ठीक आई हैं। पर कमजोरी बढ़ रही है। डॉक्टर कहते हैं इन्हें कुछ नहीं हुआ बस जितनी सेवा कर सकते हो, कर लो। अब थोड़े समय की ही बात है।' सपाट चेहरों से नई बहू का कहा सुनने वालों के भीतर यह रेगिस्तानी बवंडर के कोहराम मचाने से पहले की खामोशी थी। मन ही मन उन्हें सूखते तालाब में तड़पती मछलियों जैसा लग रहा था।

'हे राम जी, हमारी बुआ-सा ने तो अभी देखा ही क्या है...' पार्वती ने टेक लगाकर रोने का अभ्यास शुरू किया ही था कि रामप्यारी ने उसे लताड़ दिया, 'नाटक बंदकर बीनणी। रोजाना इनके मरणे की दुआ माँगती थी, मेरी सामने तो ये नाटक मत ही कर।' सास का कहा सुनकर जिस तरह अचानक उसने रोना शुरू किया था, उसी तरह उसका रोना रुक गया।

'सारे भाई-बहन एक साथ ही विदा लेओगे संसार से।' रामप्यारी ने ननद की हथेली पर अपना हाथ रख धीरे से सहलाया। शरीर में कोई हरक़त नहीं हुई।

शेर सिंह की मौत पर जो आया, लाल सिंह की विदाई के साथ यहीं अटक गया। बाहरी लोगों के जाने के बाद घर में बच गए लोग हंसी-मजाक कर लिया करते थे मगर तेरह की जगह बीस दिन साथ बिताने की मजबूरी ने सभी की कमियों-खूबियों को समान रूप से प्रभावित किया। चेहरों पर लगी ओजोन परत के उधड़ते ही सब कुछ उघड़ गया। बिना मेकअप वाले चेहरे एकदम नई प्रजाति के साबित हो रहे थे।

'तेरहवीं में पाँच दिन बचे हैं। अब अगर बड्डी बाई-सा को कुछ हो गया तो एक बार फिर दिन आगे सरक जाएँगे।' काठमांडू से पहुँचे परिवार को अपनी चिंता जायज़ लग रही थी। यह परिवार रिश्तेदारियों और घूमने की जगहों पर जाने के लिए रिजर्वेशन करवाकर भारत आया था। बार-बार टिकट और होटल की बुकिंग पर पैसे खर्चना महंगा सौदा होता है।

'ऊपरवाले की मर्ज़ी के आगे तेरी-मेरी नहीं चलती। अपण गलतफहमी के गुमान में बौराए घूम रहे हैं जबकि फिल्म पहले से बणी हुई है। हम तो धरती पर किरदार निभा रहे हैं...हमारे हाथ में कुछ नहीं है।' रामप्यारी ने ननद का माथा सहलाते हुए कहा।

'पर बड़िया जी कुछ तो सोचना पड़ेगा। अगर बुआसा को कुछ हुआ ना तो सब एक बार फिर अटक जाएँगे। सबकी अपनी-अपनी लाईफ है। सब कुछ छोड़कर कोई कितने दिन यहाँ रहेगा और ऐसे ही दिन-रात लंगर चलते रहे ना तो जल्दी ही हमारी हालत देश की अर्थव्यवस्था जैसी हो जाएगी। कमाई हो नहीं रही, सिर्फ ख़र्च हो रहा है और ये खर्चे हर दिन बढ़ रहे हैं। मुझे इतनी छुट्टियाँ लेने में परेशानी हो जाएगी। ऊपर से भाईसा के साथ बैठकर रोज़ाना खर्च का हिसाब करना सबसे बड़ा

सिर दर्द है।' व्यक्तिगत जीवन की खींचातान के बीच पुष्कर को ईश्वर के साथ बैठकर हर दिन के खर्च का पूरा हिसाब देखना सबसे बड़ी चुनौती लग रहा था। अपनी परेशानियाँ उसके लिए हर दिन जीने वाला सच बन चुकी थीं परन्तु ईश्वर के साथ बैठकर हिसाब-किताब जांचना शायद उसे टेढ़ा काम लग रहा था।

'डॉक्टर कह रहा है...यानी अब उनकी ख़ैरियत की दुआ माँगने के सिवा हमारे हाथ में कुछ नहीं है।' मझली बुआ भी लंबे समय तक रुके रहने में असमर्थ थीं।

'बड़ी बुआसा सबको परेशान कर रही हैं। अगर उन्हें कुछ हो गया तो मुसीबत हो जाएगी! सब यहाँ और ज्यादा दिन कैसे रुक सकते हैं?' सुलोचना की भतीजी को चिंता हो रही थी।

'पर ऐसा हो गया तो कोई यहाँ से जा भी नहीं सकेगा।' अठारह-बीस वर्षों से घर के माहौल की अनुभवी बहू ने बताया।

'वहाँ घर में बच्चे खाना बना-बनाकर परेशान हो गए। मेरी छुट्टियाँ भी ख़त्म हो रही हैं। वैसे भी यहाँ हम ख़ाली ही बैठे हैं। मैं आज ही चली जाती हूँ, तेरहवीं पर फिर आ जाऊँगी।' सबसे पहले घर की नातिन ने ऐलान किया।

'नैना, दिल्ली के लिए रिजर्वेशन देख। इतनी गर्मी में बिना ए. सी. के तो नहीं जा सकती।'

'अब आज तो नहीं मिलेगा, कल के लिए तत्काल में करवा देती हूँ।' नैना ने कार्रवाई शुरू कर दी।

'मैं भी एक बार जा आती हूँ...मैं तो आज रात की बस से ही चली जाऊँगी।' बाढ़ का पानी बिल में भरने से चूहों में मची भगदड़ की तरह परिजनों में खलबली मच गई। हर एक जाने वाला, शोकाकुल परिवार को वापस लौटने का भरोसा दे रहा था।

'बस आज की रात सही-सही निकल जाए।' दिल्ली वाली नातिन ने अपना सामान बाँधते हुए प्रार्थना शुरू कर दी।

'हम तो कहीं जा भी नहीं सकते। हम सबको तेरहवीं तक यहीं रहना पड़ेगा।' काठमांडू वाली देवरानी की बात सुनकर रामप्यारी के माथे पर बल पड़ गए।

'तेरे पति की मौत को अठारह साल हो गए। आज भी परिवार तुम्हारे लिए सब कुछ करता है। दोनों जाने वाले तेरे पति के सगे भाई थे। इस नाते ही सही तूं देर से आई पर जब तक रहना है, चुपचाप तो रह।' बात जुबान पर आ गई थी मगर रामप्यारी ने शांत रहने का फैसला लिया।

'शाम को जिस-जिसने बस या रेलगाड़ी लेनी है, बता देना। मैं उसी हिसाब से शहर तक जाने के लिए गाड़ी-ड्राईवर तैयार करवा दूँगा।' ताज़ा स्थिति का जायजा लेने के बाद ईश्वर ने जाने वालों की संख्या जानने की युक्ति लगाई।

'इतने दिनों तक दु:ख मनाने के बाद सब अपनी-अपनी दुनिया में लौट रही हैं। वैसे तो घर से निकलना होता नहीं पर हम कब से अपना घर-बार भुलाए बैठी थीं। बाबोसा और काका-सा ने इतने वर्षों बाद सबको एक-दूसरे से मिलवा दिया।' अधेड़ उम्र की दो नौकरीपेशा चचेरी बहनें विदाई की तैयारी कर रही थीं।

'माँ-सा, इनमें से कोई भी बड्डी बुआसा से मिलने नहीं गईं और ना ही आपके या काकी-सा के साथ आकर बैठी। ये क्या यहाँ पिकनिक मनाने आई थीं?' नई बहू अपनी आवाज़ में उतना वज़न रखने में हर बार सफल रहती है जिससे बात जहाँ पहुँचानी हो, वहाँ तक आसानी से पहुँच जाए।

'यहाँ की जो स्थिति हो, बता देना।' ईश्वर अपनी पत्नी को ज़िम्मेदारी सौंपकर बैठक की ओर चल दिया। पुष्कर उठा और बैठक की बजाय दालान के साथ बनी पार्किंग में चला गया।

'पुष्कर...पुष्कर को बुलाओ।' रामप्यारी ने आवाज़ दी।

'उसे अभी बाहर नहीं जाणा चाहिए, रोको उसे।' रामप्यारी की आवाज़ इस बार भी पुष्कर तक नहीं पहुँची।

'सूरज, जा तूं पुष्कर को बुला।' पोते को सामने देख रामप्यारी ने उसे अपने पिता को बुला लाने को कहा। सूरज को पिछली शाम से ग्रहण लगा हुआ था। बाहर जाने की बजाय उसने चौबारे पर पहुँचकर चमकने का मन बना लिया था। रामप्यारी की बात को अनसुना कर उसने सीढ़ियों की ओर क़दम बढ़ा दिए।

❑❑❑

बुधवार के दिन आने-जाने वालों की संख्या ना के बराबर रहती थी इसीलिए सबको फुर्सत में समान बाँधने का समय मिल गया। नैना और मझली बुआ एकसाथ बैठी तमाशबीन बनी हुई थीं। रसोई की तैयारी अन्य दिनों से अलग चल रही थी। छोटी बहू और सहायिकाओं के साथ रजनी उसी शाम को रवाना होने वालों के लिए रास्ते का खाना बनाने में जुटी हुई थीं कि उसी समय शादीशुदा ज़ीवन के बीस से अधिक वर्ष जी चुकी बहू कटोरी में खिचड़ी लिए 'तीन बजने वाले हैं। बड्डी बुआसा को कुछ खिला देती हूँ।' कहती हुई घर की सबसे बड़ी बेटी के कमरे की ओर जा रही थी जब सुंदर ने आँगन में क़दम रखा। 'माँ...माँ...माँ कहाँ है?' सुलोचना को ढूंढते हुए उसकी हड़बड़ाहट रामप्यारी से छुप नहीं सकी।

'अब्बी सोई वो, क्या हुआ?' उसने अनहोनी की कदमताल पहचान ली थी।

'मैं शहर जा रहा हूँ। अभी माँ को ख़बर मत करना, पहले मैं देख लूँ फिर बताऊँगा।' वह जाने के लिए मुड़ गया।

'हुआ क्या है? सुलोचना को क्या नहीं बताना?' उसने ज़ोर देकर पूछा।

'पुष्कर का एक्सीडेंट हो गया वो अस्पताल में है।' कहते-कहते वह आँगन से बाहर निकल गया।

'रुक तूं। ईश्वर को लेकर जा साथ। सूरज को बुलाओ, उसे भी साथ ले जा। दौड़-भाग के लिए एक-दो और लोगों को भी भेजती हूँ। सुण, पैसे तो हैं ना तेरे पास।' रामप्यारी ने घबराए सुंदर को टोका।

'वो सब हो जाएगा। मैं जाता हूँ।' सुंदर जब तक पार्किंग में पहुँचा, नींद से जागे कई क़दम बैठक से निकलकर उसके साथ हो लिए।

'नैना तूं साथ जा, मुझे हाल बताती रहणा।' रामप्यारी ने नई बहू को भी हाथ के इशारे से साथ जाने के लिए कहा।

'क्या हुआ माँ सा?' दोपहर के आराम में खलल पड़ने पर पार्वती ने कमरे से बाहर आकर पूछा।

'मुझे कुछ पीने का मन है। रसोई में देख, ठंडाई है तो ला दे।' इतने दिनों बाद सास ने उसे काम कहा था। नए घटनाक्रम को भुलाकर वह लपककर रसोईघर में पहुँच गई। नए रिश्ते और भूले रास्ते वापस पहचानने में समय लेते हैं। रसोई के वर्तमान सत्ताधारियों की अपनाई नई व्यवस्था में पार्वती बर्तनों और सामान की खोज-खबर ले ही रही थी कि रामप्यारी ने पार्किंग से गाड़ियों की रवानगी सुनिश्चित करने के बाद 'आजा, अब मन नहीं कर रहा कुछ पीने के लिए।' कहकर पार्वती को वापस बुला लिया।

'आपकी तबियत ठीक नहीं है क्या?' पार्वती की बात का जवाब देने को उसका मन नहीं हुआ। सही समाचार मिलने तक घर में खलबली ना हो इस बात का ध्यान उसे ही रखना था। पार्वती को भनक लगने का मतलब था आधे गाँव में तुरंत ख़बर हो जाना।

'रामी-शामी बड़िया जी। आज गर्मी ज्यादा है। सूरज अंगार बरसा रहा है।' हर दिन की तरह दोपहर बाद के समय गायों की सम्भाल के लिए जाने से पहले भरतिया उसके आशीर्वाद के लिए आँगन के दरवाज़े से बाहर खड़ा था।

'सूरज का सारा ताप हमारे घर में ही तो है...' वह शेर सिंह की तस्वीर देखती रही। भरतिया गायों को सम्भालने चला गया। घड़ी की सुइयाँ चार बजाने के बाद आधा घंटा ओर आगे निकल गई थीं उसके बाद रसोई में हलचल शुरू हुई। रामप्यारी ने सबसे पहले सुलोचना और सीमा को अपने साथ बैठाकर चाय पिलाई। अधिकतर लोग गर्मी से निजात पाने के लिए नहाने-धोने में लगे गए थे। खिड़कियों के छज्जों पर लगी बोरियों पर बारी-बारी से पानी का छिड़काव शुरू कर दिया गया। दालान में फूलों की क्यारियों में पानी देने के बाद हरी घास में पाईप लगाकर नल

खोल दिया था। हर शाम की तरह पालतू गायों के बछड़े-बछड़ियाँ दालान के पानी से लबालब घास में अठखेलियाँ करने पहुँच गए थे। इधर रसोईघर में रात के भोजन की तैयारी शुरू हो गई थी। जिन्हें आज लौटना था उन सब ने अपनी तैयारी कर ली थी। रामप्यारी की आँखें इंतज़ार करते-करते पत्थर की हो जाना चाहती थीं। उससे पहले ही बड़ी-बड़ी दूध से भरी हुई टंकियाँ लिए पहला टैंपो, दालान के बाहर पहुँच गया। उसने घड़ी की सुइयों पर नज़र डाली उसी पल मोबाइल ने जगजीत सिंह की आवाज़ में 'हरे कृष्णा, हरे कृष्णा...' का जाप शुरू कर फोन आने की सूचना दी। फोन नैना का था।

सत्रह

ज़िंदा आदमी से असहमतियों पर खीजते हुए उम्र बिताई जा सकती है, मगर मृत देह से लिपटकर एक रात गुज़ारना भी मुश्किल होता है। अपने विचारों से बाहर आकर रामप्यारी ने कहा, 'रात काटनी मुश्किल हो जाएगी। कल सुबह लाना ही ठीक रहेगा।' फोन पर दूसरी ओर से जो जवाब मिला उससे रामप्यारी के चेहरे के भाव कठोर हो गए।

'यहाँ कोई रुदाली नहीं है जो मातम मनाएगी। जिन्हें छोड़ गया है वो सब जीवित रिश्ते हैं जो वफादारी माँगते थे जीवन भर की वफादारी। उसमें यही कमी थी। सीमा तो...इस समय सारी रात विलाप नहीं किया तो समाज उसे अपराधी बना देगा। सुबह लाना ही ठीक होगा।' कशमकश पर काबू पाकर उसने कहा, 'सुबह लाना। सात बजे से पहले।' उसने फोन रख दिया। मंझली पीछे खड़ी चुपचाप सब सुन रही थी।

'भाभीसा, अब ये क्या हुआ? ये सारी परीक्षाएँ एक साथ ही होनी हैं क्या। दोपहर से आप अकेली जूझ रही हैं इस सबसे। किसी को कानों-कान ख़बर नहीं होने दी। दोपहर से शाम हो गई। आपका कलेजा...इसीलिए सब आपको उम्मीद से देखते हैं।' मंझली वहीं रामप्यारी के सामने दरी पर बैठ गई।

'ईश्वर को फोन लगा।' तूफान के सामने वृद्ध शरीर मज़बूती से खड़ा था।

'सुण, पार्वती को अभी ख़बर नहीं होणी चाहिए नहीं तो पूरे गाँव में ढिंढ़ोरो पिट जाएगा।' दूसरी ओर से हैलो के जवाब में रामप्यारी ने ईश्वर से कहा।

'जी माँ सा। नहीं बताऊँगा।' गंभीर स्वर में जवाब आया।

'सुण अब्बि गाँव में शोर करणे की जरूत नहीं है। शाम का टेम है, लोगों को रोटी खा लेणे दो। देर शाम को अंधेरा होने के बाद गुप्ता जी और संपत काका को फोन कर देना। बता देना कि थे सब सुबह पहुँचोगे और सुण, रामबचन को भी फोन कर दे।' रामप्यारी ने फोन रखने से पहले याद दिलाया।

'हाँ, अब्बि फोन करूँ।' ईश्वर ने ज़िम्मेदारी सम्भाल ली। उस ओर के लोग घटना के चश्मदीद थे उन्हें रात का ज़हर घूँट-घूँट पीना था। विष कोष में वहाँ कई

लोग साझेदार थे। स्थिति सम्भालना इस छोर पर पेचीदा था, जहाँ घटना के बारे में बताना जितना मुश्किल था उससे ज्यादा मुश्किल इसे दबाए रखना था।

रिजर्वेशन करवाकर अपने घरों को लौटने वालों की बेचैनी समझी जा सकती थी। सब अपने घरों में ख़बर कर चुकी थीं। शाम से ही सबके मोबाइल फोन बजने शुरू हो गए। दूर बैठे परिवार जानना चाहते थे कि शहर से बस या रेलगाड़ी लेने के लिए सही समय पर गाँव से रवानगी हुई या नहीं। वे बस अड्डे या रेलवे स्टेशन पहुँच गए या रास्ते में हैं। जितने लोग थे उतनी ही जिज्ञासाएँ थीं। जितने वापसी के लिए आतुर लोग हाथ में फोन थामे तैयार खड़े थे उससे कई गुना ज्यादा फोन करने वाले थे। मोबाइल लगातार बजते रहे। रामप्यारी के निर्णयों पर सवाल करने की हिम्मत आज तक किसी की नहीं हुई मगर आज मसला दूसरा था।

एक विधवा माँ और दूसरी राशनकार्ड में दर्ज पत्नी को छोड़कर धीरे-धीरे सबको ख़बर हो गई। घर लौटने का आलम, मातम में बदल गया। शक़ उन दोनों रिश्तों में भी पैर पसार रहा था जिन्हें हक़ीक़त से दूर रखने की कोशिश हो रही थी। यहाँ तक कि सीमा के बच्चों को भी संदेह हुआ मगर किसी ने, किसी से कुछ नहीं कहा।

शहर गए गिनती के लोगों को छोड़कर घर में इस समय भी वह सब मौजूद थे जो पिछले कई दिनों से रह रहे थे। सब के होते हुए भी सब कुछ सूना-सूना लग रहा था। बरामदे को आँगन से जोड़ने वाले खम्बों की कतार, डरावनी लग रही थी। चूल्हा ख़ामोश था। हवेली के जिन हिस्सों में आना-जाना होता रहता था, ऐसी सभी जगह की बत्तियाँ जल रही थीं इसके बावजूद घर में अंधेरा फैल गया।

'आज अगरबत्ती नहीं जलाई अब्बी तक।' सुलोचना ने पति की तस्वीर के सामने दोपहर की बुझी राख देखकर कहा।

'पुष्कर को बुलाओ। ईश्वर भी नहीं आया इधर। आज क्या हो गया दोनों को? कहाँ चले गए दोनूँ? जेठ जी के आगे भी अगरबत्ती नहीं जलाई।' सुलोचना उस कमरे में थी जो कभी सिर्फ उसके जेठ जी का कमरा था। आज दोनों भाइयों की फूल माला लगी तस्वीरें वहाँ एक साथ लगी थीं।

'आ जाएँगे। अभी जलवाऊँ अगरबत्ती। आजा तूं यहाँ बैठ, मेरे पास। जा रे टिंगर, भाईसा को बुला ला।' रामप्यारी ने मंझली ननद की ओर देखते हुए घर के सबसे छोटे लड़के को आवाज़ दी। बिन कुछ कहे दोनों के बीच बात हो गई। मंझली ने नई बहू के पति से अगरबत्ती जलवा दी।

'कमरे में कौन है? धूप-बत्ती किसने जलाई? पुष्कर आ गया क्या? कहाँ है पुष्कर?' सुलोचना पीढ़े से उठने का उपक्रम कर रही थी। किसी अनहोनी की गंध, माँ के नथुनों में दहक रही थी शायद। अचानक वह बेटे की आवाज़ सुनने, उसे देखने

के लिए बेचैन हो गई। बेटे को देख लेने से शायद उसे तसल्ली हो जाती। इस वक्त उसका मन किसी भय से मुक्ति चाह रहा था।

'सुलोचना, आज बड्डी बाई-सा की तबियत ठीक नहीं है।' रामप्यारी ने देवरानी का ध्यान दूसरी ओर ले जाने की मंशा से कहा।

'अब क्या हो गया?' सुलोचना ने थोड़ा चिढ़ कर कहा।

'आजा, बाईसा का हाल पता करें।' एक के बाद एक मिलते सदमों ने रामप्यारी की कमर तोड़ दी थी मगर यह समय उसके लिए दुख मनाने का नहीं था। परिवार को उसके सहारे की ज़रूरत थी। उसने हिम्मत करके अपना शरीर पीढ़े से उठाया और हाथ पकड़कर सुलोचना को अपने साथ ननद के कमरे में ले गई।

'बुढ़ापे की एक ही बात सही है कि जल्दी से रोणा नहीं आता और कभी आ जाए तो भी आँसू नहीं आते।' सोचते हुए रामप्यारी ने गहरा सांस छोड़ा। सांस लेने और छोड़ने की प्रक्रिया में उसे अपना शरीर हल्का महसूस हुआ करता था, मगर अब ऐसा नहीं हुआ। उसे लग रहा था कि कोई भारी-भरकम वज़न उसकी छाती पर आकर बैठ गया है।

अठारह

शांत माहौल में भयंकर आवाज़ के साथ पहाड़ का सरकना, डरावना अनुभव होता है। 'हम पुष्कर को ला रहे हैं।' संदेश मिलने पर लगभग वैसा ही हुआ। यह शांत कूँए में भारी-भरकम पत्थर गिरने जैसी कान के पर्दों को चीरती आवाज़ झेलने जैसा था। एक बार के लिए लगा कि अपने शरीर में कंठ से लेकर पाँव की उंगली तक तेज़ गति से कुछ नीचे की ओर बैठ गया। देह ख़ाली हो गई है और उसके बाद जो जहाँ बैठा था, वहीं बैठे-बैठे लगा कि भयानक चीत्कार के साथ उसके प्राण निकल गए हैं। बीती शाम से घटना के ख़बर बनने का इंतज़ार हो रहा था। इंतज़ार पूरा होते ही मोबाइल की घंटी से सहमा हुआ माहौल, बिलख पड़ा।

'माँ-सा, वो सुगंध भी साथ आ रही है।' रामप्यारी ने कोई जवाब नहीं दिया। उसे याद्दाश्त पर ज़ोर डालने की ज़रूरत नहीं थी लाल सिंह के परिवार का यह अध्याय सभी को याद था।

'ये तो वो ही है ना।' उसने बेटे से बस यही पूछा।

'हाँ, वो ही है।' ईश्वर ने भी उतना ही जवाब दिया इसके बावजूद पूरी बात समझ ली गई।

'ये कहाँ मिल गई थाने? इसको किसने खबर करी?' पहली प्रतिक्रिया यही हो सकती थी।

'हमारे पहुँचने से पहले ही ये अस्पलाल में मौजूद थी। बल्कि इसने ही सुंदर को फोन किया था।' ईश्वर के बताते ही रामप्यारी के लिए आगे की स्थिति अपने आप स्पष्ट हो गई।

'पर इसे घर लाणा ठीक रहेगा क्या? रुक, मैं सुलोचना से बात करूँ पहले।' परिस्थितियाँ बदलने से जीवन के मूल्य नहीं बदलते। रामप्यारी ने अपने आसपास नज़र दौड़ाई, वहाँ देवरानी नहीं थी।

'सुलोचना के परिवार से जुड़े निर्णय मैं नहीं ले सकती, ये अधिकार हमेशा उसी का रहेगा।' मन ही मन सोचते हुए उसकी नज़रें किसी विश्वासपात्र को ढूँढ रही थीं।

'सुलोचना कहाँ है?' उसने मंझली ननद से पूछा।

'अभी तो यहीं थी। रुको, मैं ढूँढती हूँ।' वह हर संभव जगह देख आई।

'काकी सा...काकी सा...उठो।' जिस ओर से आवाज़ आ रही थी वहाँ पहुँचने के लिए मंझली कमरे में दाखिल हुई।

'क्या हुआ इनको?' पलंग पर बेसुध पड़ी सुलोचना को देखकर एक बार के लिए मंझली स्तब्ध रह गई।

'पुष्कर की ख़बर मिलते ही बेहोश हो गई...' बेटी अपनी माँ के पैर के तलवों को हथेलियों से रगड़ कर शरीर में गर्मी पहुँचाने का प्रयास कर रही थी।

'सीमा कहाँ है?' मंझली ने अगले निर्णयकर्ता का रुख़ किया।

'सीमा नज़र लग गई किसी की...हमारा पुष्कर...' मंझली के पहुँचने से पहले ही बीस-बाईस वर्षों की अनुभवी बहू ने मज़बूत परकोटे वाला किला ध्वस्त कर दिया था।

पिछली शाम से घर में खुसर-पुसर चल रही थी। अनहोनी का अंदाज़ शायद उसे भी रहा होगा इसीलिए ख़बर सुनकर उसे कैसा लगा यह समझना दोनों के लिए मुश्किल था। जवान मौत की ख़बर वो भी सड़क दुघर्टना में, किसी को भी हिला देती चाहे मरने वाले से पहचान रही हो या ना रही हो। सीमा का स्तब्ध रह जाना या उसे चक्कर आना इस बात के संकेत भी हो सकते थे। सुबह-सुबह तैयार होकर वह आँगन की शोक-सभा में पहुँचने की तैयारी में लगी हुई थी। जाना तो उसे अब भी वहीं था, मगर ताज़ा घटनाक्रम के साथ तस्वीर का मज़मून बदल गया था।

'सीमा...म्हारी लाड़ेसर...हिम्मत राखे बेटा। अब तो ये जीवन ऐसे ही बिताना पड़ेगा...' उसके आख़िरी सीढ़ी पर पाँव रखते ही परिवार की महिलाओं का रुदन शुरू हो गया। आँगन में मौजूद हर चेहरा यह जताने की कोशिश कर रहा था कि वह उसकी तक़लीफ समझती हैं। वहाँ मौजूद हर शरीर रो-रोकर यक़ीन दिलवाना चाहता था कि हर दुख-दर्द में वे उसके साथ हैं। चेहरे सबके ढके हुए थे। वहाँ अनगिनत मुँह थे जो बोल-बोलकर उसके दर्द को समझने की दुहाई दे रहे थे। चेहरे तक खिंचे सिर के पल्लू के भीतर सीमा की भावनाएँ समझना, आँगन में मौजूद भीड़ में से किसी के लिए आसान नहीं था। आँगन में उपस्थित भीड़ में से उसके मन तक पहुँचने की किसी की मंशा भी नहीं थी।

'आ बीनणी, आजा। अपणी सासू के साथ आकर बैठ। तूने पति खोया है सुलोचना ने तो पाँच दिनों में आदमी भी खो दिया और बेटा भी। इस उमर में इसका दुःख देखा नहीं जा रहा।' सीमा को ना किसी ने खींचा और ना ही धक्का दिया, उसका अपने शरीर पर पूरा नियंत्रण था इसके बावजूद महिलाओं के अनगिनत हाथ उसे सहारा देकर आगे बढ़ने में मदद कर रहे थे। इस समय उसके सभी तंत्र काम कर

रहे थे। मदद के लिए आगे आए हाथों के स्पर्श में उसे कहीं भी आत्मीयता नहीं मिली। पलक झपकते ही घूँघट वालियों की भीड़ ने उसे सुलोचना तक पहुँचा दिया।

'बीनणी अब ऐसे ही ज़िंदगी बितानी पड़ेगी। आदमी के साथ ही औरतों के सब रंग ख़त्म हो जाया करते हैं।' सुलोचना ने सीमा के सिर पर हाथ फेरते हुए हाथ के दबाव से उसका सिर अपनी गोद में रख लिया। सब ओर से सिसकियों और फफक-फफककर रोने की आवाज़ें आ रही थीं। माहौल ऐसा था कि जो मरने वाले को नहीं जानता था, वह भी रो पड़े।

हंसी-ठहाकों का सफर रात भर ज़ारी रखा जा सकता है लेकिन रुदन के एक-दो घंटे भी भारी पड़ते हैं। कुछ देर रोने के बाद धीरे-धीरे ख़ामोशी छा गई। सात बजने में समय था, सब इंतज़ार में थे। जबरदस्ती ओढ़ी गई ख़ामोशी में एक-एक पल बिताना भारी हो रहा था। गाँव-समाज तक ख़बर फैल गई। शेर सिंह के चचेरे भाइयों के परिवार पहुँच चुके थे। पुष्कर के लाए जाने के इंतज़ार में बहुत सारे लोग सिंह जी की हवेली के बाहर यहाँ-वहाँ खड़े थे।

रेगिस्तानी सुबह आमतौर पर सुहावनी हुआ करती हैं मगर यह सुबह, धूल-मिट्टी वाली आंधियों के नाम लिख दी गई थी। रात भर तूफान अपना माथा पीटता रहा। बालू मिट्टी के टीलों ने रातों-रात पुरानी पहचान खोकर नए अस्तित्व गढ़ लिए थे। इलाक़े का नक्शा बदल गया, घर-आँगन, छत, दालान और जीवन, सब कुछ धूल-धसूरित हो गया। मिट्टी ने सड़कों का अस्तित्व लील लिया। जगह-जगह बिजली के खंभे गिरे पड़े थे। जो रास्ता एक-डेढ़ घंटे का हुआ करता था, उसी रास्ते पर आज दोगुना समय लगा। रात से गाँव में बत्ती गुल थी। बहुत से मोबाइल, बैटरी ख़त्म होने से बंद पड़ गए थे इसके बावजूद जवान मौत की ख़बर पूरे गाँव में वायरल हो गई।

गाड़ियाँ पहुँचते ही शांत गाँव में कोहराम मच गया। पढ़ाई और पैसे कमाने में इलाक़े का नाम ऊँचा करने वाले और युवाओं की मिसाल रहे पुष्कर की मौत सनसनी बन गई थी। ऐसे लोग जो दोनों बुज़ुर्गों की मौत पर नहीं पहुँच सके थे इस बार वह सब पहुँच गए।

'आ गए, पुष्कर को ले आए।' इसी ख़बर का इंतज़ार था। सिसकियाँ शुरू हुईं जो मृत शरीर को आँगन तक लाते-लाते रुदन में बदल गईं। दुःख, चीख-पुकार में बदल गया। बहनें विलापकर रही थीं। सुलोचना की हालत बिगड़ रही थी। परिवार की महिलाओं का रो-रोकर बुरा हाल था। अस्पताल ने पुष्कर का शरीर पोस्टमार्टम के बाद अंतिम संस्कार के लिए तैयार करने के बाद सौंपा था, मगर घर में पंडित जी संस्कार पूरे करने के इंतज़ार में थे।

औपचारिक स्नान की रस्म पूरी हुई। बांस और सरकंडों के साथ अंतिम यात्रा

की तैयारी हो चुकी थी कि उसी समय पंडित जी ने आवाज़ लगाई- 'पुष्कर की पत्नी को लाओ।'

हर नज़र उसे तौल रही थी। उसका रोना, ना-रोना, माथे पर बल पड़ना, ना-पड़ना, आँखों से आँसू गिरना या उन्हें ज़प्त कर लेना, लोगों की कैमरा नुमा आँखों में हर बात की रिकॉर्डिंग चल रही थी।

विलाप करती महिलाओं तक पंडित जी की आवाज़ नहीं पहुँची। आँगन में इतने लोग थे कि पैर सरकाने तक की जगह नहीं थी। बड़े भाई के जाने के दुःख के बीच से सुंदर ने आवाज़ लगाई, 'भाभी-सा को लाओ।'

'मैं, अब मैं क्यों?' अगले पलों में घटित होने वाले रिवाज़ पर सीमा ने आपत्ति जताई।

'सीमा जो है, सो है। यहाँ तमाशा मत बना। सारे गाँव और बिरादरी से लोग आए हुए हैं। उठ, चल आजा।' मंझली बुआ ने धीरे से उसके कान में कहा।

महिलाओं ने हाथ का सहारा देकर सीमा को उठाया। मंझली बुआ के साथ बीस-बाईस वर्षों की विवाहिता बहू उसे पुष्कर की मृत देह के नज़दीक ले गई। पंडित जी ने संकेत से सीमा को अपने दोनों हाथ पुष्कर की छाती तक लाने को कहा। साथ गई दोनों महिलाओं ने लगभग जबरन सीमा के हाथ आगे बढ़ाए, पंडित जी ने बेरहमी से उसकी कांच की चूड़ियाँ पुष्कर की छाती पर तोड़ दीं। उस समय विलाप का स्वर आसमान की ऊँचाई छू रहा था। पुष्कर के साथ उसका रिश्ता जैसा भी था इसके बावजूद सीमा को लगा कि वह भी इस पल में मर गई है। उसे शरीर से प्राण निकल जाने जैसी अनुभूति हुई।

'जा बिटिया सीमा, उठ वापस जा।' कुछ पलों के इस घटनाक्रम ने सीमा को अपने नाम के संबोधन से ज़िंदा होने का अहसास करवाया अन्यथा ऐसे माहौल में अपनी सुध रख पाना मुश्किल था। वह ऐसे जितने पलों से आजतक गुज़री थी आज का अहसास उन सब पर भारी था।

'उठाओ, ले जाओ इसको।' ईश्वर का वाक्य पूरा होते ही क्रमबद्ध तरीक़े से उसे दोनों महिलाओं ने हाथ का सहारा देकर लगभग खींचते हुए उठाया और वापस सुलोचना के नज़दीक लाकर बैठा दिया। यह सब घटित हो रहा था कि पुरुषों के बीच एक महिला किसी तरह अपने लिए जगह बनाकर पहुँची और पुष्कर के शरीर के निकट बैठकर उसने पंडित जी के सामने अपने हाथ फैला दिए।

रोना-धोना अचानक बंद हो गया। दुःख के पल नई घटना के गवाह बनने को उत्सुक थे। तमाशा हर स्थिति पर विजय हासिल कर लेता है फिर चाहे वह स्थिति दुःख की ही क्यों ना हो। गला फाड़-फाड़कर रोने वालों के आँसू भी सकते में आ गए।

'देर मत करो, चलो उठाओ।' ज़रूर यह घर के किसी पुरुष का स्वर रहा होगा जिसे रोकने के लिए अचानक प्रकट हुई महिला ने पुष्कर की देह को अपने दोनों हाथों से पकड़ लिया।

'पहले माँ को अपने बेटे से मिलने देओ, तब ले जाना।' पंडित जी ने एक बार फिर व्यवधान डाल दिया। इस बीच महिला के हाथ एक बार फिर पंडित जी के सामने, पुष्कर की देह पर थे।

ख़ुशी में शामिल होने आए बिन बुलाए मेहमानों को समाज नज़रंदाज़ कर देता है, मगर जिसे वह मान्यता नहीं देता, उसे दुःख बाँटने का भागीदार नहीं बनाता। माँ अपने बेटे से लिपटकर रोना चाहती थी। उसे अपनी छाती से चिपकाकर एक आख़िरी बार पुचकारना चाहती थी मगर स्थितियाँ इस तरह बन गई थीं कि जल्द से जल्द पुष्कर की विदाई ज़रूरी हो गई। जवान मौत पर वैसे भी हर काम बिजली की गति से किया जाता है, फिर यहाँ तो दूसरा कारण भी सुगंध बनकर फैल रहा था। अप्रिय घटित हो चुका था अब अशोभनीय को घटने से रोकने के लिए समूचा परिवार एकजुट हो गया।

सुगंध एक-दो पारिवारिक समारोहों का हिस्सा रह चुकी थी। परिवार में उसके स्थान से सभी परिचित थे, मगर अब स्थिति बदल गई थी। जिस दबाव के चलते पहले सब चुप रह गए थे, वही कारण अचानक ख़त्म हो गया। भयमुक्त समाज सही निर्णय लेता है। इस समय पूरा परिवार डर और दबाव से ऊपर उठ चुका था। इसके साथ एक कारण यह भी रहा कि सीमा को मिले पारिवारिक समर्थन से समाज को और बल मिल गया। आख़िरकार समाज के डरपोक वाशिंदों ने बेधड़क समाज की भूमिका निभाते हुए पुष्कर की मौत के तुरंत बाद उसके जीवन से जुड़ी दूसरी महिला को नकार दिया।

सुगंध समाज को जवाब देना जानती थी। उसने अपने हाथ की चूड़ियाँ ख़ुद ही पुष्कर की छाती पर तोड़ दीं। इसके बाद भी वह रुकी नहीं उसने कानों में पहनी सोने की बालियाँ और गले की चेन भी उतारकर मृत देह पर रख दीं। उपस्थित लोग फटी आँखों से यह सब होते हुए देखते रहे। गाँव वालों के लिए सुगंध की उपस्थिति अजूबे से कम नहीं थी ऊपर से एक देह पर चार कलाइयों की चूड़ियाँ चढ़ते शायद उन्होंने पहले कभी नहीं देखा था। पुष्कर की छाती पर चूड़ियों के साथ पड़े सोने के पीले रंग ने पंडित जी की आँखों में ढ़ेर सारा सुकून भर दिया। समाज का नज़रिया धनी व्यक्ति के हक़ में बदल जाता है। इससे पहले कि सब मिलकर सुगंध को ग़लत साबित करते, उसकी समृद्धि ने लोगों के मुँह पर ताले जड़ दिए।

अचानक अजब-सा माहौल बन गया। सीमा ने सिर्फ चूड़ियाँ दी थीं जबकि एक अनजान महिला ने मृत देह को इलाक़े में आज तक की सबसे महंगी विदाई दे

दी। समाज और परिवार के दो धड़ों में बंटने से पहले रामप्यारी ने सीमा के सिर पर हाथ रखकर उसे सहलाया। भटकाव से उबरकर परिवार जायज़ रास्ते पर लौट आया।

उन्नीस

'सिरफ परिवार की औरतें जाती हैं। बाहर के लोग नहीं जाते।' बीस-बाईस वर्षों की विवाहिता बहू की बात सुनकर सुगंध को अटपटा-सा लगा।

'घर की शादीशुदा औरतें जाती हैं रस्म निभाने। उनके पीछे-पीछे जाने की ज़रूरत नहीं है, तुम घर में रुको।' मंझली बुआ ने रौबदार आवाज़ में उसके बढ़ते कदमों को रोक दिया।

'मैं भी शादीशुदा हूँ।' उसने इस अपमान का विरोध किया।

'अच्छाऽऽऽ' कई आवाज़ें उसे एक साथ उठीं।

'ये संस्कार पुष्कर की मुक्ति के लिए हो रहे हैं। तुम वहाँ नहीं जा सकतीं।' पुष्कर की बहन ने कड़ाई से कहा।

'पर पुष्कर चाहता था कि...' उसकी बात अधूरी रह गई।

'अब पुष्कर नहीं है। उसकी मर्जी वहाँ चलाना जहाँ उसका घर है। यहाँ परिवार रहता है, परिवार की मर्जी चलेगी।' रजनी से कड़कदार ज़वाब की उम्मीद परिवार ने कभी नहीं रखी मगर आज सुगंध को चुप करवाकर उसने सब की राय बदल दी।

'पूरे गाँव की औरतें जा रही हैं और सिर्फ मैं ना जाऊँ! ऐसे पुष्कर को शांति नहीं मिलेगी...वो सारा जीवन मेरे साथ बिताना चाहता था, मेरे रस्म निभाने से ही उसकी आत्मा को शांति मिलेगी।' दुख से बोझिल आवाज़ में उसने लगभग रिंरियाते हुए कहा। सारी महिलाओं को अपने विरोध में खड़ा देख उसका हौंसला जवाब देने लगा था।

'अच्छाऽऽऽ तो ठीक है, आप अपने घर जाओ?। वहाँ जाकर निभा लेना अपनी रस्में।' 'अपनी रस्में' शब्द पर ज़ोर डालते हुए मंझली बुआ ने उसकी रही-सही हिम्मत भी तोड़ दी।

'उसकी शांति की इतनी ही फिकर है तो यहाँ महाभारत क्यों कर रही है? अपने घर जा और जो भी करना है वहाँ कर...शांति से!' समाज एक व्यक्ति के विरुद्ध एकजुट हो जाए तब उस विरोध से एक व्यक्ति का अकेले निपटना लगभग असंभव-सा हो जाता है। घर की बेटियों ने मिलकर सुगंध को जलांध्री के लिए

जाने से रोक दिया।

'मेरा होना इतना ही बुरा है तो जब मैं पुष्कर के साथ आई तब आप सबने क्यों नहीं रोका? तब तो आप मेरे आगे-पीछे घूमती थीं।' सुगंध ने एकबार फिर हिम्मत जुटाई।

'वो जो कुछ चाहता था उसने किया पर परिवार जो चाहता है, वो यही है जो तुम देख रही हो। अच्छा होगा कि यहाँ का माहौल ख़राब किए बिना तुम चली जाओ।' बड़ी बुआ ने सुगंध को समझाया।

'मैं पुष्कर के लिए रुकी हूँ नहीं तो उसे हॉस्पिटल से सीधे जोधपुर ले जा सकती थी। पुष्कर को आप सब अच्छे लगते हो। मुझे भी परिवार के साथ रहना है इसीलिए रुकी।' सुगंध ने अब भी हौंसला नहीं हारा था।

'तुम जो चाहती थीं वो आजतक होता रहा और आगे भी होता रहेगा पर यहाँ नहीं होगा। तुम अपने जीवन में क्या करती हो इससे हमारा कोई लेना-देना नहीं है। हाँ, यहाँ वही होगा जो परिवार चाहेगा। तुम अपनी मर्जी अपने घर में करो।' मंझली बुआ ने सुगंध के सामने परिवार का रुख़ स्पष्ट कर दिया।

पुष्कर की मौत के कुछ ही घंटों में समूचे परिवार का बदलना उसे हैरान कर रहा था। हाथ भरकर चूड़ियाँ पहने, मेंहदी लगाए और माँग में सिंदूर सजाकर जब वह पुष्कर के साथ पहली बार गाँव आई थी, सब ने उसे सर-माथे पर बैठा लिया था।

यही वो परिवार है जिसने ऊपरी मंज़िल पर उसके और पुष्कर के लिए कमरा तैयार किया था। पुष्कर की बहन ने उनके बिस्तर पर गुलाब की पंखुड़ियाँ बिखरा दी थीं जिन्हें देखकर दोनों कितनी ही देर हंसे थे।

'ये इतनी तैयारी किस लिए की है? इन्हें लगता है कि आज हम पहली बार मिल रहे हैं?' सुगंध की बात सुनकर पुष्कर ठठाकर हंसा था।

'यहाँ इस घर में तो पहली बार ही मिल रहे हैं।' कहते हुए पुष्कर की आँखों में शरारत उतर आई थी।

'मैं कल भी सुगंध थी और आज भी वही हूँ। हमेशा इन सबके लिए महंगे-महंगे चीज़ें लाती थी, कितने ख़ुश होते थे सब। आज कैसा व्यवहार कर रहे हैं। पुष्कर से डर भी नहीं लग रहा इनको। वो मुझे हमेशा ख़ुश रखना चाहता था।' वह फफक पड़ी।

कठिन रास्ते का चुनाव साधारण लोगों के लिए नहीं होता। उस ओर विरले ही जाया करते हैं। हवाओं की मर्ज़ी पर चलना आसान विकल्प है। मजबूत हवेली के कमजोर किरदारों ने अपना मार्ग चुन लिया था।

□□□

'सूरज को बुलाओ, केश तो वो ही देगा।' पंडित जी ने मृतक के बेटे को बुलवाया।

'आ बेटा, आगे आ।' सुंदर ने आवाज़ लगाई।

'मैं बाल नहीं कटवाऊँगा।' सूरज की बात ज़ोरदार धमाके की तरह गूँजी।

'पिता के लिए बेटा ही केश देता है, आजा। आ इधर आ।' सुंदर ने मुंडन के लिए किए गए इंतज़ाम की ओर संकेत किया।

'मैंने कहा ना कि मैं बाल नहीं कटवाऊँगा।' सूरज अपनी बात पर अड़ गया।

'कटवाने नहीं हैं, मुंड़न करना है। जल्दी करो, देर नहीं करते इन कामों में।' गुप्ता जी ने समझाया।

'मैं जानता हूँ कि केश देना क्या होता है। मुझे अपने केश इस आदमी के लिए नहीं देने।' सब स्तब्ध रह गए।

'ऐसे नहीं बोलते। जो शिकायतें थीं वो सब उसके साथ ही ख़तम हो गईं। आजा बेटा, रस्म पूरी कर।' इस बार जोगिंदर ने प्रयास किया।

'शिकायतें???' उसकी आवाज़ चारदीवारी के बाहर तक सुनी जा सकती थी।

'शिकायतें जाने वाले के साथ चली गई होतीं तो सोचता पर मरने के बाद भी ये आदमी घर में साढ़े पाँच फुट की ज़िंदा शिकायत छोड़ गया है उसका क्या करूँ?' नवयुवा के लिए भावनाओं पर नियंत्रण रखना टेढ़ी खीर साबित हो रहा था।

'समझाकर बेटा, कुछ काम ज़रूरी होते हैं। केश तो देने ही पड़ेंगे।' जोगिंदर ने फिर समझाया।

'जो करना है, ऐसे ही करूँगा। बाल कटवाए बिना करना है तो बताओ।' जवान ख़ून ज़िद्द पर अड़ गया।

'अगर मुंड़न नहीं करवाया तो कौवे प्रसाद नहीं लेंगे।' इस बार सुंदर ने शांत लहज़े में समझाया।

'ना लें भोग। पर मैं नहीं करवाऊँगा मुंड़न।'

'सीमा बीनणी से बात करो। वो समझाएगी सूरज को।' गुप्ता जी ने एक बार फिर स्थिति सम्भालने की कोशिश की।

'उन्हें परेशान करने से कोई फायदा नहीं होगा। मैंने बताया ना कि मैं मुंड़न नहीं करवाऊँगा।'

'छोटा भाई भी बेटे समान होता है। सुंदर, तूं ही एक बार फिर केश दे दे। तूं पूरे कर लेना संस्कार।' बात बढ़ती देख मौक़े पर मौजूद बुज़ुर्ग ने इलाज़ ढूँढा।

'मैं और सूरज एक साथ केश देते हैं, आजा बेटा।' सुंदर उसे हाथ पकड़कर बाल उतरवाने के स्थान की ओर ले गया।

'सूरज बेटा, ये गुस्सा तूं सारी उमर भी बनाए रख सकता है पर आज जो किया जाना है, वो अभी ही करना है। हर आदमी चाहता है कि जब वो मरे तो उसके बेटे के हाथ से ही उसका अंतिम संस्कार हो। ऐसे ही हर बेटे का हक़ होता है मुखाग्नि देना। तूं अपणा हक़ मत छोड़। कल को ज़मीन-जायदाद में भी तेरा हक़ हैं। तुझे अपना हक़ नहीं छोड़ना चाहिए।' सुंदर की बात ख़त्म होने तक दोनों चलते हुए इंतज़ार ख़त्म करने की जगह तक पहुँच गए।

'भाभी-सा हैं, ले बात कर।' उसी समय जोगिंदर ने मोबाइल सूरज को पकड़ा दिया।

'जी मम्मी...जी...हूँ...पर...आप ऐसा कैसे...ड्ढड्ढ ...जी...' इसके बाद कुछ देर के लिए वह ख़ामोश रहा।

'हाँ...ठीक है।' फोन जोगिंदर काका को लौटाकर वह मुंड़न के लिए बैठ गया।

□□□

'सीमा, कपड़े बदल ले बेटी।' उसने यंत्रवत कही गई बात मान ली।

'आदमी की विदाई के साथ ही औरत के जीवन से रंग विदा हो जाते हैं।' इस बार भी उसने कोई विरोध नहीं किया बल्कि ख़ामोशी से दिये जा रहे निर्देशों का पालन करती रही।

'नज़र ही लग गई किसी की। एक घर के तीन-तीन आदमी एकसाथ चले गए। ऐसा कब्बि सुणा तो नहीं था।' पचास के आस-पास की उम्र वाली महिला कह रही थी।

'बड़िया जी को हवन करवाना चाहिए। खराब समय है ये, परिवार पर विपदा आई हुई है। दुख-तकलीफ से छुटकारे के लिए शुद्धि का हवन करवाना चाहिए।' पंडिताइन ने सुझाया।

'वैसे ये तो गजब ही हो गया। एक ही घर से एक के बाद एक तीन अर्थियाँ उठतीं कभी सुनी तो नहीं थीं। इनके पित्तर नाराज हैं क्या?' मौजूद महिलाएँ अचानक परिवार के लिए चिंतित दिखीं।

'जलांध्री हो गई, उधर भी संस्कार हो गए होंगे...अब चलें!' आधी शताब्दी पार कर चुकी महिला को घर लौटने की जल्दी थी।

'उनकी बारी खत्म होते ही चलते हैं।' पंक्ति बनाकर सूरज को जलांध्री देती महिलाओं के समूह की ओर देखते हुए पार्वती ने कहा।

'हे राम जी। जल्दी करो सब, दस बज गए। धूप जल रही है। जलती धरती पर नंगे पैर वापस जाना है।' तीखी धूप में नंगे पाँव वापस लौटने की कल्पना से आधी शताब्दी पार वाली महिला के पसीने छूट रहे थे।

'दस ही बजे हैं पर लग रहा है कि सूरज धरती को निगल जाएगा। ऐसा लग रहा है कि आसमान से धरती देखता सूरज ज़रूर किसी बात पर नाराज़ है तभी तो गुस्से में आग बरसा रहा है। गर्मी से जलती धरती पर नंगे पैर वापस जाने का सोचकर ही आत्मा कांप रही है। इससे तो शहर ही अच्छे, वहाँ ऐसा कोई रिवाज़ नहीं होता।' सीमा की देवरानियों ने धीमी आवाज़ में एक-दूसरे से कहा।

'बड़िया जी और सुलोचना काकी-सा की तो उमर हो गई। अब उनके दिन ही कितने बचे हैं, उनका तो जैसे-तैसे गुज़ारा हो ही जाएगा पर सीमा और बच्चों की तो सारी उमर पड़ी है। अभी तो बच्चों की पढ़ाई भी पूरी नहीं हुई। ये कोई उमर थोड़ी थी पुष्कर के जाने की पर ऊपरवाले की लाठी किसको पड़े, कोई नहीं जानता। उसके आगे किसी की नहीं चलती।' आसमान से बरसती आग और ज़मीन की धधकती गर्मी झेलते हुए घर पहुँचने की जल्दी में पुष्कर के लिए किसी के मन में हमदर्दी नहीं बची थी। नंगे पाँव सारी महिलाएँ काँटों, कंकड़-पत्थरों से खुद को बचाते हुए जल्दी-जल्दी पाँव उठा रही थीं।

'बीनणी तूं मुझे नहीं जानती पर मेरी बात ध्यान से सुन। सब लोग सिरफ तेरह दिन साथ रहेंगे। ज़मीन-जायदाद और रिश्तों के बंटवारों को लेकर जितने नाटक होने हैं, वो भी अब्बी ही देख लेना। सब कहेंगे कि हम तेरे साथ हैं पर जानती तूं भी है कि तेरे साथ कौन-कौन हैं। इस दुनिया में हम अकेले आए थे और अकेले ही जाएँगे। पर इस बीच में यहाँ भौत कुछ भुगताना पड़ता है, उसकी चर्चा कहीं नहीं होती और हम लुगाइयों के किए काम का तो नाम भी कोई नहीं लेता। जिस पर अब तो तेरे साथ कोई धणी-मरद भी नहीं है। हम औरतें चूल्हे की लकड़ियों की तरह होती हैं। जो परिवार के लिए जलकर राख हो जाती हैं, पर कोई हमारे लिए दो शब्द भी अच्छे नहीं बोलता। सदियों से हमने खुद को चूल्हे के हवाले कर रखा है। अब टेम आ गया है, भूमिका बदलने का। तूं कर सकती है इसीलिए कह रही हूँ, चूल्हे से बाहर निकलकर जल। जलना ही है तो मशाल बन के रौशनी फैला।' आधी सदी पार वाली अपने भीतर जलती आग को सीमा के हवाले करके चली गई।

बीस

प्रकृति भेदभाव नहीं करती। जितनी मेहरबानी सूरज ने भारत-पाकिस्तान की सीमा से सटे राजस्थान के इस गाँव पर कर रखी थी उतनी ही किरणें आसमान से पंजाब की धरती पर भी गिर रही थीं। आग बरसती गर्मियों में खेतों से फ़सल काट ली गई थी। बिना हरियाली वाले धूल उड़ाते सूखे खेत और ऊँची-ऊँची ढ़ेरियों में पड़े सुनहरी दाने, तेज़ धूप में मिट्टी के रंगत से घुल-मिलकर एक जैसे रंग के हो गए थे। रात बीतने तक हवा की गर्मी कम नहीं होती थी ऐसे में सब अपने-अपने घरों में दुबके रहने को मजबूर थे। थकाऊ दिनों के बीच प्रीत का चेहरा परिवार के लिए एक उम्मीद की किरण था। हर दिन सुबह उठते ही सब प्रीत का हाल पूछते। यही प्रक्रिया दिन में कई-कई बार दोहराई जा रही थी। बच्चा पूरा आकार ले चुका था। पतली-दुबली प्रीत को बढ़े हुए पेट के कारण पीठ दर्द रहने लगा था, जिसे वह अनदेखा करती रहती। उस दिन भी हर दिन की तरह बीजी ने उसका हाल-चाल पूछा था जिसके जवाब में 'ठीक हूँ बीजी' कहकर वह मुस्कुरा दी।

'ठीक तो है पर ये बता कि आज अस्पताल जाने का कोई प्लान है या आज भी घर में ही रहना है?' बीजी ने लाड़ से प्रीत के सिर पर हाथ रखकर पूछा।

'आज जाना पड़ेगा ऐसा लग तो नईं रहा बीजी। ये तो अंदर ही मस्त लग रहा है। हाथ-पैर मारता रहता है बस। बाहर आने जैसी कोई हरक़त नहीं है इसकी।' प्रीत की फीकी-सी हंसी पर बीजी ने भी उसका साथ दिया।

'कोई नहीं, अभी महीना पूरा होने में टेम है। हम इंतज़ार कर लेते हैं। वैसे भी माँ के पेट में सारी उमर थोड़े कटती है, बाहर तो आना ही पड़ेगा। अभी जितना मर्ज़ी दुनिया के डर से माँ के पेट में दुबका रहे।' इस बात पर दोनों ठट्ठा कर हंसना चाहती थीं मगर प्रीत को उसकी सेहत ने रोक दिया।

'टेम कितणा भी हो, तेरह दिनों का तो नहीं होगा।' सास-बहू की बात सुनकर शेर सिंह ने गिनती शुरू कर दी।

'मेरा हिसाब आज तक गलत नहीं हुआ। अगर यहाँ पे मेरे जनम की और अब जो तेरहवीं की नई तारीख़ निकलेगी उसके समीकरण सही नहीं बैठे तो दिक्कत हो जाएगी।' हिसाब लगाने के बाद उसकी चिंता बढ़ गई।

'ये पुष्करिया भी ना...जीते-जी इसने मेरी नाक में दम रखा और अब मर कर भी... पता नहीं कौणसे जनम के बदले ले रहा है मेरे से।' उसे अपने मुजरिम के बारे में सटीक जानकारी थी।

'हरामखोर कहीं तो मेरा पीछा छोड़ देता। मैं दुनिया छोड़ के आया था यहाँ, मेरे पीछे-पीछे यहाँ भी आ मरा!' भाई की मौत के बाद वाली तेरहवीं के हिसाब से शेर सिंह ने अपने जन्म की तारीख़ का अनुमान लगा रखा था परन्तु पुष्कर की मौत ने उसका सारा पूर्वानुमान गड़बड़ा दिया।

'इसकी शकल मुझे वहाँ भी पसंद नहीं थी। यहाँ भी वो ही थोबड़ा लिए, मेरे पीछे-पीछे आ गया। मरणां ही था तो कुछ दिन रुक के मरता, बेशरम कहीं का।' उसकी बातें सुनने के लिए पुष्कर आसपास नहीं था।

'ये लालसिंगिया भी ना...ओ लाल सिंगियाऽऽऽ' उसने ऊँची आवाज़ में छोटे भाई को पुकारा।

'कहाँ मर गया अब तूं? तेरे बेटे ने वहाँ धरती पे सारी उमर मेरा खून पीया। चैन नहीं पड़ी तुझे जो इसको अपणे पीछे-पीछे यहाँ तक बुला लिया। पुत्र मोह में एक ही धृतराष्ट्र थोड़ी हुआ था वो अपणे पीछे तेरे जैसे इतणे वंशज छोड़ के गया है जिनकी गिणती नहीं हो सकती।' लाल सिंह अब तक उसके पास नहीं पहुँचा था।

'इस हरामखोर पुष्करिये ने कभी वहाँ तेरी आँखों में घी नहीं डाला तो ये यहाँ क्या सुख देगा? आया बड़ा पुत्र मोह वाला।' उसने दोनों को तलाशा मगर वे कहीं नहीं मिले।

'सुण, पुष्करिये में इतणी ही जान बसती थी तो वहीं धरती पे ही क्यों नहीं रह गया तूं? यहाँ क्यूँ आया था मेरे पीछे-पीछे! तब तो कह रहा था भाईसा के बिना मन नहीं लगता और अब? अब अपणी पूरी लंका बसाएगा क्या यहाँ! मुझे जनम लेणा है अगली जगह। वहाँ मेरा टेम हो रहा है। ऐसा फंसाया है तुम दोनों नामाकूलों ने कि समझ नहीं आ रहा कि अब क्या करूँ? दो-दो बेवकूफ पीछे पड़ गए। मुक्ति तो कहाँ मिलणी है मुझे, अब तो नए जनम के भी लाले पड़ गए।' नई स्थिति को नियंत्रण में करने का कोई उपाय उसे समझ नहीं आ रहा था। घटनाओं के अनुसार व्यवहार करने की बाध्यता झेलना उस को कभी पसंद नहीं आया। गुस्से और खीज़ से वह चिड़चिड़ा गया।

'फिलहाल वापस चलूँ, वहाँ पहुँचकर कुछ सोचूंगा। वैसे लाल सिंगिये ने बताया नहीं कि वो कहाँ पैदा होगा। ऐसा भी क्या पर्दा रखणा! मैं कौणसा उसका जनम छीन लूँगा। जनम तो ऊपर से तय होते हैं।' रास्ते भर उसका हिसाब-किताब चलता रहा।

'लाल सिंह को ख़राब जूणी मिली दिखती है, नहीं तो वो मेरे से क्यूँ छुपाता!

वैसे चिंता तो इसी बात की है कि जनम चाहे जो होणा हो पर उसने बताया क्यूँ नहीं मुझे? और उस हरामखोर पुष्करिये का क्या? उसको तो घोयरा बणांए राम जी तो ही ठीक। ज़हर भरा हुआ है उसमें। दोहरी जुबान की तरह उसका चरित्तर भी दोहरा है। ना, ना चरित्तर में तो उसके कई परतें हैं! घोयरा बण के साला सारी उमर गरम धरती पे उबलता फिरेगा अगले जनम में, तब समझ आएगी उसको।' घर पहुँचकर भी उसे चैन नहीं था।

'कहाँ भटकते फिर रहे हैं दोनूँ बाप-बेटा? मैं यहाँ नहीं था तो पीछे से किसी एक को तो टिकणा चाहिए था घर में। मौज लगा रखी है। जब मन आया आ गए, जब मर्जी हुई चले गए। घर को घर की तरह परोटना कब सीखोगे?' इस समय भी अपने कमरे में वह अकेला ही था।

'इतने दिनों से गरुड़ पुराण सुणी होती तो थोड़ी-भौत अक्कल भी आती। शायद धरती पे ज़िंदा होता! पर नहीं सुणी ना ज्ञान की बातें इसीलिए तेरे प्राण-पखेरू निकल गए। अब घूम अदृश्य आत्मा बण कर मेरी तरह। अब भी एक जगह टिक के थोड़ी धरम-करम की बातें सुण ले। कहाँ धक्के खाता फिर रहा है? यहाँ भी कोई भूतणी ढूँढ ली क्या!' शेर सिंह अपने गुस्से पर काबू पाने में असमर्थ था।

❑❑❑

'माँ, कल तीये की बैठक है, कैसे करें?' ईश्वर ने सुगंध की ओर देखते हुए कहा। सामाजिक नियमों में पत्नी से जुड़ी परंपराओं का ज़बानी लेखा-जोखा सबकी मेमरी कार्ड में सुरक्षित था, मगर पत्नी के रहते दूसरी औरत से जुड़ा ऐसा कोई डाटा उपलब्ध नहीं था। आनंदमय समय ख़त्म होते ही अवांछित संबंधों की उपस्थिति अनावश्यक हो गई।

'सुलोचना से पूछो, वही बताएगी।' रामप्यारी किसी अन्य के हिस्से के निर्णय लेने के हक़ में नहीं थी।

'उनको इन सब बातों का होश नहीं है, वो काका-सा और पुष्कर भाईसा की मौत से हिल गई हैं।' नई बहू ने बातचीत में भागीदारी निभाई।

'अब्बि उसे ज़िम्मेदार नहीं बणाया तो बाद में देर हो जाएगी। दुख के बाद बड़ी ज़िम्मेदारी मिलने से ही वो खुद को सम्भालेगी नहीं तो सारी उमर दूसरों पर आश्रित रहेगी?। उसी से पूछो।' अगले दिन होने वाली बैठक इस बार पूरे परिवार के लिए चुनौती बन गई थी।

'काकी-सा तीये की बैठक में सारे रिश्तेदार आएँगे। सीमा भाभी-सा का परिवार भी रहेगा।' सुलोचना ने कोई जवाब नहीं दिया।

'काकी-सा कल रिश्तेदारों के साथ समाज और गाँव के लोग भी रहेंगे, बताओ क्या करें।' इस बार भी वह ख़ामोश बैठी सुनती रही।

'माँ...माँ कल सुगंध के घर से खिचड़ी लेकर कोई नहीं आना चाहिए इस बात का ध्यान रखना है।' बेटी ने माँ को झकझोरते हुए कहा।

'कोई होगा तो आएगा ना और फिर ऐसे रिश्तों में आकर कोई अपनी नाक नहीं कटवाता। वैसे तूं उसको बता दे कि उसके घर से खिचड़ी लेकर कोई आया तो उसी टेम उनके साथ इसको भेज देंगे। हमें ना उनके घर की खिचड़ी चाहिए ना खिचड़ी की सुगंध!' सुलोचना का निर्णय जानकर परिवार के सदस्यों को कुछ हैरानी-सी हुई।

❑❑❑

'पंडित जी आए हैं।' पार्वती ने सूचना दी।

'जवान मौत का दुःख तो है पर इस समय आपको याद दिलवाना मेरा ही काम है। पुष्कर के लिए गरुड़ पुराण के पाठ करवाने हैं।' पंडित जी ने याद दिलाया।

'हाँ वो तो करवाणे हैं।' ज़िम्मेदारी इस बार भी रामप्यारी के उम्रदराज कंधों पर ही थी।

'करणे तो पड़ेंगे ही पर समय आप बताओ। दोपहर बाद चार बजे का समय भी ठीक रहेगा या आप सुबेरे सात बजे का टेम रख लो।' मुखिया का ताज काँटों से बना हुआ होता है। रामप्यारी अपना दुःख भुलाकर बाक़ी व्यवस्था सम्भालने में जुट गई थी।

'सिंग जी के लिए एक बार के पाठ तो पूरे हो गए। उनके भाई के भी होने वाले हैं। दोनों में से किसी एक की जगह रख लो।' सुलोचना ने सलाह दी।

'ऐसे तो कैसे होगा? सिंह जी के लिए तो कल ही दुबारा शुरू किए पाठ। मुक्ति तो इस जनम की स्मृतियों से होती है। यहाँ का कुछ भी याद नहीं रहना चाहिए। इस जनम से मुक्ति की बात हो रही है। तेरहवीं तक तो आत्मा घर में ही रहती है। अभी वो यहीं हैं, जब तक तेरहवीं नहीं होगी, पाठ चलते रहेंगे...बाक़ी आपकी मर्ज़ी।' कुछ देर की समझाइश के बाद तीनों समय मुक्ति के लिए पाठ होने तय हो गए। पुष्कर के हिस्से में शाम का समय आया।

इक्कीस

शहरों की मनमौजी दिनचर्या से दूर गाँव का जीवन पशु-पक्षियों की देखभाल, खेती-किसानी करने वालों और नौकरी के लिए अल-सुबह शहर पहुँचने की दौड़ में लामबंद लोगों से समय की प्रतिबद्धता माँगता है। शादी-विवाह के अवसर इस निरंतरता को भंग कर देते हैं मगर शोक के दिनों में यहाँ रातें जल्दी और सुबह, भोर होने से पहले हो जाती हैं। उगते सूरज की किरणों में सोने-सी चमकती बालू रेत के टीलों वाले उदयरामसर की हवेली में दिन की शुरूआत अन्य दिनों की अपेक्षा कुछ जल्दी हो गई थी। एक पखवाड़े के भीतर यह तीसरी बार हुआ जब घर के सदस्य की मृत्यु के तीसरे दिन तीये की बैठक होनी है। रामप्यारी और सुलोचना का दुःख पत्नी का वियोग है जिसमें भावनाएँ भी शामिल थीं मगर पुष्कर की मौत हवेली के इतिहास में अलग तरह के अनुभव जोड़ने वाली है। जिस युवती को धार्मिक रीति-रिवाज के अनुसार पुष्कर ने धर्मपत्नी स्वीकार किया था, उससे पत्नी का दर्जा वापस लेते हुए उसने धर्म को हाज़िर-नाजिर मानना ज़रूरी नहीं समझा। दूसरी ओर जिस महिला के साथ अपने अंतिम दिनों में वह रह रहा था, पुष्कर की मौत के बाद उस भावनात्मक रिश्ते को धर्मभीरू समाज पत्नी का दर्जा देने को तैयार नहीं था। अपनी मर्जी का जीवन जीकर पुष्कर सही-गलत की सारी परिभाषाओं को धरती-वासियों के लिए छोड़कर सबकी पहुँच से दूर जा चुका था। जीवित व्यक्ति के अच्छे-बुरे का लेखा-जोखा रखने वाला समाज पीछे रह गया। धर्म और समाज की गहरी खाइयों के बीच बनी पतली पगडंडी पर चलने वाले परिवार ने इस बार अद्‌भुत साहस कर दिखाया। सीमा और सुगंध एक साथ एक आँगन में पुष्कर की मौत का शोक मना रही थीं।

'सूरज, आँगन में किसी से कुछ कहना-सुनना नहीं है। जो जैसे कर रहा है, करने दे। सुना तूने, तूं किसी को कुछ नहीं कहेगा, प्रॉमिस कर।' सीमा के कमरे में नए दिन की शुरुआत हो रही थी। माँ की सीख से बेटा असहमत था। जोशीले युवा को अपने हक़ के लिए आवाज़ ना उठाने की बात समझ नहीं आ रही थी। सीमा का खुद चुप रहना और बेटे को भी बोलने से रोकना उसके लिए सब्र की परीक्षा लेने

जैसा था। असहज रिश्तों के बीच बड़ा हुआ सूरज हालात पर खीज रहा था। माँ की समझाइश से उसमें गुस्सा और विद्रोह बढ़ रहे थे। सारी कोशिशों के बावजूद वह चुप रहने को तैयार नहीं था।

'मम्मा इन्हें पता होना चाहिए कि ये लोग गलती कर रहे हैं। हम इनकी गायों का झुंड नहीं हैं जिनको ये लोग जैसे मर्ज़ी रख लेंगे।' दिन की शुरुआत में ही सूरज का पारा सातवें आसमान पर था। एकल परिवार के नवयुवक को गाँव में संयुक्त परिवार की नुक्ताचीनी परेशान कर रही थी। जहाँ हर एक को दूसरे के जीवन में दखलअंदाजी करने का जन्मजात हक़ होता है। आधुनिक युवा अपने जीवन में बेवजह की दखलअंदाजी पसंद नहीं करते। बेटा अब भी चुप रहने की बात पर सहमत नहीं था। सीमा के समझाने पर उसका असंतोष फूट पड़ा, 'कोई अपने जीवन में कुछ भी करे मुझे फर्क़ नहीं पड़ता पर किसी के एक्शन से अगर मुझे फर्क़ पड़ता है तो उसे अपना तरीका बदलना पड़ेगा।' इस वक्त सूरज की गर्माहट पूरे शबाब पर थी।

'आपके साथ आज तक इन लोगों ने अच्छा नहीं किया। आप कुछ नहीं कहतीं पर मैं चुप नहीं रहूँगा।' बेटे का चेहरा देखकर सीमा चिंता में पड़ गई। इंसान भविष्य की योजनाओं से ज्यादा भूतकाल की गलतियों पर बात करते हुए समय बर्बाद करता है। उसे अपने बेटे को गलती करने से बचाना था। बच्चों की परवरिश महासागर से अमृत की बूंदें निकालने जितना पेचीदगी भरा काम होता है। इस संघर्ष में सीमा शुरू से अकेली थी। हालात उसके हक़ में अच्छे नहीं थे मगर इस समय अपनी चिंता छोड़कर उसे अपने बेटे को परिवार की राजनीति की भेंट चढ़ने से बचाना था।

'सूरज मेरी एक बात गाँठ बाँध ले कि किसी को कभी अपने जीवन का निर्णय लेने का हक़ मत देना। ये लोग होते कौन हैं हमारी किस्मत का फैसला करने वाले? हमारे साथ अच्छा-बुरा जो भी हो, इनके रहम पर नहीं जी रहे हम। कल तुम दोनों छोटे-छोटे थे मैंने तब भी इनसे इंसाफ नहीं माँगा, आज जब तुम सब समझने लायक हो गए हो तब इनके सामने हाथ फैलाओगे?' सीमा ने बेटे के स्वाभीमान को चुनौती दी। जोश से भरा युवा अपने और अपनी माँ के संघर्षों का हिसाब माँगने की तैयारी में था। आजतक परिवार जितनी ज्यादतियाँ करता रहा, वह उन सबका हिसाब बराबर करना चाहता था।

'सूरज बेटा, अपनी मर्जी से लेकर खाना खाने में जो इज्जत है वो माँगकर खाने में नहीं होती। खुद की पसंद का खाना खाने में खुशी मिलती है। हाथ फैलाओगे तो जूठन मिलेगी, इज्जत नहीं।' सीमा अपना दुख भुलाकर बेटे को सम्भालने में जुट गई। वह जानती है कि जिन लोगों में सच कहने की हिम्मत नहीं होती, वह सच के साथ खड़े होने का हौंसला भी नहीं रखते।

'ये हमारे लिए क्या न्याय करेंगे? जब तेरे पापा हमें छोड़ गए थे तब इन्होंने पोते-पोती और बहू को छोड़कर अपने बेटे का साथ दिया था। ये अपना हिसाब समझा चुके, इससे ज्यादा और क्या बताएँगे? बार-बार वही सब दोहराने से क्या फायदा?' सूरज ने इस बार कोई जवाब नहीं दिया। सीमा को उम्मीद थी कि शायद बेटे को उसकी बात समझ आ गई है। कमरे से बाहर निकलने से पहले माँ ने अपने दोनों बच्चों को अंतिम सीख दी, 'तुम दोनों वैसे रहना जैसे रहना चाहते हो। किसी का कोई बोझ मत रखना अपने ऊपर। बस एक बात याद रखना कि हमारे कारण किसी को कोई बात बुरी नहीं लगनी चाहिए और ना हम किसी की बात बुरी लगाकर चुप रहें।' कुछ सोच-विचार के बाद दोनों बच्चे माँ की समझाइश पर सहमत हो गए। आँगन में पहुँचने का समय हो गया था। तीनों एकसाथ सीढ़ियाँ उतरकर लोगों से भरे आँगन में सबके बीच थे।

❑❑❑

'ईश्वर भाईसा और सुंदर भाई की देखा-देखी कर लिया कर तूं भी। जैसे वो करते हैं, वैसे ही गऊ ग्रास और कव्वों को भोजन करवा देना।' रजनी ने सूरज को थाली पकड़ाते हुए समझाया।

'आजा सूरज, पहले यहाँ कमरे में अपने पापा की फोटू पर फूल-माला चढ़ा के धूप-बत्ती कर दे।' चतुर शिकारी ने सुबह-सुबह अपना जाल फैला दिया था। नींद से जागा शिकार कुछ देर तक दुनियादारी के हथकंडों से अंजान रहता है। शातिर शिकारी ऐसे मौक़ों पर घात लगाकर शिकार करते हैं।

'मुझे नहीं लगानी फूल माला, आप लगा लो।' सूरज से कुछ इसी तरह के व्यवहार की उम्मीद थी इसके बावजूद माहौल में तनाव फैल गया।

'अच्छा तो धूप ही जला दे।' अनुभवी खिलाड़ियों के चलाए तीर सम्भालने में नौसिखिए मात खा जाते हैं। ईश्वर की बात पर सूरज पलटकर कुछ कहता इससे पहले सीमा ने आँखों के इशारे से उसे रोक दिया।

'भाईसा, मेरा सूरज ये सब नहीं करेगा। आपके लिए ये धूप-दीप करना ज़रूरी है तो आप कर लो।' सीमा ने ईश्वर को अपने बेटे के साथ व्यवहार करने की सीमारेखा समझा दी।

'बुआसा आज खाने में क्या बनाया है?' सूरज ने गऊ ग्रास और कौओं के भोजन की थाली चौकी पर रखकर रजनी से पूछा।

'पुष्कर की पसंद से...' रजनी बताने जा रही थी कि सूरज ने उसे बीच में टोक दिया। 'उन्हें तो नॉनवेज पसंद था। वही बनाया होगा ना।' रजनी को कोई जवाब देते नहीं बना। सीमा चुपचाप बैठी सब देख रही थी।

'सूरज बेटा इन दिनों में सात्विक ही पकाते हैं।' सुलोचना ने मामला सुलझाने की कोशिश की।

'पर बात तो जाने वाले की पसंद की है ना!' सूरज अपनी गर्माहट कम करने को तैयार नहीं था।

'पर बेटा, हमारी रसोई में तो शाकाहारी भोजन ही बनेगा।' रजनी ने कहने-सुनने की ज़िम्मेदारी सुलोचना पर छोड़ दी थी।

'जिसकी मौत हुई है उसकी पसंद के भोजन का क्या हुआ? आप लोग इतने दिनों से दोनों दादासा की पसंद से खाना बना रहे थे तो अब भी पसंद का ध्यान रखो ना!' दोपहर की अपेक्षा कम तापमान वाली सुबह में भी सूरज के तेवर सातवें आसमान पर थे।

'बेटा व्यवहार की मर्यादा होती है। घर में अनुचित काम नहीं किए जाते।' बीच-बचाव की कोशिश में सुलोचना ने आदमखोर बाघ के पिंजरे में हाथ डाल दिया था। तीये की बैठक वाली सुबह उठे बखेड़े को सुलझाने की कोशिश उसी पर उल्टी पड़ गई।

'अच्छा! जो अनुचित है वो आप लोगों के सामने इस घर में नहीं होगा, है ना!' आँगन में मौजूद लोग समझ गए थे कि आगे की बातचीत किस ओर जाने वाली है।

'तो फिर ये अनुचित औरत यहाँ क्या कर रही है?' सूरज की उंगली सुगंध पर निशाना साध रही थी।

'सूरज बेटा, थोड़ी देर में ही लोग आने लग जाएँगे। जल्दी से गऊ ग्रास और कव्वों को प्रसाद दे आ।' रजनी ने थाली सूरज के हाथ में पकड़ाकर उसका ध्यान इस मुद्दे से हटाने की कोशिश की।

'या तो ये अनुचित भी नहीं होना चाहिए या सब कुछ होते रहना चाहिए। आप लोग इतने डबल स्टैंडर्ड क्यों हो? दोगला होने में मज़ा आता है ना! आपको लगता है कि हम तीनों के तीनों गूँगे हैं इसीलिए आप जो मर्ज़ी करते रहो हम कुछ बोलेंगे थोड़ी ही। कल तक मम्मी कुछ नहीं बोलीं तो आप लोगों को आदत हो गई है कि सीमा और उसके बच्चों को तो बेवकूफ बनाया जा सकता है, है ना।' मरुस्थल में धूप निकलने के बाद तापमान बढ़ने में सूरज के साथ अन्य कारण भी ज़िम्मेदार होते हैं। घर के भीतर सूरज की नाराज़गी के लिए भी कई मुद्दे ज़िम्मेदार थे परन्तु प्रकृति की तरह यहाँ भी इल्ज़ाम हौंसलों के सर मढ़ा जाना था। सदियों की परंपरा है कि कंधा और पिस्तौल दिखाई देते हैं, पिस्तौल चलाने वाला और उसका हाथ छुपे रह जाते हैं। जो दिखता है, निशाने पर आ जाता है। छुपे हुए कारण, छुपे रह जाते हैं।

'सूरज ले पानी पी, अपना गुस्सा शांत कर बेटा' धरती के जिस हिस्से के

लोग ब्रह्माण्ड में स्थित सूर्य को हर दिन लगभग डेढ़ सौ मिलियन किलोमीटर की दूरी से जल चढ़ाकर शांत रखने का प्रयास करते हैं उसी हिस्से से सुलोचना अपने आँगन में उतरे सूरज के चुभते सवालों पर पानी फेरने की कोशिश कर रही थी।

'कल आपने ये कहकर मुझे पानी नहीं पीने दिया था कि गाय और कव्वों को प्रसाद देने के बाद ही मैं पानी पी सकता हूँ। आज वही नियम बदल दिया। क्या है आपका हिसाब? आप अपनी बात पर भी खड़े नहीं रहते।' नए दिन की शुरुआत ने समझा दिया था कि दिन इम्तेहानों से भरा होने वाला है।

'सीमा समझा अपने बेटे को कि सुबह-सुबह ये सब नहीं करे।' सुलोचना की कही बात ने सूरज की आग को भड़का दिया। दोनों ओर से कहा-सुनी शुरू हो गई। सीमा माथे तक घूँघट ओढ़े, नज़रें झुकाए चुपचाप सब सुन रही थी। जिस बीते कल को किसी क़ीमत पर बदला नहीं जा सकता था, उसी गुज़रे वक़्त की बातें लेकर सूरज ने परिवार के विरुद्ध मोर्चा खोल दिया। सारा परिवार एकसाथ था और घर का एक अकेला नवयुवा दूसरी ओर खड़ा था। संख्या की तुलना में तराजू का पलड़ा सच के हक़ में भारी पड़ रहा था। कुछ देर की कहा-सुनी के बाद सीमा ने आहिस्ता से नज़रें उठाईं। पहली नज़र ईश्वर पर, दूसरी पार्वती पर डालकर वह रुक गई। दोनों के चेहरों पर विजयी मुस्कान थी, जिसे रोकने का पूरा प्रयास दोनों ने किया मगर उनके भीतर की ख़ुशी छुप नहीं सकी। इस बार उसकी नज़रें मंझली बुआ की ओर उठीं जो उसी को देखते हुए मिलीं। खामोशी से दोनों ने कुछ पल आँखों ही आँखों में बातें कीं अब दोनों जोड़ी आँखें रामप्यारी की ओर गईं, वह आँखें शेर सिंह की तस्वीर पर टिकी हुई थीं। शायद वह तस्वीर के शेर को ज़िंदा करने का हवन कर रही थी।

❑❑❑

जवान मौत पर दुःख जताने वाले पुरुषों की संवेदना मृतक के भाइयों के साथ थी। देखने वालों को माँ का दर्द भी समझ आ रहा था, मगर इन सबसे ज्यादा परेशानी दुःख जताने आई महिलाओं को झेलनी पड़ रही थी। पुष्कर की मौत के बाद घर में मौजूद दो महिलाओं में से किसी एक को चुनने की परीक्षा से उन सभी को गुज़रना पड़ रहा था जिनका इस स्थिति के निर्माण में कोई योगदान नहीं था।

समाज उन लोगों के रास्ते में बेड़ियाँ डालता है जो उसकी परवाह करते हैं। अपनी मर्ज़ी करने वालों से वह भय खाता है और भयभीत लोग योद्धा नहीं होते। पुष्कर के जीवित रहते सुगंध मान-सम्मान की हकदार बन गई थी, मगर योद्धा की अनुपस्थिति में परिवार निर्णायक की भूमिका में आ गया। पत्नी का साथ पुष्कर ने छोड़ दिया था जिसकी विधिवत घोषणा नहीं हुई थी, परिवार ने उसी ब्याहता को

विधवा घोषित कर दिया जबकि दूसरी महिला पुष्कर के बिछोह को याद कर लगातार रो रही थी। आने वाले स्वाभाविक रूप से रुदाली की ओर क़दम बढ़ाते मगर परिवार की महिलाएँ उन्हें सीमा के पास ही रोक देतीं। जिसकी उपस्थित तकलीफदेह थी उसके जाने की प्रक्रिया भी सीमा के लिए सुकून नहीं लाई।

गाँव-कस्बों में अधिकतर काम, समाज की कसौटी पर खरा उतरने के लिए किए जाते हैं। सुख-दुख झेलने वालों के बाद बचे लोग जिनका स्थिति से कोई लेना-देना नहीं होता, वह सब समाज हो जाते हैं। दुःख के माहौल में भी स्थिति की विवेचना को समाज अपना अधिकार समझ रहा था।

'एक नज़र देखो तो सीमा बीनणी सही है दूसरे नज़रिए से देखने पर सुगंध भी अपनी जगह सही लगती है। अगर वो कल सही थी तो आज गलत क्यों हो गई? जो भी कहो, अपनी थोड़ी-सी जिंनगी में पुष्कर ने हमेशा करी अपने मन की ही।' पचास वर्षों की अनुभवी महिला कह रही थी।

'अब पीछे छूट गए लोग आपस में सिर फोड़ते रहो उसने तो अपने मन का खाया, मन का पहना और जैसे मर्ज़ी थी वैसे जिया। रोना तो औरतों के करम में लिखा है। पहले अकेली सीमा रो रही थी अब सीमा और सुगंध दोनों रोएँगीं।' बुजुर्ग महिला की बात का विरोध नहीं हुआ। ऐसे मौकों पर सही-ग़लत के पैमानों को अनदेखा कर दिया जाता है। बुजुर्ग की बात सुनकर सीमा असहज हो गई।

गाँव-देहात की विशेषता है कि शहरों की तरह यहाँ लोग पीठ पीछे जितना अच्छा-बुरा बोलते हैं उतना ही मुँह पर भी कह देते हैं। इस गुण को उनकी अज्ञानता से नहीं, सादगी से जोड़कर देखा जाना चाहिए। 'माँ को क्या कहें? वो बिचारी तो दोहरे दुःख से मारी गई। खुद तो विधवा हुई ही अब तो बेटा भी मर गया।' संवेदनाओं का दुखी व्यक्ति की भावनाओं से सरोकार नहीं था। वे बोलने वाले की समझ के मुताबिक उभर रही थीं।

सूरज चढ़ने के साथ लोगों की आवाज़ाही पर रोक लग गई। बाहर वालों का आना-जाना कम होने का अर्थ आँगन में मौजूद लोगों की सोच और बातों पर रोक लगना नहीं था। ईश्वर और पार्वती इसी समय का इंतज़ार कर रहे थे। 'आज तो मुश्किल से सूरज की ज़बान पर लगाम लगाई। आजकल के बच्चों को बोलने का तरीक़ा नहीं है जैसे मुं में आए वैसे बोलते हैं। और फिर क्या है कि बाप सिर पर नहीं हो तो बेटा अकेली माँ के बस में थोड़ी आता है।' पार्वती ने सबको सुनाकर कहा।

'ठीक से कहो आप कहना क्या चाहती हो?' सूरज चुप रहकर कुछ भी सुनने को तैयार नहीं था।

'छोरा कुछ भी बोलणे से पहले ध्यान रखना कि तेरी दादी के बाद घर में सबसे बड़ा ओहदा पार्वती का है। जो मुं में आए वो ही बक दो, ऐसा यहाँ नहीं

चलेगा। वैसे भी तुझे लोक-लिहाज तो है ही नहीं, तेरी उमर नहीं है हमारे से बात करने की। हम तेरे जितने थे तो चुप रहते थे।' शेर सिंह की मौत के बाद से आँगन की बातचीत में ईश्वर हर बार अपनी हाज़िरी लगाने पहुँच जाता है।

'और कुछ कहने को नहीं है तो मेरी उम्र को निशाना बना लिया। आपको अपनी माँ से बोलते हुए सुना है मैंने। आप अपने व्यवहार पर ध्यान दो, मैं जानता हूँ कि मुझे क्या करना है।' पार्वती के हक़ में फैसला सुनाकर इस बार ईश्वर ने शायद ग़लती कर दी। युवाओं में तूफान उठाने का माद्दा होता है। नैना भी सूरज के साथ आकर खड़ी हो गई। अपनी पोती को विरोध में उतरते देख ईश्वर का गुस्सा भड़क गया।

'घर में अब्बि-अब्बि तीन मौत हुई हैं और तुझे जबान चलाने की पड़ी है, शरम कर छोरा।' ईश्वर की आवाज़ ऊँची होती जा रही थी।

'व्यवहार कैसे किया जाता है, मैं आपसे ही सीख रहा हूँ। मेरी बातों का जवाब नहीं है तो मुझे तीनों मौत का डर दिखाकर चुप करवाने की कोशिश कर रहे हो। इतना ही दुःख है तो आप चुप क्यों नहीं हो जाते?' इस बार सूरज की आवाज़ का ताप पूरे परिवार को झुलसाने को तैयार था।

'ओ बेशर्मों वो दोनों ही नहीं मरे हैं, मैं भी मरा हूँ। मेरे लिए भी कुछ कह दो। झूठे ही सही पर नाटक तो कर लो। रामप्यारी भी विधवा हुई है उसके लिए हमदर्दी क्यों नहीं उपज रही तुम्हारे मन में? वो इतना बेफालतू का रोणा-धोणा नहीं कर रही इसका मतलब मेरी मौत नहीं हुई है क्या?' शेर सिंह के लिए स्थिति असहनीय हो गई।

'कितना खराब समय है। एक साथ तीन-तीन मौतें। बड़े तो चलो अपणी उमर लेकर गएँ पर पुष्कर की तो उमर ही क्या थी। उसे रामजी को नहीं उठाना चाहिए था।' तीये की बैठक में शामिल होने आए व्यक्ति की संवेदनाओं से शेर सिंह पहले ही आग-बबूला था रही-सही कसर अब पूरी हो गई।

'ये हरामखोर तो मेरे पीछे ही पड़ा हुआ है। यहाँ सिंग जी की मौत से ज्यादा पुष्परिये के मरणे का अफसोस मन रहा है और कोई याद भी करता है तो 'तीन लोग मर गए' कहता है। ओ बहरों सुणो, मैं तीन मे से एक नहीं हूँ। मैं अपणे आप में बहुत ख़ास था जिसने सारी उमर गाँव की भलाई के लिए काम किए। कूँए खोदणे, पशुओं के पानी पीने की खेळा बणवाणे के लिए पैसे दिया करता था...आज तीन मरे हुओं में गिणती करते तुम्हें शरम नहीं आती?' उसने लगभग चिल्लाकर कहा। जवाब नहीं मिलना था इसीलिए नहीं मिला।

बाईस

एक के बाद एक संस्कार निभाते, गरुड़ पुराण सुनते परिवार ने तीसरी बार तीये की बैठक से फारिग होकर आसमानी देवताओं के समक्ष हाथ जोड़ लिए। 'बहुत हुआ ठाकुर जी, अब दिन बदल दो।' हौंसला हारने पर इंसान की सोच बदल जाती है। बड़ी बाईसा को हाथ जोड़कर प्रार्थना करते देख कमरे में उपस्थित अधिकतर लोगों के हाथ भी जुड़ गए। कई बार परिस्थितियाँ अदृश्य ताकतों पर भरोसा करवा देती हैं।

'कल सुबह गंगा जी जाना है। सीमा और सूरज के साथ तूं और पार्वती चले जाओ।' दु:ख से ख़ामोश पड़ चुके माहौल के बीच रामप्यारी ने बड़े बेटे ईश्वर को ज़िम्मेदारी सौंपी।

'मैं क्यूँ जाऊँ? यहाँ हजार काम पड़े हैं मेरी जान को, वो सब काम कौन करेगा? सीमा के साथ जाओ पुष्करिये के भाई। सारी ज़िम्मेदारी मेरी थोड़ी है!' ईश्वर बिफर गया।

'पहले तो तूं ढंग से बोलणा सीख ले। और हाँ, घर के बड़े ही ले जाया करते हैं गंगाजी, अब घर में तूं ही सबसे बड़ा है। इस हिसाब से भी तुझे जाणा चाहिए।' माँ ने एक बार फिर समझाया।

'साल-छः महीने में कोई एक-आध आदमी मरे तो समझ भी आता है। रोज -रोज मरेंगे तो नहीं जाया जाता गंगा जी। जिसको जाना है वो जाए मेरे से तो नहीं होगा गर्मी में इत्ती दूर जाना। पिताजी और काका-सा दोनूँ मर गए, कितनी पीढ़ियों तक रिश्ते ढोओगे? गाँव का गाँव बसा रखा है घर में। अब ये अपने रास्ते, हम अपने रास्ते। किस बात का इंतज़ार कर रहे हैं अब ये? इन सबके घर-बार अलग हैं। इनको अपने आप चले जाना चाहिए अपने घर।' जिस-जिसने सुना, सबको सांप सूंघ गया। रामप्यारी के लिए धरती में समा जाने वाली स्थिति बन गई थी। सीमा की हालत सांप-छछुंदर जैसी हो गई।

'मैं तो आना ही नहीं चाहती थी पर तब तो जबरदस्ती बुलवा लिया और फिर इनके लाडले बेटे के रंग-ढंग सहती रही। अब वो नहीं रहा तो उसकी डार्लिंग मेरे

सिर पे बैठा दी और अब ये काका-बाबा के परिवारों की नौटंकी शुरू हो गई। सब आओ और मुफ्त में तमाशा देखो। जीते-जी जनाजा निकाल के रख दिया मेरा और मेरे बच्चों का!' सीमा हरे रंग की काई जमे तालाब के पानी-सी शांत दिख रही थी? मगर उसकी सारी इंद्रियाँ रामप्यारी, सुलोचना और ईश्वर की गतिविधियों पर टिकी हुई थीं।

'हरामखोर कहीं का तेरी ज़बान के आग लग जाए। तूं चिंता ही मत कर अबकी मरणे का नंबर सबसे पहले तेरा ही आएगा। दो दिन पहले प्यारी के पैर पकड़कर ग़लतियों की माफी माँग रहा था आज फिर अपणी औकात पर आ आया। तूं तो कुत्ते की वो पूंछ है जो कभी सीधी हो ही नहीं सकती।' शेर सिंह को ईश्वर के चरित्र पर हमेशा से शक़ रहा था, मगर अब हर मौत के बाद उसके निरंकुश होते व्यवहार से वह रामप्यारी के लिए चिंतित था।

'प्यारी सुण, मेरी बात की गाँठ बाँध ले। इस हरामखोर पर भरोसा करणे से तो अच्छा है कि तूं सांप के बिल में मुं घुसा दे। हो सकता है कि वो तुझे छोड़ भी दे पण ये नहीं छोड़ेगा। कमीणा है ये। इस पर भरोसा करणे का मतलब है आग पर चलणां। ये वो आग है जो पैर जलाणे तक से नहीं रुकेगी। घर फूँककर जब तक ये तमाशा नहीं देख लेगा तब तक इसको चैन नहीं पड़ेगा।' बिना आवाज़ के दहाड़ता हुआ शेर सिंह पत्नी को समझा रहा था।

❐❐❐

'आज का सारा दिन तीये की बैठक में निकल गया और उसके बाद जगह-जगह कुत्तों को ढूँढ-ढूँढ के खिचड़ी खिलाने में ही सूरज सिर पे आ गया।' शेर सिंह के कमरे में पहुँचकर ईश्वर ने पार्वती को अपनी व्यस्तताएँ बताईं।

'पिता जी के आगे ओर बात थी। उन्होंने तो आपको कभी मान दिया ही नहीं। अब तो आप ही सबसे बड़े हो। हर काम बड़ों को थोड़ी करना होता है। आप तो इन छोरों को काम बताया करो। काम करना नहीं, करवाना है।' पार्वती ने अपने पति को बड़ा बनने का नुस्खा समझाया।

'आज तो बजार जाना मुश्किल ही लग रहा है।' ईश्वर ने पत्नी की सलाह को अहमियत ना देने के सनातनी निर्णय पर डटे रहने का चुनाव किया।

'कल चले जाना। लो, आप ठंडाई पीओ। आज भौत काम कर लिया, अब आराम करो।' अपनी अवहेलना को दरकिनार कर पति का स्वाभीमान बचाए रखने वाली पत्नी के किरदार में पार्वती सही बैठती है।

'जाना तो आज ही पड़ेगा। अब कौन-सी गंगा प्रसादी होनी है। खाने के लिए पुष्करिये के आदमी को पेशगी दे रखी है, वो पैसे भी वापस लेने हैं। इत्ता सारा

कपड़ा खरीद लिया, अब कोई खुशी का मौक़ा तो है नहीं। कपड़े वापस करने की बात भी करूँगा?।' ईश्वर काम के बोझ से दबा जा रहा था।

'आज ही जाऊँगा। आधा काम आज कर लिया तो बचा हुआ आधा काल हो जाएगा। आधे-पौने घंटे में निकल रहा हूँ, तूं भी साथ चल।' उसने पत्नी को तैयार रहने के लिए कहा।

'मैं साथ चलूँ...घर का माहौल ठीक नहीं है। इत्ते लोग हैं घर में और फिर माँ-सा ने मनाकर दिया तो?' वह झिझकी।

'तूं चिंता मत कर। अब यहाँ बोलने वाला कोई नहीं है। जो ज्यादा उछल रहा था उसके लिए भी हमें कुछ नहीं करना पड़ा, राम जी ने खुद ही उस सांप का फण कुचल दिया। बाकी सारे भाई-भतीजे तो बाहर से आए हुए मेहमान हैं। तूं देखती रहना दिन पूरे होते ही इनमें से एक भी नहीं रुकेगा। सारे के सारे भाग जाएँगे। फिर जब कभी कोई मरेगा, तो ही दुबारा आएँगे। इसीलिए जो करना है, तूने और मैंने ही करना है।' पार्वती ने पति का दिया हुआ मूलमंत्र पल्लु से बाँध लिया।

'माँ लेने-देने के कपड़ों की पोटली बंधी हुई है अब किसी को कुछ देना तो है नहीं। हम बजार जा रहे हैं कपड़े वापस करने।' ईश्वर के व्यवहार से जड़ हुई रामप्यारी पर पार्वती के अधूरे संबोधन ने यज्ञ में पूर्णाहूति का काम किया।

'माँ-सा का संबोधन अधूरा कैसे हो गया बीनणी?' बड़ी बाईसा ने पार्वती को टोका।

'बीनणी सब निर्णय खुद ही ले लिए। अब्बी तो घर में दो-दो सास बैठी हैं, कुछ तो इन दोनों पर भी छोड़ देतीं।' मंझली भी चुप रहने को तैयार नहीं थी।

'जेठाणी जी, बहन-बेटिएँ इत्ते दिनों से यहाँ टिकी हुई हैं। आई तो काका-बाबो-सा को विदा करने थीं पर भेजना पड़ गया जवान भाई को। जो भी हो इनको खाली हाथ तो नहीं भेज सकते। कुछ कपड़े रखवा लें?' सुलोचना ने झिझकते हुए कहा।

'सब हो जाएगा। मैं बैठी हूँ ना। तूं मेरे पास है, चिंता मत कर। लेणे-देणे की सारी ज़िम्मेदारी मेरी है।' रामप्यारी ने एक-एक शब्द सोच-विचार के बाद कहा था।

'भाभी-सा, ईश्वर तो महाभारत चाहता है। समाज और रिश्तेदारों के बीच नाक कटवा के मानेगा।' मंझली ननद की बात उसने आधे में काट दी।

'बाईसा, मैंने सारा जीवन अकेले ही काटा। थारे भाईसा तो परिवार के लिए पैसे कमाने में ही लगे रहे। परिवार इत्ता बड़ा था कि सबकी शादी-ब्याह किए, इनको पैरों पे खड़ा किया। अपणें पैरों पे खड़े होते ही सबसे पहले इन्होंने मेरे पैर काटणे चाहे। वहाँ ये सफल नहीं हुए पर अब मेरी औलाद ही मेरे खिलाफ महाभारत शुरू कर रही है। मैं तीरों की शैया पर तो हूँ पर बेबस नहीं हूँ। ऐसे कई युद्ध अकेले

झेले हैं मैंने। उमर तो बढ़ गई है पर बढ़ती उमर ने सिरफ शरीर की थकान नहीं दी, तजर्बा भी दिया है।' इस बार फिर रामप्यारी के अनुभवों के सामने मंझली विद्यार्थी साबित हुई।

यह दोपहर बाद का तेज़ धूप में मुरझाया-सा समय था। गलियों-सड़कों पर अघोषित कर्फ्यू जैसी स्थिति थी जहाँ कोई हलचल नहीं थी। घर में मौजूद लोग एक के बाद एक हुई मौत से परेशान थे। लंबे अरसे से बिछड़े रिश्तों को वर्षों के अंतराल पर मिलने से उपजी ख़ुशी का कोटा, पूरा हो चुका था। घर से बाहर आनंद के कुछ पल बिताकर सब वापस अपने-अपने घरों को लौट जाना चाहते थे। बाहरी लोगों के साथ ठट्ठा कर हंसना, अपने और परिवार की सफलताओं के किस्से सुनाने का आनंद उठा लेने के बाद प्रत्येक व्यक्ति दिखावटी दुनिया से अपनी वास्तविकता में लौटने को उतावला था। अधिकतर को तेरहवीं की तारीख़ पता करने का इंतज़ार था। घर में अटके कुछ लोग वापस जाने की जुगत लड़ा रहे थे। गर्मी से बचने के लिए सब मिट्टी की महक़ में भीगी बोरियों से छन-छनकर आती ठंडी हवा में दुबके हुए थे। ऐसे में रामप्यारी की बात सुनकर मंझली को नया सवेरा होने की उम्मीद जागी। इसी बीच चिलचिलाती धूप में बाहर गाड़ी स्टार्ट होने की आवाज़ आई। ईश्वर और पार्वती बजार के लिए रवाना हो गए थे।

तेईस

परंपराएँ, हमारी धारणाओं की नींव पर खड़ी ऐसी इमारत है जिसका शिक्षा और शास्त्रों से कोई सरोकार नहीं है। भगवत् गीता पढ़ने वाले आत्मा को मोह-माया से दूर मानते हैं मगर मृत व्यक्ति की आत्मा के तेरह दिन घर में रहने की परंपरा पर यक़ीन कर लेते हैं।

'जो आत्मा लोभ-मोह के बंधन से मुक्त रहती है, वह शरीर छोड़ने के बाद घर के बंधन में बंधकर तेरह दिन तक रुकी रहती होगी ऐसा कैसे हो सकता है?' शेर सिंह की तस्वीर को देखते हुए रामप्यारी को यह सवाल झकझोर रहा था। इन दिनों पत्नी के मन में उठने वाली हर बात का जवाब देने वाले शेर सिंह को इस बार उसके मन की उलझन समझने की फुर्सत नहीं थी। उसका पूरा ध्यान छोटे भाई लाल सिंह की बातों पर केन्द्रित था।

'ये तो नई बात ही बताई लाल सिंगिये ने। वो...' बोलते-बोलते शेर सिंह बीच में ही रुक गया। नई जानकारी ने उसे चिंता में डाल दिया था।

'उसको ज़रूर धोखा हुआ होगा। अगला जनम हजार-डेढ़ हजार सालों का थोड़ी हुया करता है, बावला कहीं का...हुँह।' छोटे भाई की बातें उसे अविश्वसनीय-सी लगी।

'बरगद का पेड़! अकेले जंगल में कहीं ऊऽऽऽग गया तो हजार-डेढ़ हजार साल तो एक जनम में ही निकल जाएँगे। मेरे को मालूम है कि तुझे समझणे में ही गलती लगी है। ऐसा जनम और वो भी गहरे जंगल में।' शेर सिंह के लिए इस बात पर विश्वास करना अचरज की बात थी।

'तुझे किसने कहा कि वो जनम तेरा ही है?' उसने छोटे भाई को झिड़का मगर कुछ सोचकर पूछ-ताछ करनी शुरू कर दी।

'बरगद का पेड़ तो बढ़िया है पर जंगल में जाकर उगणा क्यूँ ज़रूरी है? यहीं कहीं शहर के बाहर सौ-पचास मील दूर जा के ऊग जा। दस बरस के अंदर वहाँ तक शहर बस जाएगा तब तो तेरी कटाई निश्चित ही है और नहीं तो फार्म हाउस बनाने पर भी तेरा बलिदान तय है। यहीं आसपास उगने पर इंसान तेरा दूसरा जनम जल्दी ही

करवा देंगे।' वह इंसानी फितरत से भलीभांति परिचित था, इसीलिए उसने अपने भाई को सभी संभव रास्ते सुझाए।

'और तेरे लाड़ले का क्या रहा, वो कहाँ जनमेगा?' उसकी पुष्कर के बारे में जानने की जिज्ञासा अब भी ख़त्म नहीं हुई थी।

'हाँ घुन्ना है वो, काले पेट का! ज़हर भरा हुआ है उसमें। अभी थोड़ी बताएगा कि वो कहाँ पैदा होणे वाला है। वैसे मुझे क्या लेणा है, मेरी तरफ से तो कहीं मरे सुसरा! मुझे कोई मतलब नहीं उसके नए जनम से। कहीं भी पैदा हो या ना हो। मरे हुए को मुक्ति मिले या ना मिले। जीते जी भूत की तरह चिमटा रहा मेरे, अब यहाँ भी पीछे-पीछे आ गया। उसको तो भूत ही बणना चाहिए। सुसरा भूत बण के भटकता रहे तो ही चैन पड़ेगा उसे। हाँ, ये ही बात है तब्बि वो अपणा जनम बता नहीं रहा!' इस बार शायद शेर सिंह को मन ही मन खुशी हुई।

'लाल सिंगिया सुण, तेरा छोरा भूत बणे तो भी ठीक नहीं तो अपणे अगले जनम के लिए उस पापी से अदला-बदली करले! उसे भेज दे डेढ़ हजार साल वाले जनम के लिए।' पुष्कर के लिए उसकी कड़वाहट किसी भी तरह कम नहीं हो रही थी।

'हैंऽऽऽह्य क्या कह रहा है?' उसकी हैरानी की सीमा नहीं थी। 'वो तक्षक सांप का जनम लेएगा?' अविश्वास से शेर सिंह कुछ देर के लिए चुप हो गया। 'उसे पूजा जाएगा या नहीं इस बात का तो पता नहीं, पर वो कम से कम हजार बरस के लिए तो गया।' उसकी हंसी छूट गई। वह देर तक हंसता रहा। इस बार वह शायद सच में खुश था। रामप्यारी स्वर्गीय पति से मानसिक संवाद कर वर्तमान में लौट आई।

□□□

'बड्डी बाईसा की तबियत ठीक नहीं है। जल्दी से कुछ करना पड़ेगा।' नई बहू ने रामप्यारी के कमरे में पहुँचकर सूचना दी।

'बडिया जी, आपने मना किया था पर अब अगर इनको कुछ हो गया तो मुसीबत हो जाएगी। आप कहो तो महामृत्युंजय के जाप शुरू करवा दूँ!' कल्पना बौद्धिक क्षमता पर निर्भर करती है। घर की सबसे बड़ी बेटी की तबियत की जानकारी मिलते ही पहली प्रतिक्रिया इस तरह आई। किसी के दर्द को समझने से पहले अपनी सुविधा-असुविधा का ध्यान रखना इंसान का धर्म होता है। लाल सिंह की बेटी ने अपना धर्म समझ लिया था। नई ज़ानकारी ने रामप्यारी को कुछ पलों के लिए गूँगा कर दिया। जवाबदेही ज़िम्मेदार लोगों के हिस्से में आती है। सुलोचना ने

चुप रहकर तमाशा देखने की ज़िम्मेदारी को चुना।

'माँ-सा, अब तेरहवीं आगे बढ़ी तो बहौत मुश्किल हो जाएगी। कुछ तो करना ही पड़ेगा। यूँ चुप रहने से काम नहीं चलेगा। पहले आपने कहा था कि जिस घर में कोई मौत हो जाए, वहाँ भगवान की पूजा नहीं करते। अब आप ही बताओ।' सुलोचना की बेटी को यक़ीन था कि विशेष पूजा से मृत्यु को कुछ समय के लिए टाला जा सकता है।

'हैं...हाँ तो ठीक है, पंडित जी से कह के मंदिर में महामृत्युंजय मंत्र के जाप शुरू करवा दो।' थोड़ी झिझक के बाद उसने रजामंदी दे दी।

'माँ-सा पंडित जी ने कहा है कि पाठ तो घर में ही करवाने पड़ेंगे तभी असर होगा।' पंडित जी से फोन पर सलाह लेकर लौटी बेटी ने बताया।

'घर में कराना है...रुक बाई, जेठाणी जी से पूछ लो, घर तो आखिर में उनका ही है ना।' ज़िम्मेदारी लेने के लिए ज़िम्मेदार होना पड़ता है और जब तक पकी-पकाई मिलती रहे, कुछ ख़ास किस्म के लोगों को अपने सिर मुसीबत लेना अच्छा परेशानी देता है। सुलोचना ने बला टाल दी।

'माँ सा...माँ सा...बुआ-सा की तबियत बिगड़ रही है।' नई बहू ने एक कमरे से दूसरे कमरे तक जल्दी-जल्दी क़दम रखते हुए एक बार फिर सूचित किया। जिस-जिसने इस नई स्थिति के बारे में सुना, उनके मन बैठ गए। परंपराएँ तभी तक अच्छी लगती हैं जब वे सुविधाजनक हों और जीवन में रस घोलती रहें। जिस दिन वे अपनी सीमा का उलंघन करती हैं, बदल दी जाती हैं। बड़ी बाईसा के अंतिम समय का साथी बनने के स्थान पर 'अब ये भी ना मर जाएँ' वाले भाव सबके चेहरे पर थे।

'अस्पताल में बात करो।' सुंदर को सामने देखकर रामप्यारी ने उसे ज़िम्मेदारी सौंपी। 'अस्पताल से कहो कि गैस लगाकर सात दिन निकाल देवें।' रामप्यारी अपनी शब्द सीमा के अनुसार मरीज़ को ऑक्सीजन पर रखने की बात कह रही थी।

'बाईसा की ससुराल फोन लगाओ।' अस्पताल में बात होने के तुरंत बाद रामप्यारी ने अगली कार्रवाई शुरू कर दी।

'पर बड़िया जी आज तक तो हमने उनसे कोई बातचीत रखी नहीं। अब फोन करना कैसा लगेगा?' सुंदर मोबाईल फोन हाथ में लिए धर्मसंकट की स्थिति में खड़ा था।

'अब बात दूसरी है। सूचना तो देनी ही पड़ेगी।' रामप्यारी ने अपना चश्मा पल्लु से पौंछकर दोबारा आँखों पर लगाते हुए कहा।

'बड़िया जी, मैं क्या बात करूँ? मुझे तो वो लोग जानते भी नहीं होंगे।' सुंदर रामप्यारी के नज़दीक आकर बैठ गया। पेचीदा रिश्ते, जीवन में पेचीदगियाँ पैदा कर देते हैं। पैंतालीस पार के व्यक्ति को अपनी बात कहने में शब्दों की कमी से उलझना

पड़े तब समझ लेना चाहिए कि वहाँ अब कहने-सुनने को कुछ नहीं बचा।

'ऐसों को याद रख के हम भी क्या करेंगे। इनको तो भूलणां ही सही है। अब जान-पहचान निकालकर करणा ही क्या है, बस सूचना दे देते हैं।' रामप्यारी ने दोबारा सुंदर को फोन मिलाने के लिए कहा।

चौबीस

हर बीतते पल के साथ घर की बड़ी बेटी की तबियत देखकर घर में मौजूद लोगों का डर बढ़ रहा था। 'सुंदर, गाड़ी निकलवा, बड्डी बाईसा को तुरंत ले जाना पड़ेगा।' अस्पताल की व्यवस्था होने के बाद रामप्यारी ने सुंदर को अगली कार्रवाई के लिए कहा।

'अब रोज़-रोज़ क्या अस्पताल जाना? डॉक्टर ने कह दिया कि सेवा करो इसका मतलब यही है कि उनके पास कोई इलाज नहीं है इनका। खामखां पैसे बर्बाद करने का क्या मतलब है!' आँगन में क़दम रखते ही ईश्वर ने सारी तैयारियों पर पानी फेर दिया।

'इनको कहीं ले जाने की जरुत नहीं है। घर में ही रखो।' उसने सुंदर को कहकर अस्पताल ले जाने की कार्रवाई रुकवा दी। रामप्यारी के लिए इस बार बेटे का व्यवहार असहनीय हो गया। डर एक हद तक ही डराता है। भय की सीमारेखा पार करने के बाद दबे-कुचले लोग आंदोलनकारी बन जाते हैं। इसके बाद उन्हें मंज़िल तक पहुँचने से कोई नहीं रोक सकता। अकल्पनीय की कल्पना कर लेने के बाद दिमाग पर हावी डर ख़त्म हो गया था। ईश्वर के व्यवहार ने समाज के सामने हवेली का सच उघाड़कर रख दिया था। अब तक चुप रहने वाली रामप्यारी ने अंततः समाज के सामने परिवार की तस्वीर ख़राब होने या बुढ़ापे में अकेली रह जाने के डर पर विजय पा ली। सारी परेशानियाँ एकसाथ ख़त्म नहीं होतीं उनका निवारण एक-एक करके किया जाता है। रामप्यारी ने अस्पताल की कार्यवाही को कुछ देर के लिए रोककर सामने खड़ी चुनौती को सबसे पहले स्वीकारा।

'तूं अभी बजार से आया है ना। गंगा प्रसादी के लिए मनाकर दिया या नहीं?' रामप्यारी ने ईश्वर से पहला सवाल किया।

'हाँ, रेस्टोरेंट वाला तो मान ही नहीं रहा था पर मैंने उसे समझा दिया।' ईश्वर ने अपनी व्यवहार कुशलता का परिचय दिया।

'और कपड़ों के हिसाब का क्या रहा?' माँ ने अगला सवाल पूछा।

'उन्होंने कपड़े वापस लेने से मनाकर दिया।' बेटे ने रुखाई से जवाब दिया।

'अच्छा तो वो कपड़े कहाँ हैं जो तूं लेकर गया था? ला मुझे दे दे। मैं देखूँ तो सही कि तूं क्या-क्या लाया था।' इस बार ईश्वर का माथा ठनका।

'उन्होंने कपड़े वापस करने से मना किया है।' झुंझलाहट में हाथ-पैर हिला-हिलाकर ईश्वर जिस तरह जवाब दे रहा था, उसकी मन:स्थिति रामप्यारी समझ रही थी। चोर के मन में बसा डर पुलिस का हथियार बन जाता है।

'ला तो वो कपड़े मुझे दे दे।' इस बार वह हिसाब करने का मन बना चुकी थी।

'पर हम उनकी जगह बदलकर दूसरे कपड़े ला सकते हैं।'

'इसका मतलब तूं बदलकर दूसरे कपड़े ले लाया, है ना।' एक पल गंवाए बिना रामप्यारी ने ईश्वर को घेर लिया।

'हाँऽऽऽ!' आवाज़ से उसके भीतर की खीज़ बाहर निकल आई।

'अच्छा, तो वो कपड़े लेआ। खाने-पीने का और बाकी सब चीजों का हिसाब भी दे।' ईश्वर को बूढ़ी माँ से इस क़दम की उम्मीद नहीं थी।

'आओ बाईसा, हिसाब करणा है, आप भी चलो।' रामप्यारी ने शेर सिंह के कमरे की ओर जाते हुए मंझली को अपने साथ बुला लिया।

'खाने के पैसों की बात हो गई है। एक-दो दिन में वो पैसे वापस दे देगा।' ईश्वर ने घर के भूतपूर्व मुखिया के कमरे में पहुँचकर बताया।

'कपड़ों के पैसों का हिसाब बता।' रामप्यारी ने अगला हिसाब माँगा।

'अब्बि तो बताया कि कपड़े वापस नहीं दिए, बदलवाने पर बात बनी है।' वह चिड़चिड़ा गया।

'बदलवा लिए तो नया बिल दे मुझे।' जिसे क़रीब से जानते हैं, उसकी कमजोरियाँ भी पहचानते हैं। रामप्यारी ने बेटे को हिसाब-किताब के मोर्चे पर घेर लिया। उसे याद था कि किस तरह शेर सिंह एक-एक रुपए का हिसाब लिया करता था। बाप से ज्यादा उसके हिसाब माँगने से बेटे की हिम्मत जवाब दे दिया करती थी?

'हाँ बदलवा लिए। पहले वाले बिल जितना ही खर्चा हुआ। इसलिए नया बिल नहीं बनवाया।' बहुत प्रयास से अपनी चिड़चिड़ाहट को काबू में रखते हुए उसने जवाब दिया।

'ला दिखा क्या कपड़े लाया है!' रामप्यारी चुप रह जाने को तैयार नहीं थी।

'यूँ एक-एक चीज़ कहाँ तक दिखाऊँगा? रखवा दिए कपड़े। जब जरूत होगी तब काम में ले लेंगे।' अब खीज उस पर हावी होने लगी थी।

'तूं बदलवा के क्या लाया है? खर्चा साझे का है ना, तो कपड़े भी साझे में ही जाएँगे। तूने सब अपणे पास कैसे रख लिए? ला, कपड़े दिखा।' रामप्यारी का लहज़ा सामान्य था, मगर ईश्वर के हिस्से में बातें सबसे कठोर आज पहली बार आई थीं।

'माँ-सा आपके लिए चाय बनाई है। लो, आप चाय पीओ।' पार्वती अचानक गर्म चाय के गिलास कटोरी में लिए सामने खड़ी थी।

'चाय बाद में। अभी ज़रूरी काम चल रहा है।' मंझली ने पार्वती को दख़ल देने से रोका।

'आपके लिए भी चाय लाई हूँ।' पार्वती ने मंझली का ध्यान अपनी ओर खींचा।

'आज तो हम दोनूँ चिलचिलाती धूप में सारे दिन घर के काम से बजार में ही धक्के खाते रहे। लो, आप भी चाय ले लो। आपका भी सिर दुख गया होगा।' पार्वती ने तीन कटोरियों में रखे तीनों स्टील के गिलास सबके बीच से ईश्वर की ओर बढ़ा दिए।

'माँ-सा शाम को भोजन में क्या बनवाऊँ?' पार्वती ने बातों का सिलसिला जारी रखा। इस बार सास के लिए संबोधन भी पूरा था।

'रोटी का काम तूंने आजतक तो सम्भाला नहीं फेर आज तेरे को ये हड़बड़ी क्यूँ हो रही है? सारा काम रजनी अपणें आप कर लेगी तूं चिंता मत कर।' रामप्यारी ने बेरुखी से जवाब दिया।

'आप चाय लेओ ना माँ सा।' पार्वती ने थाली में रखे गिलास इस बार अपनी सास के सामने बढ़ाए।

'बाजार गई थी तब तो मैं मां थी अब्बि माँ-सा हो गई। तेरे रंग-ढंग समझ आ रहे हैं मुझे। और हाँ, आज से मेरे लिए कुछ भी बणाणे की जरूरत नहीं है। तूं रहणे दे, मैंने तेरे हाथ की बणाई चाय पीणी छोड़ दी। आज के बाद मेरे लिए कुछ मत बणाना।' अपनी बात कहते हुए रामप्यारी ने पार्वती की ओर देखा तक नहीं।

'ईश्वर, कहाँ जा रहा है? अब्बी तो हिसाब शुरू ही हुआ है। आजा बैठ, हिसाब पूरा कर पहले।' रामप्यारी ने चुपचाप कमरे से उठकर जाते ईश्वर को रोक लिया। पार्वती अपने पति को अप्रिय स्थिति से बचाने के लिए चाय बनाकर लाई थी। अपनी बातों में उसने सबको उलझा भी लिया था, मगर माँ अपनी औलाद को जितना जानती है, उतना कोई और कैसे जान सकता है। उसने ईश्वर के बढ़ते क़दमों को रोक दिया।

'आ रहा हूँ। घर में पैर रखा नहीं कि दोनों ने लपक लिया। सारे दिन बाहर काम करके आदमी घर आए तो दो मिंट चैन की सांस नहीं लेने दी। बाहर से आया हुआ आदमी पानी पीवे या मूतने जाए...पर ना, आते ही घेर-घोट के बैठ गई। पैसे के पीछे बावली हो रही है। क्या करेगी इस पैसे का? उस हमारे बाप ने सरी उमर पैसों को कलेजे से चिपकाकर रखा पर मरा तो खाली हाथ ही गया ना। वो साथ लेकर चला गया था क्या जो तूं साथ ले जाएगी? मेरे से हिसाब माँग रही है...मैं क्या तुम्हारे पैसे खा जाऊँगा? बल्कि अपनी जेब से लगा रहा हूँ पैसे। तेरे उस दस हजार

रुपल्ली से होना ही क्या है?' बरामदे में खड़ा होकर उसने ऊँची आवाज़ में सबको सब कुछ सुना दिया।

'जवान मौत की शरम-लिहाज़ में बाहर से आए हुए लोग तो बिचारे चुपचाप बैठे हैं, घर वालों का तांडव चल रहा है।' मंझली ने आवाज़ पहचानने की कोशिश की। आवाज़ शायद दिल्ली वाली नातिन की रही होगी।

'सब तेरा किया सुण रहे हैं। इज्जत मिट्टी में मिलाकर रख दे। तूं तो चार दिन में मर खप जाएगी बाद में रहना तो हमें है इस समाज में। मुं दिखाने लायक मत छोड़ना हमें।' ईश्वर का बोलना ज़ारी था। चाय बनाने का औचित्य ख़त्म हो गया था इसीलिए पार्वती चाय से भरे गिलास उठाकर कमरे से बाहर निकल गई।

'जो-जो हिसाब में हिस्सेदार हैं, वो सब आओ।' रामप्यारी की बात सुनकर बाहर हलचल-सी हुई। कुछ पलों की शांति के बाद काठमांडू वाली देवरानी कमरे के बाहर आकर खड़ी हो गई।

'सुंदर और जोगिंदर को भी बुलाओ।' कहते हुए काठमांडू वाली देवरानी को रामप्यारी ने हाथ के संकेत से अपने पास बुला लिया। कुछ ही देर में मेहमानों को छोड़कर लगभग आधा परिवार जमा हो गया। कमरे में जितनी जगह थी, सब भर गई।

'सबको इकट्ठा करके मुझे चोर साबित करने की सलाह है तेरी?' ईश्वर दहाड़ा।

'ईश्वर दुख के टेम में भी जो घर के हिसाब में चोरी करे उसका क्या करूँ? आज का दिन देखणे के लिए तो तुझे पैदा नहीं किया था। सारे खानदान की नाक कटवा दी तूने और ऊपर से गाल बजा रहा है सो अलग!' जो बात पिता उसे बंद कमरे में समझाता रहा वही बात भरे-पूरे परिवार के बीच माँ के मुँह से सुनने की उसे उम्मीद नहीं थी। रामप्यारी की बात सुनकर ईश्वर के हाव-भाव ठंडे पड़ने लगे।

'आड़तिये ने बताया कि पुष्कर को देखणे जब तूं अस्पताल गया था तब्बि तूने वहीं खड़े-खड़े मूँग-मोठ और जीरे की फ़सल का सौदा करके पैसे भी पकड़ लिए। इत्ती क्या जल्दी थी रे? पुष्कर तेरा भाई था ना। मौत का ही लिहाज़ कर लेता!' गुस्से से फण-फणाता सांप अचानक जैसे बिल में घुस गया। ईश्वर की आँखें फटी की फटी रह गईं।

'गंगा प्रसादी के पैसे तूं वापस ले आया, शामियाने का हिसाब भी हो गया पर तूं हमें नहीं बता रहा। इत्ती खोटी नीयत है रे तेरी। मुझे तो शरम आ रही है तुझे अपणा बेटा कहते।' एक दर्जन से अधिक लोगों की उपस्थिति के बावजूद कमरे में शांति थी।

'दूध के हिसाब में हाथ डालणे की क्या पड़ी थी तुझे? और आज की आज पैसों की कौन-सी कमी आ गई जो इतणी हेर-फेर चालू कर दी तूने? बोलणे, बात करणे की लिहाज़ को तुम दोनों ने तिलांजलि दे दी। अब चोरी-चकारी भी सुरू कर

दी। आदमी के पतन की भी सीमा होणी चाहिए।' इस बार ईश्वर ने कोई जवाब नहीं दिया।

'सुण ईश्वर, अब मेरा-तेरा एकसाथ गुज़ारा नहीं होगा। तूं चला जा यहाँ से।' बुढ़ापे के जोर से कांपती देह पर काबू पा लेने वाली रामप्यारी भावनाओं के इस समंदर को पार करते हुए खुद को सम्भालने की कोशिश कर रही थी। उसके हाथ अन्य दिनों से ज्यादा कांप रहे थे, गर्दन हिल रही थी, गला सूख गया था। इस सबके बीच सिर्फ उसका हौंसला था जो डिगा नहीं था।

'तूं पागल होगी क्या? बुढ़ापे में मुझे निकाल देगी तो क्या अकेली रहेगी? किसी दिन मर गई तो पड़ौसियों को भी खबर नहीं होएगी। लावारिस की तरह लाश पड़ी मिलेगी तेरी। क्या मालूम बदबू उठे तब पता लगे कि दस दिन पहले ही मर गई थी बुढ़िया। तुझे तो परवाह नहीं है पर मुझे तेरी चिंता है। मैं तुझे छोड़कर कहीं नहीं जा रहा।' ईश्वर कमरे में वापस आकर शेर सिंह के पलंग पर बैठ गया।

'तूं कित्ता भी बड्डा बण जाणां पर तेरी हैसीयत मुझे रखणे लायक कब्बि नहीं होगी। माँ को रखणे के लिए औलाद को औलाद जैसा बणना पड़ता है। तेरे में वो औलाद वाले गुण है ही नहीं।' रामप्यारी के शब्दों से बेटे के अहंकार को चोट लगी।

'मैं तुझे कित्ता भी मान दे दूँ पर तुझे तो मेरे किए हर काम में कमी ही लगती है। तूं तो ये ही चाहती है ना कि तेरे लिए मैं अपनी जान दे दूँ। पर क्यूँ दे दूँ? बता क्यूँ देउं अपनी जान मैं वो भी तेरे लिए! जनम से कोई श्रवण पैदा नहीं होता। बच्चे को संस्कारों से श्रवण बनाया जाता है। तेरे दिए संस्कारों ने ही तुझे डुबो दिया।' ईश्वर की आवाज़ घर की चारदीवारी पार कर बाहर तक फैल रही थी।

'तूं जिस पलंग पर बैठा है ना, तेरा व्यवहार बता रहा है कि तूं क्या है। इत्ते लोगों के सामणे तो तूं शरम-लिहाज भी कर ही रहा होगा तब तेरा व्यवहार ऐसा है। अकेले में तो तूं और तेरी लुगाई पता नहीं कैसे-कैसे रंग दिखाओगे मुझे। मैं तेरे को ऐसा करणे की इजाज़त ही नहीं दूँ।' रामप्यारी ने अपनी आवाज़ को भी अपनी भावनाओं के समान साध लिया। कमरे में मौजूद हर व्यक्ति दोनों ओर की बात सुन रहा था। ईश्वर के पास माँ की कही बातों का कोई कोई जवाब नहीं था।

'कहना क्या चाहती है तूं?' एक बार फिर उसकी आवाज़ ऊँची होने लगी।

'तुम्हारे पिताजी ने तुम सबको पैरों पर खड़ा किया। घर-ज़मीन और पैसा, सब दिए।' रामप्यारी ने ईश्वर से छोटे दोनों बेटों को बारी-बारी से देखा।

'हाँ माँ सा।' दोनों ने बिना सोच-विचार किए तुरंत जवाब दिया।

'थानै पहले से ही जानकारी तो है ही कि मैं भी थारे बराबरी की हिस्सेदार हूँ। ये घर, दो बाड़े, एक गाड़ी, दस राठी गाएँ और आठ खेत मेरे नाम पर छोड़कर गए

हैं तुम्हारे पिताजी। शहर की दुकानें सबके हिस्से में बराबर आई हैं वो भी सबको पता है।' पहले से दी जा चुकी जानकारी को रामप्यारी ने एक बार फिर सबके बीच में दोहराया।

'तेरे लिए खेड़े (खेत) में घर बणवा दिया था। अब्बि से ही तूं अपणे जाणे की तैयारी कर ले। तेरहवीं पर सबके साथ तूं भी मेरे घर से चला जाणां।' माँ ने बेटे को घर निकाला दे दिया।

'आई साठी, बुद्धि नाटी! तेरा तो दिमाग ही सठिया गया दिखता है। बुढ़ापे में समझदार लोग अपनों का साथ ढूँढते हैं और एक तूं है जो बसी-बसाई गृहस्थी में आग लगा रही है। अपने बेटे-बहू को घर से निकालकर अकेले मौत का इंतज़ार करने का सोच रही है क्या? आखिरी सांस निकलेगी तब कोई तो नजदीक होना चाहिए जो मूँ में गंगाजल रखे। यहाँ तो गंगा माई उल्टी ही बही सारी उमर।' वह पलंग से उतर गया।

'समाज क्या कहेगा? लोग हंसेंगे कि बाप था तब तक तो सब साथ रहे और जैसे ही बाप मरा, माँ को अकेले मरने के लिए छोड़कर ईश्वर दूसरे घर में रहने चला गया। ना, मैं तुझे अकेले मरने नहीं दूँगा। जैसे भी हैं, हम तुझे पसंद हैं या नहीं हैं पर हम कहीं नहीं जा रहे। हम सब यहीं रहेंगे और तेरा ध्यान रखेंगे।' इस बार उसकी भाषा के साथ शब्दों के उतार-चढ़ाव में थोड़ी नरमी थी।

'आज बता दिया है, दोबारा इस पर बहस नहीं होगी। अपणी तैयारी कर लेणा कहीं आखिरी दिन रोवणां शुरू करो।' रामप्यारी निर्णय सुनाकर बरामदे में आ गई।

'और हाँ, बेटे का हक़ है कि वो तेरहवीं तक के संस्कार करे पर तेरे को तकलीफ है तो कागोळ भी और कोई सम्भाल लेगा। तूं आज जाना चाहता है तो भले ही चला जा।' आज तक का सबसे महत्वपूर्ण निर्णय लेने में भी इस बार माँ हिचकिचाई नहीं।

'माँ, तुझे गलतफहमी हो गई है। कौन भड़का रहा है तुझे? हमारे ही घर में रहकर हमारा ही घर फड़वा दिया। ये सब बाहर वालों के काम हैं।' ज़िम्मेदारी लेना हिम्मत की बात होती है जबकि दोषारोपण आसान होता है। उसने काठमांडू से आए परिवार को इस स्थिति का ज़िम्मेदार घोषित कर दिया।

'तूं रहणे दे। तेरे बस का कुछ भी नहीं है। अब और किसी को कुसुरवार बनाणे चला। फैसला हो गया, तूं अपना इंतज़ाम कर लेना।' रामप्यारी ने इस मुद्दे पर सारी बहस ख़त्म कर दी।

'धूप जलाओ।' शाम हो चुकी थी। यह तीनों तस्वीरों के सामने धूप जलाने का वक़्त था। रामप्यारी की आज्ञा का पालन करने के लिए सुंदर उठ खड़ा हुआ सूरज भी उसके साथ चल दिया। बिना देर किए ईश्वर भी हाथ-मुँह धोकर धूप जलाने

पहुँच गया। छत पर पानी का छिड़काव करने के बाद खिड़कियों पर लगी बोरियों पर भरतिया और दो अन्य कामगार, पानी छिड़कने में व्यस्त थे। रसोई में आज देर से काम शुरू हुआ। घर में रह रहे लोग सामान्य दिखने के प्रयास में जुट गए। दोपहर बाद से शाम ढले तक की घटनाओं में व्यस्त दर्शकों की हालत अजीब हो गई थी। सुगंध के आँसुओं ने अवकाश ले लिया था। मजमा ख़त्म होने पर सीमा सबके बीच से उठकर ऊपर अपने कमरे में चली गई।

पच्चीस

फोन नंबर वाली डायरी हाथ में लिए रामप्यारी चश्मा ठीक कर रही थी जब नैना उसकी मदद के लिए पहुँची। 'वकील वाले पेज पर देख।' रामप्यारी ने अपनी डायरी में काम-व्यवसाय के अनुसार लोगों की अलग-अलग श्रेणियाँ बना रखी थीं और श्रेणियों में हिन्दी वर्णमाला के अनुसार नाम, नंबर लिख रखे थे।

'पूजा का नंबर लगा।' दोपहर के समय आने-जाने वालों का दबाव कम होने के बाद उसने चौथी पीढ़ी से ज़रूरी फोन नंबर मिलाने को कहा।

'हाँ पूजा बाई, घर आ एक बार ज़रूरी काम है।' बात ख़त्म होने पर रामप्यारी ने 'पूजा से काम पड़ता रहेगा, इसका नंबर मेरे मोबाइल में लिख दे।' कहते हुए अपना फोन पड़पोती को दे दिया।

'वकील का क्या काम है घर में? पुलिस और वकील तो घर मै आने ही नहीं चाहिएँ। थारी माँ अब ये क्या नया नाटक शुरू कर रही है?' पार्वती ने सही पते पर सूचना पहुँचाने के साथ अपनी आपत्ति भी दर्ज़ करवा दी।

'तूं परेशान मत हो, चुपचाप देखती जा। यहाँ नया कुछ भी नहीं है। यूँ ही अकड़ दिखा रही है। दोनों छोटे भाई तो शायद इसे रख भी लेंगे पर ये खुद जीते-जी इस घर को छोड़ के कहीं जाने के लिए तैयार नहीं होगी। तो अब बचा कौन? हमारे बिना इसका कोई नहीं है। खुश रहेगी तो भी हमारे साथ ही रहना पड़ेगा और नाराज रहेगी तो भी इसे अपनी बची हुई सांसें हमारे साथ ही काटनी पड़ेंगी, ये बात तो तय ही है।' कोई एक जब दूसरे को गहराई से जानने लगता है तभी उसकी कमजोरियों और खूबियों का फायदा उठाता है। ईश्वर अपनी माँ की मजबूरियों को समझ रहा था। किसी को क़रीब से जानना दूसरे के लिए कितना घातक हो सकता है यह आने वाले समय में रामप्यारी को झेलना था।

'जेठाणी जी, क्या संपत्ति का बंटवारा करने के लिए बुला रही हो वकील?' जीवन के कठिन समय में भी छिपकर दूसरों की बातें सुनने से सुलोचना खुद को रोक नहीं सकी। हालात के थपेड़े उसको बदल नहीं सके। जिसके जीवन में लक्ष्य होता है, वह भटकाव में समय बर्बाद नहीं करता। सुलोचना को किसी बड़े लक्ष्य

की ज़रूरत नहीं थी। उसे यही सब खुशी देता था, वह अपनी आदतों के साथ सहज थी। रामप्यारी को इस बार सुलोचना के सवाल का जवाब देना आवश्यक नहीं लगा।

'अस्पताल की क्या खबर है? बाईसा की तबियत में कितना सुधार है?' तीनों समय शेर सिंह के कमरे में चल रहे गरुड़ पुराण के पाठ और आँगन में लगी तुलसी के नज़दीक महामृत्युंजय मंत्र के जाप के बीच से रामप्यारी ने अपने मंझले बेटे से फोन पर बीमार ननद का हाल पूछा।

'प्रतापगढ़ बात हुई? बाईसा की ससुराल से फोन आया?' सच्चाई मालूम होने के बावजूद इंसान अक्सर अजूबे की उम्मीद करता है। अपने सवाल का जवाब रामप्यारी को मालूम था फिर भी शायद उसके मन में कहीं, कोई आशा रह गई थी।

'भाभी-सा, आप हमेशा परीक्षाएँ देती रहीं इसके बावजूद आज तक जीवन के सवाल सुलझे नहीं। रोजाना नई-नई परेशानियाँ उग जाती हैं, आपको थकान नहीं होती?' अदरक, टमाटर, पुदीना और नींबू की ठंडाई वाला गिलास रामप्यारी को थमाते हुए मंझली ने कहा।

'इंसान के साथ उसकी परीक्षा ख़त्म होती है। आज अगर मेरी परीक्षा ख़त्म हो गई तो मैं अभी पूरी हो जाऊँगी।' वृद्ध शरीर थकने को तैयार नहीं था।

'बड़िया जी, मुझे आपसे कुछ ज़रूरी बात करनी है।' रामप्यारी ने गर्दन घुमाकर देखा, वहाँ सुगंध थी।

'मैं सब कुछ छोड़कर यहाँ बैठी हूँ। मैंने परिवार के साथ मिलकर रहने की पूरी कोशिश की, फिर भी यहाँ किसी का व्यवहार मेरे साथ अच्छा नहीं है। आप घर की बड़ी हैं इसीलिए आपके पास आई हूँ।' सुगंध को इंतज़ार था कि रामप्यारी की ओर से उसे कुछ दिलासा मिलेगी पर ऐसा नहीं हुआ। रामप्यारी तटस्थ बनी रही।

'पुष्कर के सामने तो सब ठीक थे। अब अचानक सब कुछ कैसे बदल गया समझ नहीं आ रहा। हम पाँच सालों से साथ थे। तब तो माँ और पिताजी आकर हमारे साथ रहते भी थे पर अब माँ मेरे से बात भी नहीं कर रहीं। मुझे कुछ समझ नहीं आ रहा। पुष्कर के जाने से मेरी तो दुनिया ही उजड़ गई और यहाँ सब लोग मुझे ही ग़लत ठहराने में लगे हुए हैं।' जिन आँसुओं को कोशिश करने के बाद भी रोकना संभव नहीं था, वही आँसू इस बार बिना रोक-टोक के बहने लगे। रोते-रोते उसकी हिचकियाँ बंध गईं।

'बड़िया जी, क्या आप भी मेरे लिए नहीं बोलेंगी?' कुछ देर रो लेने के बाद जब सब ओर से समझा-बुझाकर चुप करवाने की उम्मीद ख़त्म हो गई, उसने खुद ही चुप होकर अपने आँसू पौंछ कर रामप्यारी से सवाल किया।

'सुगंध, मैं तुझे नहीं जानती। तूने एक ब्याहे-थाहे आदमी के साथ रहना क्यूँ स्वीकारा, ये भी मुझे नहीं मालूम। एक शादीशुदा औरत के पति के साथ रहने लग

गई थी तो उससे पहले क्या तूने उस औरत से बात करी थी? दो बड्डे होते बच्चों से उनका बाप दूर कर दिया, तब उन बच्चों से या बच्चों के बाप से ऐसे सवाल किए थे कि वो ये सब क्यूँ कर रहा है? उस दिन जब तूं पहली पत्नी के जीवित रहते उसके आदमी के साथ रहने लगी तब जितने लोग रोए, उनके आँसुओं से तेरा कोई लेना-देना नहीं था पर आज तूं चाहती है कि हम सब तेरा दर्द समझें, है ना।' इस बार रामप्यारी ने उसका चेहरा देखा। सुगंध ने कोई जवाब नहीं दिया वह चुप बैठी सब सुन रही थी। इस समय शायद वह इलाक़े की सबसे उम्रदराज औरत को 'बड़िया जी' कहे जाने का कारण खोज रही थी।

'मेरे से उस दिन तुम दोनों ने सलाह नहीं ली थी तो आज भी मेरी सलाह की दरकार नहीं होनी चाहिए। तूने कहा कि लाल सिंह और सुलोचना तुम्हारे घर जाकर रहे। आज लाल सिंह नहीं है पर सुलोचना तो है, जवाबदेही उसकी बनती है। तूं उसी से बात कर।' मामले को लटकाए रखना रामप्यारी को कभी पसंद नहीं आया। जो सही लगा सो किया और जो ठीक नहीं लगा वह नहीं किया, अपनी इसी विचारधारा पर चलते हुए उसने सुगंध को दो टूक जवाब दे दिया। सुगंध के पास संभवतः कोई विकल्प नहीं बचा था इसीलिए वह शांत बैठी रही। सोच-विचार में उसने लंबा समय लिया इसके बाद वह एक निर्णय पर पहुँच गई। सीढ़ियाँ दो अलग-अलग धरातल आपस में जोड़ती हैं। शायद ऐसे ही किसी जुड़ाव की उम्मीद लेकर वह उठी और सीढ़ियाँ चढ़ने लगी।

सीमा अपने बच्चों के साथ ऊपर के कमरे में थी। इस समय सुगंध को एकमात्र उम्मीद की रौशनी सीमा में नज़र आ रही थी। पत्थरों को ऊपर उठाते हुए सीमेंट और चूने का घोल उसे धरती से उठाकर नई ऊंचाई देता है। मगर वह पत्थर नादान हैं जो समझते हैं कि कुछ पत्थरों के एकसाथ जुट जाने से वह ऊपर उठ जाएँगे। वह भूल जाते हैं कि इमारत बनाने में हर चीज़ की उपयोगिता महत्वपूर्ण होती है। जब तक पत्थरों पर सीमेंट और गारे की पकड़ नहीं होगी, अकेले पत्थर ऊं चाई हासिल नहीं कर सकते। कमरों के बाहर बने बरामदे में पहुँचकर सुगंध ने खुद को सहज करने का प्रयास किया। मौसम का अपना मिज़ाज होता है, वह कब, किसी को अपनी मर्ज़ी करने देता है! सूरज की धूप अपने प्रचंड़ वेग से हवा को तपा रही थी। खुले माहौल में गर्मी के कहर, एयरकंडीशनमय जीवन जीने के आदी लोगों को अपेक्षाकृत अधिक सताता है। सुगंध के पसीने छूट रहे थे।

❑❑❑

'भाभीसा कोई पूजा आपसे मिलने आई है। उसे यहीं बुलाऊँ या आप सिंह जी

के कमरे में जाओगे?' मंझली ने बाहर से आने-जाने वाले अजनबियों का इंतज़ाम सम्भाल रखा था।

'यहीं आने दे।' पहला कदम ज़मीन पर पूरे दबाव के साथ ज़माने के बाद रामप्यारी ने अगले कदम की ज़मीन तैयार कर ली थी।

'पूजा बाई, मेरी वसीयत बनवानी है। पक्का काम करना है। रजिस्टरी करवानी है, कितना टेम लगेगा?' रामप्यारी के सीधे सवालों के जवाब में वकील ने उससे विस्तार से सारी जानकारियाँ माँगीं। कुछ सवाल-जवाब के बाद उसने वसीयत बनवाकर कोर्ट से तारीख़ लेने की बात कहकर रामप्यारी को निश्चिंत कर दिया।

'तेरहवीं वाले दिन या उसके एक दिन आगे-पीछे कोर्ट जाने की तारीख ले लो बाई पर वसीयत बनवाकर मुझे पहले दिखा लेना, मैं पक्की करवाने से पहले देखना चाहूँगी। कोई गलती नहीं रह जाए इस बात का ध्यान रखना।' रामप्यारी ने ताक़ीद किया।

बातचीत ख़त्म कर पूजा जाने को थी कि उसी समय रामप्यारी ने उसे रोक लिया, 'बाई, सबसे महत्वपूर्ण बात ये है कि ये हवेली मैं परिवार से बाहर किसी को देना चाहती हूँ तो इसके लिए मुझे क्या करना पड़ेगा, ये बता।' जितने लोग कान लगाकर बातें सुन रहे थे, कुछ देर के लिए उनकी आँखें झपकना भूल गई। घर में सन्नाटा पसर गया। शेरों के समूह शिकार को घेरने, डराने की रणनीति बनाकर अपने गद्देदार पैरों में पैने नाखून छुपाए जब बिना आवाज़ किए चुपचाप शिकंजा कसते हैं, यह वैसा ही जानलेवा सन्नाटा था। बहुत तरह के जानवर झुंड बनाकर शेरनी पर शिकंजा कसने की तैयारी कर रहे थे।

छब्बीस

'ऊपरवाले की मर्जी के आगे किसकी चली है? वो जैसे चाहता है, उसी हाल में रहना पड़ता है।' अफसोस जताने आई महिला ने अपने हाथ संभवतः आसमान में रहने वाले देवी-देवताओं के आगे जोड़े थे जो पहली मंज़िल पर खड़े जोगिंदर की ओर जुड़े हुए भी लग सकते थे। ताज़ा घटनाक्रम की ज़िम्मेदारी भगवान पर डालकर दु:ख जताने आई महिला अपनी बात कहकर चुप हो गई। उसके हाथ अब भी ऊपर की ओर ही उठे हुए थे। जो इस वाक़ये से अनजान था, उसे महिला पहली मंज़िल पर खड़े लाल सिंह के बेटे से विनती करती हुई लग सकती थी।

'दीदी, इनको मालूम तो है ना कि ये जिस ऊपरवाले के सामने हाथ जोड़ रही हैं, वो मेरे हसबैंड हैं।' अर्थ देखने वाले की नज़रों में होता है। जोगिंदर की पत्नी का कहा सुनकर तीनों को सप्रयास अपनी हंसी रोकनी पड़ी। लगभग पन्द्रह दिनों से शोक व्यक्त करने वालों को अलग-अलग किरदार में देखना शहरी मानसिकता का मनोरंजन भी कर रहा था। सुंदर की पत्नी कई मौकों पर कह चुकी थी, 'हमारा दु:ख अपनी जगह है पर आने-जाने वालों की बातें सुनने से जो अनुभव मिल रहे हैं, वो ग़ज़ब हैं।'

अक्सर घटने वाली अटपटी घटनाओं पर उसका बार-बार यही दोहराना, उदास चेहरों पर मुस्कान ले आता था। इस बार आँगन से अपनी ओर विनती करते हाथ देखकर जोगिंदर भी असमंजस में पड़ गया। कुछ पलों का यह दृश्य देखकर कमरे में बैठी सीमा और उसकी देवरानियाँ अपनी हंसी रोक नहीं सकीं। दबी-छुपी-सी हंसी के आँगन तक पहुँचते ही सुलोचना की सारी इंद्रियाँ सक्रिय हो गईं।

'सासू जी देखे ही जा रही हैं, बाहर आँगन में चलकर बैठें क्या?' सास की नजरों को भांपते हुए जोगिंदर की पत्नी ने तीनों से आँगन में चलकर बैठने की पेशकश की थी जिसे सुंदर की पत्नी ने नकार दिया।

'अब क्या कहेंगी? हम तो कल भी तीन थीं, आज भी तीन हैं। जो दो लोग उनकी हिम्मत थे, वो अब नहीं रहे। अब तो वो हम त्री-मूर्ति को सिर्फ देख सकती हैं।' तिकड़ी के बीच वाली कड़ी ने बेपरवाही से कहा।

इस सच की जानकारी तीनों को थी कि बीते समय में भी वह इनके खिलाफ कहाँ कुछ कर सकी थीं। कुछ ना कर पाने की विवशता उसे झगड़ने और लड़ाई करने को उकसा दिया करती थी। जितनी बार पूरा परिवार इकट्ठा हुआ, हर बार लड़ाई-झगड़ा कर उसने माहौल ख़राब करने में अपना पूरा योगदान दिया। कमरे में जमी तिकड़ी के साथ इस बार मंझली बुआ भी मिल गईं।

'जब वो गुस्से में हमें तीन मूर्ति कहती थीं, मुझे तो सच में मज़ा आता था।' जोगिंदर की पत्नी ने शरारत से एक आँख दबाते हुए कहा। टकटकी लगाए सुलोचना की नज़रें कमरे में मौजूद तीनों बहुओं का एक्स-रे कर रही थीं। उसे लगातार कमरे में नज़रें गड़ाए देखकर मंझली से चुप नहीं रहा गया, 'भाभीसा की हरकतें ऐसी ही हैं तभी तो वो अकेली रह गईं और अब तो उनके रहने के भी लाले पड़े हुए हैं।' सीमा शुरू से चुप थी पर इस बार मंझली बुआ की बात सुनकर सुलोचना की अन्य दोनों बहुएँ भी चुप हो गईं।

'आ जाओ बाहर बैठते हैं। भूसे पर पानी के छिड़काव से छत खूब ठंडी है और दरवाज़ों-खिड़कियों पे लगी बोरियों से आती हवा का सबसे ज्यादा असर बरामदे में ही है। आ जाओ, वहीं बैठेंगे।' सुगंध के कमरे में दाखिल होते ही चारों अचानक बाहर जाने के लिए खड़ी हो गईं।

'सीमा मुझे तुमसे कुछ बात करनी है।' सुगंध कहना चाहती थी लेकिन उसके शब्द गले में ही अटक गए। जो थोड़ा-बहुत अस्पष्ट वह बोल सकी, सबने उसे अनसुना कर दिया।

'पुष्कर की कोई उमर थोड़ी थी जाने की। कित्ता तड़पा होगा प्राण निकलणे से पहले।' हाथ जोड़कर छत की ओर संकेत कर रही महिला ने अपने जुड़े हाथ खोल लिए थे मगर वह अब भी बोलना ज़ारी रखे हुए थी।

दुख के समय हौंसला देने वालों का गणित अलग स्तर पर काम करता है। कुछ लोग अपनी उपस्थिति से दुख भुलाने में मदद करते हैं तो कुछ दुखी परिवार को रुलाने के मकसद से ही पहुँचते हैं। मंझली बुआ को घर के काम निपटाकर दोपहर बाद पहुँचने वाली महिलाओं के संवेदना प्रदर्शन से चिढ़ होने लगी थी।

'वो तो थोड़ी देर ही तड़पा होगा अब उसके बाद जो बच गए उनकी तड़प तो सारी उमर की है। एक तो सबका सहारा चला गया और अब तक उसने जो भी अच्छा-बुरा किया था वो सब भी इनको ही भुगतना पड़ेगा।' महिला के साथ आई सहेली ने माहौल को मार्मिक बनाने में अपना योगदान दिया।

'कौन-से दुःख की बात कर रही हैं ये? जो यहाँ दिखाई दे रहा है उसकी या जो मैं भुगतती रही हूँ उसकी? लोग बिना कारण भी कितना बोलते हैं! जब तक किसी को ठीक से जानते नहीं, भाषण देने की क्या ज़रूरत है? और जब जान

जाओगे तब इन भाषणों की ज़रूरत ही नहीं रहेगी।'

चारदीवारी के भीतर और समाज के सामने अलग-अलग चेहरे लगाए सिंह जी के परिवार को देखकर उसके मन से सबकी रही-सही इज्जत भी ख़त्म हो गई। महिलाओं से घिरे हुए भी वह जानती थी कि अपने जीवन संघर्ष में वह बिल्कुल अकेली है। शांत दिख रही शहरी बहू के समूचे व्यक्तित्व का आँगन में मौजूद आँखें बार-बार निरीक्षण करती रहती थीं। उसके चेहरे और आँखों से सब उसका दुःख तौल रहे थे। सबके बीच सामान्य दिखने वाले चेहरे के मस्तिष्क में उथल-पुथल मची हुई थी।

'सीमा बीनणी, ये पहाड़-सी ज़िंदगी अब अकेले ही काटनी पड़ेगी। तूं हिम्मत रखना बेटा, दोनों बच्चे तेरा ही मुं देखेंगे। तेरे कंधे पर सिर रखेंगे।' महिला लगातार बोल रही थी। महिला का उद्देश्य समझ आने के बाद सीमा ने इस ओर से अपने कान बंदकर लिए।

'मैं जानती हूँ तपस्या क्या होती है। पिछले सात सालों से मैं इसी तपस्या में हूँ। पहले दो साल घर में रहकर उसका कई-कई औरतों के साथ रिश्ता रखना सहन किया और उसके बाद के पाँच साल तो...मैं अपने बच्चे अकेले ही बड़े कर रही हूँ। ये जो लंबा-चौड़ा परिवार यहाँ इकट्ठा होकर दहाड़े मार-मारकर सुबह-शाम रोता है और पुष्कर के बिना मुझे भविष्य का डर दिखाता है, इनमें से किसी ने मुझे कभी एक फोन तक नहीं किया जबकि सच्चाई सब जानते थे। जो सबको अब दिख रहा है वो हाल मेरा वर्षों पहले हो गया था बस सांग अब रचे हैं। चूड़ियाँ अब तोड़ी हैं। (उसे परिवार की हरकतों पर हंसी आ गई।) नाटक पूरे हैं इनके। सुबह-सुबह सबसे पहले ऊपर कमरे में पहुँचकर घर की औरतों ने मेरे दोनों हाथों से सोने के कड़े उतरवा कर चार-चार काँच की चूड़ियाँ पहनाईं और फिर नीचे पहुँचकर उन्हें तुड़वा दिया...हद है।' वह खड़ी हो गई।

'अरेऽऽऽ बीनणी...' अपने घरों के काम निपटाकर दोपहर बाद दुख जताने पहुँचने वाली महिलाएँ आज उसके इस तरह अचानक उठ जाने से सकते में आ गईं। 'क्या हुआ बीनणीं?' सवाल का जवाब देने को उसका मन नहीं हुआ।

'हल्की होने जा रही होगी। रुक, मैं चलूँ थारे साथ।' उसकी हमउम्र-सी महिला भी उसके साथ उठ खड़ी हुई।

'तूं बैठी रह। जा सीमा, थोड़ी देर पीठ सीधी कर ले बेटा। दुख तेरह दिन का नहीं है ये तो जिंनगी भर साथ चलणा है। यहाँ बैठकर कित्ता सोग मनाएँगे। जा कमरे में जा, बच्चों के साथ बैठ थोड़ी देर। बाद में आ जाना बेटा।' रामप्यारी ने सीमा को अपने बच्चों के साथ समय बिताने के लिए भेज दिया।

'बड़िया जी महिलाओं के लिए हमेशा महिलाओं वाले संबोधन का इस्तेमाल

करती हैं पर मुझे इन दिनों हर बार बेटा कहती हैं।' सीढ़ियाँ चढ़ते हुए वह सोच रही थी।

'जो भी करो, तरीक़े से करो। नियम तोड़ोगे तो भुगतना पड़ेगा। प्रकृति के नियमों के ऊपर से चलकर पार नहीं जा सकते।' रामप्यारी के निर्णयों का पूरा परिवार कायल रहा है आज भी उसका कहा एक-एक शब्द सब ध्यान से सुन रहे थे। सीढ़ियाँ चढ़ती सीमा भी ठिठककर बातें सुनने के लिए रुक गई।

'इंसान का स्वभाव और आग का मिज़ाज एक जैसा होता है दोनों को तेज़ी से ऊपर बढ़ने में मज़ा आता है बाद में चाहे यह जल्दीबाजी उसे ही ख़त्म कर दे। पुष्कर ने घर, चैन, आराम और आख़िर में अपनी जान, सब खो दिया। ज्यादा ही तेजी में रहा वो सारी उमर।' सबके बीच रहते हुए रामप्यारी इन दिनों अचानक ही शेर सिंह से बातें करने लगती थी।

❑❑❑

'रामी-श्यामी बड़िया जी।' ढलान की ओर बढ़ते सूरज की किरणें अब भी शरीर को बींध रही थीं मगर भरतिया पिछले बाड़े में बंधी गायों का काम सम्भालने के लिए सही समय पर पहुँच गया।

'तेरी औरत सुगनी क्या करती है सारे दिन?' रामप्यारी ने रामी-श्यामी के जवाब में पूछा।

'वो चरखा कातती है। सारे दिन घर में चरखे की घिर्र-घिर्र चलाए रखती है।' बहुत पहले बताई बात उसने एक बार फिर दोहरा दी।

'ठेकेदार के घर से वो रोजाना शाम को तोल के हिसाब से ऊन ले आती है। फिर सारे दिन चरखा कातती रहती है। चरखे पे रुई कातकर उससे धागा बनाती है। उसको अड्डे पर लगाकर धोना-सुखाना करती है और फिर आखिरी में सूत को पूणी पे लगाकर रुई से बना हुआ धागा ठेकेदार को वापस देने जाती है।' भरतिये ने एक बार में ही पत्नी की सारी दिनचर्या बता दी।

'कित्ता पैसा मिलता है उसे इस काम का?' हिसाब पूछने के बहाने वह एक तीर से दो शिकार कर रही थी।

'हमें हिसाब नहीं आता बड़िया जी। पर इत्ते काम का उसे हाथ खर्ची का पैसा मिल जाता है।' शोषण का फल अशिक्षा के वृक्ष पर उगता है, जिसमें अधिकारों की जानकारी ना होना खाद का काम करता है। शोषित की अज्ञानता, शोषण करने वाले के हक़ में वरदान साबित होती है।

'तेरी बेटी अब आठवीं में हो गई होगी। उसे किस दिन के लिए पढ़ा रहे हैं? उससे हिसाब लगवाया कर।' रामप्यारी ने भरतिये के बच्चों को गाँव के सरकारी स्कूल में दाखिला दिलवा दिया था। उसके अनुसार आठवीं में पढ़ने वाली लड़की

को हिसाब लगाना आ जाना चाहिए। भरतिये को कोई जवाब देते नहीं बना। वह नीचा मुँह किए खड़ा रहा।

'हिसाब क्यों नहीं लगवाता उससे?'

'हमारी समझ में तो कुछ भी आता नहीं है और बेटी के बारे में हमने सोचा नहीं।' रामप्यारी के दोबारा पूछने पर झिझक के साथ उसने जवाब दिया।

'सुगनी और कोई काम करेगी?' रामप्यारी ने सवाल किया।

'और क्या काम करेगी? उसको तो कुछ नहीं आता।' जो पंख खोलने का साहस करता है, आकाश नापने का हौंसला भी उसी के हिस्से में आता है। भरतिये और सुगनी ने सीमित साधनों तक अपने फैलाव को जीवन मान लिया था।

'रोटी बनानी तो आती है उसे।'

''आती है बड़िया जी।' भरतिये ने मुस्कुराते हुए कहा।

'बैठक के पीछे दो कमरे, एक रसोई और नहाणघर है। तूं तेरे परिवार के साथ यहाँ रहने आ जा। मेहमानों के जाने के बाद तीसरी मंज़िल पर रहने लग जाना।' रामप्यारी का कहा सुनकर हैरानी के मारे भरतिये को काटो तो खून नहीं। उसके लिए यह असंभव के बाद की दुनिया थी जिसके बारे में उसने सपने में भी नहीं सोचा था।

'यहाँ इत्ते काम वाले हैं, रोटियों की जरूत तो है ही। सुगनी रोटी की ज़िम्मेदारी सम्भाल लेगी। जित्ता पैसा वो चरखा कात कर कमाती है, उससे दोगुना मैं दे दूँगी।' रामप्यारी ने सुगनी के लिए रोजगार की व्यवस्था भी कर दी। भरतिया चुपचाप खड़ा सुनता रहा।

'नहीं आना हो तब भी बता दे, जबरदस्ती नहीं है तेरे साथ।' रामप्यारी की बात ख़त्म होने तक भरतिया रोने लगा।

'बड़िया जी...' उसका गला रुँध गया। शब्द उसका साथ नहीं दे रहे थे।

'कोई मजबूरी नहीं है। नहीं आना तो मत आ।' निर्णय लेने का अधिकार भरतिये को सौंपकर रामप्यारी वापस मुड़ गई।

'बड़िया जी...' रामप्यारी के कदम रुक गए।

'हमारे यहाँ रहने से गाम-समाज को परेसानी हो जाएगी।' समाज की सही जानकारी स्थानीय निवासी ही दे सकता है। भरतिया जानता था कि सिंह जी के घर की तीसरी मंज़िल पर रहने का परिणाम क्या होगा। विचारों के विस्तार के बिना इंसान का जीवन गड्ढे में रुके हुए पानी के समान हो जाता है, जिसमें बहाव बंद होने के कारण कीड़े पड़ जाते हैं।

'तूं तेरा काम कर बाकी ज़िम्मेदारी मेरी है।' रामप्यारी अपने सिंहासन पर जाकर बैठ गई। साथ वाले पीढ़े पर बैठी सुलोचना मुँह फाड़े जेठानी को देख रही थी।

सत्ताईस

नींद में सोए इंसान को कुछ देर के लिए अपने तनाव से मुक्ति मिल जाती है। दोपहर की झपकी में यही राजसी सुख सीमा और उसके बच्चे उठा रहे थे। बंद दरवाज़े के भीतर अपने कमरे में विशाल कुटुंब से अलग, इन तीनों की बादशाहत थी। दिखावे और परिवार की राजनीति से वह उतनी देर मुक्त रहते जब तक अपने कमरे में होते। यहाँ उनका अपना राज-काज था। अपने साम्राज्य में कोई शासक किसी दूसरे राजा की दखलंदाज़ी बर्दाश्त नहीं करता। पुष्कर नाम की शासन व्यवस्था इस राज्य से वर्षों पहले टूट कर बंट गई थी। तीनों शासकों ने उस छिन्न-भिन्न व्यवस्था को अपने साम्राज्य की सीमाओं से बाहर निकाल फेंका था। जिस तामझाम में समाज अब व्यस्त था, माँ और बच्चों का शक्तिशाली समूह वर्षों पहले उसका श्राद्ध कर चुका था।

उस दिन दोपहर बाद के समय जब तीनों अपनी दुनिया में मगन थे, उनकी सत्ता के दरवाज़े पर दस्तक हुई। मोबाईल के दौर में अपने कमरे से निकलकर किसी ओर के कमरे में जाने से पहले दूसरे की सुविधा पता करना दोनों पक्षों के लिए सुविधाजनक होता है। ऐसे तकनीक प्रधान समय में बिना पूछे किसी का दरवाज़े पर आना भीतर वालों को असहज कर रहा था। यह दस्तक सिर्फ कमरे में दाखि़ल होने की नहीं, उससे बहुत आगे का हस्तक्षेप भी हो सकती थी। अपने व्यक्तिगत समय में किसी अनजान की आहट उन्हें अपनी सीमारेखा में अतिक्रमण की आहट जैसी लग रही थी।

भीतर से 'कौन है?' पूछने पर एक समय के महा शक्तिशाली साम्राज्य की मल्लिका ने दरवाज़े के बाहर से जवाब दिया। आवाज़ कुछ पहचानी-सी लगी। सूरज ने दरवाज़ा खोला, बाहर खड़ी शख्सियत को देख युवराज बौखला गया। उसने सामने खड़ी भूतपूर्व मल्लिका के मुँह पर अपनी राजधानी के द्वार लगभग बंदकर ही दिए थे कि सीमा ने ऐसा करने से पहले उसे रोक दिया।

'मैं आपसे मिलने आई हूँ।' दरवाज़ा खोलते ही सीमा को सामने देखकर उसने कहा।

'हमें नहीं मिलना।' कहकर सूरज ने उसकी फरियाद ठुकरा दी। माँ की समझाइश का युवराज के सैंतालीस डिग्री तापमान पार कर गए गुस्से पर कोई असर होता हुआ लग नहीं रहा था। पसीने से लथपथ सुगंध पर वक़्त इतना नाराज़ था कि सूरज को उसके वजूद से गंध आ रही थी। वह कमरे में प्रवेश करने के लिए बेचैन थी जबकि सल्तनत के युवराज को यह मंजूर नहीं हुआ।

'आने दे बेटा।' सीमा की बात सुनते ही बेटे की तीखी प्रतिक्रिया आई, 'इतना बड़ी हवेली है ये कहीं भी घूमती रहे, हमारे कमरे में ही क्यों आना है इसे?' माँ के दोबारा कहने पर बेटा और चिढ़ गया 'क्यों आना है इसे यहां? और कितना घुसेगी ये हमारे लाईफ में?' बेटा किसी तरह का समझौता करने को तैयार नहीं था। सीमा ने आगे बढ़कर बेटे के कंधे पर हाथ रखकर हल्का-सा दबाव बनाया। भरोसे के स्पर्श से अविश्वास की चारदीवारी ध्वस्त हो जाती है। सूरज दरवाज़े से हट गया। सुगंध को इसी पल का इंतज़ार था। कमरे के अंदर आकर परिवार की ठंडक को भीतर रोके रखने के लिए दरवाज़ा बंदकर जैसे ही वह पलटी, सीमा ने कुर्सी की ओर संकेत कर उसे बैठने के लिए कहा।

'मैं आप सबसे अकेले में मिलना चाहती थी।' पसीना सुखा कर सुगंध ने पहला वाक्य बोला।

'इतने सारे लोगों के बीच हम सब एक अलग परिवार हैं।' सीमा और बच्चे इस हमले के लिए पहले से तैयार थे। तैयारी मुकम्मल होने के बाद पहला प्रहार सामने वाले की ओर से किए जाने का इंतज़ार करना कारगर रणनीति होती है। तीनों चुपचाप उसके सारे हथियारों के इस्तेमाल हो जाने का इंतज़ार कर रहे थे।

'मैं एक-दो बार पहले भी आई थी पर...' सुगंध ने अपनी बात अधूरी छोड़कर सीमा और उसके बच्चों के कुछ कहने का इंतज़ार किया मगर उस ओर से कोई प्रतिक्रिया नहीं आई।

'सीमा, पुष्कर के जाने का दुःख हम दोनों को है। तुम तो उसके साथ वर्षों से उससे जुड़ी हुई थीं। मैंने भी अपना सारा जीवन उसके नाम कर दिया। इस दुख ने हमें बराबर कर दिया है। सारी नाराजगी ख़त्म कर दो प्लीज़, ये हमारा एक-दूसरे को हिम्मत बंधाने का समय है।' उसकी आँखें नम थीं। अपनी बात कहते हुए उसने बारी-बारी से सीमा और बच्चों को देखा।

'हम दोनों मिलकर बच्चों को बड़ा करेंगे। हमारा एक-दूसरे के सिवाय अब कोई भी तो नहीं है। अब हम सब साथ रहेंगे।' यह सब कहने से पहले उसने ऐसा कहने का अभ्यास अकेले में कई बार किया होगा इसके बावजूद उसकी आवाज़ में थरथराहट थी।

'सीमा, हम दोनों एक बराबर-सी उम्र के हैं फिर भी मैं तुम्हें बड़ा मानने को

तैयार हूँ। जैसा तुम कहोगी, वही करेंगे पर प्लीज़ पुष्कर के लिए मान जाओ कि हम सब साथ रहेंगे।' सुगंध को इस बार भी ज़वाब नहीं मिला।

कुछ समय इंतज़ार करने के बाद उसने दोबारा बात शुरू की, 'सीमा आई एम प्रेगनेंट। पुष्कर हमारे बच्चे को लेकर बहुत एक्साईटेड था। बहुत सारे सपने देखे थे हमने इसके लिए।' अपने पेट के हल्के से उभार पर हाथ घुमाते हुए उसने सीमा को देखा। उस ओर से सुगंध को किसी तरह की हमदर्दी का संकेत नहीं मिला। वह अपना सबसे बड़ा हथियार चला चुकी थी। सारा गोला-बारूद इस्तेमाल करने के बाद वह सीमा के सामने बिना अस्त्र-शस्त्र के, हारे हुए शासक के समान निहत्थी बैठी थी।

'मैं बहुत उम्मीद लेकर आई हूँ तुम्हारे पास, कुछ तो कहो।' उसने दुश्मन के सामने हथियार डाल दिए। वह लगातार रोए जा रही थी। रोते-रोते उसकी हिचकियाँ बंध गईं। सीमा ने उसे पीने के लिए पानी दिया। पानी पीकर कुछ देर में वह सामान्य हो गई।

'मुझे तुम से हमदर्दी है, बस हमदर्दी। यही दे सकती हूँ तुम्हें। इससे ज्यादा अपने पति के साथ रहने वाली औरत को देने के लिए मेरे पास कुछ नहीं है।' इतनी देर में पहली बार सीमा ने कुछ कहा।

'मुझे तुमसे शिकायत नहीं है। शिकायत तो पुष्कर से भी नहीं रही। जब आदमी घर से बाहर निकल ही गया तो वो कहीं भी जाए, क्या फर्क़ पड़ता है। ये ही उसका करेक्टर था। तुम मिल गईं, तुम नहीं होतीं तो कोई और होती, कोई और नहीं होती तब भी कोई ना कोई तो उसे मिल ही जाती! ऐसी फितरत के आदमी से कैसी शिकायत, कैसी उम्मीद?' सीमा चुप हो गई। उसके लिए भी बीते दिनों को दोबारा जीना तक़लीफदेह था।

'आपने मुझे माफ़ कर दिया ना।' सुगंध की आँखों में आँसू थे।

'माफ़ तो अपनों को किया जाता है। तुम मेरी कोई नहीं हो। तुमसे ना मेरा कोई संबंध था और ना कभी रहेगा। हम यहाँ मिले, यहीं बिछड़ जाएँगे।' सीमा ने बिना किसी लाग-लपेट के कहा।

'हम दोनों पुष्कर के लिए तो जुड़े रह सकते हैं ना। वो हमारे जीवन की सच्चाई है। हम दोनों ने एक समय में उसके साथ जीवन बिताना चाहा था।' वह गिड़गिड़ा रही थी।

'हमसे छीनकर तुमने पुष्कर को जीत लिया था इसके बावजूद तुम्हारी झोली ख़ाली है। कल तक तुम्हें मैं और मेरे बच्चे बुरे लगते थे, आज तुम हमारा साथ चाहती हो। कैसी चाहत है तुम्हारी? हर मौक़े पर बदलती इच्छाओं के साथ कैसे रहती हो?' सुगंध को उम्मीद थी कि सीमा ऐसा कुछ कहेगी। शिकवा-शिकायत

बातचीत का मौक़ा देता है जिससे सुलह की उम्मीद बंधती है। सुगंध की सोच को तब झटका लगा जब उसे महसूस हुआ कि सीमा और उसके बच्चों की ऐसी कोई मंशा नहीं है।

'भावुकता सिर्फ बेवकूफी करवाती है और कुछ नहीं। कोरी भावनाओं में जीने वाले लोगों के लिए मेरे जीवन में कोई जगह नहीं है। सात साल पहले तक मैं जिन भावनाओं के कारण जीते-जी मार दी गई थी, अब उन्हें फिर ज़िंदा करने का मेरा कोई ईरादा नहीं।' सुगंध सर झुकाए सुन रही थी वह हताश थी मगर निराश नहीं। उसने इस सबके बीच एक और रास्ता खोज लिया, 'हम सहेलियाँ बनकर तो रह सकते हैं ना। प्लीज़ ना मत कहना।'

'एक शादीशुदा आदमी जिसकी पत्नी ज़िंदा है, उसके दो बड़े होते हुए बच्चे हों और वो आदमी पहली पत्नी को तलाक़ दिए बिना दूसरी औरंत से रिश्ता बनाए और कमाल ये कि उस औरत को सब मालूम भी है, वो तुम्हारी सहेली हो सकती है, मेरी नहीं। मैं ऐसी औरत पर अपना एक सेकेंड़ भी खर्च नहीं करूँगी।' सीमा वहाँ से ऐसे उठी जैसे कमरे के उस हिस्से से उसका कोई संबंध नहीं था।

'इस बच्चे का क्या कुसूर है? इसके लिए...सीमा ये हमारे पुष्कर का बच्चा है।' सुगंध ने इस बार अपना आत्मसम्मान भी कुचल दिया।

'कल तक जो सपना तुम दोनों का था, अचानक आज तुम्हारे सपने को हम अपना सपना क्यों बनाएँ? तुम्हारा, तुम्हें मुबारक। मुझे और मेरे बच्चों का इससे कोई लेना-देना नहीं है।' संधि प्रस्ताव पारित होने से पहले ही ख़ारिज़ कर दिया गया। शाम की चाय का समय हो गया था। सीमा आँगन में जाने के लिए उठ खड़ी हुई। सुगंध के पास वहीं बैठे रहने का कोई कारण नहीं बचा। मजबूरी में वह भी चल पड़ी।

बाहर के मौसम ने भी अपना स्वरूप बदल लिया था। सब ओर धूल ही धूल थी। आसमान में चढ़ आई धूल ने सब कुछ मटमैला कर दिया था। बाड़े में मौजूद लोग अपने पालतू पशुओं को सुरक्षित स्थानों पर बाँधने में जुटे गए थे, घर में रह रहे लोग खिड़की-दरवाज़े बंदकर रहे थे। मौसम का मिजाज़ देखकर सूरज को अपनी माँ की चिंता हुई उसने सीढ़ियों की ओर कदम बढ़ा चुकी सीमा का हाथ पकड़कर उसे वापस कमरे में खींच लिया। सुगंध सीढ़ियाँ उतरती हुई शायद दूसरी मंज़िल के आसपास रही होगी। ऊपरी मंज़िल उससे दूर हो गई थी। धरातल तक पहुँचने में अभी वक़्त लगना था। चिलचिलाती सूरज की किरणें आसमान तक चढ़ आई धूल के सामने बेबस थीं। चारों ओर अंधेरा घिर आया था सांय-सांय करती हवाएँ हर चीज़ को मिटा देने पर आमादा थीं। शायद आज यह वैसी ही आँधी थी जिसमें अक्सर रेतीले टीले अपनी जगह बदल लिया करते हैं।

अठाईस

'बड़िया जी, खबर अच्छी नहीं है। कोई इलाज भी नहीं है पर कुछ हो गया तो मुश्किल हो जाएगी।' अस्पताल से आई सूचना के बाद घर में खलबली मच गई।

'अब तो गिणती के चार दिन बचे हैं। अब बड्डी बुआ-सा को कुछ हुआ ना, तो फिर से अगले तेरह दिन रुकना मुश्किल हो जाएगा।' दिल्ली वाली नातिन की प्रतिक्रिया सबसे पहले आई।

'सुहागन औरतों की तेरहवीं नहीं करते, उनकी दसवीं होती है।' सुलोचना की बेटी ने ग़लती में सुधार किया।

'तो दस दिन ओर रुकना पड़ेगा, देख ले तूं रुक सकती है क्या?' दस-बारह दिन और रुकने की बात सुनकर सबकी हालत ख़राब हो रही थी।

'खाली शरीर बचा है तो उसको ही पंप मारते रहें। पैसे की तो कोई दिक्कत ही नहीं है। उसे क्या कहते हैं...हाँ वेंटीलेटर! बुआसा को वेंटीलेटर पे रखवा दो। चार-छः दिन तो उसपे भी निकाल देता है आदमी।' एक पीढ़ी दूर की रिश्तेदार ताज़ा खड़ी हुई समस्या का समाधान सुझा रही थी।

'ये बुआ-सा भी ना...ना तो खुद इन्होंने अपनी ज़िंदगी चैन से जी और ना आराम से मरेंगी। सारी उमर खुद तड़पती रहीं और अब सारे खानदान को तड़पा-तड़पा के मरेंगी।' विपत्ति के समय इंसान का वास्तविक चरित्र सामने आ जाता है। वहाँ जितने लोग थे, एक-एक कर सबकी सच्चाई सामने आ रही थी।

'कोई इलाज करवाओ। उनका मरना रुकवाओ नहीं तो पंडित जी से बात करके पुष्कर के दिन कल ही पूरे करवा दो। अब और दिन नहीं रुक सकते। हमारी भी घर-गृहस्थी है, हमें घर वापस जाना है।' काठमांडू वाले परिवार ने हाथ खड़े कर दिए।

'बड़िया जी, ये मौत तो रोकनी ही पड़ेगी। कोई इंतज़ाम करवाओ।' शुभचिंतकों और रिश्तेदारों की हालत जंगल में आग लगने पर कीट-पतंगों जैसी हो गई थी। जब-जिसने सुना, उनके होश उड़ गए। घर में उपस्थित हर एक व्यक्ति पिंजरा तोड़कर भागने को उतावला था। हवेली से इंसानियत भाग खड़ी हुई। संवेदनशीलता

को धराशाई होते हुए बहुत कम लोगों ने देखा। बोलने की पहल जिसने भी की, एक के बाद एक बेशर्मी की सारी सीमाएँ ध्वस्त हो गईं।

'झिझक हटने के बाद ना इनके शरम बची ना लिहाज़। घर लौटने की हड़बड़ी में इन्होंने इंसानियत को ही तिलांजलि दे दी। इस समय सब अपने असली रूप में हैं। इनका घटियापन सामने दिख रहा है। नंगई कितनी गन्दी होती है, आज समझ आया।' सबका व्यवहार देखकर मंझली से चुप नहीं रहा गया।

'कैसे कर रहे हैं ये लोग। बोलने की थोड़ी भी मर्यादा नहीं है। इन सबने आखिरी सांस लेते इंसान की इज्जत तो नहीं रखी, अपने सम्मान का लिहाज़ ही रख लेतीं।' दस-बारह दिनों से साथ रह रहे सामान्य लोगों का असामान्य व्यवहार देखकर रजनी हैरान थी।

'जेठाणी जी, क्या इंतज़ाम कर रहे हो? पंडित जी से पूछो, वो कोई न कोई इलाज तो निकाल ही लेंगे।' अंधी आस्था मनुष्य की चेतना छीन लेती है। सुलोचना ने सारी उम्र पोंगा पंडितों के चक्करों में निकाल दी थी उसे हर परेशानी में पंडितों के बताए तंत्र-मंत्र याद आते थे। उस समय भी घर में मौजूद लोगों की बदहवासी देखकर उसने रामप्यारी से ऐसी ही गुहार लगाई।

'घर का माहौल मेरी तो समझ से परे है। जिसके जो मन में आ रहा है, वही बोल रहे हैं। इनको दूसरे की भावनाओं की परवाह तो है नहीं है, कम से कम अपने व्यवहार की चिंता ही कर लेतीं। यही सोच लेतीं कि किसी ने सुन लिया तो मेरे बारे में क्या सोचेंगे? इनको किसी बात का डर नहीं लग रहा।' मंझली ने सिर पकड़ लिया।

'उस औरत की चिंता करो जो जा रही है। हमारी बड्डी हैं वो...माँ के गुज़रणे के बाद उसने ही हम सब भाई-बहनों को कलेजे से लगा के रखा। जब ससुराल वालों ने उन्हें घर से निकाल दिया था, रामप्यारी भाभी-सा से पूछकर देख लो पीहर में भाई-भतीजों को ही उसने अपना जीवन बना लिया। खुद को भुलाकर कोई जी सकता है क्या? इस बात का सच्चा सबूत है ये औरत। इसकी अंतिम सांसें भी यहाँ सब पे भारी पड़ रही हैं। उन्होंने परिवार से कब्बि कोई माँग नहीं रखी। ना मन का खाया ना मन का पहना। थोड़ी तो इज्जत करो जाने वाली की। हम सब को जाना है इस दुनिया से। कल को थारे मरने पर भी लोग ऐसे ही हायतौबा करेंगे तो तुम्हें अच्छा लगेगा?' बड़ी बाई की बात सुनकर घर लौटने को आतुर लोगों की तड़फड़ाहट पर लगाम लग गई। बोली अब खुसर-फुसर में बदल गई थी।

'दोपहर बाद की गरुड़ पुराण का समय होने को था जब पंडित जी ने आँगन में क़दम रखा। दोपहर चढ़ने से पहले का पाठ समाप्त कर जो माहौल वह छोड़कर गए थे, अब सब कुछ बदला हुआ था। अपने आपको संयत करते हुए इस नए बदलाव

को जानने की मंशा वह अधिक देर तक छुपा नहीं सके।

सुलोचना ने कुछ पल इंतज़ार किया। रामप्यारी की ओर से कोई कार्रवाई ना होती देखकर उसने पंडित जी से इलाज की गुहार लगा दी। 'वो तो पुण्यात्मा है। उनके घर में रहने से आपके घर में खूब धन-धान्य की वर्षा होती रही। हाँ वैसे उनकी जीवन-रेखा तो पहले ही समाप्त हो गई थी पर जिस दिन उनको जाना था, उस दिन अचानक पुष्कर चला गया, अब उनका जाना तो तय है।' पंडित जी के कहे शब्द आसमानी बिजली के समान थे जो सीधी हवेली के आँगन में आ गिरी थी। इस धमाके से सब स्तब्ध रह गए। हर ओर सन्नाटा फैल गया। अपनी ज़िम्मेदारियों से दूर, महीना, दो-महीना घर से बाहर बिताने का सपना देखने वालों को भी यहाँ और ज्यादा रहना रास नहीं आ रहा था। उनके भीतर की बेचैनी एक बार फिर फटकर बाहर आने को थी मगर बड़ी बुआ की फटकार के बाद चुप रहना मजबूरी हो गया था।

'प्रतापगढ़ फोन लगा।' रामप्यारी ने सोच-विचार के बाद सुंदर से कहा।

'वो मेरा फोन नहीं उठाते।' उसने अपनी बेबसी बताई।

मोबाइल नहीं उठाते तो उनके टेलीफोन का नंबर मिला।' परेशानी के बजाय उसके इलाज़ पर उर्जा लगाना रामप्यारी का स्वभाव रहा है, इस बार भी उसने वही किया।

'बन्ना-सा से बात करवाओ तो, मैं रामप्यारी हूँ उनकी ससुराल से।' टेलीफोन उठने पर महिला स्वर को रामप्यारी ने अपना परिचय दिया।

'प्रणाम। पिताजी की तबियत ठीक नहीं है, आप मुझे बताओ, मैं उनका बेटा उदयवीर हूँ। आज आपने कैसे याद किया?' बड्डी बाई-सा का बेटा फोन पर था।

'उदयवीर बेटा, मैं आपकी मामी लगती हूँ। शायद आप मुझे जानते होंगे।'

'जी मामी-सा, बताओ कैसे फोन किया आपने?' मृत पड़ गए रिश्तों से 'मामी सा' का संबोधन सुनकर उसे अगली पीढ़ी से उम्मीद जगी।

'उदयवीर बेटा थारे बड़ों ने जो गलती करी, थाने वो सब दोहराणी नहीं चाहिए। बड्डी बाई-सा आज अस्पताल में आखरी सांसें ले रही हैं। आपका फरज बणता है कि एक बार आकर उनके दर्शन तो कर लो।' उस ओर से कोई जवाब नहीं आया।

'आपको भी आगली पीढ़ी को मुं दिखांणा है। क्या कहोगे आप? सारा जीवन बाप-दादाओं की गलती माथे ढोते रहे आप भी? आज आखरी दिन है, आप सोच-विचार करके फैसला करो। आपकी माँ ने सारा जीवन अपने पीहर में बिता दिया जबकि सक्षम तो आप भी थे ही। औलाद लायक होकर भी नाकारा निकले तो माँ के लिए इससे बड्डा दुर्भाग्य और क्या हो सकता है? औलाद जितनी बाप की

होती है उससे ज्यादा तो माँ की होती है। ख़ैर आज भी गलती सुधारणी चाहो हो तो अंतिम संस्कार के लिए अपनी माँ को ले जाओ, आज तक की आपकी सारी गलतियों को शायद आगली पीढ़ी माफ कर देगी। आपकी गलतियों पर पानी फिर जाएगा। थोड़े दिनों में लोग भूल भी जाएँगे आपके पुराणे इतिहास को। सब का मुं बंद हो जाएगा। सोच लो।' उदयवीर अब भी चुप था। ख़ामोशी से अपना काम करने में विश्वास करने वाली रामप्यारी ने इस बार भी वही किया। जिस रिश्ते में वर्षों पहले गाँठें पड़ गई थीं, निर्णायक की भूमिका में आते ही उसने सबसे पहले गाँठें खोलने का काम शुरू किया। अचानक पैदा हुए घटनाक्रम से दूसरी ओर की मानसिक स्थिति का अंदाज़ उसे भी हो रहा था। इस ओर से बात शुरू करने की पहल पर दूसरी ओर से होने वाली प्रतिक्रिया का इंतज़ार किया जाना था। बात ख़त्म करने से पहले उसने मृत रिश्तों के ताबूत में आख़िरी कील ठोकी, 'सोच-विचारकर फैसला करना बेटा। हमें टेम रहते बता देना, नहीं तो कल हमारे यहीं अंतिम संस्कार होएगा बाईसा का। आप शामिल होना चाहो तो मैंने आपको सूचना दे दी है।' रामप्यारी ने उदयवीर के परिवार को चारों ओर से घेरकर उनके भाग निकलने के सारे रास्ते बंदकर दिए। अपनी बात कहकर उसने फोन रख दिया।

उनतीस

चौड़ी सड़क पर खुलने वाला दरवाज़ा दिन में गाड़ियों और पालतू पशुओं की आवाज़ाही के लिए खुलता था। दिन ढलने के बाद से अगली सुबह तक इस विशाल दरवाज़े को बंद रहना चाहिए था लेकिन अंधेरा होने से कुछ पहले घर के शांत माहौल में इसके खुलने की आवाज़ से फुर्सत में बैठे लोग इस ओर ध्यान देने के लिए मजबूर हो गए। जब तक रामप्यारी आँगन की दहलीज पर पहुँची, 'रामी-श्यामी बड़िया जी।' कहते हुए दोनों हाथ जोड़े वह सामने खड़ा था। दालान में खड़ी बैलगाड़ी पर लदी गृहस्थी की डोर सुगनी ने थाम रखी थी।

'रजनी बाई तुम्हारे खाने-पीने का प्रबंध कर देंगी। तूं सामान उतारकर बैलों को चारा दे दे।' यह निर्देश देकर रामप्यारी अपने काँटों से बने सिंहासन पर जाकर बैठ गई। काँटों का तीखापन अन्य दिनों के मुकाबले आज उसे कुछ ज्यादा ही कष्टदायक लगा। पार्वती ने बिना समय गंवाए 'बैठक में फोटू के आगे धूप जला दो।' कहने के बहाने ताज़ा घटनाक्रम की जानकारी सही पते पर पहुँचाने का दायित्व निष्ठापूर्वक निभा दिया।

'हेंऽऽऽ हिम्मत कैसे हो गई उसकी? अब ये लोग भी हमारे घर में रहेंगे क्या? कहाँ है भरतिया?' ईश्वर की आवाज़ हर शब्द के साथ ऊँची होती जा रही थी।

'तूं तेरी औकात भूल गया क्या? सामान लेकर हमारे घर आने की तेरी हिम्मत कैसे हुई? तेरी अक्कल ठिकाने नहीं है जो ये उल्टे-सीधे काम चालू कर दिए। जा अपनी ढ़ांणी में रह। चल निकल यहाँ से।' ईश्वर हड़काते हुए भरतिये को घर से बाहर धकेल रहा था। भरतिये की पत्नी और बच्चे सहमे से चुपचाप खड़े अपना स्वागत-सत्कार देखते रहे।

'कौन है वहां?' बुजुर्ग कंठ ने ईश्वर को टोका। अपने जोश में ईश्वर, देवता हुआ जा रहा था। धार्मिक स्थल वाले देवता, पूजा-अर्चना और भोग-चढ़ावों के अधीन होते हैं। तालों की आड़ में सुरक्षित रहने वाले देवताओं से संपर्क साधने के लिए उनके प्रतिनिधियों को भोग-चढ़ावे से खुश करना पड़ता जो भरतिये के लिए असंभव था। अपनी इच्छाओं की पूर्ति के लिए उसको समय रहते अपने समाज के

देवता की प्रार्थना कर लेनी चाहिए थी जो उसने नहीं की। उसकी चिंता का कारण यह भी था कि यदि तेजा जी उसके पूजा-पाठ से प्रसन्न हो जाते तब मन्नत पूरी होने पर उसको जुम्मा करवाना पड़ता। जिन देवताओं को मनाने के लिए वह इतने जोड़-तोड़ करता, बहुत मुमकिन था कि आसमान की ऊँचाई पर रहने वालों की आपसी रंजिश में यह ग़रीब पिस जाता। अपने देवता को तवज्जो देने के चक्कर में हवेली के देव उससे नाराज़ हो सकते थे। इतनी हूल-हुज्जत के बाद भी जिस बात का डर था, बिना पापड़ बेले भी आख़िर हुआ वही।

'ईश्वर रुक जा। भाभीसा की बात सुन पहले।' मंझली ने दालान में पहुँचकर मोर्चा सम्भाला।

'बात क्या करनी है बुढ़िया से? उसका तो दिमाग खराब हो गया है। वो कहेगी कि मैं आग में कूदूँगी तो क्या मैं कूदने दूँगा? पागल हो गई है बुढ़ऊ। आज से घर का जिम्मा मेरा। मैं सम्भालूँगा सारा कामकाज। चल तूं निकल यहाँ से।' उसने भरतिये को धक्का दिया।

'मैंने बुलाया है भरतिये को। मेरा निर्णय है कि अबसे ये यहीं रहेगा। भरतिया, सुगनी अंदर आ जाओ। अपना सामान कमरे में रख लो। रजनी बाईसा तुम्हारी रोटी का बंदोबस्त कर देंगी।' रामप्यारी ने भरतिये को सपरिवार बैठक के पीछे बने दो कमरों के घर में रहने के लिए भेज दिया।

'तेरी तो सारी पागलों वाली हरकतें शुरू हो गई हैं। होश कर, समाज में रहने के नियम-कायदे होते हैं। अब ये गए-गुज़रे लोग भी हमारे घर में रहेंगे क्या?' ईश्वर माँ को समझाने चला।

'तेरे को परेशान होने की जरूत नहीं है। दो-चार दिन में तूं अपने घर चला जाना। यहाँ मुझे रहना है, जैसे भी रहूँ।' वह अपने निर्णय पर कायम थी।

'सोच ले तूं, बाद में मत कहना कि बताया नहीं था अगर ये अछूत यहाँ रहेगा तो मैं नहीं रहूँगा इस हवेली में।' ईश्वर ने माँ को अपने निर्णय पर दोबारा विचार करने के लिए चेताया।

'हो गया फैसला, तुझे जो करना है सो कर।' रामप्यारी अपनी बात पर कायम थी।

'आज़ादी के टेम कित्ती उथल-पुथल चल रही थी। झुंड के झुंड तलवारें लिए गलियों में घूमते थे तब आदमी घर की औरतों को टांड या परछत्तियों पर छुपा देते थे। शायद इतनी ही घबराहट उन औरतों को भी होती होगी जितनी आज मुझे हो रही है।' रामप्यारी के सामने उसके बचपन की फिल्म चल रही थी।

'पार्वती, दोनूँ बीनणियों को कह दे कि सामान बाँध लेवें, हमें नहीं रहना अब यहाँ।' अपने आत्मसम्मान को बचाने की कोशिश में वह दालान के खुले दरवाज़े से

बाहर निकल गया। आज सिंह जी की तस्वीर के सामने शाम के समय की अगरबत्ती नहीं जली।

रात होने लगी थी, इस समय घर का माहौल शांत था। एक के बाद एक घटित होती घटनाओं से सब चिंता में थे। धूल उड़ाती हवा भी घबराकर ठहरी हुई-सी लग रही थी। घर के भीतर मौजूद लोगों पर इस बार की गर्मी ने कुछ ज्यादा ज़ोर से असर डाला। 'कूलर चलवाओ' इस शांति के बीच से मंझली की आवाज़ आई। रामप्यारी उठी और शेर सिंह के कमरे में पहुँचकर ठहर गई। कुछ देर चुपचाप फोटो में दिवंगत पति का चेहरा देखते रही। कहा-अनकहा सब उसके मन में चल रहा था। मौन जैसे मौन से बातें कर रहा था। कुछ पल एकाकी संवाद में बिताकर उसने मेज पर रखी माचिस उठाई और अपने पति की तस्वीर के सामने धूप जला दी। एक बार फिर से उसने शेर सिंह का चेहरा देखा जैसे कुछ कहना-सुनना हुआ हो और उसके बाद बेंत टिकाती हुई वह कमरे से बाहर आ गई।

'बड़िया जी, प्रतापगढ़ से फोन है।' सुंदर ने मोबाईल रामप्यारी की ओर बढ़ा दिया।

'ठीक है।' बात ख़त्म हो गई। इसी के साथ दशकों का इंतज़ार भी ख़त्म हो गया। वह बड़ी ननद के कमरे में गई जिस बिस्तर पर वह पिछले कुछ समय से लेटे रहने को बाध्य थी। ख़ाली बिस्तर देख कुछ पलों के लिए वृद्ध शरीर ठिठका मगर बिना रुके वह आगे बढ़ गई। नई बहू ने रामप्यारी की मदद के लिए अलमारी खोली। उसने बड़ी बाईसा की पसंद का लाल रंग का जोड़ा निकाला। काजल, बिंदी, सिंदूर, चूड़ियाँ, पायल-बिछिए और भी छोटी-बड़ी सब चीज़ें जुटाईं, सुहाग का सब समान तैयार करके रख दिया।

'जा, आराम कर ले बीनणी। अब तो रात बीतनी ही बाक़ी है।' नई बहू को भेजने के बाद भी रामप्यारी कमरे में ही रुकी रही। अपनी दादी सास के पलंग के पास पहुँचकर उसके क़दम रुक गए। 'ये पलंग आपको बहुत प्रिय था बाईसा...अब घर में आपकी उपस्थिति की तरह रहेगा।' उसने बिछौने पर हाथ फेरा जैसे ननद का माथ सहलाया करती थी। 'थारा और मेरा इत्ता ही साथ था...प्रणाम बाई सा।'

❑❑❑

'थारी मर्जी है उदयवीर। माँ है थारी, उन्हें ले जाना चाहते हो तो ज़रूर ले जाओ पर सारी उमर बाईसा यहाँ रहीं और अब इत्ते पड़ौस से ले जा रहे हो, विदाई घर से करूँ तो ठीक रहेगा। बाईसा को एक बार घर ले आओ फिर अपने घर ले जाना।' रामप्यारी की कही बात को हमेशा मान लिया जाता था इस बार भी वही हुआ। अस्पताल से बड्डी बाई-सा की देह घर लाई गई। पंडित जी के अनुसार देह

को घर के भीतर नहीं लाया जा सकता था। दालान में घर की बेटी के सुहागिनों वाले शृंगार हुए। बीती रात जो चूड़ियाँ, पाजेब, माँग टीका, सिन्दूर निकालकर रखे थे, लाल जोड़े के साथ हर चीज़ पार्थिव शरीर पर रख दी गई। बेटी को हमेशा-हमेशा के लिए विदा करने की तैयारी पूरी हो गई थी। रामप्यारी अपनी बाल-सखी से अंतिम बार मिलने पहुँची।

'विदा बाईसा।' रामप्यारी ने ननद के माथे को ऐसे सहलाया जैसे हर बार बालों में तेल लगाकर वह उसको पुचकारती थी। आख़िर में बेटी की तरह लाड़ किया, पाँव छूए और उदास-सी मुस्कुराहट के साथ 'एक कमी मैं पूरी नहीं कर सकी बाईसा, विदाई के लिए आपके भाईसा को नहीं ला सकती। जो गलतियें हुईं उनके लिए माफ कर देना। किस्मत रही तो आगे फिर मिलेंगे...जल्दी ही मिलेंगे बाईसा।' एक आत्मा की दूसरी आत्मा से बातें ख़त्म होने का नाम नहीं ले रही थीं।

'आपको मेरा सहारा था और मैं ही जाणती हूँ कि आपका साथ मिलने से मेरा जीवन कितने आराम से कटा...हम दोनूँ ने कभी इस बारे में बात नहीं करी पर आप जानती थीं कि मैं भी वही जीवन ही जी रही थी जो आपने जीया। आप यहीं पर मेरे से मात खा गईं। मैंने किसी को खबर नहीं होने दी और थारे बारे में सारा समाज जान गया।' समाज रामप्यारी को उम्मीद से देख रहा था। वह लगातार बातें कर रही थी। जीवन की एकमात्र राज़दार के जाने से अजब-सा ख़ालीपन आ गया था इसके बावजूद रामप्यारी की आँखों में आँसू नहीं थे।

'बाईसा, आँसू सूख गए या ख़त्म हो गए, सच क्या है ये तो मैं भी नहीं जाणूं पर अपना रिश्ता इस दिखावे से ऊपर का है।' बेंत टिकाते हुए वह एक बार फिर पैरों की ओर से चलकर ननद का माथा सहलाने पहुँच गई।

'आपके सारे कष्ट कट होंगे इसी उमर में...अगले जनम में अपन दोनों चिड़िया बनेंगे। कम से कम उड़-उड़कर देश-दुनिया तो घूमेंगे।' वह हौले से मुस्कुराई। ननद के मन की बात जो अक्सर वह कहा करती थी, आज रामप्यारी ने कह दी।

'अब यक़ीन हो गया कि आप परलोक चली गई हो नहीं तो इस बात पर तो आप उठकर बैठ ही जातीं।' वह बुदबुदाई।

'बाईसा, जीते-जी तो मैं आपको ससुराल नहीं भिजवा सकी। आप ससुराल जाना चाहती थीं ना, आपको तो नहीं पर आपकी देह को भेज रही हूँ। आपकी अंतिम विदाई उस घर से ही होएगी, जहाँ से आप चाहती थीं। प्रणाम बाईसा...प्रणाम।' रामप्यारी ने आँखें मूँद लीं।

'ले जाओ, अब देर मत करो। रास्ता लंबा है, देर हो जाएगी।' इस बार हमेशा-हमेशा के लिए बेटी विदा हो गई।

तीस

घर की बड़ी बेटी की अंतिम यात्रा में उसके हाथों पर लगे सिंदूर को मौक़े पर मौजूद सुहागन औरतों का बार-बार अपने माथे पर लगाना नैना और नई बहू के लिए अजूबा था। जिस बात ने उनके मन में कौतूहल जगाया, उसका जवाब मंझली बुआ से मिल सकता था, दोनों सही जगह पहुँच गईं।

'अपने पति की लंबी उम्र के लिए औरतें यह सब कर रही हैं। बुढ़ापे तक सुहागन रहने का आशीर्वाद मिलना सौभाग्य की बात होती है।' मंझली ने उनके पहले सवाल का जवाब दिया ही था कि एक नया सवाल पैदा हो गया।

'वैसे तो अंतिम संस्कार से लौटने वालों को नहाना ज़रूरी होता है पर सुहागन होते हुए मरने की चाह में औरतों ने मृत देह पर लगा सिंदूर भी अपने माथे पर लगा लिया। उनको बैक्टीरिया की चिंता नहीं हुई?' शिक्षा और अंधविश्वास का आपस में कोई मेलजोल नहीं है। नैना और नई बहू सिंदूर वाले तर्क को मानने के लिए तैयार नहीं थीं। नैना ने तुरंत युवा महिलाओं के इस परंपरा को ना मानने पर सवाल खड़ा कर दिया।

'युवा पीढ़ी की औरतें बड़ी दीदी जैसा वनवास कभी नहीं चाहेंगी इसीलिए तुम्हारी उम्र की सुहागनें इस परंपरा से दूर रहीं।' इस बार उन्हें सही जवाब मिल गया।

'ये अजीब-सा रिवाज़ पूरा करते हुए दुआ माँगी भी तो पति की लंबी उम्र के लिए। इन्होंने अपने लिए यहाँ भी कुछ नहीं माँगा, हद है।' पुरुषों को देवता बनाकर पूजने के रिवाज़ नैना को कभी पसंद नहीं आए। इंसानी भावनाओं और मारुथल की आंधियों का कोई सिरा नहीं होता। दोनों किसी अन्य के वजूद पर सवार होकर, दूर-दूर तक पहुँच जाती हैं। 'औरतें सुहागन मरना चाहती हैं, ये कैसी मनोकामना है? क्या आदमी भी अपनी पत्नी का जीवन माँगने के लिए ऐसा कुछ करते हैं?' उसकी बात सुनकर कई कान खड़े हो गए।

'औरतें अपने लिए कुछ नहीं माँगतीं। हर पूजा-पाठ में पति की उम्र माँगती रहती हैं। यहाँ भी वही माँग रही हैं...सारी परंपराओं को ज़िंदा तो औरतें रखती हैं,

पर ये सब रिवाज़ होते हैं आदमियों के लिए।' बहुत-सी नज़रें नई बहू के सवाल पर पलटवार करती-सी उठीं।

❏❏❏

'अब तेरहवीं की नहीं अपने घर को शुद्धि की ज़रूरत है। यहाँ तो एक के बाद एक अनहोनी हुए ही जा रही है। कुछ तो ऊपरवाले की चाही हुई हम भुगत रहे हैं और बाकी बड़ों की बुद्धि घास चरने चली गई है इसका नतीजा परिवार आने वाले समय में भुगतेगा। पंडित जी भी कह रहे थे कि शुद्धि पाठ करवाना ही पड़ेगा।' ईश्वर अपनी बात कहकर चला गया मगर पार्वती वहीं रुकी रही। घर में सबको ख़बर थी कि पार्वती के सामने कुछ कहने का परिणाम क्या होगा इसीलिए सबकी जुबान पर ताले लगे रहे। ईश्वर की बातों के समर्थन में कोई आवाज़ नहीं आई और ना ही विरोध में किसी ने कुछ कहा। नैना को शुरुआती स्कूल के दिन याद आ रहे थे जब मेरूदंड के बारे में उसने पहली बार पढ़ा था। शरीर विज्ञान और जीवन-शास्त्र का मर्म उसे बड़े होने पर समझ आया कि रीढ़ की हड्डी के बिना इंसान का शारीरिक ढांचा और व्यक्तित्व दोनों खड़े रहना असंभव हैं।

'बाईसा हम कुछ बोलें तो सबको बुरे लगते हैं। आपके भाईसा को तो सबके बीच में बुरा बना ही दिया पर देखो तो भरतिये को सफाई के बहाने माँ-सा ने तीसरी मंज़िल पर चढ़ा रखा है। अब ये लोग यहाँ रहेंगे तो सारी चीजों के हाथ भी लगाएँगे और इनकी हाथ लगाई चीजें आप और हम काम में भी लेंएँगें...धरम भ्रष्ट हो गया हमारा तो।' पार्वती ने बुजुर्ग पीढ़ी पर संस्कारों का जाल फैलाना शुरू कर दिया।

'भरतिये के हाथ लगने से क्या हो जाएगा? वो आपके घर में सफाई करे और आप साफ घर में रहते हो तो ठीक। वो गेहूँ का आटा पिसवा कर लाए तो ठीक पर आप उसे रोटी को हाथ लगाने नहीं दोगे, ये भी ठीक। वो गाय का सब काम करे तो ठीक। गायों का दूध निकाले तो भी ठीक पर आपके दूध वाले पतीले को हाथ लगा दे तो एकदम ग़लत! कितना ड्रामा है आपकी लाईफ में। बड़िया जी इन सारी बातों को मान लेतीं तो ठीक पर नहीं माना तो ग़लत, है ना।' नैना का बीच में बोलना उसे अच्छा नहीं लगा। पार्वती उस पीढ़ी की नुमाइंदगी करती है जहाँ युवाओं के तर्क संगत सवाल करने पर प्रताड़ित करने की परंपरा चल रही है। 'बच्चे अपना काम करें तो ही अच्छे लगते हैं। बड़ों की बातों के बीच में बोलना लड़कियों को शोभा नहीं देता। चल जा, अपना काम कर।' पार्वती ने चौथी पीढ़ी को डपट दिया।

'पता है माँ, आप लोगों के इन्हीं ड्रामों के कारण मैं यहाँ नहीं आती। बड़िया जी से उम्र में कितनी छोटी हो आप पर वो आपसे ज्यादा मोर्डन हैं। पापा की डैथ के बाद आप लोग तो मुझे और मम्मी को घर की नौकरानी बनाकर रखते, वो बड़िया

जी ही हैं जिनकी वजह से मेरी पढ़ाई हुई।' निर्णय लेने के लिए निर्भय होना ज़रूरी होता है। शहर में रहकर पढ़ाई कर रही नैना ने अपने लिए किसी और के आवाज़ उठाने का इंतज़ार नहीं किया। 'बड़ों का सम्मान करो' का डर बताकर चुप करवाने का भय उसके मन से ख़त्म हो गया था। पार्वती ने यह सब अनदेखाकर इस समय के सबसे महत्वपूर्ण मुद्दे पर ध्यान केंद्रित किया। उसे मालूम है कि रामप्यारी को समझाने का काम मंझली बुआ ही कर सकती हैं। उसने बुआ को अपने रंग में उतारने की कोशिश शुरू कर दी, 'आप हमारी बात भी तो समझो। माँ इन लोगों को यहाँ बसाकर करना क्या चाहती है? क्यूँ बुजुर्गों के किए-कराए पर पानी फेर रही हैं? अपनी जिद्द के पीछे सबको पागल कर रखा है।' नैना के जाते ही पार्वती ने अपनी बात फिर शुरू कर दी। मंझली ने उसे देखा पर कोई जवाब नहीं दिया।

'आप समझदार हो और आपकी बात वो मानती भी हैं, आप ही कुछ करो।' स्वार्थपूर्ति के विषय में सोचना कुछ लोगों के मौलिक अधिकारों में शामिल होता है। पार्वती ने मंझली की चुप्पी का मतलब सहमति लगा लिया था।

'अब देखो इत्ता बड़ा कुणबा घर में बसा रखा है, उसके खर्चे का कोई लेना-देना नहीं है। हाँ, अपने बेटे ने थोड़ा खर्चा निकालने के लिए पैसे ले लिए तो हंगामा कर दिया। ये नाटक इस उमर में शोभा नहीं देते। हमें हमारे ही बेटा-बहूओं के आगे चोर साबित करके इनको क्या मिला? अंतिम समय नजदीक है, इन्हें परिवार के साथ रहने के तरीके ढूँढने चाहिए पर इनके दिमाग में क्या चल रहा है, पता ही नहीं...भगवान इनको अब तो सद्बुद्धि दे ही देवे!' उसने ऊपरवाले के सामने हाथ जोड़कर अपनी सास के लिए दुआ माँगी।

'अंतिम समय किसका नजदीक है इसकी बात तो नहीं करो तो ही ठीक। अभी तो ताजा उदाहरण हमारे सामने है। घर में कई बुजुर्गों के रहते पुष्कर चला गया। आपने अपनी गारंटी ले रखी है और भाभीसा का पत्ता कटवा रखा है, है ना पर किसी कारण से ये सब उल्टा हो गया तो? आपके कुछ हो गया तो क्या करोगी? ये जमीन यहीं रह जाएगी आप भी भाईसा की तरह खाली हाथ ही जाओगी।' पार्वती को बिजली की गति का ज़ोरदार झटका लगा। कुछ देर के लिए उसकी जुबान तालू से चिपक गई।

'बुआ-सा अब आप ही बताओ भरतिये को यहाँ बसाने की क्या जरूत है? वह आगे भी कुछ कहना चाह रही थी मगर मंझली ने बीच में टोक दिया, 'वो कुछ भी करें तुम्हें इससे क्या? भाभी-सा ने तुम्हें सारी उमर पाला, तुम्हारा ध्यान रखा पर बदले में भाईसा की मौत की तेरहवीं से पहले ही तुमने जो किया वो हम सबने देखा। उन्होंने परिवार सहित जाकर तुम्हें खेड़े में रहने को कहा है। यहाँ की पंचायती छोड़कर अपने घर की तैयारी करो तो कोई बात समझ भी आए। जब तुम्हें इस घर

में रहना ही नहीं है तो यहाँ कुछ भी होता रहे इससे तुमको क्या लेना-देना?' मंझली बुआ ने समझाया परन्तु एक की समझाई बात दूसरे को समझ आ जाए ऐसा होता नहीं है।

'ये लो...ऐसे-कैसे? घर तो हमारा ही है ना। उनके नाराज़ होने से क्या होता है? आज जाने को कहा है, कल मजबूर होकर वापस बुलाएँगी। अकेले जीवन थोड़ी कटता है। वैसे भी इनके दोनूँ बेटे बाहर रहते हैं, उनके घर आजतक तो ये गई नहीं, अब क्या जाएँगी? घूम-फिरकर बात हमारे पे ही आती है। बुजुर्गों को रखने में बहुत पापड़ बेलने पड़ते हैं, हमारा जी जानता है कि कैसे हम इनको रखते हैं। जितनी गाली दे लें, भला-बुरा कह लें पर हमारे बिना इनका गुज़ारा हो ही नहीं सकता। हमारे से ही इनकी नैया पार लगेगी।' अपनी कहानी कहकर वह चली गई।

इकतीस

सुबह दस बजे के आसपास का समय रहा होगा जब पूजा घर में दाखिल हुई। वसीयत में लिखा हर शब्द जांचने के लिए रामप्यारी ने शेर सिंह के कमरे का चुनाव किया जहाँ उसके साथ मंझली और नई बहू भी अपने पति के साथ मौजूद थी।

'बड़िया जी, पैसा तो बैंक में आप नोमिनी करवा रहे हो। रही बात घर और ज़मीन की तो उसकी सारी डिटेल्स मैंने इसमें लिखवा दी हैं।' कमरे में मौजूद सभी लोग पूजा की कही हर बात ध्यान से सुन रहे थे।

'आपकी मर्ज़ी के अनुसार ये हवेली भरत के नाम पर रहेगी उसके अलावा दोनों बाड़े और खेत भी जैसा आपने बताया था, वैसा ही कर दिया है। शहर की दुकानें नैना के नाम...' वकील साहिबा की बातों के बीच में ही भयंकर विस्फोट हो गया, 'मैंने क्या सुना, ये तीन मंजिला महल भरतिये के नाम कर री है...???' यह ईश्वर ही था।

'दिमाग सटक गया दिखता है तेरा। मैं तेरे को दुश्मन लागता हूँ तो ये बच्चे तो तेरे दुश्मन नहीं हैं। इनके नाम क्यूँ नहीं करती तेरा हिस्सा?' पूजा के आने की ख़बर मिलते ही ईश्वर दबे पाँव बरामदे की दीवार से सट कर सिंह जी के कमरे के भीतर चल रही बातचीत सुनने पहुँच गया था। हवेली हाथ से निकलता देख उसने अपना आपा खो दिया।

'समाज में रहते-रहते आदमी का दिमाग भला-बुरा समझने लग जाता है। समाज का हिसाब-किताब आ जाया करता है उसे पर मैं देख रहा हूँ कि वो हमारा बाप जो मर गया वो भी बेवकूफ था और अब ये रांड भी पुरखों की बनाई इज्जत हवा में उछाल रही है। इन बड़ी-बड़ी हवेलियों में अब ये कमीण आ के बसेंगे? दिमाग ही बेच खाया तूने। उस बुढ़ऊ ने तो मर के मुक्ति पा ली पर अपना हिसाब यहीं छोड़ गया। तुम दोनूँ हमारे खानदान की लाइलाज बीमारी हो, मरोगे तब्बि परिवार को चैन मिलेगा। मैं तुझे अपने मन की करने थोड़ी दूँगा। नीच जात के लोग हमारे घर में बस नहीं सकते याद रखना तूं।' गुस्से में ईश्वर का चेहरा भी उसकी बातों के समान विकृत हो गया था।

'चौमासे की औलाद, दुख देणे के लिए ही जनम हुआ है तेरा। हरामखोर, मैं तेरे ज़नम पर ही समझ गया था कि तूं सारी उमर सिरफ दुख ही देएगा। तूं सांप है मैंने तो जीते-जी तेरा फण अपणे जूती के नीचे दबाकर रखा था अब तूं छुट्टे बैल की तरह घूमता फिर रहा है। कीड़े पड़ेंगे तेरे।' शेर सिंह अपने बेटे का व्यवहार देखकर नाराज़ ही हो सकता था।

'कमीण शरम कर। जिसने तुझे पैदा किया आज तूं उसे गालिएँ दे रहा है। अब तूने ये परिपाटी शुरू कर ही दी है तो सुन, कल तेरी ही औलाद तुझे सबक सिखाएगी।' शेर सिंह ने इससे पहले बद्दुवाओं में यक़ीन नहीं किया था, मगर रामप्यारी के साथ बेटे का व्यवहार देखकर वह चुप नहीं रह सका।

'अगर ये घर तूने इस मेघवाल के नाम किया ना तो मैं तेरी चिता को आग नहीं लगाऊँगा? याद रखना। ये तेरे दोनों शहरी बेटे तेरी मौत की खबर मिलने पर जब तक आएँगे तूं पड़ी सड़ती रहना' ईश्वर ने भविष्य वाणी कर दी।

'डाकण भी सात घर छोड़ती है तूं तो अपने ही बीज खा गई। शरम आ रही है तुझे माता कहते। सांपण है तूं सांपण। आज के बाद तुझे सांपण ही कहूँगा। तूं मरेगी तब भी सांपण मरगी...सांपण मरगी के रुक्के लगाऊँगा। अब्बि भी टेम है, सुधर जा नहीं तो तेरी मिट्टी खराब होएगी। मैं नहीं आऊँगा तरी मिट्टी को कंधा देने। मैं और मेरा बेटे फटकेंगे भी नहीं तेरे पास।' अनौपचारिक रिश्तों में असहज स्थिति, जल्दी ही कड़वाहट में बदल जाती है। बेहद निजी रिश्ते टूटने से पहले गंदगी मचाना अपना हक़ समझते हैं। ईश्वर जितना भला-बुरा कह सकता था, उसने कहा। घर और संपत्ति के लिए बेटे ने माँ के साथ गाली-गलौच भी किया और जिस तरह ईश्वर अपनी माँ के नज़दीक जाकर चिल्ला रहा था, रामप्यारी को यक़ीन हो गया था कि यदि घर में मौजूद लोगों की उपस्थिति का उसे भय ना होता तब वह कुछ भी कर सकता था।

'मेरी मिट्टी की चिंता तूं क्यूँ कर रहा है? मैंने वसीयत में लिखवा दिया है कि मेरी मुखाग्नि का हक़ सिरफ भरतिय को है।' रामप्यारी ने गर्म लोहे पर अंतिम वार कर उसे नई पहचान दे दी।

'हैंऽऽऽ।' सब ओर शांति फैल गई।

'इन लोगों को हमारी मसाणों में पैर रखने की हिम्मत नहीं है इसका मतलब तूं अपना अंतिम संस्कार उनके शमशान घाट में करवाएगी...धरम भ्रष्ट कर दिया...कुल की परंपरा पर धब्बा लगाकर मानेगी ये तो...चल बीनणी, अब यहाँ रहने का धरम नहीं है। इस रांड़ के घर अब हम नहीं रहेंगे। समान बाँध ले जल्दी से।' ईश्वर ने सामने खड़ी नई बहू को आदेश दिया।

'मैं यहीं रहूँगी माँ-सा के साथ। हम आपके साथ नहीं जाएँगे...कभी नहीं

जाएँगे।' नई बहू ने साफ-साफ कह दिया।

'आपको अपनी माँ से बात करने की तमीज़ नहीं है तो आप मेरा क्या लिहाज़ करोगे? कल को हमारे बच्चे होंगे, वो आपके साथ रहे, तो क्या सीखेंगे? ना, जब मैं जानती हूँ कि सामने आग लगी है उसके बाद भी बच्चों को उसमें फेंक दूँ ये मैं नहीं कर सकती।' उसने साथ चलने से साफ इंकार कर दिया।

'देख ले, मैं जायदाद में से एक तिनका भी नहीं दूँगा तुम दोनों को।' ईश्वर ने नई बहू और उसके पति को धमकाया।

'आपने अपनी पूरी ज़िंदगी में कुछ नहीं बनाया। जो भी है, सब पुरखों का किया हुआ है। और हाँ, मैं किसी की प्रोपर्टी की भूखी नहीं हूँ। जो मेरा है, वो आप मुझसे छीन नहीं सकते, बाकी हम अपनी मेहनत से बना लेंगे।' नई बहू ने अपने पति की ओर देखा, दोनों की नज़रें मिलीं, एक-दूसरे के साथ को लेकर हमेशा की तरह आज भी वहाँ निश्चिंतता थी।

'बीनणी देख ले, सोच-विचारकर लो दोनों मिलकर। ये घर नहीं मिलेगा तुझे और मैं तो वैसे भी डूबता जहाज़ हूँ। भला-बुरा सोचकर निर्णय लेना।' रामप्यारी ने नई बहू को धीरे से समझाया।

'आपसे यही ईमानदारी सीखना चाहती हूँ। हमारे बच्चे आप जैसे बन जाएँगे तो बस, और कुछ नहीं चाहिए।' वह अपने विश्वास पर कायम थी।

'पार्वती सामान बाँधने की तैयारी कर ले। मैं खेड़े का घर सम्भाल के आता हूँ। मुझे तो लग रहा था कि बुढ़िया यूँ ही बक रही है पर अब तो पानी सिर के ऊपर से निकल गया। अब तो ये मुझे यहाँ रखना चाहे तो भी नहीं रुकूँ। ये क्या निकालेगी यहाँ से अब तो जितनी जल्दी यहाँ से निकलना हो जाए उतना ही अच्छा। बस तूं समान बाँध, मैं घर सम्भाल के आता हूँ।' ईश्वर चला गया।

बतीस

'माँ आपने क्या सोचा, कहाँ रहोगी अब?' जिस सवाल का सामना करने से वह कतरा रही थी, अचानक वही सवाल उसके सामने आकर खड़ा हो गया। ऊपर से चुप दिख रही सुलोचना के भीतर तूफान चल रहा था। 'दो-दो बेटों और चार बहुओं के होते हुए भी मेरे रहने का सवाल उठ रहा है। इन सबको तो डूब मरना चाहिए। इत्ता बड्डा कुनबा जोड़ा था हमने और आज मेरे ही रहने को कोई ठौर नहीं है।' उसने अपने आप से कहा।

'माँ अब तो निर्णय लेना ही पड़ेगा। यहाँ जितने दिन रहना था, रह लीं। दो दिन बाद यहाँ से जाना है। यहाँ सारी उमर नहीं रहना था, सुन रही हो ना मेरी बात।' बेटी ने लगभग झकझोरते हुए कहा।

'सुंदर और जोगिंदर से बात करूँ?' सुलोचना ने झिझकते हुए बेटी से पूछा।

'आप जानती हो कि वो नहीं रखेंगे आपको, और क्यों नहीं रखेंगे ये भी आपको पता है।' दोनों एक-दूसरे को देखती रहीं।

'माँ मेरे तो सास-ससुर, देवर-जेठ सब साथ रहते हैं। मेरे घर दिक्कत हो जाएगी नहीं तो मैं आपको ले जाती।' उसने अपनी मजबूरी समझा दी।

'सुगंध से बात करूँ?' सुलोचना ने झेंपते हुए कहा।

'हमारे व्यवहार से तंग होकर कल से वो अपने कमरे में बंद है। आपने एक बार भी उसे नहीं बुलाया। जब अपनी बारी आई तब आपको याद आ रही है उसकी। अब कैसे पूछोगी उस से? आप भी ना माँ...आपने और पिताजी ने सारी उमर लफड़े ही रखे। कोई भी तो रिश्ता ऐसा नहीं है जहाँ आपने बनाकर रखी। पुष्कर की गलत हरकतों को सही ठहरा कर आपने सीमा भाभीसा का भरोसा तो खोया ही सुंदर और जोगिंदर भाई की पत्नियों से भी दुश्मनी मोल ले ली। सब कुछ याद तो है ना आपको।' सुलोचना के पास कोई जवाब नहीं था।

'वो साफ मनाकर रही हैं आपको साथ ले जाने के लिए। उन्होंने पिताजी के सामने ही कह दिया था कि कल को हमारे पति हमें छोड़कर दूसरी औरत के साथ रहने लगे तो आप उनके भी समर्थन में खड़े हो जाओगे। परिवार और माँ-बाप

इसलिए होते हैं कि बच्चे गलती करें तो बड़े उन्हें समझाकर सही रास्ते पर लाएँ। आप दोनों को पुष्कर भाई आए दिन तीरथ करवाते थे। देश-विदेश घुमाते थे इतने से खर्च से ही आपकी जुबान भाई ने ख़रीद ली। जब वो गलती करने चले तो रोकने की बजाय आपने उनका साथ दिया। तब ही सारे परिवार ने आप दोनों का बहिष्कार कर दिया था...याद है ना आपको!' सुलोचना के पास कहने को कुछ नहीं था वह चुपचाप सुनती रही।

'किया तो आपने गलत ही। कल को अगर मेरा पति दूसरी औरत के साथ रहने लग जाता तो? क्या आप उसका भी समर्थन करतीं कि जवाईं जी छोड़ दो हमारी बेटी को, जाओ मज़े से रहो और किसी के साथ। करतीं क्या ऐसा? पता है, मुझे भी ससुराल में आपकी वजह से बहुत सुनना पड़ता है। थोड़े से लालच के पीछे सारे परिवार की नाक कटवा दी आपने। कुछ तो सोचना चाहिए था ना।' रोकते-रोकते भी बेटी के मन की टींस छलक ही गई।

'पर अब तो समय बदल गया है। मैं पूछूं क्या दोनों से?' झिझकते हुए उसने कहा। बेटी की ओर से कोई जवाब नहीं मिलने पर वह चुप हो गई।

'मैं सीमा से बात करके देखूँ?' कांपती हुई आवाज़ में माँ ने बेटी से सलाह ली।

❑❑❑

आज उसने रामी-श्यामी नहीं कहा सीधे आकर रामप्यारी के पाँव पकड़ लिए। 'बड़िया जी, ये क्यूँ कर रिया हो आप? मुझे नहीं चाहिए ये हवेली।' अपनी बड़िया जी के साथ उनके बेटे का व्यवहार भरतिये से बर्दाश्त नहीं हो रहा था।

'मैं तो...बड़िया जी आप बच्चों की पढ़ाई करवा रहे हो, मुझे तनखा देते हो और जो भी खर्चा होता है, आप ही सम्भालते हो। ये हवेली नहीं चाहिए मुझे। क्या करूँगा मैं इसका? हमारी ढ़ांणी अलग है, बरसात ख़त्म होते ही मैं वापस चला जाऊँगा हमारे समाज में।' अपनी उपस्थिति के कारण बड़िया जी पर हो रहा अत्याचार भरतिये के लिए बर्दाश्त करना असहनीय हो रहा था।

घर में चल रहे हंगामे और भरतिये के व्यवहार के बीच जाति का मसला उठने से घर की उम्रदराज महिला परेशान थी। सारा जन्म वेद-पुराण और ग्रंथों को पढ़ने में बिताने वाली रामप्यारी जब कभी फुर्सत में होती, कबीर को पढ़ती, आज भी आदतन उसे वही याद आए -

'कबीरा कुआँ एक है, पानी भरें अनेक,

बर्तन में ही भेद है...पानी सबमें एक...!' परेशानी के बादल छंटे नहीं थे मगर सोच बदलने से तकलीफ़ ख़त्म हो गई। मन हल्का होते ही वह मुस्कुरा दी।

'सुगनी से पूछ ले, काम करणे का मन है तो कल से कामवालों की रोटी बनाने का और गायों के बछड़े सम्भालणे का काम शुरू कर दे। काम करने के पैसे पूरे मिलेंगे उसे। आपस में बात करके बता देना मुझे।' रामप्यारी ने भरतिये को भटकाव से ध्यान हटाकर सही दिशा में सोचने की सीख दी।

'बड़िया जी, सारा परिवार थारी खिलाफत करने लग जाएगा?। आप हवेली मेरे नाम मत करो। हम कब हवेलियों में रहे हैं? हमने तो झूंपड़ी में जिंनगी गुज़ारी है, हम वहीं ठीक हैं।' उसने हाथ जोड़ लिए।

□□□

'पुष्कर आपका बेटा था ना। जब-जब वो ग़लत रास्ते पर गया, अपने उसका साथ दिया। माँ हो, तो क्या यही फर्ज़ था आपका?' सीमा ने सुलोचना की आँखों में देखते हुए पूछा।

'उसने आपकी शह पर किया ये सब। उसे पता था कि उससे पलटकर सवाल करने वाला कोई नहीं है। उसे अपने पैसों का गुमान था। जानता था कि आप की बोलती बंदकर सकता है, वही हुआ भी। आप दोनों ने उससे कभी कोई सवाल नही किया। उल्टा आप मुझे धमकाने पहुँच गई थीं। उसके बाहर मुँह मारने पर अपने मुझे दोष दिए थे। आपने मेरी तक़लीफ को मेरा ही क़ुसूर साबित कर दिया। आपका दर्द मैं ज़रूर समझ जाती अगर पिताजी ने आपकी जगह किसी और औरत को लाकर बिठा दिया होता। एक कमरे में वो दोनों मज़े कर रहे होते और आप बाहर बैठीं क़िस्मत पर आँसू बहा रही होतीं, तब मैं आपका दर्द समझती।' बहू की कही हर बात सुलोचना को ज़हर लग रही थी।

'आप भी तो मेरी तक़लीफ नहीं समझी थीं। मैं उसके दरवाज़े के बाहर बैठकर आँसू नहीं बहा रही थी, मैं आपसे इंसाफ माँगने नहीं आई, इसीलिए आपको मेरा दर्द कभी दर्द नहीं लगा। अभी आपकी तक़लीफ भी मेरी समझ से परे है माँ। बचपन में आपके माँ-बाप गुज़र गए होते तो आपको समझती। रिश्तेदारों की झिड़कियाँ खा-खाकर आप बड़ी हुई होतीं तब मैं आपका दुःख जानती। जो शेर सिंह बाबो-सा ठाकुरों की बेटी को सुघड़ मानते हुए माँग-माँगकर अपने घर की बहू बनाकर लाए थे, जब उन्हें अपने भतीजे की कारस्तानी पता लगी तब उन्होंने मेरा साथ देने की बजाय 'लाल सिंह निर्णय लेएगा' कहकर हाथ झाड़ लिए। अब आप ही बताओ कि पुष्कर इतना घटिया ना होता तो क्या होता? आप सब एक से एक मौकापरस्त और स्वार्थी हो। बच्चा अपने परिवार पर ही तो जाता है। घटिया तो उसे होना ही था!' सीमा के दोनों बच्चे अपनी माँ और दादी के बीच चल रही बातचीत

ध्यान से सुनने, समझने की कोशिश कर रहे थे।

'मैं अपने बच्चों पर आप लोगों की छाया भी नहीं पड़ने दूँगी। इनको अच्छा इंसान बनाना है मुझे। मैं इन्हें सिखाऊँगी कि रिश्तों की ईमानदारी क्या होती है। आप लोग ये गुण नहीं दे पाएँगे मेरे बच्चों को।' सीमा के चेहरे पर अजब-सी कठोरता थी इस समय।

'यहाँ अपने मुझे इसलिए नहीं बुलाया कि मैं दुःख का हिस्सा हूँ। हम सब मिल-बाँटकर अपने दुख कम कर लेंगे। ना! ये बात नहीं है। आपने समाज के सामने रिश्तों के ज़िंदा होने का सबूत देने के लिए बुलाया मुझे। आप यहाँ सबको दिखाना चाहती थीं कि आपके परिवार में बड़ी बहू नामक जानवर, अब तक आप लोगों की सांकल से बंधी हुई है, आपकी पालतू है जबकि सांकल तो आपने खुद उतार दी थी। याद है आपको या बताऊँ?' सुलोचना जड़ हो गई। उसके हिलने-डुलने का संकेत नहीं मिल रहा था ना सांस लेने का, इसके बावजूद वह ज़िंदा थी। सुलोचना के ज़िंदा होने की ख़बर वहाँ उपस्थित हर एक को थी। ऐसा ना होने पर इस अंतिम वृक्ष के गिरते ही सारे पंछी उड़ गए होते।

'आप और पिताजी आए थे ना जोधपुर! कितनी बार आए और कितने-कितने दिनों के लिए आए पर हमारे पास नहीं आए। वहीं रहे जहाँ आपका बेटा उस औरत के साथ रहता था। आपने उसका साथ देने का निश्चय किया। तब आपका निर्णय सही था तो आज भी उस निर्णय को ही सही रखिए। अब आप चाहती हैं कि आपको मैं अपने साथ ले जाऊँ! माँ, आप जाइए ना उस घर में जो आपके बेटे का है। यही कहा था ना आपने कि आपका घर वो, जहाँ आपका बेटा रहता है। मुझसे नाते तोड़ते हुए एक मिनट नहीं सोचा आप दोनों ने। आपने इस परिवार से निकाल दिया था मुझे, उस वक़्त वही सुविधाजनक था अपके लिए। अब आप मुझे परिवार में वापस लेना चाहती हैं क्योंकि अब स्थितियाँ आपके लिए इस तरह सही रहेंगी। ना माँ, मुझे नहीं लौटना आपके लिजलिजे परिवार में। जाइए रहिए वहाँ, जहाँ सुगंध बिखरती है। बदबू कहा था ना मुझे...कि अगर मुझमें सुगंध होती तो पुष्कर मेरे साथ रहता, उसने मेरा साथ छोड़ा क्योंकि मुझसे बदबू आती है! आज मैं कह रही हूँ कि आपके घर से मुझे बांस आती है...सड़ांध मारते आपके संस्कारों में मुझे मेरे बच्चे बड़े नहीं करने। आप रहो अपनी सुगंधमयी दुनिया में, तेरहवीं के बाद मेरा आपसे कोई सरोकार नहीं रहेगा, कभी नहीं रहेगा।'

•

तैंतीस

जब-जब बीजी ने बेटे को हस्पताल चलने के लिए कहा, जवाब में उसने हर बार पलटकर 'आपका घूमने का मन कर रहा है तो ऐसे कहो ना।' कहा। बात हर बार वहीं रुक गई मगर इस बार ऐसा नहीं हुआ। घुमक्कड़ी के तमगे से आहत बीजी ने आज फिर मलकीत पर डॉक्टर से बात करने के लिए दबाव बनाया। हर बार की तरह मलकीत के पास इस बार भी जवाब तैयार था। 'मैंने बात की थी। डॉक्टर के बेटे का एक्सीडेंट हो गया है, वो तो अपने बेटे के साथ बिजी है। वैसे भी हमारी प्रीत तो भली-चंगी है, जब कोई परेशानी होगी तो चल पड़ेंगे अस्पताल।' उसने प्रीत की ओर देखते हुए कहा।

'तूं मेरी बात सुन। दिक्कत नहीं भी है तब भी चैकअप तो कराना पड़ेगा ना पुत्तर। मुझे लगता है टेम हो गया है। प्रीत ने बताया कि बच्चे ने कल से हाथ-पैर मारने बंदकर दिए हैं मुझे चिंता हो रही है। हमें अस्पताल चलना चाहिए।' बीजी ने बेटे को समझाया।

'आप खामखां परेशान हो रही हो बीजी, घूमने जाने का मन है तो घूम आया करो ना, आपको रोकता कौन है? चलो, आपका मन रख लेते हैं, बात करता हूँ डॉक्टर से तब तक आप तैयार हो जाओ।' बेटे ने इस बार माँ की बात मान ली। मलकीत अपने हिस्से के इंतज़ाम करके लौटा तब तक बीजी और प्रीत तैयारी थीं।

'डाकदर से बात हुई?' बेटे का चेहरा देखकर बीजी को अनहोनी का अंदेशा-सा हुआ।

'चलते हैं, देखा जाएगा।' मलकीत ने गाड़ी में चाबी लगाते हुए कहा।

'क्या हुआ है पुत्तर, सब ठीक है ना।' अस्पताल के बाहर गाड़ी से उतरकर भी बीजी ने बेटे से फिर वही सवाल किया।

'बीजी आप प्रीत के साथ इधर ही रुको, मैं अंदर बात करके आता हूँ।' मलकीत ने गाड़ी से उतरकर अस्पताल की ओर जाते हुए कहा।

'पुत्तर तूं बता मुझे, क्या हुआ है?' बीजी ने बड़े बेटे से पूछा।

'आप चिंता मत करो बीजी, हम सब सम्भाल लेंगे। बस बात ये है कि

डॉक्टर के बेटे की तबियत ज्यादा ख़राब है। मलकीत को उनसे बात करने दो, अभी परेशानी का हल मिल जाएगा।' बेटे ने माँ को गाड़ी से दूर ले जाकर बताया।

'अभी प्रीत को कुछ नहीं बताना नहीं तो कहीं उसका प्रैशर हाई हो गया तो मुश्किल हो जाएगी।' बीजी ने तुरंत बहू की ओर देखा। गर्भवती बहू के रक्तचाप की चिंता उन्हें सबसे पहले हुई।

'बीजी, वो डॉक्टर अब प्रीत को नहीं देख सकती।' प्रीत की मैडीकल फाईल हाथ में लिए मलकीत लौट आया था।

'क्या कह रहे हो पुत्तर?' बीजी की? बात ख़त्म होने से पहले ही शेर सिंह का माथा ठनक गया।

'यहाँ कौन मर गया? क्या सारी मुसीबतें मेरे हिस्से में ही आणी हैं? पहले ठीक से मरणे नहीं दिया उसके बाद मरणे वालों ने जान देने की झड़ी लगा दी और इस घड़ी जब मेरे पैदा होने का टेम आ गया है तो डॉक्टर के क्या हो गया?' शेर सिंह जोर से दहाड़ रहा था, मगर उसका कहा कोई शब्द, किसी को सुनाई नहीं दिया।

'बीजी, डॉक्टर का बेटा सीरियस है, उसे दिल्ली ले जा रहे हैं। हमें प्रीत को डिलीवरी के लिए ओर कहीं लेजाना पड़ेगा। वैसे इस अस्पताल ने दूसरे अस्पताल में बात करवा दी है। प्रीत की फाईल भी भेज दी है बस हमें तो उधर पहुँचना है, बाक़ी सब वो देख लेंगे।' मलकीत ने दोनों समाचार एकसाथ सुना दिए।

'प्रीत तूं बिल्कुल चिंता मत कर। हम हैं ना, हम सब कुछ सम्भाल लेंगे। उधर भी डॉक्टर अच्छे हैं।' पति और सास रास्ते भर बारी-बारी से उसे समझाते रहे। उसकी प्रतिक्रिया आनी बाक़ी थी, मगर सबके सामने बोलने में वह असहज रही होगी या घबराहट का असर पड़ा होगा। जो भी था, उसकी ओर से प्रतिक्रिया आने से पहले ही गाड़ी दूसरे अस्पताल की पार्किंग में पहुँच गई।

सभी तरह के कागज़ात देखने के बाद बीजी और मलकीत को डॉक्टर ने अपने चैंबर में बुलाया। शीशे की दीवार के पार बैठे पति और सास के चेहरे की उड़ी हुई हवाइयाँ देखकर प्रीत को कुछ-कुछ अंदाज़ हो गया था, मगर पूरी बात पता लगनी बाक़ी थी। दोनों बारी-बारी से बोल रहे थे। पहले उनके चेहरे की रौनक गायब हुई और अब वहाँ पर दयनीय से दिखने वाले भाव थे। प्रीत चुपचाप सब देख रही थी और हालात समझने की कोशिश कर रही थी। आख़िरकार माँ और बेटा, डॉक्टर के शीशे वाले कमरे से बाहर आ गए। बीजी आकर प्रीत के पास बैठ गई। मलकीत ने पानी पीने के लिए बोतल उठाकर सीधे मुँह से लगा ली। उसका यह व्यवहार प्रीत को अटपटा लगा। इससे ज्यादा हैरानी उसे इस बात की हुई कि मलकीत ने इतनी देर में एक बार भी उससे नज़र नहीं मिलाई।

'आइए मैडम।' प्रीत को लेने के लिए स्ट्रैचर के साथ नीले रंग के कपड़ों वाली युवती हाज़िर थी। प्रीत के लिए यह पहला अवसर था। उसकी घबराहट चरम पर थी।

'मैं साथ चल रही हूँ पुत्तर, तूं चिंता मत कर।' बीजी ने उसे हौंसला दिया।' अपने मन में ढ़ेर सारी आशंकाएँ और डर दबाए प्रीत ने स्ट्रेचर पर जाते हुए एक बार फिर मलकीत को देखा, अपराधबोध से उसकी नज़रें ऐसी झुकीं कि अब तक उसने पत्नी से आँख नहीं मिलाई।

'बच्चे की हड्डियाँ पक गई हैं आप क्या कर रहे थे इतने दिनों से? दसवां महीना लगे दस दिन से ऊपर हो गया है!' डॉक्टर ने बीजी को डांट लगाई।

'आप घर में रोटियें पकवा रही थीं बहू से इसलिए नहीं लाई इसको? आपको तो होश रखना चाहिए था कि टाइम पर हॉस्पिटल पहुँचना चाहिए।' बच्चे की जांच करते हुए डॉक्टर लगातार बीजी पर गुस्सा कर रही थी।

'हम कुछ नहीं कर सकते। मुझे बच्चे की हार्टबीट नहीं मिल रही...' बीजी की ओर से कोई प्रतिक्रिया नहीं आई। प्रीत का ब्लड प्रेशर उसकी मानसिक स्थिति का हाल बता रहा था।

'धड़कन नहीं मिल रही बच्चे की। आप समझ रही हैं ना मैं क्या कह रही हूँ? आपने देर की, ड्यू डेट निकल गई और आप सब हाथ पे हाथ रखकर बैठे रहे। माता जी आपकी तो उमर हो गई है, आपको तो होश करना चाहिए था। आपकी डॉक्टर को भी होश नहीं था? ये सारे काम तो स्टाफ के होते हैं। रेगूलर पेशेंट को तो स्टाफ ही फोन कर लेते हैं। हड्डियाँ पक गई हैं, दो दिन से बच्चे की मूवमेंट बंद हैं और आप माँ को घर में लिए बैठी रहीं। अब हम कुछ नहीं कर सकते।' सभी तरह की जाँच के बाद डॉक्टर वापस आकर अपनी कुर्सी पर बैठ गई।

'डाकदर साहब, साड्डी प्रीत को बचा लो। अगर ज़हर फैल गया तो कुड़ी की जान पर बन जाएगी।' बीजी ने डॉक्टर के सामने दोनों हाथों में पल्लु लेकर आँचल फैला दिया।

'मैं अपनी प्रीत की जान की भीख माँग रही हूँ डाक़दर। किरपा करके साड्डी प्रीत को बचा लो।' बुज़ुर्ग महिला अपने अनुभव से जानती थी कि इस समय माँ का इलाज़ किया जाना सबसे ज्यादा ज़रूरी है।

'बीजी मैं ठीक हूँ आप ऐसे नहीं करो।' प्रीत से सास का गिड़गिड़ाना बर्दाश्त नहीं हो रहा था।

'किरपा करो डाकदर, कोई तो इलाज़ हो सकदा होएगा।' बीजी हाथ जोड़कर डॉक्टर के सामने बैठी थीं, उनकी आँखों से आँसू बह रहे थे।

'मैं अपने सीनियर से बात करके देखती हूँ। मुझे नहीं लगता कि हम बच्चे के

लिए कुछ कर सकते हैं पर माँ को बचाने की कोशिश करेंगे।' अधेड़ उम्र की डॉक्टर ने फोन पर कुछ बात की उसके बाद वह अपनी कुर्सी से उठकर चली गई।

'वाहे गुरूजी मेरी प्रीत की रच्छा करो।' बीजी हाथ जोड़कर प्रार्थना कर रही थीं इसी बीच आँखें खोलकर आसपास नज़रें दौड़ातीं हुईं डॉक्टर को ढूँढती कभी प्रीत को देखतीं फिर हाथ जोड़ लेतीं। एक-एक पल भारी हो रहा था। बीजी चमत्कार की उम्मीद में थीं।

'कुछ करो डाकदर' दो-तीन डॉक्टरों को एक साथ आते देख बीजी उठकर खड़ी हो गई। वाहे गुरुजी की अरदास में जो हाथ जोड़े थे, वह अब भी जुड़े हुए थे। तीनों डॉक्टर सीधे मरीज़ की ओर बढ़ गए।

बीजी सिर्फ इतना जानती थीं 'अंदर प्रीत की जांचें चल रही हैं। मशीन से जांच हो रही होगी इस वक्त।' यह याद आते ही उनके हाथ फिर से जुड़ गए। जिस चमत्कार की आशा में इंसान ने देवताओं की कल्पना की थी, बीजी आज उस कल्पना के सच हो जाने की दुआ कर रही थीं।

'माँ को लाने में बहुत देर कर दी आपने।' डॉक्टर की बात सुनकर शेर सिंह के हाथों से तोते उड़ गए।

बीजी दौड़कर प्रीत के पास पहुँची। मलकीत भी बुझे क़दमों से बीजी के पीछे-पीछे चलता हुआ वहाँ पहुँच गया जहाँ उसकी पत्नी थी। प्रीत अस्पताल के बिस्तर पर बेहोश पड़ी थी। मलकीत चुपचाप अपनी पत्नी के सिरहाने जाकर खड़ा हो गया। बिस्तर के साथ रखी कुर्सी पर बैठकर बीजी प्रीत का माथा सहलाने लगीं।

चौंतीस

'हवन की तैयारी देख लो। कोई बात रह गई हो तो बताओ।' शेर सिंह के कमरे में रखी पूजा-पाठ और हवन सामग्री दिखाते हुए रामप्यारी ने कहा।

'एक तो यह तैयारी है और दूसरी तैयारी भी होती है। लेने-देने और दान-दक्षिणा की तैयारी भी करनी होती है।' पंडित जी ने याद दिलवाया।

'हवन के लिए कैसे और क्या करना है वो बताओ बाकी की चिंता आप मत करो।' इलाके की बुजुर्ग महिला जानती है कि काम की बात पर लौटने का तरीका क्या होता है।

'कल हवन तो हो ही रहा है। आप शुद्धि पाठ भी करवा लो, आपके परिवार को इसकी बहुत ज़रूरत है। एक महीने के अंदर जितनी परेशानियाँ आपके परिवार ने भुगतीं, मेरे याद नहीं पड़ता कि और किसी ने ऐसे दिन देखे होंगे।' रामप्यारी की बात सुनकर पंडित जी ने सलाह दी। सारा परिवार पंडित जी की बातें ध्यान से सुन रहा था।

'आप मानो या नहीं मानो ये तो आपकी मर्जी है। मेरा काम था बताना, सो मैंने बता दिया। शुद्धि पाठ करवाने से सब विघ्न हट जाएँगे परिवार के।' पंडित जी ने अपनी बात दोहराई।

'घर में चार मौतें हो चुकी हैं और आपके बड़े बेटे का व्यवहार सुनने में आया है कि...' पंडित जी अपनी सीमारेखा का उलंघन करते उससे पहले ही शेर सिंह का गुस्सा उबल पड़ा, 'हरामखोर पंडितिया, तेरे चक्करों में आणे के कारण मेरी जनमने से पहले ही मौत हो गई। ओर कितने दुख देऐगा तूं? चल निकल हमारे घर से।' वह अपनी परेशानियों से अकेला जूझ रहा था और फिलहाल उसे अपने संघर्षों का अंत होता दिखाई नहीं दे रहा था।

'पिताजी, काकोसा और पुष्कर भाई के लिए तीनों की अलग-अलग से कोई पूजा करवानी है तो बताओ।' रामप्यारी के छोटे बेटे के सवाल से पंडित जी को महाज्ञान की प्राप्ती हो गई। 'हाँ, तीनों के लिए अलग-अलग पाठ होंगे। तीनों पाठ समाप्त होने में शाम हो जाएगी। मैं अकेला तो सब करवा भी नहीं सकता। मैंने

पड़ोस के गाँव से पंडित जी को आने के लिए कह दिया है। आप हवन सामग्री, गाय का घी, आम की लकड़ी आदि का इंतज़ाम करके रखना।' पंडित जी की बात चल ही रही थी कि शेर सिंह बातों के बीच कूद पड़ा।

'कमबख्तों और कित्ते दिन बंधक बणां के रखोगे यहाँ? जो गया उसे विदा करो। जाने वाले को पकड़कर नहीं बैठे रहते, जो गया उसे जाने दो। हम तीनों इतिहास हो चुके हैं। हमारे शोक के चक्कर में तुम सबने बिना काम-धंधा किए महीना गुज़ार दिया। बैठ के रोटी तोड़ना शोभा नहीं देता। बीते समय को याद रखने और उसकी गलतियों से सीखना सही है पर हमारे साथ रुकना ठीक नहीं। तुम सब ज़िंदा हो तो ज़िंदा जैसे काम भी करो। जो परंपराएँ इंसान की बढ़त रोक देवें, उनको छोड़ना अच्छा। अब शुद्धि की तैयारी करो...अपने अंतर्मन को शुद्ध करो, घर अपने आप पवित्र हो जाएगा।' फ्रेम में जड़ी उसकी तस्वीर को रामप्यारी ध्यान से देख रही थी। इतने दिनों से चल रही अंतर्मन की यात्रा समाप्ति की ओर थी। जिस गीता को पढ़कर उसने जीवित रहते हुए मुक्ति पा ली थी, उसी महाग्रंथ के अंतिम अध्याय का पन्ना आने को था।

❏❏❏

कुछ वर्ष पहले पंजाब से लौटकर हरी-भरी धरती की तारीफ़ में एक बार शेर सिंह ने कहा था, 'अगला जनम हो तो पंजाब में हो...' उसकी जानकारी के अनुसार तेरहवीं के लगातार आगे बढ़ने से सिंग जी का जनम बाधित हुआ होगा।

'बड्डी बाईसा के लिए भी हमें कुछ करवाना है क्या?' सुलोचना ने याद दिलाया।

'अभी तो उनके दिन ही पूरे नहीं हुए और वैसे भी अब वो ससुराल की हुई। यहाँ अगर उनके संस्कार हुए होते तो अलग बात थी। अब उनका यहाँ कुछ नहीं है।' पंडित जी की बात ख़त्म होने से पहले ही नई बहू की नज़र बड़ी बाई-सा के कमरे में चली गई। 'उनका पलंग, अलमारी, बाईसा के पिताजी की दोनों कुर्सियें और गोल टेबल जो बाईसा को बहुत प्रिय थीं...अलमारी भरे हुए कपड़े...उनकी यादें...सब यहीं है। सब कुछ तो वो यहीं छोड़ गई हैं, वो अपने ससुराल की कैसे हो गई?' नई बहू अपने मन में उठी जिज्ञासा शांत करना चाहती थी मगर इस समय उसे सवाल करना सही नहीं लगा।

'मैंने दिन-रात उनकी सेवा की, वो मेरे साथ हैं जा कैसे सकती हैं?' एक संतोष उसके चेहरे पर दिखा। इस बार उसे जिज्ञासा शांत करने के लिए सवाल पूछने क़ी ज़रूरत महसूस नहीं हुई। उसने अपने गालों पर लुढ़कतीं आँसुओं की बूंदें पोंछ लीं।

'और कुछ हो तो बताओ।' रामप्यारी ने कहा।

'आप सब देख रहे हो हमने सत्ताईस दिन तक लगातार गरुड़ पुराण के पाठ किए। एक बार से शुरू होकर तीन बार तक किए हैं। कल का हवन और शुद्धि पाठ भी करना है। बहुत मेहनत का काम है, बाक़ी आप देख लो। वैसे एक मौत पर हमारे पाठ करने पर दक्षिणा के अतिरिक्त...' पंडित जी को बोलते हुए रामप्यारी ने बीच में रोक दिया।

'वो मेरा काम है, उसकी चिंता आप मत करो। इसके बारे में मुझे बताने की जरूत नहीं है। सबका अपना-अपना हिसाब होता है इसमें बराबरी कैसी?' रामप्यारी का लहज़ा सपाट था।

'मैं तो बस याद दिला रहा था। यदि दान-दक्षिणा में देने के लिए कुछ मंगवाना हो तो बताओ, मैं मंगवा देता हूँ।' पंडित जी ने मदद के लिए हाथ आगे बढ़ाया।

'इत्ता बड्डा परिवार है भागदौड़ करने के लिए, आपको परेशान करूँ ऐसी नौबत नहीं आएगी पंडित जी। वैसे मेरी ज़िम्मेदारी मैं खुद उठाने में सक्षम हूँ। आपको चिंता करने की जरूत नहीं है।' रामप्यारी ने हाथ जोड़कर पंडित जी को विदाई दी।

'कल के लिए पहनावे का क्या करें?' जाते-जाते पंडित जी से सुलोचना ने बुझे मन से पूछ लिया।

'आजकल रिवाज़ बदल गए हैं। सीमा बीनणी तो नौकरी पर जाएगी इसलिए अपनी मर्जी के कपड़े पहनने लग जाएगी। आप बड़े हो, मैं आपको क्या बताऊँ। जैसा ठीक लगे वैसा पहनो। रंग तो मन के हुआ करते हैं कपड़ों के रंग का क्या है?' पंडित जी चले गए। पीछे बच गया समाज इतनी जल्दी बदलाव के लिए कैसे तैयार हो जाता।

'जेठाणी जी मैं देख रही हूँ कि आप किसी की पंचायती में नहीं पड़तीं बस अपने काम से काम रखती हैं।' बाहरी लोगों के जाने के बाद सुलोचना ने कहा।

'मैं ही आपको नहीं समझी थी। यूँ ही सारी उमर झगड़ों में बिता दी।' शायद उसे अपने किए पर अफसोस था।

'जवाब तो तुझे देना चाहिए कि मेरे से क्या बंटवा रही थी? ज़मीन-जायदाद दोनों भाइयों की, हिस्सेदार वो दोनों। बंटवारे का दंश झेलना था तो नाराजगी उनके मन में होती पर तूने मेरे खिलाफ़ सींग तान लिए। देख उन दोनों के प्रेम की तो मिसाल दे रहा है समाज और तेरे-मेरे बोलने, बात करने के भी लाले पड़े हुए हैं।' कहना तो और भी बहुत कुछ चाहती थी वह मगर उसने कहा इतना भी नहीं।

'जेठाणी जी, मैंने हमेशा समाज के कहे पर चलने की कोसिस करी फिर भी

लोग मेरे किए में कमियें निकालते रहे। आपने वो किया जो आपको ठीक लगा इसके बाद भी आपको समाज ने भौत इज्जत दी, मान-सम्मान दिया।' रामप्यारी ने इस बात का भी जवाब नहीं दिया।

'वैसे हम समाज के नियम मानकर सारी उमर दुखी रहते हैं। कब्बि-कब्बि तो लगता है कि आधे से ज्यादा नियम तो यूँ ही बना रखे हैं और सारे नियम औरतों के विरुद्ध हैं...अब देखो हमारे पहनने, खाने-पीने तक पर पाबंदी रहेगी। आत्मा की पवित्रता भुलाकर हम तन की शुद्धि पर पहुँच गए। अब जेठजी कभी मुड़कर नहीं आएँगे...थारे देवर भी नहीं और मेरा पुष्कर भी नहीं। जिसे जाना था, वो चला गया। हम जीवन को और बोझिल क्यों बनाएँ? मुझे लहरिया पहनना पसंद है, सारी उमर वही पहना पर अब उसी को पहनने की मनाही हो गई। अब भी पहन लूँ तो रहूँगी तो विधवा ही। पसंद के रंग पहन लेने से सधवा तो नहीं हो जाऊँगी। आख़िरी पड़ाव पर जीवन ख़तम हुआ सो हुआ, सारे रंग भी छिन गए।' उसकी छाती भावनाओं के बोझ से दबी जा रही थी। बिन आँसुओं के सुलोचना सुबक रही थी।

'समाज कौन है? किसी पर तोहमत लगाने का क्या मतलब? कौन रोकता है अपनी पसंद के रंग पहनने से? जो तेरे मन में आए वो रंग पहन। लहरिया पहनना है तो कल से ही सुरू कर। दुःख मन में है, अगर खान-पान में और पहनने के कपड़े भी बेरंगे हो जाएँगे तो जिएँगे कैसे? कल तूं वो कपड़े पहनना जो तुझे पसंद हैं।' सुलोचना के बेजान चेहरे पर हैरानी थी। दर्द के बीच भी उसकी आँखों में फीकी-सी चमक आ गई।

'मैं थारै देवर के पसंद की साड़ी पहनूँगी। आप भी पहनोगी ना जेठाणी की पसंद की साड़ी।' रामप्यारी को उसकी मासूमियत पर हंसी आ गई।

'तेरे लिए लहरिये वाली साड़ी बड़ी चीज है तूं वो कर, मैं वो करूँगी जो मुझे रचे।'

'एक बात कहनी है आपसे।' सुलोचना ने धीमी आवाज़ में कहा।

'अब क्या है?'

'जेठाणी जी, ईश्वर अपने परिवार के साथ खेत वाले घर चला गया है। आप अपनी मर्जी से यहाँ अकेली रहोगी पर मुझे मजबूरी में अकेले अपने घर में रहना पड़ेगा अगर दिक्कत नहीं हो तो हम दोनूँ एकसाथ रह जावें।' देवरानी ने जेठाणी को झिझकते हुए पूछा।

'मेरी चिंता मत कर सुलोचना। ईश्वर पर आश्रित तो मैं कल भी नहीं थी और आगे भी नहीं रहूँगी। तेरी मजबूरी हो तो बात अलग है, मेरे लिए कोई त्याग मत करना। सब अकेले आते हैं और अकेले ही जाते हैं। यहाँ साथ देने कौन बैठा है? इत्ता बड्डा कुणबा था पर महायात्रा पर जाने की बारी आई तो सब अलग-अलग ही गए

ना। सिंह जी अकेले गए उनके पीछे-पीछे जाने वाले भी। हम क्या जानें कि वो आपस में मिले भी या नहीं और वैसे भी किसने, किसका साथ दिया, क्या खबर?' कठिनाइयाँ इंसान की कोमल भावनाओं को दबा देती हैं। संघर्ष के दौर में इंसान कठोर हो जाता है, हर स्थिति का मुकाबला करने को तैयार रहता है बस प्रेम और अपनेपन की भावनाओं के प्रति उसका मन शुष्क हो जाता है।

'मैं जानती हूँ कि जब मिल-जुलकर रहना था तब तो मैं मिली नहीं आपके साथ पर क्या है ना कि तब तो बहुत बड़ा परिवार था। बच्चे थे, टेम भागमभाग में ही निकल जाता था। असली साथ की जरूत तो अब्बि पड़ी है। मैं थारी छोटी देवराणी बन के रहूँगी।' मजबूरी इंसान की सूरत और सीरत इस तरह बदल देती है कि देखने वाले को एक बार के लिए अपने आँख-कान पर भी भरोसा नहीं होता।

'जेठाणी जी, बेटे-बहू मुझे अपने साथ ले जाना नहीं चाहते। कल यहाँ से जाऊँगी तो इत्ते बड्डे घर में अकेली पड़ी रहूँगी...मैं आपके साथ रह जाऊँ?' भावनाओं का ज्वार इतना था कि यदि दुबली-पतली सुलोचना ने दीवार पर शरीर ना टिका दिया होता तो शायद वह गिर पड़ती।

'यहाँ रह जा सुलोचना पर मेरे साथ रहने का मतलब ये नहीं है कि बेटे-बहुओं और बाकी रिश्तेदारों से नाता तोड़कर रहेगी, ऐसा मत करना।' रामप्यारी ने हल्की-सी हंसी के साथ कहा।

❑❑❑

'बड़िया जी प्रणाम। आप तैयार हो तो चलो कोर्ट चलते हैं। आपके लिए आज दोपहर बाद का टाइम ले रखा है।' पूजा ने जो समय बताया था उससे पहले ही वह हाज़िर हो गई।

'हाँ, तैयार हूँ। भरतिया गाड़ी निकलवा दे।' रामप्यारी ने घर में पहनी धोती हटाकर कांपते हाथों से दूसरी साड़ी लपेटी। एक बार वह अपने कमरे में गई, अलमारी का ताला खोलने की आवाज़ आई कुछ समय बाद फिर से आवाज़ आई। इस बार ताला बंद करने की आवाज़ थी। हाथ में पोटली लिए रामप्यारी चलने को तैयार थी।

'जेठाणी जी के पास दो दर्जन तो सोने की चूड़ियाँ ही थीं, कड़े अलग थे। उन्होंने अपनी ननदों, बेटियों और भतीजियों को आज विदा करते टेम सारी चूडियाँ और कड़े दे दिए। आज पोटली में रुपए-पैसे ले जा रही होंगी। कचहरी से वापस आते टेम नई चूडियाँ बनवाने जाती होंगी।' सुलोचना ने जेठानी के हाथ में पोटली देखकर अंदाज़ लगाया।

'एक बार पूरी पढ़कर सुना।' रामप्यारी ने हस्ताक्षर करने से पहले कई बार

पढ़ी जा चुकी वसीयत को चश्मा ठीक करके पढ़ते हुए एक बार फिर से पढ़ने को कहा।

'आप एक बाड़ा और चार खेत नई बहू के और एक बाड़ा, चार खेत नैना के नाम पर कर रही हैं।' उसने सस्वर पढ़ा।

'हूँ...यहाँ तक रामप्यारी की सहमति थी।

'नैना की पढ़ाई और उसकी मम्मी की देखरेख के लिए पचास लाख रुपए, शहर की पाँच दुकानें और जिस घर में वे अभी रह रही हैं, उनके नाम कर रही हैं। इसके साथ अपने घर की व्यवस्था चलाने के लिए अपने पचास लाख रुपए की एफ डी करवाई है। आपके ना रहने पर भी यदि सुलोचना देवी इस घर में रहना चाहें तो आजीवन रह सकती हैं परन्तु उनका घर-संपत्ति पर किसी प्रकार का कोई मालिकाना हक़ नहीं होगा। आपकी मृत्यु के बाद नैना जब तक चाहे रह सकती है परन्तु नैना अपनी शादी के बाद अथवा नौकरी लगने के बाद दोबारा आकर यहाँ रह नहीं सकेगी। जबकि नैना की मम्मी अपने जीवनकाल में हवेली में आकर रह सकती हैं इसके लिए आप भूतल पर बने घर को उपर्युक्त परिवारजनों के लिए छोड़ रही हैं, इस पर भी मालिकाना हक़ भरत का ही रहेगा। आपके नाम पर बनी तमाम लीज़ आपके ना रहने पर भरत के नाम हो जाएँगी।'

'हूँ!'

'आप स्वेच्छा से अपना घर भरत के नाम कर रही हैं।'

'हाँ।'

'बस इतनी ही है वसीयत।' वकील साहिबा ने अपने गले को आराम दिया।

'भरतिये का पूरा नाम ठीक से लिखवा। उसका नाम है भरत मेघवाल। उसके राशनकार्ड और आधार कार्ड भी साथ लाई हूँ अगर ज़रूरत है तो देख लो।' रामप्यारी ने अपनी पोटली चैंबर में वकील की कुर्सी के सामने मेज पर रख दी।

पैंतीस

लहरिए वाला साफा पहने सफेदपोश आदमियों की भीड़ आँगन के दरवाज़े पर थी जब छोटे बेटे ने माँ को मंत्री जी के आने की सूचना दी।

'अंदर ही आजा।' रामप्यारी ने आने वाले को आँगन में आने के लिए कहा। संभवत: आगंतुक आँगन में पहली बार क़दम रख रहा था। जूती दहलीज़ के बाहर उतारकर अपने साथ आए लोगों को हाथ के संकेत से भीतर प्रवेश करने से रोककर वह बरामदे में पहुँचा जहाँ रामप्यारी अपने सिंहासन पर विराजमान थी।

'खम्मां घणी मामी सा।' कहते हुए मंत्री जी ने रामप्यारी के पाँव छूकर आशीर्वाद लिया और उसके सामने दरी पर बैठ गए।

'पीढ़ो ले ले भाई अब तूं बड़ा आदमी है। बाहर से लोग देख रहे हैं, तेरा नीचे बैठना अच्छा नहीं लग रहा।' रामप्यारी ने दरवाज़े के बाहर से झांकते चेहरों को देखकर कहा।

'मामी-सा ये लोग तो आज साथ आए हैं आप और मामो-सा तो जनम से मेरे साथ हो। इनको क्या मालूम कि जब तक हवन नहीं हो जाए, पीढ़े पर नहीं बैठा करते।' अंगारों से दहकते जीवन में रामप्यारी को मीठे बोल अच्छे लगे।

'मैं पूरे समय मौजूद नहीं रह सका इसके लिए माफी दे दो। आप कुछ नहीं कहोगी मैं जानता हूँ डर तो मामो-सा से लगता है।' दोनों फीकी-सी हंसी हंस दिए।

'मैं हवन तक यहीं रहूँगा और जाने से पहले आपसे मिलकर जाऊँगा। अभी बाहर बैठक में बैठता हूँ आने-जाने वालों को यहाँ तो नहीं बुला सकते ना।' कुछ समय बाद मंत्री जी ने कहा।

'कुछ ज़रूरी काम हैं जो तेरे से करवाणे हैं अब्बि बताऊँ या बाद में?'

'बाद में टाइम नहीं मिलेगा, अभी बता दो। रुको, मैं आदमी बुलवाता हूँ, लिखने से याद रहेगा भूल की गुंजाइश नहीं रहेगी।' मंत्री जी के एक संकेत पर पी ए हाज़िर हो गया।

'थोड़े समय पहले मामा-सा ने फोन पर कहा था कि पहले मेरे कुछ हो जाता है तो तेरी मामी-सा जो चाहे वो करना पर तेरी मामी के ही कुछ हो गया तो मैं अपने जीवित रहते हवेली को स्कूल बना दूँगा। सरकार को दे दूँगा ये घर। यहाँ बच्चे पढ़ने आएँगे तो समझूंगा कि जीवन सफल हो गया। ये उनकी कही बात थी, अब आप बताओ कि आप क्या चाहती हो?'

'रामबचन सुण मेरी बात, तूं सरकार में मंत्री है तो छोटा-मोटा काम तो करवा गाँव के लिए। अगला चुनाव जीतना है तो काम करके देना पड़ेगा।' रामप्यारी ने उसकी बात का जवाब देने की बजाय अपने तरीके से बात शुरू की।

'आप क्या करवाना चाहती हो, हुकुम करो।'

'ये राजनीति की भाषा तो ठीक है पर काम भी करना है। पहलो काम है कि हमारे गाँव मैं तालाब खुदवा। मजदूरी करने गाँव से जित्ते लोग बाहर गए है, उन्हें वापस बुलवाना है। दूसरा काम है कि तेरहवीं तक का स्कूल बनवा दे यहाँ, हमारे बच्चे पढ़कर आपना भविष्य बनाएँगे। सारा गाँव तुझे ही वोट देएगा पर काम करके दिखाना पड़ेगा।'

'ठीक है मामी सा। ये काम तो आसान ही हैं। हो जाएँगे।'

'सुण रामबचन, हमारे गाँव की लुगाइयें सुबह-शाम काम करती हैं पर दिन में इनके पास टेम ही टेम है। इनको काम करके पैसे कमाना सिखाना है। तूं दो-तीन स्कीम लिया गाँव में। हथकरघा उद्योग लगवा दे। ये लुगाइयें दरियाँ इत्ती सुंदर बनाती हैं कि आदमी देखता ही रह जाए। जगह मैं दे दूँगी तूं कागज बनवा दे लीज के। खड्डी लगवा दे, हथकरघा लगवा दे। हमारी लुगाइयों की बनाई हुई दरी और खेस देखने लायक हैं। सरकार में तेरा भी नाम हो जाएगा। दरी, खेस और पिछले मोहल्ले में रंगरेज़ भी खूब काम कर रहे हैं। यहाँ काम करवाने और काम करते लोगों को देखने बाहर से लोग आएँगे तो गाँव का गेस्ट हाउस भी काम लाग जाएगा।' रामबचन मुस्कुरा रहा था।

'गाँव में कालू जी का मंदर है, खेड़े में प्राचीन मठ है। इत्ती बड़ी-बड़ी और पुरानी हवेलियें हैं। ये सब देखने लायक जगह हैं। तूं चाहे तो गाँव का नक्शा बदल जाएगा।'

'मामी-सा, इतना काम करवा रहे हो, मेरी जगह चुनाव में खड़े होने का इरादा तो नहीं है ना!' वह ठठाकर हंसा।

'तालाब के बाद स्कूल बनवाना। गाम के आदमी कमाने बाहर चले गए है वहाँ शहरों में वो अकेले रहते हैं यहाँ अकेली लुगाइयें भी भटकती हैं। दोनुओं के चरित्र...' बोलते-बोलते वह चुप हो गई।

'चरित्र खराब होने से कोई-कोई अपराध भी करता है। तू काम करवा, वोट

मैं दिलवाऊँगी तुझे।' रामप्यारी स्वयं से बाहर निकलकर समाज की ओर चल पड़ी थी। रामबचन बैठक की ओर जाने लगा था कि रामप्यारी ने एक बार फिर उसे रोक लिया।

'एक काम और कर बेटा, हवेली के बाहर दालान के दरवाजे के साथ पाँच कमरे बने हुए हैं इसमें बैंक खुलवा दे, दिन-रात सुरक्षा रहेगी। भरतिये को फिलहाल सुरक्षा की जरूत है। चारूँ तरफ जो बड़ी-बड़ी हवेलियें हैं, इनमें रहने वाले लोग मेरे बाद भरतिये को परेसान करेंगे। यहाँ बैंक खुल जाएगा तो लोगों को डर रहेगा। हवेली में लघु उद्योग खुलवा दे तो और भी अच्छा। दरी-खेस बनाने से जित्ती भी कमाई होएगी, सब लोग यहीं बैंक में जमा करवा देंगे। भरतिये की देखभाल भी हो जाएगी।' रामबचन ने हाँ में सिर हिलाया, साथ आए पी ए ने मुद्दे डायरी में लिख लिए थे। मंत्री जी बैठक की ओर चले, दालान में मौजूद लोग भी उसी ओर चल दिए।

आँगन में तीनों मृतकों की मुक्ति के लिए हवन हुए और अंत में पंडित जी ने गीता का श्लोक पढ़ा -

नैनं छिन्दन्ति शस्त्राणि नैनं दहति पावकः
न चैनन क्लेदयन्त्यापो न शोषयति मारुतः

'सिंह जी तो यूँ चुपचाप जाने के लिए बिल्कुल राजी नहीं होते, उन्होंने सारी उमर गाँव के लिए काम किया था। आज मैं सिंह जी के नाम से स्कूल में एक कमरा बनवाणे की ज़िम्मेदारी लेती हूँ।' रामप्यारी ने पूजा समाप्त होने पर घोषणा की।

रामबचन आँगन में आया, हाथ जोड़े और चलने से पहले रामप्यारी के पाँव छू कर आशीर्वाद लिया, 'प्रणाम मामी सा। इस उमर में आप इतनी हिम्मत कर रहे हो तो मुझे भी कुछ परिवर्तन तो करने ही होंगे। मैं अपने विभाग से शुरुआत करूँगा।' वह पलटा और अपनी गाड़ी में सवार हो गया। हवन से पहले हुई बरसात ने गर्मी कम कर दी थी। रेगिस्तानी रेत आसमान तक उड़ना भूलकर कुछ समय के लिए धरती पर बैठ गई। गाड़ियों का काफिला जब पहुँचा था उस समय हर ओर धूल-धूल हो गई थी मगर वापसी के समय मिट्टी नहीं उड़ी, इस बार आसमान बिल्कुल साफ था। शांति से बीसियों गाड़ियों को जाते देख रामप्यारी को गाँव में हरियाली की उम्मीद जग गई।

❑❑❑

'प्यारी, घर में भगवान हाज़िर था और मैं सारी उमर मंदिर जाकर दर्शन करने का सपना संजोया करता था। जबसे तुझे जानने लगा हूँ, अब मेरे हाथ में कुछ भी नहीं है। अगर फिर कभी मिले तो, मैं इस जनम की सारी कमी पूरी कर दूँगा। अब मेरे

चलने का टेम हो गया है। चालूँ प्यारी, तूं अपना ध्यान रखना।' रामप्यारी तस्वीर देखते-देखते मुस्कुरा दी।

'शुद्धि सिर्फ पूजा-हवन करने से नहीं आती, अपने विचार भी शुद्ध करने पड़ते हैं तब होती है शुद्धि! मैं खाट-पीढ़े नहीं दे रही, स्कूल में कमरा बनवा रही हूँ... तालाब खुदवाऊँगी गाँव में। अपनी हवेली को भी भरतिये के नाम कर दिया...।' उसने अंतिम विदाई से पहले शेर सिंह को आख़िरी रिपोर्ट सौंपी।

'प्यारी मालूम नहीं कि अगले जनम में तूं याद रहेगी या नहीं पर एक बात तो है कि तेरी चिंता रहेगी। एक दु:ख भी है कि ईश्वरिये-सा बेटा दिया तुझे। तूने मेरा साथ नहीं छोड़ा कब्बि भी...मैंने ही तेरा साथ नहीं दिया...आज भी तुझे अकेला छोड़कर मैं ही चला हूँ। अब रुकने की गुंजाइश नहीं है।' शेर सिंह का 'सिंह जी' की दुनिया से अंतिम विदा का समय आ गया था। रामप्यारी ने फीकी-सी मुस्कराहट के साथ शेर सिंह की तस्वीर से नज़रें हटा लीं। जो इतने दिनों तक उसके मन में ज़िंदा था, जिससे वह बातें करती थी, नज़र हटते ही वह उसी तरह जा चुका था जैसे सत्ताइस दिन पहले उसने इस दुनिया को अलविदा कह दिया था। रामप्यारी ने शेर सिंह को विदा कर दिया।

समाप्त

□□□